D1080458

 **Mjollnir, le marteau de Thor**

Dans la mythologie scandinave, cet outil est l'un des six trésors fabriqués par les nains à l'usisage des dieux. L'arme fracassait tout ce qu'elle frappait et revenait dans la main de Thor lorsqu'il la lançait. Reproduit sous une forme miniaturisée, le marteau de Thor fut très populaire comme amulette et porte-bonheur chez les Vickings.

Si vous désirez envoyer un courriel à Diane Lacombe, écrivez-lui à l'adresse suivante: *dianelacombe@vl.videotron.ca*

GUNNI LE GAUCHE

Diane Lacombe

GUNNI LE GAUCHE

roman

www.quebecloisirs.com

UNE ÉDITION DU CLUB QUÉBEC LOISIRS INC.
Avec l'autorisation de Diane Lacombe et de VLB ÉDITEUR.
© 2006, VLB ÉDITEUR et Diane Lacombe
Dépôt légal – Bibliothèque nationale du Québec, 2007
ISBN Q.L. 13: 978-2-89430-789-2
(Publié précédemment sous ISBN 10: 2-89005-960-X)
(Publié précédemment sous ISBN 13: 978-2-89005-960-3)

Imprimé au Canada par Friesens

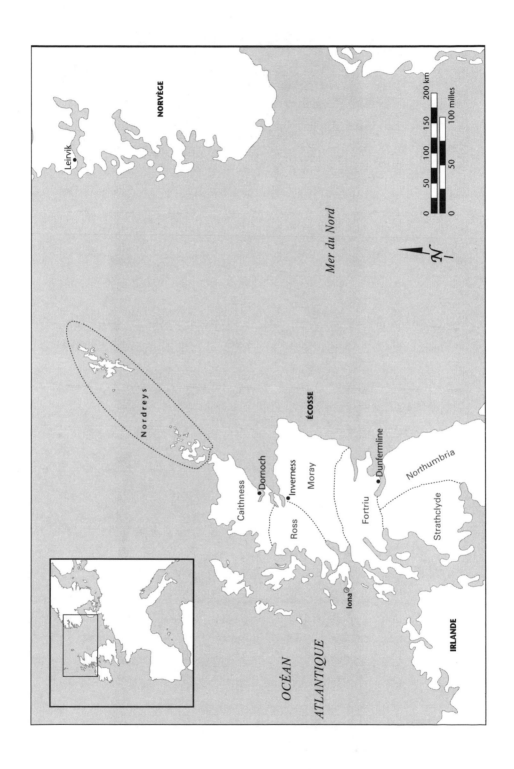

NORVÈGE

Leirvik

Mer du Nord

Nordreys

ÉCOSSE

Caithness

Dornoch

Inverness

Ross

Moray

Fortriu

Dunfermline

Northumbria

Strathclyde

Iona

OCÉAN

ATLANTIQUE

IRLANDE

0   50   100   150   200 km

0   50   100 milles

N

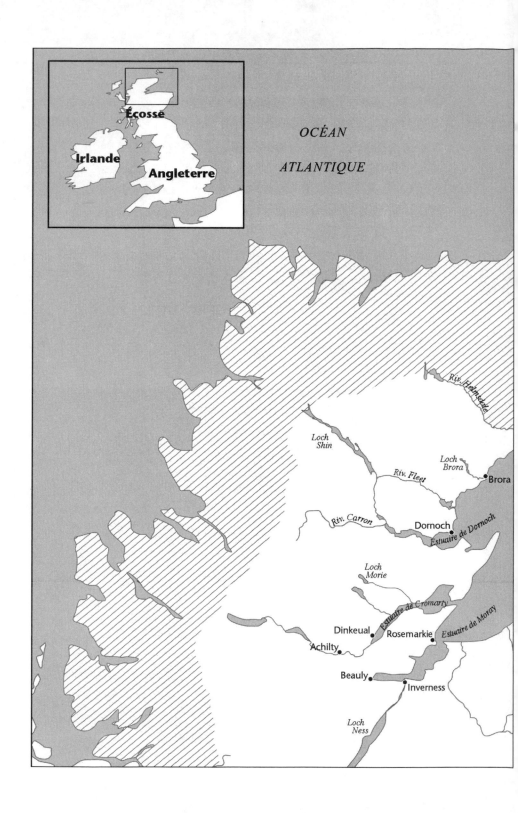

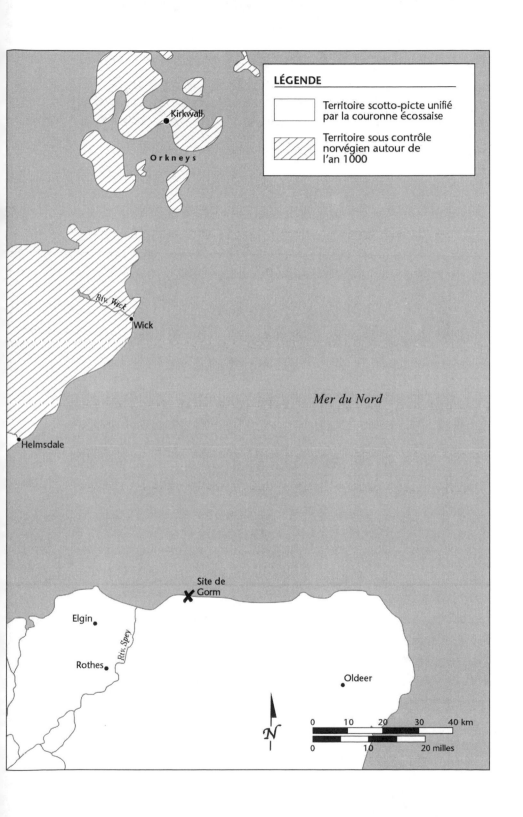

LÉGENDE

Territoire scotto-picte unifié par la couronne écossaise

Territoire sous contrôle norvégien autour de l'an 1000

Kirkwall

Orkneys

Riv. Wick

Wick

Mer du Nord

Helmsdale

Site de Gorm

Elgin

Riv. Spey

Rothes

Oldeer

N

0   10   20   30   40 km

0   10   20 milles

Chapitre premier

L'orphelin

Je grimpai sur la colline pour observer la cérémonie, mais, aveuglé par le soleil qui allumait mille feux sur le fjord, je ne pus rien voir de la sépulture. Je fixai donc en plissant les yeux les villageois agglutinés autour du godi* qui officiait la mise en terre d'Ulrika, ma mère adoptive. On ne m'avait pas autorisé à me joindre à la famille, vu ma qualité d'esclave, mais on avait promis de déposer mon offrande votive dans le cercueil : un petit marteau de Thor sculpté dans une défense de morse.

J'avais commencé la fabrication de l'objet dès les premiers jours de la maladie qui allait emporter dans le monde des dieux celle qui m'avait éduqué avec bienveillance. Ainsi donc, en cette fin d'été de l'an 1011, Ulrika, la concubine du chef Rolfus le Fier, entreprenait son dernier voyage, elle qui, de son vivant, n'avait presque jamais quitté le village de Leirvik. Le cœur lourd, je soupirai. « Par Thor, rends-toi au festin des dieux sans encombre, mère, et

* Les mots suivis d'un astérisque sont définis dans le lexique à la fin du roman.

prends place à leur table pour l'éternité », songeai-je en revoyant le petit marteau d'ivoire au creux de ma main au moment où je l'avais remis à Rolfus le Fier. À dix-sept ans, je n'étais plus un enfant, mais pas encore un homme et je me retrouvais désormais seul parmi les miens.

Soudain, un vent vif se leva, balaya ma tignasse roux foncé et souleva le pan arrière de ma tunique courte de garçon, me refroidissant les cuisses et les hanches : ma tenue d'été n'allait bientôt plus convenir et je devrais me trouver des braies de laine ou des houseaux pour couvrir mes jambes nues. Spontanément, je resserrai le cordon qui ceinturait ma taille afin d'empêcher l'air de glacer mon dos et je croisai les bras pour enfermer la chaleur autour de mon torse. Puis, mon attention se concentra sur le godi qui se distinguait des autres hommes par sa cape de fourrure pelée. Comme je m'y attendais, il sacrifia une génisse. Sur son ordre, on traîna la carcasse de l'animal jusqu'au trou d'enfouissement dans lequel elle fut poussée, ouvrant momentanément le cercle de l'attroupement qui masquait la tombe à mon regard. J'entraperçus alors la dépouille de ma mère : on lui avait passé la robe grenat qu'elle s'était taillée dans une pièce de soie acquise par Rolfus le Fier. Sur son ventre reposaient son miroir, ses peignes et ses amulettes. Ses cheveux torsadés étaient relevés sur le dessus de son crâne et ses chaussures en peau de chèvre foulaient une gerbe d'épeautre, rappelant la mouture des grains, sa principale occupation dans notre maisonnée. De mon point d'observation, je ne pus évidemment pas discerner les offrandes qui accompagneraient Ulrika dans l'au-delà, mais je me convainquis que mon marteau de Thor en était, enfoui quelque part tout près de son ample corps.

Le lendemain de l'enterrement, rien ne fut plus pareil dans la longue maison de Rolfus le Fier. De presque fils, je fus rétrogradé au rang de serviteur. L'épouse du chef devait attendre ce moment depuis longtemps pour rappeler à tous mon statut de thrall* : elle ne s'était jamais entendue avec Ulrika et avait toujours critiqué la bonté que celle-ci m'avait témoignée depuis mon arrivée à Leirvik, il y avait de cela douze ans. J'étais alors un jeune enfant jeté avec le butin de guerre au fond du knörr* de Rolfus le Fier. De retour des Nordreys, le chef avait permis à son équipage une petite razzia sur les côtes d'Écosse où il m'avait capturé dans le but de me donner à Ulrika. Rolfus le Fier voulait ainsi consoler sa concubine de la perte d'un garçon de mon âge avec lequel il m'avait trouvé de fortes ressemblances. J'ai gardé peu de souvenirs de ce lointain événement qui avait transporté mon destin d'Écosse en Norvège, mais quelle bonne fortune m'avait alors souri ! En vérité, je vécus bienheureux auprès de cette grande femme qui n'enfanta plus et qui me combla de son amour maternel, me considérant comme son fils et exigeant des membres de la famille qu'ils en fissent autant. Ainsi, jusqu'au départ d'Ulrika pour le festin des dieux, j'avais grandi incontestablement chéri sans prendre conscience de mes origines non vikings, dans l'insouciance propre à l'enfance.

Quand, au moment de s'assembler autour du feu après le repas du soir, l'épouse me signifia de prendre place derrière ses filles, parmi les domestiques, je compris que j'avais impunément joui d'un traitement de faveur sous l'aile d'Ulrika et que son décès sonnait la fin de ma félicité. En effet, dans les jours suivants, une série de dispositions prises par la maîtresse de maison confirmèrent mon changement de position : ma paillasse fut retirée de la chambre et installée à l'extrémité ouest de la longue maison, dans sa partie non chauffée occupée par les bêtes l'hiver ; toutes les tâches d'entretien du sol, tant intérieures qu'extérieures et habituellement dévolues à un vieux domestique, me furent assignées, de même que l'empierrement de notre portion de la rue communale et le découpage de la tourbe de chauffage dans la lande ; on confisqua aussi mon poinçon et on m'interdit d'écrire quoi que ce soit en runes*, activité dans laquelle j'étais en apprentissage avec le godi chez le graveur et tailleur de pierres ; enfin, je perdis le droit de monter les chevaux de notre écurie sans pour autant cesser de devoir les soigner.

Si, en son for intérieur, Rolfus le Fier a désapprouvé la manœuvre de son épouse, il ne soutint pas ma cause : « Gunni, fais ce qu'elle demande : tu es à elle maintenant. Je ne veux pas de tracasseries ici », m'enjoignit-il quand je voulus protester. Bien que cette attitude m'affligeât, elle ne me surprit guère : Rolfus le Fier était un jarl* bon viveur que des années d'expéditions sur le continent avaient ramolli, lui faisant troquer son étendard de pillard pour celui de commerçant. Malgré ses fonctions de chef de clan à Leirvik, il passait plus de temps en mer qu'à son foyer. Il prisait les récits fabuleux et interminables, mais il abhorrait les discussions domestiques ; il investissait une fortune en bijoux et en vins, mais il se contentait de paille au lieu de bardeaux pour son toit ; il embauchait à gros prix un scalde* pour l'accompagner dans ses équipées, mais il rémunérait bien mal ses marins. « Pour tous les hommes, la vie est courte et accablante, se plaisait-il à dire, et pour ceux qui savent en tirer de l'agrément, elle s'étend et s'allège. » Aux yeux de Rolfus le Fier et du reste de la maisonnée, j'avais été la chose d'une concubine et, celle-ci partie, je n'étais plus rien.

Durant les sept années particulièrement rigoureuses qui suivirent la mort d'Ulrika, concubine du jarl de Leirvik, le jeune Gunni devint un homme. Ses nouveaux tourments ajoutés aux lourdes besognes le formèrent à la dure. La solitude dans laquelle il fut relégué assombrit son caractère et renforça son cœur ; déjà de grande taille, il vit ses épaules et son dos s'élargir sous l'effet du maniement de la hache et de la houe ; ses longs bras se durcirent comme de la roche et les muscles de ses jambes saillirent, développés par les travaux des champs. Ses cheveux que l'on coupa très ras, comme l'exigeait son état d'esclave, dégagèrent son visage bien dessiné au nez droit, ne camouflant plus son cou épais si séduisant pour les femmes. Cependant, dès que celles-ci baissaient les yeux, leur admiration se heurtait à la vêture dépenaillée de Gunni, leur rappelant la condition de thrall dans laquelle il était retombé.

Dès qu'ils apprirent le changement de rang occupé par le jeune homme dans la maison du chef, les habitants de Leirvik l'affublèrent d'un sobriquet : il devint ainsi « Gunni le Gauche » en raison de son inhabileté à utiliser sa dextre*. Bien que ce nom ne semblât pas affecter le jeune homme, il fit honte à son ancien maître graveur qui cessa peu à peu de lui adresser la parole, tout comme le godi, le privant ainsi des derniers liens d'affection avec la petite communauté norvégienne.

En quelques années seulement, le garçon enjoué et affable que Gunni avait toujours été s'était changé en un jeune homme sombre et taciturne. Parfois méprisé, la plupart du temps toléré, Gunni le Gauche demeura dans la maison de Rolfus le Fier comme une ombre silencieuse, exécutant les ordres sans broncher et se contentant du peu qu'on lui cédait. Mais à l'automne 1018, alors que Gunni le Gauche était dans sa vingt-quatrième année, un événement vint chasser la grisaille de son quotidien en même temps qu'il remua tout le village.

L'arrivée inattendue d'un moine à Leirvik secoua de sa tranquillité les habitants jusqu'alors assez isolés dans leur fjord. Cautionné par le roi Olaf II, le disciple de Christ avait pour tâche de baptiser les populations norvégiennes encore païennes et d'ériger de nouvelles églises chrétiennes. Héritier du trône depuis un an, Olaf s'était fait un saint devoir de poursuivre l'œuvre de son bouillant prédécesseur. Ce dernier avait fâcheusement entrepris la conversion des Norvégiens en utilisant la force comme méthode de persuasion, contrairement à ce qui se passait ailleurs. En effet, les pays scandinaves emboîtaient plutôt volontairement le pas au large mouvement chrétien qui avait déjà conquis toute l'Europe et rares étaient les clans nordiques réfractaires à adopter la nouvelle religion.

Étant donné que Leirvik était considéré par le clergé norvégien comme une «communauté dépourvue d'église qu'aucun homme de Dieu n'avait encore bénie», frère Sigfred y fut donc dépêché. Par une journée pluvieuse, il débarqua avec une escorte de huit hommes d'armes rustres chargés de le protéger au cas où la mission tournerait mal. Fort d'une somptueuse panoplie d'objets de culte en or et d'une éloquence impériale, le religieux eut la bonne fortune de se présenter à Leirvik au moment où le chef Rolfus le Fier était parti en expédition : conjoncture qui favorisa l'emprise qu'il exerça immédiatement sur la population. Jamais les habitants du village n'avaient entendu parler un homme avec autant de prestance et de conviction. Pourtant, le moine ne payait pas d'apparence avec sa petite taille, sa vilaine tonsure et ses sandales éculées. En plus, le dieu dont il faisait la promotion n'avait guère meilleure allure aux yeux des villageois : comment, en effet, le triste Christ démuni et crucifié parvenait-il à exercer autant d'ascendance sur les monarques du monde et surtout à supplanter la magnificence de Thor, le manieur de foudre, ou encore celle d'Odin, maître suprême de sagesse et de connaissances ? Cela demeurait un mystère sur lequel certains bondis* s'interrogèrent plus ou moins ouvertement dès le début de la mission et pour lequel l'avis de Rolfus le Fier aurait été bien éclairant. En effet, le chef de clan, en sa qualité de commerçant, connaissait les langues et les usages du continent et il avait même reçu la *primasignatio*, la bénédiction sauf-conduit qui lui permettait de traiter avec les chrétiens. Ainsi, le chef était bien le seul habitant de Leirvik à savoir se signer.

Dès les premières harangues du moine planté au milieu de la plage, Gunni le Gauche, avec toute l'ardeur de son esprit subjugué, s'absorba dans l'épineuse comparaison entre le dieu des chrétiens et les idoles vikings. Ce qui le fascina surtout ne relevait pas tant des croyances elles-mêmes que de leur effet, c'est-à-dire de l'engouement qu'elles semblaient avoir soulevé unanimement dans le monde : au dire du religieux, Christ avait définitivement balayé tous les dieux païens sur son passage. Les contrées aussi lointaines que l'Italie, la Hongrie ou l'Empire byzantin avaient toujours fasciné le jeune homme, mais également la proche Irlande d'où émergeaient la plupart des moines qui parcouraient encore la Norvège à la recherche des derniers païens. Gunni le Gauche reconstituait les voyages fantastiques de ces hommes de Christ, s'imaginait vivre leurs périples et il s'exaltait. Chaque fois que frère Sigfred mentionnait l'un des lieux où il avait prêché, ou encore le nom d'un illustre monarque récemment converti à l'Église chrétienne, l'attention de Gunni le Gauche décuplait. Le thrall en vint à déduire que Christ s'était acquis une renommée comparable à celle d'aucun dieu viking et que la réponse à ses interrogations résidait dans ce succès phénoménal. Quand il fut convenu que l'envoyé du clergé et du roi Olaf établirait ses quartiers dans la longue maison de Rolfus le Fier, Gunni le Gauche sourit d'aise : il allait ainsi pouvoir bénéficier plus facilement des fabuleuses prédications et rêver de voyages tout en poursuivant son travail.

« Le Très-Haut a soumis les armées de la terre entière : grande est son œuvre, éternelle est sa puissance » prêchait, de l'aube à la nuit, l'infatigable moine aux villageois qui entraient très curieux dans la maison pour l'écouter et qui en ressortaient plus perplexes que convaincus. Quant aux hommes d'armes de sa délégation, ils se tenaient cois, mangeant et buvant dans les foyers qui leur offraient l'hospitalité tandis que deux de ses gardiens logeaient sous le même toit que lui. Ces derniers, tout en vivant chez Rolfus le Fier, reluquaient les filles et les servantes de la maison sans que les unes ou les autres s'en formalisent.

Si, dans l'ensemble, les habitants de Leirvik ne firent pas mauvais accueil à l'ambassade religieuse, ils conservèrent une prudente méfiance à son endroit. Celle-ci se transforma en franche hostilité quand, après une semaine de prônes, le frère Sigfred, déçu du peu d'enthousiasme démontré par les villageois, mit plus d'insistance et d'autorité dans son discours. C'est alors qu'il entreprit de baptiser les membres d'une première famille de Leirvik en faisant pression pour leur imposer la cérémonie. Cette procédure hardie souleva la grogne des bondis et il fut décidé de tenir un thing* sans attendre le retour de Rolfus le Fier. L'assemblée se déroula dans la maison du frère du chef, Yvar, un forgeron solide au tempérament fougueux.

C'était la fin du jour et les feux de cuisson rougeoyaient encore dans la pièce humide qui exhalait l'odeur des viandes et des poissons grillés qui avaient composé le repas de la famille. Yvar et son épouse s'activaient à dégager le plus de place possible dans l'aire centrale, poussant les coffres et les métiers à tisser le long des murs en torchis. Ils s'attendaient à ce que tous les bondis de Leirvik et leurs épouses assistent à la réunion et, d'ailleurs, ils n'y manquèrent point : au total, dix-sept hommes et onze femmes se présentèrent ensemble chez eux. Dans un silence tendu, l'assemblée s'assit à même le sol couvert de nattes en épiant les bruits que les gens d'armes du frère Sigfred faisaient au dehors. Ceux-ci s'empressaient autour de la maison voisine, celle de Rolfus le Fier où le moine se terrait, prêt à les faire intervenir si l'issue de la réunion ne leur était pas favorable.

À Leirvik, peu de things s'étaient tenus sous la présidence d'un autre que le jarl, aussi Yvar prit-il la parole le premier avec un certain embarras. Au fur et à mesure que chacun se prononça sur le sujet de la convocation, il gagna en assurance et retrouva son cran habituel. « Mes amis, lança-t-il quand revint son tour de parler, je vois se dessiner la seule solution qui puisse apaiser nos inquiétudes : l'expulsion du papar* et de son escorte. Nous avons l'avantage du nombre et il n'en tient qu'à nous de les rembarquer sur leur knörr.

— Tu oublies que ces gens sont délégués par le roi, protesta un homme. Qui, ici, oserait lever son arme contre eux et défier ainsi le souverain de Norvège ?

— De plus, il paraît que tuer un prêtre chrétien encourt la colère de ses dieux, ajouta une femme sur un ton sentencieux.

— Pas "ses dieux", précisa une femme nommée Frida. Le nouveau dieu est unique et c'est une infamie d'en adorer plusieurs à la fois…

— Tu n'as rien compris Frida, et tu es pourtant baptisée, coupa Yvar. Le papar raconte qu'ils sont trois dans leur idole : le crucifié, c'est le fils, un autre, c'est son père et le troisième, c'est sa mère je pense… quoiqu'elle serait vierge, ce qui est parfaitement insensé. À mon avis, cette divinité est trop compliquée pour être admissible. Quant à moi, un ou trois dieux en colère, c'est pareil : je saurai me défendre si cela advient. Et puis, qui a dit que nous devions les occire ?

— Crois-tu qu'ils vont se laisser bouter dehors et sans s'opposer, Yvar ? » dit l'un.

Un silence suivit cette judicieuse réplique, chacun mesurant pour soi l'ampleur du dilemme. Il y avait bel et bien parmi eux Frida et son mari, deux chrétiens frais qui, à moins de renoncer à la nouvelle religion, se retrouveraient certainement bien isolés si le frère Sigfred était empêché de compléter sa mission à Leirvik. En outre, aller à l'encontre d'un arrêt royal placerait le village dans une position délicate et le détacherait du reste du monde déjà si majoritairement chrétien. Au bout d'un long moment, une voix nasillarde rompit le silence : « J'aime bien la robe blanche que le papar distribue aux convertis, avança l'épouse de Rolfus le Fier. C'est du lin tissé très fin et très souple. On n'en trouve pas beaucoup dans les comptoirs baltiques.

— Et puis les pièces de joaillerie du papar sont assez remarquables, renchérit l'armurier. Il m'a montré une croix qu'il destine à la future église : je n'ai jamais rien vu d'aussi admirable et de si bien ciselé… Ce n'est pas de l'ambre qui est serti dans les transepts, mais de l'opale. Pour un village comme le nôtre, un joyau de cette valeur n'est pas ornement à dédaigner.

— Quelle église ? releva quelqu'un.

— Celle que les gardes du papar veulent ériger sur la pierre sacrée d'Odin, répondit un autre.

— Pourquoi SUR la pierre sacrée ? Qu'est-ce qu'ils ont l'intention de faire avec le site de cérémonie de notre godi ? s'inquiéta Yvar.

— Le détruire », répondit Frida, si bas que tous doutèrent d'avoir bien entendu.

Le rapt se passa au milieu de la nuit. Je fus tiré du sommeil par l'entrée impromptue d'Yvar et de ses trois fils par la porte du bétail près de laquelle j'étendais ma paillasse. « Où dorment le papar et ses gardes ? Parle ! » me souffla Yvar au visage. J'eus à peine le temps de retirer la couverture qui m'enveloppait qu'ils m'empoignèrent pour me mettre debout. Je croisai alors le regard farouche du forgeron éclairé par la torche qu'il tenait à la main et je recouvrai aussitôt mes esprits. « Frère Sigfred est dans la chambre haute, dis-je, tandis que ses hommes sont quelque part avec l'une ou l'autre des femmes : ils ne prennent jamais la même et en changent chaque nuit...

— Suffit ! Je ne t'ai pas demandé avec qui couchent les malfrats, m'interrompit Yvar. Trouve-les-moi céans*! » Puis il s'adressa à ses fils : « Allez avec lui... et en silence : inutile d'alerter votre tante dès maintenant. »

La chance me sourit, car nous trouvâmes les deux gardes dans le même lit avec l'aînée de Rolfus le Fier. Promptement tirés des draps, désarmés et à demi-nus, ils n'offrirent aucune résistance et se laissèrent entraver les poignets sans piper. L'un d'eux, appelé Holger Cotte Rouge, me jeta un regard mauvais en passant devant moi mais je n'en avais cure : l'arrestation du frère Sigfred par Yvar me préoccupait bien davantage. D'ailleurs, aux exhortations que j'entendis du côté de sa couche, je devinai que le papar devait offrir une plus grande résistance que ses gardes ne l'avaient fait. Yvar réapparut néanmoins avec celui-ci ligoté jusqu'aux cuisses.

Avant même que les membres de la maisonnée ne fussent levés et en mesure de contester l'opération, les ravisseurs et leurs captifs avaient décampé. Interdit, je me faufilai par la porte à leur suite et je les talonnai à courte distance. Ils prirent le chemin du quai où ils furent bientôt rejoints par les bondis et leurs gens qui s'y amenaient avec moult cris. Chaque groupe entraînait dans sa cohue un des six autres membres de l'ambassade chrétienne. Aux ordres lancés par la voix tonitruante d'Yvar, je compris qu'on allait faire monter de force le prêtre et ses hommes sur un knörr et je me pressai aux premiers rangs de la bousculade afin d'assister à cet outrage.

Contre toute attente, frère Sigfred ne s'opposa pas à l'embarquement, non plus qu'aucun des gardes de son escorte. Ils grimpèrent aussi dignement que leur permettaient leurs entraves, en récitant des prières. Hormis la demande du papar pour la récupération de ses effets, ils ne réclamèrent rien pour la traversée. Même si les bagages de frère Sigfred représentaient un véritable trésor pour le village, Yvar consentit à les lui rendre et, s'avisant de ma présence dans la foule, il m'envoya les quérir. Il ordonna également qu'on approvisionne sommairement le navire en vivres et en équipement.

Tout en courant sur les planches disjointes du quai, mon cœur battait la chamade. L'idée d'être obligé de toucher aux objets sacrés pour les rassembler me rendait anxieux : je ne les avais encore jamais approchés, et transgresser un interdit en les manipulant m'indisposait vraiment. Je réussis pourtant à m'acquitter de ma tâche avec célérité et je fus de retour sur le quai en transportant le précieux coffre de frère Sigfred sur mon dos. « Charge ça dans le fond, Gunni le Gauche, me signifia Yvar dès mon arrivée. Et restes-y pour réceptionner les provisions. » Avec mon fardeau, je me hissai sur le knörr, un navire léger possédant six paires de rames. Le papar et ses hommes, toujours ficelés, s'étaient regroupés à la proue et continuèrent leurs prières sans m'accorder d'attention. Quelques armes, des boucliers et des vivres furent rapidement transbordés, ballots et tonneaux que je rangeai aussitôt entre les traverses de la coque. Puis Svein, l'aîné d'Yvar, et trois gars du village montèrent à bord. On attacha à la poupe un esquif destiné à les ramener à Leirvik quand le knörr aurait atteint la haute mer. Semblant m'avoir oublié, Yvar ordonna de larguer les amarres et le navire s'ébranla doucement sous le dôme céleste piqueté d'étoiles.

Médusé, je vis les points lumineux formés par les torches sur le quai décliner les uns après les autres, à mesure que les courants du fjord portaient le knörr vers le large. Une heure à peine s'était écoulée depuis mon réveil brutal chez Rolfus le Fier que la délégation religieuse du roi Olaf quittait Leirvik, captive avec cinq hommes d'équipage dont j'étais, par le plus grand des hasards, moi qui n'avais jamais navigué. Je me souviens d'avoir éprouvé un étrange sentiment de bonheur en doublant le premier cap du fjord qui se dessinait au clair de lune. Dans le noir d'encre où le navire était plongé, sans torche ou lampe pour l'éclairer, je m'activai à ramer avec les gars du village et ils ne virent certainement pas le sourire incongru sur mes lèvres. Certes, mon allégresse devait contraster avec la mine austère qu'affichaient Svein, ses compagnons et les neuf prisonniers chrétiens, tous contraints de prendre la mer ensemble.

Au petit matin, les chrétiens cessèrent enfin de prier. Un vent constant soufflait d'est en ouest et le knörr avait atteint la mer. Je levai la tête et contemplai les flots ronds et gris avec une émotion poignante. Voilà que j'étais parti de Leirvik et je réalisais soudain que je n'avais nulle envie d'y revenir : « Ô, très sage Odin, pensai-je, laisse-moi accroché à cette rame ; que Svein m'oublie comme son père l'a fait hier ; je veux moi aussi prendre la route des cygnes et visiter le monde chrétien. » La voix de Svein eut tôt fait d'interrompre ma rêvasserie : « Compagnons, fit-il, nous sommes assez loin maintenant : le vent tient bien et l'allure des nuages me dit qu'il soufflera encore une bonne journée. Il est temps de retourner à Leirvik ! » Les trois gars du village quittèrent aussitôt leur place, se précipitèrent à la poupe et ramenèrent l'esquif contre la coque du knörr pour s'y glisser. Quant à Svein, il s'attela au démontage du gouvernail à tribord tout en m'ordonnant de retirer les rames des trous de nage et de les jeter par-dessus bord. C'est alors que je compris son plan : abandonner le knörr aux vents. Je ne fus pas le seul à saisir cela, car Holger Cotte Rouge, sans doute le capitaine de l'expédition du frère Sigfred, protesta immédiatement : « Messire Svein, je vous en prie, laissez-nous les rames ! Déjà, sans l'usage du gouvernail, nous ne pourrons pas regagner la côte de sitôt, ce qui est votre but, mais si nous n'avons plus de rames, nous risquons d'être coincés en mer une éternité. Qu'allons-nous faire ?

— Eh bien, vous prierez et votre sauveur vous sauvera, n'est-ce pas le papar ? répondit narquoisement Svein. Comme votre dieu est tout-puissant, nul doute qu'il empêchera que vous périssiez bêtement et il vous ramènera tout ronds au roi Olaf.

— Je ne toucherai pas aux rames, échappai-je, le cœur battant.

— Toi, le thrall, tu vas m'obéir ou je te trucide céans ! s'étrangla Svein.

— Je n'enlèverai pas les rames, répétai-je sur un ton durci. Ni moi ni un autre. Il n'est pas digne d'un Viking de priver un knörr de ses rames et tu devras répondre de ton acte auprès d'Odin si tu le fais. »

En parlant, je notai que deux gars de Leirvik avaient déjà sauté à l'intérieur de l'esquif, ce qui ne laissait qu'un seul homme à bord pour mettre la menace de Svein à exécution. Sans lui laisser le temps de réagir, je me ruai sur le plus proche prisonnier et tranchai les liens de ses poignets avec mon couteau court. Il bondit sur le stock d'armes et en prit une pour lui et une autre qu'il me lança.

Momentanément, nous devenions à forces égales : moi et le chrétien contre Svein et son compagnon. Je tremblais dans l'attente de la riposte qui, bizarrement, tardait à venir. Sur le qui-vive, le gars de Leirvik dégaina son épée et du coin de l'œil, il quêta l'ordre de Svein de donner l'assaut. Nullement nerveux, celui-ci grimaça un sourire dédaigneux à mon intention, puis projeta à la mer le gouvernail qu'il avait réussi à décrocher entre-temps. « Gunni le Gauche, siffla Svein entre ses dents, tu es un scélérat et ta trahison sera connue sur tous les rivages de Norvège. Tu aimes les rames du papar, alors tu vas rester à son bord. Jamais tu ne pourras revenir à Leirvik et mon oncle Rolfus le Fier te traquera pour le reste de ta vie, où que tu sois. Quand il t'aura rattrapé, il te fera rôtir comme un cuissot de renne et tu regretteras amèrement de t'être affranchi sans sa permission. »

J'avoue que la perspective d'être brûlé vif m'inquiéta sur le coup ; en contrepartie, celle d'être banni de Leirvik m'enchanta. Je ne pus retenir un petit salut de la tête en direction de Svein qui déjà enjambait le bord du knörr pour rejoindre ses hommes dans l'esquif. Aussitôt, le prisonnier que j'avais libéré s'activa à délivrer ses compagnons tandis que je m'avançai à la poupe pour voir s'éloigner le neveu du chef de Leirvik. En moins de temps qu'il n'en faut pour lier une botte de foin, notre équipage se distança du sien et je me retrouvai tout à coup seul parmi neuf chrétiens, au large des côtes de la Norvège, sur un bateau sans gouvernail, en homme virtuellement libre.

La petite communauté cistercienne de Saint-Fergus-le-Picte comptait une demi-douzaine de frères dirigés par un moine âgé qui, en ce 28 novembre de l'an de grâce 1018, agonisait. Réunis dans la petite chapelle et insensibles au froid pénétrant des lieux, les religieux priaient sans interruption depuis matines* pour l'âme de leur chapelain. Au dehors, la tempête se levait dans l'estuaire peu peuplé de Dornoch et le vent secouait énergiquement les volets du prieuré centenaire qui occupait une pointe escarpée s'avançant sur la mer du Nord.

La côte est d'Écosse était semée de ces promontoires rocheux propices à l'installation d'édifices en pierre dont les assises s'adaptaient mal aux sols marécageux comme en était abondamment couvert l'arrière-pays. Isolés et pratiquement inaccessibles par terre ou par mer, ces sites étaient les premiers choisis pour l'érection de places fortes ou de monastères que l'on voulait avant tout faciles à protéger. À ce chapitre, le prieuré de Saint-Fergus-le-Picte jouissait d'un emplacement idéal. Pour l'atteindre par route, les cavaliers devaient chevaucher durant plusieurs miles au milieu de marais nauséabonds et de tourbières spongieuses dans lesquelles les montures s'enfonçaient continuellement ; par bateau, il fallait manœuvrer avec prudence entre les récifs et profiter de l'étale d'une marée bien haute pour s'approcher. En pleine bourrasque, les chances d'accoster sans heurts s'amenuisaient grandement et, pour un navire dépourvu de gouvernail, cela devenait tout à fait impossible. C'est donc ce qui arriva au knörr du frère Sigfred pourtant placé sous la protection du Christ depuis son départ de Leirvik. Après quarante heures de navigation sur une mer houleuse où les vents soufflèrent obstinément d'est en ouest, il s'abîma à plusieurs yards* du littoral, presque sous les fenêtres du prieuré de Saint-Fergus-le-Picte alors plongé dans l'oraison aux mourants. Il ne fut pas totalement emporté corps et biens dans le bouillonnement de la mer démontée, car la moitié de l'équipage survécut.

Les rescapés furent découverts par Moïrane, la fille d'un mormaer* dont les terres occupaient toute la vallée de Dornoch. Leur place forte était sise à un demi-mile du prieuré, par un chemin étroit et rocailleux. Alors que la jeune femme s'y rendait en tenant son panier de provisions bien serré contre sa hanche, elle aperçut entre les galets deux premiers corps étendus face contre terre. La pluie ruisselait sur les visages bleuis et elle présuma qu'il s'agissait de noyés. Puis, s'avançant prudemment, elle vit trois hommes à demi immergés, tirant à l'unisson sur une large corde à laquelle un navire était attaché. L'apparition de la figure de proue, énorme gueule ouverte surmontée d'yeux exorbités, jeta Moïrane contre la paroi d'un rocher, plus ahurie qu'effrayée. Elle déposa le panier à ses pieds, serra étroitement la cape qui la protégeait et risqua un second coup d'œil. Cette fois elle n'eut plus de doute, les naufragés étaient des Vikings. La tête de dragon de leur bateau, leur vêture colorée, leurs casques et leurs ceintures ainsi que leur langage guttural, tout dénotait leur origine. «*A furore Normanorum libera nos, Domine!* (De la fureur des Normands* délivrez-nous, Seigneur!) » murmura-t-elle en se signant. Cette supplique avec laquelle tous les prêtres clôturaient leurs offices, Moïrane l'avait maintes fois entendue et apprise par cœur. Elle évoquait immanquablement les calamités dont les récits des voyageurs étaient farcis : le massacre de paysans, le rapt de femmes et d'enfants, le pillage et l'incendie d'églises et semblables atrocités perpétrées par ces païens habitant de l'autre côté de la mer. La jeune femme frémit, reprit son panier et se hâta sur le sentier qui montait au prieuré pour y donner l'alerte.

Malheureusement, là-haut, personne ne vint répondre. Après plusieurs tentatives infructueuses, Moïrane dut se résoudre à cesser de frapper au judas. Indécise, elle laissa son panier sur le portique et décida de regagner la vallée par un détour qui lui évitait de repasser le long de la grève. Depuis que son père avait convenu qu'elle s'acquitterait de la livraison hebdomadaire d'aliments au prieuré, jamais la jeune femme ne s'était butée à une porte fermée. Elle se présentait invariablement tous les dimanches avec les denrées et n'avait même pas à frapper pour qu'on lui ouvre puisque son arrivée était attendue et signalée depuis la fenêtre du chapelain.

Moïrane leva les yeux pour examiner les épais murs sombres de l'édifice comme s'ils allaient révéler la raison de ce silence, puis elle les baissa sur le sentier boueux qui aspirait ses chaussures à chaque pas. Soudain, elle se figea et une peur atroce lui noua les entrailles : un des Vikings se tenait immobile à quelques pas devant elle. L'eau sortait copieusement de ses habits en lambeaux et son visage ruisselait de même façon. Son crâne était curieusement hérissé à cause des gouttelettes accrochées à sa chevelure rase et clairsemée et il l'examinait avec un regard gris fer peu engageant. Désespérée, Moïrane se signa en jetant les yeux de part et d'autre à la recherche d'un refuge, mais, mis à part le prieuré résolument fermé, il n'y en avait pas. S'armant de courage, elle dévisagea l'homme et fut surprise de le voir se signer en inclinant légèrement la tête, comme pour la saluer. «Gunni», fit-il d'une voix rauque en posant le plat de sa main sur son torse. Tout à fait désemparée, Moïrane n'osa faire un mouvement et regarda l'étranger fixement. « Gunni », répéta-t-il avec le même geste suivi d'un nouveau signe de croix avec sa sénestre*. Cette fois la jeune femme réagit en songeant qu'un homme qui se signe ne peut être un mécréant et que l'attaque ne devait pas faire partie de son plan puisqu'il n'était pas armé. Elle inspira un bon coup : « Moïrane… tout comme le nom de la Vierge Marie. Je suis la fille de Moddan… le mormaer », répondit-elle. À l'expression d'hébétude qu'elle lut dans le regard de l'homme, elle en déduisit qu'il ne parlait pas sa langue. Aussi se contenta-t-elle de répéter son nom plusieurs fois en appuyant un index nerveux sur sa poitrine. Le Viking tendit alors la main, paume vers le ciel en prononçant « Moïriane » suivi d'un mot en norrois* que la jeune femme prit pour une salutation. « Bonjour messire Gunni », dit-elle en observant l'eau qui s'était déjà accumulée au creux de la large main calleuse aux doigts étonnamment fins de l'homme.

Après le long moment silencieux qui suivit les présentations où chacun rabaissa sa main avec prudence, Moïrane décida qu'aucune alerte n'était nécessaire. L'attitude quasi courtoise du Viking démontrait ses intentions pacifiques et une seule chose semblait le préoccuper, soit ses compagnons restés sur la plage. D'un commun accord muet, les jeunes gens redescendirent ensemble sur le site du naufrage. Moïrane constata que les deux hommes qu'elle avait crus noyés étaient vifs* et que les deux autres, passablement amochés, tentaient de les redresser. Tout en se défaisant de la pierre à feu attachée à sa ceinture, elle fit comprendre au Viking que lui et ses compagnons devaient se réchauffer dans l'attente de secours, qu'elle partait chercher de l'aide et qu'elle reviendrait avant la nuit. Puis, elle tendit l'objet à l'homme et quitta les lieux à la hâte dans l'espoir qu'il ne cherche pas à la retenir ou à la pourchasser. Ce dont Gunni le Gauche s'abstint malgré l'envie qui le tenaillait de la suivre.

Je trouvai que l'empressement de la dénommée Moï-riane à s'esquiver ressemblait fort à une fuite et quand je la vis glisser sur une pierre vermoulue, je fus tenté de la rattraper. Mais déjà elle reprenait sa course sans un regard derrière elle. « Elle va revenir », finis-je par me convaincre. Ensuite, en m'activant à préparer un feu de bois flotté, je ne cessai de me rappeler les mots que la jeune femme avait prononcés, des mots qui m'intriguaient parce qu'ils ne m'étaient pas totalement étrangers comme « faites du feu », « ramener un char à bœuf », « les hommes de mon père », « soigner les blessures », « revenir »… Si sa langue m'était familière, c'est que je l'avais apprise et cela ne pouvait avoir été que dans ma très jeune enfance. Cette découverte me confirma que le knörr avait bel et bien traversé la mer et dérivé jusque sur les côtes d'Écosse, mon supposé pays d'origine. À cette singulière constatation, mon cœur se serra.

Avec ce que je trouvai de combustible sec, je réussis à allumer un brasier à l'abri d'un surplomb rocheux où Hakon, Ingolf et Osmond se glissèrent, puis je passai l'heure qui suivit avec Holger Cotte Rouge à évaluer les dommages à l'épave coincée entre les rochers. Le mât était fendu en deux endroits, la coque avait été largement éventrée à bâbord, mais la quille de chêne était miraculeusement intacte. Comme tout capitaine norvégien, Holger Cotte Rouge s'y connaissait en construction navale et il finit par déclarer le knörr réparable. Comme j'étais le plus valide des deux, je retournai dans l'eau glaciale pour tenter de récupérer ce qui pouvait encore l'être de notre équipement et des vivres attachés aux traverses. J'aurais aimé retrouver le coffre de frère Sigfred et quelques épées mais tout cela avait dû sombrer au moment de l'impact contre les récifs. Je réussis cependant à dégager un tonnelet d'eau, deux boîtes de harengs séchés, un chaudron, des cordages, deux haches et six boucliers : bien maigres réserves pour cinq hommes égarés en plein mois de novembre. Holger Cotte Rouge m'aida à traîner le matériel jusqu'au foyer et garda une des deux haches en mains. «Tu n'aurais pas dû laisser partir la fille, Gunni le Gauche. Toute jolie et amène qu'elle était, elle va nous abandonner ici, crois-moi», me reprocha-t-il. Puis montrant du menton le clocher noir, il ajouta : «Quand on se sera remis et séchés, Hakon, toi et moi, on montera pour forcer la place.

— Ce n'est pas très chrétien, fis-je.

— Disons que nous forcerons si on ne nous ouvre pas. Frère Sigfred nous aurait fait admettre facilement dans ce prieuré, mais sans lui, notre allure et le nom de Normand pratiquement gravé sur notre front ne nous attireront certes pas la charité.»

Je détournai les yeux en pinçant les lèvres. L'attitude belliqueuse de Holger Cotte Rouge m'inquiétait. Tout au long de la traversée, il m'avait accablé d'insultes parce qu'il prétendait que j'avais ouvert la porte de la longue maison à Yvar et à ses fils afin de les donner, lui, son compagnon et frère Sigfred. Ce dernier avait eu beau parler en ma faveur sur le knörr et défendre qu'on m'injurie, Holger Cotte Rouge m'était resté hostile. À son analyse des dégâts subis par le navire, il était clair qu'il voulait rentrer en Norvège le plus rapidement possible, et son comportement téméraire prouvait qu'il envisageait de le faire sans le concours des habitants locaux. De plus, je craignais avec raison le sort qu'il me réserverait, le moment venu. Cependant, en connaissant quelques mots de la langue utilisée ici, j'avais un avantage sur lui, car je doutais qu'il courre le risque de se mettre délibérément à dos la population qui vivait dans cette contrée pour arriver à ses fins. Si je jouais bien mes cartes, tôt ou tard, Holger Cotte Rouge aurait besoin de moi comme truchement*. J'espérai alors pouvoir émettre des conditions à ma coopération dont la principale : celle de me reconduire dans un port du continent, car, plus que jamais, je voulais voyager et, ce faisant, repousser la sinistre perspective d'être repris et châtié par Rolfus le Fier. Une chose était certaine : non seulement je ne participerais pas à l'assaut du prieuré, mais j'étais bien déterminé à l'empêcher. Quant à la dénommée Moï-riane, je voulais bien lui faire confiance jusqu'à la nuit. Au-delà de celle-ci… je ne savais quelle position j'adopterais.

CHAPITRE II

LE FUYARD

La pluie cessa, un vent froid s'éleva et presque au même moment, on entendit s'érailler dans l'air du soir le son lugubre de la cloche du prieuré. Je ne sais si c'est à cause de l'ennuyeux de notre situation, Holger Cotte Rouge déposa sa hache et cessa de parler d'attaque. Dans le chaudron, Hakon avait fini par cuire un bouillon avec le poisson séché qui nous sustenta provisoirement. Au fur et à mesure que les étoiles s'allumaient dans le firmament et que le vent tombait, nous cessâmes de converser, chacun méditant sur le triste sort du frère Sigfred et des autres hommes d'équipage emportés par la mer.

Des cinq rescapés, il n'y avait que moi à être parfaitement indemne : Holger Cotte Rouge avait une épaule démise et un genou amoché ; Hakon, une jambe ouverte jusqu'à l'os ; Osmond et Ingolf respiraient avec difficulté et ils étaient si étourdis qu'ils n'arrivaient pas à tenir debout. Nous parvînmes à faire sécher nos vêtements et à dresser un abri avec un lambeau de la voilure du knörr, mais notre condition ne nous permettait pas de prendre la route en quête d'une habitation, encore moins de donner l'assaut au prieuré obstinément fermé. J'y étais remonté avec Holger Cotte Rouge et nos appels avaient buté en vain contre sa solide porte. De ses étroites lucarnes avait filtré le chant lancinant d'un chœur d'hommes dont nous ne pûmes évaluer le nombre et nous étions redescendus perplexes à notre campement. Puis, la nuit s'égrena lentement sans autre incident. Faisant le guet à tour de rôle, nous dormîmes chacun quelques heures sous l'auvent formé par le carré de voilure tendu entre des arbres. Les secours promis par la dénommée Moï-riane ne vinrent pas.

Le mormaer Moddan chérissait son fils Ottar autant que sa fille Moïrane, mais ce qu'il refusait catégoriquement à l'un, il l'accordait volontiers à l'autre. Ainsi la jeune femme pouvait-elle aller et venir librement sur le domaine avec de simples servantes alors que son frère ne sortait du camp qu'escorté par deux ou trois drengs*. «La valeur d'un fils de chef est plus grande puisque sa vie est plus fragile. Il est toujours épié par les ennemis de son père et nombreuses sont les lames prêtes à le transpercer au moindre faux pas», expliquait-il à ses enfants.

Cependant, le soir du 28 novembre, Moddan songea sérieusement à inverser les permissions qu'il leur octroyait. Le récit que Moïrane fit de son aventure solitaire au prieuré le jeta dans une formidable colère principalement alimentée par sa propre peur: sa fille s'était retrouvée isolée au milieu de cinq Vikings. «Certes, je vais envoyer mes hommes là-bas, jeune femme! Mais ce ne sera pas pour secourir ces mécréants: ils ne seront jamais les bienvenus sur mes terres, non plus que sur le plateau du prieuré de Saint-Fergus-le-Picte », tonna Moddan à sa fille qui lui exposait la situation et demandait de l'assistance.

« Père, répliqua Moïrane. Ces Vikings sont des sinistrés, ils ont échoué sur nos côtes en pleine tempête, ils ont été rejetés par la mer ! Vous ne pouvez pas les chasser et, en bon chrétien, vous avez même le devoir de les aider puisque le prieuré est fermé… D'ailleurs, ils ne sont pas païens.

— Ça, c'est à voir ! Va dans ta chambre, maintenant : je t'interdis formellement de sortir du fort jusqu'à ce que les malotrus aient disparu des environs ! Des navigateurs vikings, mêmes convertis, advenant que ce soit le cas, demeurent des hommes sans femmes qui en prennent là où ils débarquent. Et je n'ai pas l'intention de leur céder ma fille unique, pas plus que je n'ai consenti à donner Ottar à Malcolm MacKenneth, tout roi qu'il se croit.

— Vous avez fait là une erreur, mon père, intervint Ottar. Malcolm II a bien été consacré à Scone et il est reconnu comme le roi d'Écosse. Si j'avais épousé son aînée, je serais prince et je jouirais de l'opulence d'un château de pierre au lieu de parcourir vos terres boueuses sur un mauvais cheval.

— Balivernes ! s'écria le père. Malcolm MacKenneth est sans fils et il veut acquérir un gendre sur nos terres pour mieux l'y envoyer négocier par la suite. Il pense ainsi pouvoir amadouer les seigneurs du Caithness, mais ce territoire ne lui appartient pas puisque le pays entier est assujetti au très puissant Knut, roi du Danemark, d'Angleterre, d'Irlande et d'Écosse. »

Voyant que la discussion entre son père et son frère s'envenimait, Moïrane retraita prudemment et sortit de la salle. Après ce départ, un silence tendu s'installa entre les deux hommes qui se dévisageaient en serrant les poings. De même taille, ils se ressemblaient à s'y méprendre : les membres longs et minces, la tête étroite, les cheveux foncés et plantés drus au-dessus d'épais sourcils, et des yeux très noirs pour animer leur visage anguleux. Depuis le jour de ses vingt-cinq ans, Ottar éprouvait une forte envie d'émancipation et profitait de toutes les occasions pour se mesurer au mormaer. « Ne méprise le domaine de Dornoch, mon fils : ce n'est pas digne de toi. Et puis, ne règle pas ton problème de monture en prenant une femme de haute naissance dans le Fortriu : cela s'avérerait un mauvais calcul », laissa finalement échapper Moddan pour reprendre la parole.

La discussion eut du bon : celle de reporter l'intervention intempestive de Moddan auprès des Vikings. La nuit fit retomber sa colère et, comme sous l'action d'un levier, fit remonter son amertume. Constater les différences de vues avec son fils le blessait et altérait son humeur. Le lendemain matin, inquiet d'une probable offensive des Vikings contre les moines de Saint-Fergus-le-Picte dont il était le protecteur, et intrigué par la claustration de ces derniers, le mormaer rassembla une dizaine d'hommes et se rendit au prieuré.

Sa troupe longea la grève, mais n'y repéra que l'épave et les restes du campement des naufragés. Moddan découvrit ceux-ci sur les hauteurs du prieuré. Les cinq Vikings s'étaient regroupés en retrait du terrain hérissé de croix celtes qui servait de cimetière hors les murs et ils observaient dans une attitude recueillie la mise en terre du vieux chapelain. Le mormaer comprit aussitôt pourquoi les moines n'avaient pas ouvert leur porte à Moïrane, la veille, et il constata que les Vikings semblaient ne pas les inquiéter en se comportant en chrétiens. Leur condition physique laissait présager qu'ils recevraient des soins appropriés de la communauté monastique et, sans plus s'attarder, Moddan repartit avec ses hommes.

Laissés à nous-mêmes dans une petite loge mal chauffée tandis que les moines discutaient de la succession à la tête de leur communauté dans une autre partie du prieuré, nous attendîmes une journée entière avant d'obtenir quelques attentions d'eux. Je réussis assez bien à me faire comprendre du frère Gervadius, un jeune moine qui fut désigné pour s'occuper de nous. Malgré l'économie de paroles qu'il s'efforçait de démontrer, il m'apprit que la délégation bien armée qui s'était présentée au cimetière était celle du mormaer, un genre de jarl, de qui l'approvisionnement et la défense du prieuré relevaient. J'en conclus que la dénommée Moï-riane devait être apparentée à cet homme et que c'était de ce côté que je devais regarder si je voulais améliorer notre situation.

L'épaule de Holger Cotte Rouge fut rapidement remise et la jambe nettoyée et bandée de Hakon guérit presque aussitôt. Avec Osmond et Ingolf qui avaient repris leur aplomb, nous pûmes entreprendre les travaux de réparation du knörr et nous nous y employâmes dès le lendemain de l'enterrement, au grand soulagement des moines, je crois. Holger Cotte Rouge s'étonna de ma facilité à me faire entendre du frère Gervadius, notre intermédiaire avec la communauté cloîtrée, mais trop préoccupé par la réfection du navire et du retour en Norvège, il ne chercha pas à élucider cette énigme. Je parvins assez bien à expliquer nos besoins d'outils et de matériaux au jeune moine et j'obtins sa collaboration si entière que nous ne requîmes point celle des habitants de la vallée pour mener à bien notre entreprise de réparation. Ce succès me désappointa un peu, car il m'enlevait tout espoir de monnayer mes services de truchement à Holger Cotte Rouge. Ainsi, je ruminai ma situation de fugitif avec une anxiété grandissante tout au long de cette première semaine à Saint-Fergus-le-Picte.

Nous passâmes des heures éreintantes à tailler des pièces de bois de tilleul, car nous n'avions pas trouvé de chêne, en vue de leur assemblement pour la coque, à calfater celle-ci avec de la graisse et de la laine du prieuré, et à recoudre la voile. À travers ces tâches, nous assistâmes à quelques offices religieux célébrés dans la chapelle. Curieusement, je tirai beaucoup de satisfaction à m'investir dans ces activités si différentes de mes anciennes besognes de thrall. D'une part, je retrouvais avec bonheur le maniement des ciseaux, des limes et des poinçons et, d'autre part, je découvrais avec émerveillement le chant mélodieux et puissant des cantiques sacrés exécutés quotidiennement par les moines. Je me surpris même à en apprendre un dont les consonances latines chatouillaient agréablement mes oreilles.

Nous avions hissé l'épave sur la grève et lui avions fabriqué un échafaud pour travailler à sa coque plus aisément. Tous les jours, en descendant au chantier de réfection, j'épiais le vieil Ingolf lorsque, le nez en l'air, il examinait le temps et en tirait des prévisions : du vent d'est ou d'ouest, de la neige ou de la pluie et, immanquablement, du froid. « Mon avis est que les glaces se formeront durant les prochaines nuits. Si on ne se hâte pas, on ne pourra pas prendre la mer et on restera coincés dans ce prieuré tout l'hiver », dit-il un matin à Holger Cotte Rouge. Ce dernier me coula un regard sournois que je soutins. « Et le gel des eaux va fermer le passage à Rolfus le Fier qui doit bouillir de te retrouver, Gunni le Gauche… » fit-il avec un sourire mauvais. Ingolf eut l'air surpris par ce commentaire inattendu et fixa Holger Cotte Rouge avec ses yeux globuleux : « Gunni le Gauche a toujours été de notre côté, dit-il. Il ne serait pas loyal de l'exposer à la vindicte du jarl de Leirvik et j'espère que ce n'est pas ton intention, Holger !

— Je ne le ramènerai pas contre son gré en Norvège et je n'irai certes pas le déposer dans un port de son choix, comme il en rêve, mais si je croise quelqu'un qui le cherche, je ne me gênerai pas pour dire où je l'ai vu en dernier », répondit Holger Cotte Rouge.

Les dés étaient jetés et les jeux clairs entre moi et ce félon. Tremblant de colère contenue, je laissai tomber mes outils et abandonnai aussitôt le chantier. Le jour même, je quittai l'hostellerie du prieuré en n'emportant rien d'autre qu'un morceau de fromage sec et je marchai en direction de la vallée, bien résolu à prendre la fuite par les terres, car toute route maritime m'était désormais interdite. Il valait mieux ne pas m'attarder davantage en ces lieux vers lesquels Holger Cotte Rouge s'empresserait de diriger les recherches à qui voudrait me reprendre ou me pourfendre. Mon destin avait été scellé à la minute où je m'étais opposé aux plans de Svein, au large de Leirvik, et j'étais déterminé à ne jamais retourner à l'esclavage, quel qu'en soit le prix.

Je bénéficiai d'une lune bien ronde pour éclairer ma fugue à l'intérieur des terres qui semblaient inoccupées. Au début de la nuit, j'atteignis la palissade d'un fort d'impressionnante dimension, seule habitation sur laquelle j'avais pu mettre le cap. Les chiens signalèrent ma présence à grand renfort d'aboiements et je fus rapidement intercepté par la milice qui gardait la place. Comme je l'avais pressenti, j'avais abouti au chef-lieu du mormaer de Dornoch. C'était un ensemble complexe de bâtiments aux murs épais en planches jointoyées d'étoupe, aux toitures de chaume et de boue séchée et aux sols de terre battue. Ils étaient reliés les uns aux autres par des couloirs étroits en pierres sèches où l'eau s'infiltrait et formait çà et là des flaques gelées. En les traversant, je ne pus m'empêcher de penser aux larges allées pavées qui quadrillaient Leirvik en fournissant aux souliers un chemin toujours sec et dur. Au bout de notre course dans ce dédale obscur où nous ne rencontrâmes personne, nous entrâmes dans le corps de logis de deux étages et le garde m'introduisit dans une salle fort spacieuse où une assemblée d'une dizaine d'hommes et de femmes veillait autour d'un feu crépitant dans une large fosse. Une appétissante odeur de viande grillée flottait dans l'air chaud et je sentis se tordre mes entrailles qu'une semaine de maigres soupes aux raves n'avait pas contentées.

« Mon seigneur, voici un des Vikings qui demande asile : il est venu seul et il n'est pas armé », claironna mon escorte en me poussant dans le dos pour que j'avance sous la lumière des torches. Au premier coup d'œil, je repérai la dénommée Moï-riane qui me reconnut aussi : « Voilà messire Gunni dont je vous ai parlé, père ! » fit-elle en se levant prestement. Elle portait un bliaud* bleu de guède ouvert et lacé sur les côtés jusqu'à la taille qui m'apparut fort fine. Ses cheveux bruns tressés en une large natte pendaient sur son épaule en soulignant la longueur de son cou gracieux. Son visage à l'ovale parfait offrait des yeux noirs et pétillants, un nez court et droit et une bouche bien dessinée. Je clignai des yeux devant tant de grâces et la saluai en la nommant avec déférence.

L'homme mûr à qui elle s'était adressée en l'appelant «père» lui jeta un regard sévère pour lui imposer silence, puis il me dévisagea avec un air agacé : «Moïrane, ma fille, et non pas Moï-ri-ane comme tu le dis, Viking!» Je déglutis avec peine, inquiet d'avoir contrarié ce père en quelques mots seulement. Néanmoins, je répondis à son geste impatient qui m'invitait à approcher et je fis quelques pas circonspects dans sa direction. «On m'a dit que le drakkar* sera bientôt prêt à reprendre la mer, poursuivit-il d'un ton bourru. Ce serait heureux qu'il le soit sans tarder car votre entretien est une lourde charge pour la communauté de Saint-Fergus-le-Picte, d'autant plus que l'hiver s'installe dans l'estuaire... Alors, Viking, qu'es-tu venu me demander? Qu'as-tu besoin que le prieuré ne puisse te fournir afin que vous repartiez en Norvège?»

Évidemment, je n'avais pas tout compris de ce qu'il m'avait dit, mais j'en saisissais l'essence : le départ imminent de l'équipage de Holger Cotte Rouge. Aussi, je m'armai de courage et débitai une série de mots décousus destinés à l'informer que je ne souhaitais pas appareiller : «Je suis Gunni... je grandis en Écosse... je voyage... je retourne pas à Norvège. Je marche en homme libre dans le pays... Vois ici Gunni d'Écosse, pas Gunni de Leirvik...

– Oui, oui, j'ai bien compris, m'interrompit-il. Tu te nommes Gunni et tu viens de Norvège. Moi, je suis

Moddan, le mormaer à qui appartiennent toutes les terres de la vallée de Dornoch, de la mer jusqu'à la pointe sud du loch Shin. Ton groupe est en Écosse, sur mon domaine et je désire vivement qu'il le quitte au plus coupant.

— Père! s'exclama Moïrane. Est-ce une façon de traiter les visiteurs? Messire Gunni vient en ami, c'est un voyageur. Pourquoi le chassez-vous?

— Ma fille, je t'ordonne de te taire immédiatement ou je te renvoie dans ta chambre. Ce n'est pas à toi d'accueillir ou d'expulser les étrangers sous mon toit…

— Elle a raison», intervint un jeune homme qui ressemblait au mormaer comme deux grains de sable, mais en plus jeune, au point que j'en déduisis qu'il devait s'agir du fils. «Ce Viking se présente seul ici, comme un étranger de passage qui quitte les membres de son expédition. Hébergez-le quelques jours puisqu'il ne retourne pas en Norvège…»

En comprenant que la fille et le fils de la maison parlaient en ma faveur, mon cœur se gonfla d'espérance et j'offris mon plus beau sourire au mormaer Moddan. Ce dernier devait beaucoup estimer ses enfants, car il leur céda. Me confiant à eux, il se détourna de moi et m'ignora pour le reste de la soirée, ce qui ne m'affecta pas, tout habitué que j'étais à être traité avec indifférence.

Ottar fut tout de suite obnubilé par le Viking. Ce dernier dégageait un curieux mélange d'humilité et d'assurance qui étonnait. Son regard gris était direct et parfois à la limite de l'effronterie quand il se posait sur sa sœur. Malgré sa tenue dépenaillée, son étrange tonsure et sa ceinture sans arme, il émanait du Viking une impression de force et de distinction propre au guerrier accompli. Pourtant il ne connaissait pas le maniement de l'épée : ça, Ottar s'en était vite aperçu au regard absent que l'homme jetait sur les armes. Ses paumes calleuses trahissaient les travaux manuels durs auxquels elles avaient été soumises, mais la façon dont le Viking utilisait sa sénestre pour saisir les objets lourds dénotait une inexpérience à guerroyer. Était-ce possible qu'un homme de son âge n'ait jamais été formé aux techniques de combat ? De plus, le projet avoué de voyager à l'intérieur du pays à pied avait de quoi surprendre de la part d'un marin et Ottar en fut longtemps préoccupé.

Quant à Moïrane, la fascination qu'exerça le Viking sur elle portait davantage sur son discours laborieux et ce qu'il exprimait. Les bribes d'information sur son passé qu'elle parvint à déchiffrer l'intriguèrent fort et elle ne cessa de le questionner pour en apprendre davantage. Ainsi comprit-elle avant tout le monde que le Viking revendiquait des origines écossaises. Depuis combien de temps avait-il quitté le pays pour la Norvège ? Était-ce la première fois qu'il y revenait ? Où vivait sa famille ? De quel clan se réclamait-il ? Autant de questions qui demeurèrent malheureusement sans réponse, faute d'aisance dans les échanges.

Gunni le Gauche demeura très peu de temps au chef-lieu du mormaer de Dornoch. Le matin du troisième jour, il se présenta haletant dans le corps de garde et annonça son départ immédiat à Ottar. Ce dernier fut pris de court par l'empressement du Viking et il lui procura le nécessaire à sa route, vivres et vêtements, mais négligea de lui faire des recommandations relatives aux pistes à emprunter pour éviter les marais. Il accompagna son visiteur jusqu'à la porte de la palissade et le quitta, un peu perplexe.

Ce départ précipité laissa les enfants de Moddan franchement désemparés. Depuis le parapet de la tour de garde où ils grimpèrent pour voir l'étranger s'éloigner, ils aperçurent au loin un drakkar croiser à l'embouchure de l'estuaire et crurent qu'il s'agissait du navire des Vikings qui repartait pour la Norvège. Mais le lendemain, ils apprirent que ceux-ci étaient toujours au prieuré et leur embarcation en cale sèche. Le drakkar entrevu la veille n'était donc pas le leur. Les glaces avaient apparemment empêché le navire de progresser dans l'estuaire et il avait filé vers la haute mer sans avoir pu accoster à Dornoch.

Le seigneur Moddan fut extrêmement contrarié d'entendre un dreng revenant du prieuré annoncer que le séjour des Vikings se prolongerait de quelques mois à cause de l'embâcle. Afin de soulager les moines du fardeau de leur pension, le mormaer envoya quérir les quatre étrangers pour les loger dans son corps de garde avec ses hommes d'armes. Cependant, au bout de quelques jours de cohabitation, l'inaptitude des Vikings à se faire comprendre de la maisonnée fit regretter à Moddan la présence de Gunni le Gauche qui aurait rempli convenablement les fonctions de truchement. N'eût été de la patience de Moïrane qui s'entêta à communiquer avec les quatre Vikings, le séjour forcé de ces derniers se serait avéré très pénible pour les gens du mormaer.

Dans la vallée de Dornoch, l'hiver était une saison très difficile pour l'humeur de ses habitants : les heures de lumière étaient plus courtes que les heures de noirceur, la température humide et glaciale forçait la promiscuité autour des feux et la rareté des visites privait la famille des divertissements que constituaient les récits de voyage et le partage des nouvelles du pays. Pas plus que les gens du mormaer, les Vikings n'eurent la gaieté facile durant ces longs mois. Holger Cotte Rouge traitait ses hôtes avec froideur ; Hakon et Osmond demeuraient réservés et peu enclins à converser. Seul le vieil Ingolf démontrait un réel intérêt pour le dialogue et témoignait ouvertement son estime pour Moddan, mais ses tentatives pour lui être agréable restaient souvent vaines.

Par un frais matin de mars, alors que les ardeurs du pâle soleil faisaient goutter les pins coiffés d'une crête de neige durcie, Ottar revint de la mer, radieux et porteur d'une bonne nouvelle : les glaces avaient cédé dans l'estuaire. Ingolf traduisit aussitôt la chose à Holger Cotte Rouge qui se secoua de son mutisme : « Seigneur Moddan, fit-il soudainement courtois, si vous me prêtiez une monture, j'irais examiner notre knörr dans l'heure. Si l'hiver ne l'a pas détérioré et si les eaux de l'estuaire de Dornoch sont bien libres comme le dit votre fils, nous allons hisser la voile pour rentrer chez nous sans tarder, demain même, si cela est possible.

– Fais donc, fais donc, Viking ! Cours-y céans avec Ottar », répondit avec une précipitation non dissimulée Moddan, que la perspective du départ des étrangers ravissait.

Le 4 mars de cette année-là fut doublement célébré par les gens de Dornoch : premièrement, on assista à l'office spécial en l'honneur de saint Adrian, missionnaire de l'église celtique, et, deuxièmement, on salua le départ tant espéré des indésirables qui s'embarquèrent à marée haute au mitan du jour. Moddan tint à se rendre en grande escorte sur le rivage pour observer les manœuvres et s'assurer de l'appareillage du drakkar avec les quatre Vikings à son bord. Jusqu'à la dernière minute il avait cru que la chose ne se ferait jamais et que les étrangers non seulement s'incrusteraient chez lui, mais seraient rejoints par d'autres en quête de terres à coloniser, comme le faisaient habituellement les nombreuses familles norvégiennes qui s'étaient massivement établies dans les Nordreys depuis des générations.

Le nez collé à l'encoignure de la lucarne du clocher, j'espionnais depuis le matin les préparatifs d'Holger Cotte Rouge en vue de l'embarquement. J'éprouvais une joie intense de voir s'accomplir l'événement que j'attendais depuis trois interminables mois : trois mois où je me terrais dans le prieuré grâce à la complicité de mon ami, frère Gervadius, avec lequel j'avais admirablement progressé en langue gaélique ; trois mois à manger maigre et à apprendre des cantiques ; trois mois à graver des inscriptions latines et des motifs floraux dans des pierres de décor sous le maigre éclairage de la voûte où je me tenais enfermé le jour ; trois mois à voler quelques heures de sommeil la nuit pour sortir du prieuré étudier les étoiles et les écouter me parler d'expéditions fabuleuses ; trois mois à imaginer la charmante Moïrane entourée des quatre chrétiens bien repus autour du feu de Moddan ; trois mois à attendre qu'ils repartent enfin en Norvège ; trois mois à maudire mon infortune de reclus.

Combien de fois durant cette pénible saison m'étais-je demandé si j'avais bien fait de revenir sur mes pas dès ma deuxième nuit de fuite dans la vallée? La crainte irraisonnée d'avoir aperçu un knörr qui pouvait être celui de Rolfus le Fier m'avait propulsé hors du fort de Moddan, mais elle était vite tombée d'elle-même pour laisser place à l'angoisse de me retrouver seul, désarmé et démuni au milieu de terres marécageuses et désertes. Hébété, j'avais alors réalisé que jamais je n'avais vécu loin d'un groupe, mais au contraire, que chaque heure de ma vie avait été peuplée par la présence d'hommes, de femmes et d'enfants, parfois nombreux, toujours envahissants. « Être un thrall a cela de bon que l'isolement n'est jamais son lot : où qu'il soit et quoi qu'il fasse, le maître qu'il sert n'est pas bien loin », avais-je alors songé, rempli de nostalgie. « Suis-je fait pour devenir un nomade et un marcheur solitaire? Puis-je découvrir sans compagnons de route les merveilles du monde chrétien? Comment serai-je accueilli dans les places où je voudrai déposer ma besace? » m'étais-je demandé avec une anxiété grandissante. À Leirvik, au plus fort de mon enthousiasme, je m'étais imaginé parcourir le monde sur la mer et je me rendais compte qu'un voyage terrestre perdait tout attrait à mes yeux.

Le lendemain, quand une lourde neige mouillante s'était mise à tomber en détrempant le manteau sur mes épaules et le pain entre mes doigts gelés, je fus hanté par l'image séduisante de Moïrane dont les jupes ondulaient merveilleusement autour de ses jolies chevilles. En fixant la fumée qui s'échappait de mon vilain feu, j'avais revu avec délices le bras menu et gracieux de la belle sortir de sa manche, se tendre vers la marmite, plonger une écuelle dans le ragoût parfumé et me la présenter aimablement. Par Odin! À ce seul souvenir, je salivais encore... Cette vision plus que toutes les autres m'avait convaincu de rebrousser chemin. Quelle ne fut pas ma déconvenue en arrivant en vue des palissades de surprendre l'arrivée de Holger Cotte Rouge et de ses hommes qui s'apprêtaient à s'installer dans les lieux et places que je convoitais! Par Thor, je les aurais trucidés sur-le-champ si j'avais eu une arme et si j'avais su m'en servir!

Gervadius déboucha de l'échelle sur le palier et se plaça à mes côtés si discrètement que seul le froissement de sa bure m'avertit de sa présence. Je lui glissai un coup d'œil et compris aussitôt son désarroi: «Ils s'embarquent, lui dis-je. Je vais enfin pouvoir sortir de ma cache et partir à mon tour… si possible avec des voyageurs de passage à Dornoch. Celui qui me poursuit parcourt probablement déjà la côte et, une fois prévenu par Holger Cotte Rouge, il intensifiera ses recherches en commençant par ici.

— Gunni, dans ce prieuré, personne ne peut t'atteindre, tu le sais… Pourquoi ne pas te convertir et endosser l'habit monastique? Notre communauté t'accepte déjà. N'aimes-tu pas chanter… et entendre les prières?

— Si fait, mais j'aime aussi parler, Gervadius, comme toi, d'ailleurs. Je ne pourrai jamais me claustrer. Et puis, je suis incapable de renoncer à Thor ou à Odin: c'est grâce à leur intercession que j'ai pu quitter Leirvik et échapper au naufrage. Le dieu chrétien n'a-t-il pas permis la mort de frère Sigfred et la maltraitance des autres chrétiens alors que mes dieux ont vu à ce que je demeure sain et sauf? Cela n'est-il pas la preuve que les divinités vikings sont plus puissantes que Christ?

— Gunni, le Jésus Christ donne et reprend la vie à son heure et nul mortel n'échappe à sa volonté. N'as-tu jamais songé qu'Il avait le dessein de t'épargner dans le naufrage pour mieux te baptiser ensuite ? Qu'Il t'avait choisi pour être de ses disciples ?

— Il ne me convient pas d'en être, répondis-je d'un ton ferme. Celui qui possède un sang ardent ne peut pas faire bon moine, car il est comme le poisson au fond de la barque : trop d'air et pas assez d'eau. »

Le bruit assourdi du martèlement de sabots et le cliquetis d'armes détournèrent aussitôt mon attention et je regardai de nouveau par la lucarne : j'aperçus alors le mormaer Moddan avec une troupe importante dévaler la colline adjacente au promontoire où le prieuré était sis et se diriger droit vers le knörr, juste sous mes yeux. Je distinguai Ottar parmi l'équipée, mais pas Moïrane et j'en fus déçu. La dernière fois que j'avais entrevu la belle remontait maintenant à trois semaines, à l'occasion de la livraison hebdomadaire des provisions au prieuré. Elle était accompagnée alors de deux servantes avec lesquelles elle babillait de sa voix fluette et elle m'apparut encore plus exquise que jamais. L'œil collé aux barreaux du soupirail du cellier où j'étais tapi pour guetter sa venue, je m'étais retenu à grand-peine de la héler et seule la prudence m'en avait empêché. Maintenant qu'Holger Cotte Rouge décampait, rien ne freinerait plus les élans qui me poussaient à la revoir et à lui reparler.

Un frisson me parcourut et je me mordis les lèvres d'impatience. Soudain, la perspective de cette prochaine rencontre m'inquiéta : comment, en effet, allais-je expliquer mon enfermement à Saint-Fergus-le-Picte durant l'hiver sans soulever des interrogations justifiées qui finiraient immanquablement par mettre à jour ma situation de fuyard ? L'esprit préoccupé, j'examinai Moddan mettre pied à terre et s'adresser directement à Holger

Cotte Rouge qui chargeait les derniers bagages avec le vieil Ingolf à bord où Hakon et Osmond en disposaient. De mon point d'observation, je ne pus entendre leur conversation, cependant l'attitude des deux hommes reflétait leur bonne entente. J'eus tout à coup la certitude que le mormaer n'ignorait pas qui j'étais, car le silence d'Holger Cotte Rouge sur ma condition de thrall en fuite me semblait vraiment improbable. «Moddan sait tout sur mon état», murmurai-je pour moi-même. «Assurément», fit Gervadius qui me fixait et devinait probablement le fil de mes pensées. Je gardai le silence et méditai sur le constat auquel nous étions tous les deux parvenus.

Peu de temps après, nous eûmes la confirmation à nos appréhensions. Comme le knörr quittait enfin le chenal formé par les rochers pour gagner les eaux dégagées, nous pûmes ouïr distinctement le conseil que ce scélérat d'Holger Cotte Rouge cria au mormaer à la dernière minute : «Surtout, méfiez-vous de Gunni le Gauche, mon seigneur ! Il pourrait revenir sur vos terres et vous attirer les pires ennuis… Dieu vous garde !» Gervadius me dévisagea longuement sans dire un mot, puis il regagna l'échelle. Avant de s'y engager, il me posa une question inattendue : «Pourquoi Holger Cotte Rouge t'appelle-t-il «le gauche», Gunni ?

— À cause de la supériorité de ma sénestre sur ma dextre, répondis-je.

— J'y avais pensé et c'est dommage. La sénestre a le mauvais œil et les religieux gauchers sont plus harcelés par le Malin… Tu as sans doute raison, tu ne ferais pas un bon moine.» Interloqué par la remarque, j'observai la tache blanche et ronde formée par la tonsure de Gervadius disparaître dans le noir de la trappe par laquelle il descendait en me laissant seul avec mon dilemme.

Je ne quittai mon poste d'observation dans le clocher qu'au moment où le knörr sortit de mon champ de vision et que Moddan et Ottar eurent disparu. J'écoutai distraitement décliner le bruit de leur chevauchée dans la brume de la lande, l'esprit empreint de doutes. Quand le silence fut complet, je regagnai la voûte et rassemblai mon maigre bagage que Gervadius compléta avec quelques provisions de bouche. Il permit que j'emporte un poinçon, seul outil qui me reliait à ma spécialité d'artisan, et il me serra longtemps contre lui avant que je passe la porte de l'hostellerie. Je me signai en le saluant, ce qui eut l'air de le réconcilier avec mon départ.

Ma claustration prenait fin sur une note équivoque : quel avait été l'avantage de me cacher d'Holger Cotte Rouge durant ces trois derniers mois au prieuré et quel accueil réserverait Moddan à mon retour chez lui ? Ces questions occupèrent mon esprit tandis que je longeais les doux versants de la vallée vers le domaine du mormaer. Une brise souleva mes cheveux qui balayèrent mon visage, me faisant prendre conscience du changement opéré dans mon allure depuis tout ce temps : sur ma tête cuivrée, plus aucune trace de tonsure ; sur mes épaules, une tunique en fibre d'ortie reprisée et généreusement doublée ; autour de ma taille, une ceinture garnie d'un poinçon ; sur mes jambes, de nouvelles braies cousues dans d'anciennes bures ; dans mes pieds, des souliers de bœuf bien graissés ; et en bandoulière, un large sac en cuir de chèvre rempli jusqu'au rabat de denrées. Heureux, je bombai le torse et humai l'air avec satisfaction en allongeant le pas. J'étais persuadé que Moddan ne verrait pas en moi un esclave, si tant est qu'il ne l'ait jamais vu. Il m'ouvrirait la porte comme il le faisait pour tout visiteur; Ottar me convierait à m'asseoir à sa table et à jouer une partie d'échecs; et la belle Moïrane me servirait à boire et à manger en me souriant aimablement.

Deux drengs du mormaer de Dornoch qui revenaient d'une tournée des paysans dans la vallée tombèrent à l'improviste sur Gunni le Gauche qu'ils ne reconnurent pas et ils le ramenèrent au fort. Ils furent étonnés de constater que l'étranger, aussitôt introduit dans la place, n'était inconnu ni du mormaer, ni de son fils, ni de sa fille. Moïrane témoigna le plus de plaisir aux retrouvailles, tandis que le seigneur Moddan et Ottar furent assez froids dans leurs formules d'accueil. Sans grand enthousiasme, ils reçurent le Viking dans la grande salle et lui servirent la bière d'usage tout en commentant le départ des Norvégiens. Séduite par l'apparence neuve de l'homme, Moïrane écouta avec attention les réponses prudentes de celui-ci aux questions circonspectes de son père et elle nota sa nouvelle maîtrise de la langue gaélique. Elle se prit à espérer que l'étranger se voie offrir un second séjour au fort.

Le front barré par la contrariété, le mormaer Moddan se mit à arpenter la pièce tout en poursuivant l'interrogatoire du Viking dont le retour l'embêtait: «Ton ancien maître est un puissant jarl et un agent sur la côte écossaise, m'a-t-on dit. Comme l'itinéraire de ses expéditions commerciales passe près de l'estuaire de Dornoch, il ne faudra pas s'étonner de le voir débarquer ici, à la suggestion d'Holger Cotte Rouge. Alors, Viking, que devrais-je faire de toi quand cela adviendra ?

— Seigneur Moddan, répondit Gunni le Gauche, avant que cela ne se produise, j'aurai certainement trouvé quelqu'un de passage chez vous qui acceptera que je fasse route avec lui et je serai reparti. Avec le printemps, le dégagement des chemins devrait ramener une affluence de voyageurs.

— Où te crois-tu, Viking ? Dans un grand comptoir de York, de Hambourg ou même de Constantinople ? Ne viennent jusqu'ici que ceux qui transigent avec moi : des paysans, des bouviers, des bergers ou les émissaires de mes plus proches voisins, les seigneurs du Caithness. En tout et pour tout, je n'accueille guère plus qu'une vingtaine de visiteurs l'an et ils sont tous Écossais. Au chapitre des voyageurs, tu aurais été mieux servi en demeurant au prieuré, lequel est très prisé des clercs malgré sa dimension modeste et son isolement : il se fait là plus d'allées et venues qu'ici même.

— Je ne peux pas abuser de l'hospitalité du chapelain de Saint-Fergus-le-Picte, mon seigneur, et c'est pourquoi je fais appel à votre bonté. Je ne vous demande pas de me cacher en vos murs ou même de prendre les armes pour me défendre. Si le jarl de Leirvik débarque à Dornoch ou tout autre homme de lui envoyé en mission pour me capturer, et que je m'y trouve toujours, je me débrouillerai pour fuir ou me battre, sans mettre les membres de votre famille en danger. Je vous en fais la promesse solennelle.

— Gunni le Gauche, sache que les gens qui trouvent asile chez moi sont mes invités et, à ce titre, ils ont droit à ma pleine protection. En honnête chrétien, je désapprouve l'esclavage et si ton affranchissement est ton seul crime, il serait malséant de ma part de te honnir. Mais mieux, si tu as vraiment défendu un homme d'Église contre les païens de ton village, je n'ai aucune raison de te livrer à eux ou de permettre qu'ils t'assaillent. Cependant, je ne t'aime point et je ne mettrai pas ma vie ou celle des miens en péril pour te sauver. Retiens cela, Viking!

— Merci, mon seigneur! Quoi qu'il advienne, je suis votre serviteur très obligé», dit Gunni le Gauche avec soulagement.

Moïrane se retint de sauter au cou de son père et s'empressa de regagner la chambre où sa mère et les femmes de la maisonnée s'occupaient le jour. On l'y attendait avec impatience afin qu'elle reprenne le travail au métier à tisser qu'elle avait laissé en plan à l'arrivée des drengs avec le Viking. Dame Brunehilde, l'épouse du mormaer, l'accueillit sur un ton critique: «Qu'a-t-il de si intéressant ce païen pour que tu te précipites chez ton père avec autant d'émoi, ma fille? De son expédition hivernale, a-t-il rapporté des présents, de l'or et des bijoux ou que sais-je encore que ces Vikings affectionnent et dont regorgent leurs besaces de pilleurs?

— Je vous prie, mère, ne médisez pas de lui. Messire Gunni est aussi pauvre qu'à sa venue chez nous l'automne dernier. Il a passé les trois derniers mois à Saint-Fergus-le-Picte.

— Comment cela, tout ce temps au prieuré? Pourquoi n'en avons-nous rien su? S'est-il converti pour devenir moine?

— Non, mère. Il s'est réfugié au prieuré parce qu'il craignait messire Holger Cotte Rouge. Vous le savez bien:

on a beaucoup parlé cet hiver de messire Gunni comme d'un esclave norvégien en fuite…

– Est-ce le cas ?

– Si fait.

– Je présume que ton père a quand même décidé de l'héberger…

– En effet. »

Dame Brunehilde poussa un soupir d'exaspération en jetant un regard au plafond. Ce faisant, sa coiffe mal fixée par son bandeau descendit sur son front et elle la replaça avec un mouvement d'impatience qui fit trembler ses joues rebondies. Son opinion sur le Viking allait dans le même sens que celle de son mari avec un soupçon de méfiance additionnel. Si sa fille s'avisait de prendre l'étranger en amitié, le rôle de mère gardienne de son honneur allait lui donner des maux de tête. La maîtresse de maison redoutait autant la fougue mâle réputée des Vikings que l'ardeur de Moïrane dont les charmes attiraient déjà moult galants empressés.

Dotée d'un tempérament indépendant, l'héritière de Dornoch n'hésitait pas à repousser les propositions et les avances trop insistantes ou déplaisantes et elle n'avait cure des conseils matrimoniaux que l'on s'appliquait à lui prodiguer. Bien qu'elle eût déjà vingt-deux ans, Moïrane parvenait encore à amadouer son père afin qu'il diffère ses projets de mariage pour elle. La jeune femme connaissait bien le cœur du mormaer et la place privilégiée qu'elle y tenait depuis sa tendre enfance. Aussi en usait-elle dès qu'elle voyait poindre à l'horizon d'éventuels partis qui la rebutaient.

Les bruits de portes qu'on referme, de chuintement de balais sur les sols, de bois que l'on fend et d'eau que l'on puise remplirent soudainement la pièce où les femmes s'activaient à leurs tâches respectives. La mère observa sa fille du coin de l'œil alors que celle-ci tentait de se concentrer sur le va-et-vient de la navette de bois d'os entre les fils de trame de son ouvrage tout en se demandant ce que faisait l'étranger. « Plaise au Ciel que personne ne s'amène à Dornoch avant un bon moment, se dit-elle. Il me faut connaître davantage ce Gunni le Gauche car l'agitation de mes pensées n'aura de répit qu'à ce prix. »

Chapitre III

Le graveur

Le vent doux qui s'engouffrait dans la vallée annonçait une journée de fonte accélérée des neiges. Tout en embrassant du regard l'immense étendue d'eau de l'estuaire grisâtre, je gardais un œil au sol afin d'éviter les nombreuses rigoles qui descendaient en gargouillant vers la mer. Comme chaque matin, par désœuvrement, je faisais à pied le chemin qui reliait le domaine de Moddan au prieuré. Mes espoirs de côtoyer Ottar et Moïrane et de partager leur quotidien s'étaient vite évanouis avec la décision du mormaer de me reléguer parmi ses gens d'armes dans le corps de garde où il m'avait assigné une paillasse. J'y dormais, j'y mangeais et je m'y ennuyais ferme.

Désireux de me rendre utile et de mériter mon pain, j'avais décidé d'employer mes bras à l'écurie l'après-midi, moment où les bêtes étaient sorties et que le nettoyage des stalles s'effectuait, y demeurant jusqu'au retour des cavaliers en fin de journée pour donner les soins à leurs montures. Je m'absorbais dans cette tâche avec d'autant plus de ferveur que le contact avec les chevaux me faisait du bien. À Leirvik, dans l'ensemble de mes besognes de thrall, c'était celle que je préférais, et à Dornoch, la seule qu'on m'autorisait à accomplir. Et puis, en cet endroit du domaine, les occasions de rencontrer Ottar et les drengs, dont j'enviais le statut, étaient plus nombreuses. Quant à mes chances d'approcher Moïrane, étroitement surveillée par sa mère, elles m'étaient rapidement apparues inexistantes.

Deux semaines s'étaient écoulées depuis le départ d'Holger Cotte Rouge pour la Norvège et aucun navire n'était encore venu croiser dans l'estuaire. J'avais pris l'habitude de grimper chaque jour dans la tour de guet d'où la vue sur la mer était ample et je scrutais longuement la ligne d'horizon à la recherche d'une flotte quelconque, mais en vain. C'était le calme plat. Le même examen se répétait au bout de mes promenades matinales jusqu'à l'ancien site de notre naufrage : là, je choisissais un rocher en surplomb sur lequel je m'installais et je me livrais de nouveau à une lente observation des eaux. Les crêtes mousseuses des vagues, leur déferlement ronflant, leur rabattement opiniâtre contre les récifs dégoulinants : toute cette masse en constante mouvance m'ensorcelait et m'appelait. Malgré ma conviction qu'une éventuelle revanche du jarl de Leirvik viendrait de la mer, je m'obstinais à vouloir naviguer pour découvrir le monde. Dans le secret de mon cœur, j'espérais vivement m'embarquer sur le premier knörr venu faire escale à Dornoch, à la condition que ce ne soit pas celui de Rolfus le Fier.

J'arrivai sur la grève au moment où sonnait prime* dans le clocher de Saint-Fergus-le-Picte et j'eus une pensée pour mon brave et aimable Gervadius. Puis, contournant un escarpement rocheux que je n'avais encore jamais inspecté, je découvris une remarquable paroi haute de vingt bras sur une quinzaine de large, d'un plat uniforme et presque dépourvu d'aspérités. Orientée nord-est, elle faisait face à la mer et s'élevait à plusieurs yards au-dessus de son niveau. Je m'en approchai et parcourus sa surface de la main : le grain était serré et d'un beau gris strié de noir. Instinctivement, je pris mon poinçon, ramassai un caillou comme marteau et fis une première entaille. Puis une autre, plus longue et encore une. La pierre répondit bien. Se dessina peu à peu la ligne sinueuse d'un serpent qui prit bientôt les allures d'un dragon et de sa gueule grande ouverte sortit un animal ou peut-être un homme : voilà que je me retrouvai gravant une bête dévorante.

Sans prendre conscience des efforts, de la sueur, de la faim ou de la soif, je m'acharnai sur le roc durant tout le jour, nourri par une inspiration exaltée et un sentiment de parfaite liberté. Quand, les avant-bras tremblants, je consentis enfin à m'interrompre, je reculai de plusieurs pas et surpris l'ampleur de l'ouvrage. À une extrémité de l'étonnante figure, qui occupait la presque totalité de la surface disponible, un dragon engloutissait par la jambe un guerrier ; à l'autre extrémité, il se transformait en un arbre immense dont l'enchevêtrement de branches se perdait dans des motifs de croix et de marteaux entrelacés. Ne restait plus de la pierre nue qu'une lisière inoccupée par mon décor biscornu.

« Holà ! m'écriai-je. Qu'est cela ? Qui est ce guerrier qu'on dévore ? Quel est ce monstre qui le prend ? L'inspiration qui a guidé ma main est-elle celle d'Aegir, maître de l'océan, ou celle de Jörd, dieu de la terre, ou encore est-ce Loptr, divinité de l'air ? » J'étais ébahi, sidéré. De toute la journée je n'avais jeté les yeux sur la mer, entièrement captivé par mon labeur, et pas une seule de mes pensées n'avait été consacrée à la surveillance de flottes. Cela me donna à réfléchir. « Cette nuit, mon rêve me dira que penser de cette surprenante imagerie », spéculai-je en retournant, songeur et accablé de fatigue, au fort du seigneur Moddan pour le repas du soir.

Le lendemain était un dimanche. Comme à l'accoutumée, la famille du mormaer entendit la messe dans l'appentis au centre de la cour où officiait son aumônier, et je me tins non loin afin d'intercepter Moïrane à la sortie. Par une servante, j'avais appris que la livraison des provisions au prieuré aurait lieu tout de suite après la messe et j'entendais bien me mêler à l'escorte. Si la fortune me souriait, je pourrais marcher aux côtés de la fille de Moddan et lui causer, tenir son panier et la contempler de tout mon saoul. Cette merveilleuse perspective faillit bien me faire oublier mon ahurissant travail de la veille sur lequel ma nuit ne m'avait en rien éclairé. Ce sont les muscles de ma sénestre qui me rafraîchirent la mémoire quand je m'offris à porter les victuailles, car Moïrane m'avait volontiers accepté dans son groupe qui, ce matin-là, se limitait à deux servantes et un dreng. Ce dernier me refila le panier avec empressement et annonça qu'il chevaucherait au lieu de faire la route à pied. Je m'en réjouis en pensant à la conversation que je pourrais tenir en aparté avec Moïrane, car la largeur du chemin ne laissait place qu'à deux marcheurs coude à coude. Le groupe s'ébranla précisément dans cet ordre : Moïrane et moi devant, les deux filles derrière et le dreng qui trottait tantôt en avant tantôt en arrière.

Le soleil était déjà bien installé dans le ciel et une petite brise fleurant le sapinage nous enveloppait agréablement. Le cœur léger, je détaillai ma compagne à la dérobée afin de ne pas l'intimider, mais aux regards qu'elle me coula, je vis qu'elle ne l'était point. D'entrée de jeu, Moïrane me questionna sur l'activité qui m'avait occupé en dehors du fort durant toute la journée de la veille, prouvant ainsi qu'elle surveillait mes allées et venues et que mon emploi du temps l'intriguait. « Je me suis un peu exercé à mon métier de graveur, lui répondis-je. Si tu le veux, je peux te montrer mon ouvrage, c'est juste en bas du prieuré, lui répondis-je.

— Pourquoi pas, si nous pouvons tous y aller, bien sûr.

— L'endroit est un peu abrupt et encaissé entre les rochers. Je crains que nous ne puissions pas tous y tenir ensemble…

— Il suffira que la place accueille messire Roderik en même temps que toi et moi », fit-elle en me désignant le dreng du menton. « C'est précisément le but de sa présence parmi nous : ma mère ne m'autorise pas à te voir sans un homme de la maison dans les parages. Je crois que tu sais déjà cela, Gunni le Gauche.

— Je le sais assurément et je n'ai pas l'intention de faillir à cette règle, fis-je.

— Mais moi, j'aimerais bien y faillir », répliqua-t-elle d'un air espiègle.

Une bouffée de chaleur enflamma aussitôt mon visage et j'entendis la belle s'en moquer avec un petit rire cristallin. Intrigué, le dreng qui chevauchait devant se retourna sur sa selle et nous observa un moment, puis il ramena sa monture derrière le groupe pour mieux nous avoir à l'œil. Le reste du parcours se déroula en toute civilité et Moïrane ne me provoqua plus. Elle m'accabla de questions, portant surtout sur mes origines, un sujet qu'elle semblait affectionner et j'y répondis avec franchise. Je me permis quelques interrogations sur ses goûts en matière de récits, de fables, de bijoux ou de jeux et ses réponses me révélèrent une personnalité teintée d'audace qui me plut fort.

Arrivé au prieuré, j'étais totalement charmé par la fille de Moddan, mais je devais le dissimuler. Ce que je parvins à faire avec quelque effort de concentration. Pendant le moment où les jeunes femmes se présentèrent au prieuré pour livrer les victuailles, je liai conversation avec Roderik en caressant le chanfrein de son cheval que je tins par la bride, mais je ne réussis pas à dissiper sa méfiance : le dreng avait dû recevoir des ordres lui interdisant toute familiarité avec moi. Néanmoins, lorsque Moïrane proposa ensuite d'aller admirer mon ouvrage de gravure, il me témoigna un vif intérêt : « Tu sais sculpter la pierre, Viking ? fit-il en sautant de selle.

— Si fait ! Je grave également le bois, les défenses de morse et, bien sûr, la stéatite*, répondis-je.

— Et tu prends des commandes ?

— Certes ! Je n'ai pas tous mes outils habituels, mais selon le matériau, je suis capable d'exécuter une grande variété de figures avec mon poinçon. Je peux même écrire ce que tu veux en runes : ton nom, par exemple… » Cette dernière information l'impressionna et il m'emboîta le pas dans le sentier avec élan en confiant sa monture aux deux servantes. Moïrane nous suivit en silence, se faisant aider par Roderik pour contourner certains obstacles qui entravaient sa progression, ici des creusets de boue, là des arbustes qui accrochaient sa cape ou le bas de son bliaud. Je jalousais le dreng qui lui donnait la main et soutenait son bras et je fulminais intérieurement contre sa présence encombrante.

Arrivé devant le rocher, je fus de nouveau frappé par l'opulence de la gravure et ne sus que dire pour présenter mon travail à mes compagnons. « Que signifie ce dessin ? » demanda aussitôt Moïrane d'une voix vibrante. « Est-ce une pierre d'avis ? » renchérit Roderik. À la réflexion, je trouvai que la paroi ressemblait beaucoup à une pierre d'avis, un roc massif gravé afin d'annoncer l'emplacement d'un tombeau, un lieu de rassemblement, le propriétaire d'un site ou le commanditaire d'un pont ou d'une route pavée. « En effet, messire Roderik, vous avez deviné : c'est une pierre d'avis, répondis-je.

— Et de quel avis s'agit-il ? fit Moïrane.

— Heu… c'est l'annonce du prieuré de Saint-Fergus-le-Picte, avançai-je.

— Quelle effronterie ! Utiliser le diable pour représenter une maison sainte ! s'indigna-t-elle.

— Le diable ? Où ça, le diable ? demandai-je, décontenancé.

— Par ma foi, tu n'es pas chrétien, Viking ! lança Roderik. Tu ne sais donc pas que le dragon est la représentation du Malin ? »

Cette fois, j'étais stupéfié : comment aurais-je pu me douter que la figure centrale de ma fresque, qui personnifiait à mes yeux de Viking la chance et la protection, était l'antéchrist aux yeux de Moïrane et de Roderik. Je pestai contre Gervadius qui avait omis de me renseigner sur cet aspect des croyances chrétiennes alors qu'il m'avait littéralement enseveli sous une montagne d'autres informations à leur propos durant les trois derniers mois passés au prieuré. Il me fallait trouver rapidement une explication non compromettante et je choisis la première soumise par mon imagination.

« Mon ouvrage n'est pas terminé, intervins-je en mettant le plus de fermeté possible dans ma voix. Je n'ai pas encore tracé l'inscription annonçant le prieuré ET le domaine de Dornoch qui entretiennent tous les deux des relations d'amitié avec les Vikings, car cette pierre d'avis s'adresse précisément aux navigateurs qui veulent accoster ici. Sachez que, pour les Vikings, le dragon que voilà, en gloutissant* un ennemi, agit comme le défendeur de ces lieux hospitaliers que le motif feuillu rappelle. Il sera écrit, dans la lisière libre : ICI LE SITE DE SAINT-FERGUS-LE-PICTE ET LE CHEF-LIEU DU MORMAER MODDAN PROTÉGÉS PAR THOR ET CHRIST. »

Moïrane considéra le Viking avec estime, appréciant son habileté à renverser la situation. Puis, elle contempla encore l'immense gravure et éprouva un sentiment proche de l'admiration. Troublée, n'osant pas dévisager l'étranger, elle signifia l'heure du départ avec vivacité et fit demi-tour, le dreng sur les talons. Gunni le Gauche demeura sur place, paralysé par le regard de Moïrane dans lequel il avait décelé de l'amitié à son endroit. Lentement, il sortit son poinçon de sa ceinture et se mit à l'œuvre.

La pierre d'avis réalisée par le Viking remporta un vif succès auprès du mormaer Moddan lequel s'empressa de venir la voir dès qu'il en entendit parler. Déchiffrer son nom en runes emplit d'orgueil le seigneur de Dornoch qui faisait peu de cas du jumelage inopiné des croyances chrétiennes et païennes sur un même support, un élément qui déplut à son épouse tout autant qu'au chapelain de Saint-Fergus-le-Picte. À partir de ce jour, Moddan considéra l'étranger d'un œil neuf et conçut de lui confier différents ouvrages de gravure propres à rehausser la décoration de son domaine. Ainsi Gunni le Gauche fut-il invité à sculpter des pièces d'envergure comme les montants de bois encadrant la porte de la palissade du fort et la poutre au plafond de la grande salle, mais, aussi, il se pencha sur des travaux plus fins demandant précision et délicatesse comme le ciselage de coupes en corne de cervidé et de manches de dague en ivoire de morse : partout figurait le nom de Moddan.

Toutes ces activités stimulèrent et divertirent le Viking qui s'y adonna avec d'autant plus d'enthousiasme qu'elles le mettaient régulièrement en présence du mormaer, des drengs, d'Ottar et, quelquefois, de Moïrane. En effet, cette dernière ne ratait aucune des rares occasions qui se présentaient d'observer l'étranger au travail et d'engager la conversation avec lui. Ottar faisait de même quand le temps lui en était donné entre deux expéditions sur le domaine pour le compte de son père. En mal d'embellissements, Moddan parcourut nonchalamment ses bâtiments à la recherche de quelque meuble ou mur à enjoliver. Seule dame Brunehilde demeura renfrognée face à l'activité du Viking, le gardant à l'œil et critiquant souvent ses œuvres en présence de Moïrane.

Un jour, soucieux de faire fondre les réserves de la maîtresse de maison et de gagner sa sympathie, Gunni le

Gauche grava de gracieux entrelacs sur les accoudoirs de la chaise qu'elle occupait habituellement dans la grande salle. Le soir venu, quand dame Brunehilde descendit de la chambre et prit place à table, le travail exécuté sur son fauteuil la laissa pantoise. Se sentant surveillée par l'assemblée et par sa fille en particulier, l'épouse du mormaer fit mine de ne rien remarquer. Cependant, tout au long du repas, elle ne put empêcher ses doigts de caresser furtivement les doux contours formés par les incisions dans le bois patiné en se disant que le païen n'était pas dépourvu de talent.

Pour sa part, Roderik comptait faire graver le pommeau de son épée par le Viking et il attendait que son tour vienne de négocier l'ouvrage. Il possédait une très belle arme munie d'un manche en corne d'un blanc laiteux comme du marbre. Outre un décor celte où la croix tiendrait la première place, le dreng voulait faire inscrire son nom en runes. «Je ne peux pas besogner gracieusement comme je le fais pour mon hôte et son épouse», avança le graveur quand la demande de Roderik lui fut présentée. Gunni le Gauche soupesa l'épée tranquillement, puis, sans regarder son vis-à-vis, il précisa : «Tu devras me payer…

— Que veux-tu? fit Roderik.

— Je n'ai pas d'arme et tu en possèdes quelques-unes. Que dirais-tu de me céder une de tes dagues? proposa Gunni le Gauche.

— Désolé, Viking, le seigneur Moddan nous interdit de t'armer, répondit Roderik. Par contre, j'ai des bottes hautes que je ne porte plus. Elles ont besoin de petites réparations, mais elles te chausseraient mieux que tes vilains souliers de bœuf…

« – Je ne veux point de tes vieilles bottes. Il n'y a rien de plus étanche que ce que mes pieds portent en ce moment, refusa fièrement l'étranger.

– Alors quel objet puis-je t'offrir dont tu aies besoin?

– Ce que tu peux me donner, qui me fait défaut, n'est pas un objet. C'est un art…

– Te donner un art?» s'esclaffa Roderik. Gunni le Gauche fit passer l'arme dans sa sénestre, recula de quelques pas et pointa lentement le dreng en le fixant dans les yeux: «Je veux que tu m'apprennes le maniement de ton épée.»

Dans les derniers jours d'avril, à la vue de la pierre d'avis incrustée dans la paroi rocheuse sous le prieuré, des navigateurs qui faisaient du cabotage sur la côte accostèrent à Dornoch. Mi-pêcheur, mi-marchand, le chef de l'équipage de cinq hommes était un chrétien issu d'une petite colonie scandinave installée au fond de l'estuaire de Beauly. Lui et ses hommes furent donc les premiers visiteurs de l'an* de grâce 1019 chez le mormaer Moddan. Avec ce dernier, dans un climat de bonne entente, l'homme procéda à des échanges propres à satisfaire les deux partis: contre plusieurs barriques de morue séchée, le chef d'équipage acquit trois bêtes à cornes et il accepta de prendre Gunni le Gauche à son bord, un arrangement qui se conclut à la dernière minute.

L'allure hardie et joviale du visiteur avait gagné la sympathie de Moddan dès les premiers abords; sa volubilité et ses aptitudes de conteur avaient ensuite conquis toute la famille et son esprit d'aventure avait harponné Gunni le Gauche. Ce dernier s'était empressé de rassembler ses affaires afin d'être prêt à embarquer au moment du départ de l'équipage. Quand Moïrane devina les intentions du Viking, elle en conçut désappointement et tristesse, car les quelques semaines passées en sa présence l'avaient ravie. Comme dame Brunehilde se réjouissait de la tournure des événements qui se chargeaient d'éloigner le païen de Dornoch et de sa fille, elle consentit à baisser la garde durant la visite des marins et ferma les yeux sur les manœuvres de Gunni le Gauche qui cherchait à faire ses adieux à Moïrane en cachette.

La chance me gratifiait enfin avec l'apparition de ce knörr de pêcheurs commerçants. Frode, son chef d'expédition, un homme entreprenant et intrépide comme je les aimais, m'avait tout l'air d'être envoyé par Odin lui-même. Dès qu'il apprit de Moddan que j'attendais le passage du premier navire pour m'embarquer, il m'accueillit d'un large sourire. Ses hommes d'équipage affichaient des trognes placides qui me donnèrent immédiatement confiance dans la traversée, et c'est avec excitation que je rassemblai mes maigres possessions pour me joindre à eux.

Seul nuage devant mon soleil : Moïrane. Mes efforts pour la séduire avaient bellement progressé ces dernières semaines et les interrompre si près du but me contrariait fort. Par contre, je n'étais pas dupe non plus : jamais Moddan n'agréerait une amourette entre sa chère fille et un païen sans biens, tout bon artisan qu'il soit. C'est donc sans grand espoir que je me glissai derrière la belle au moment où toute la maisonnée assistait, au milieu de la cour, aux pourparlers entre Moddan et Frode sur l'objet de leur troc. «Je dois beaucoup à la bienveillance de ton père», murmurai-je tout près de son cou, à l'abri des regards de dame Brunehilde. «Je suis également reconnaissant à Roderik et à ton frère. Ce sont des gars bien entraînés qui n'ont pas été avares de leurs conseils… Je puis affirmer que je quitte Dornoch avec de très bons souvenirs de toute la famille et de toi en particulier…

– Grand bien te fasse! siffla Moïrane sur un ton rébarbatif.

– Puis-je te demander si tu conserveras un aussi bon souvenir de moi? poursuivis-je, nullement démonté.

– Peu t'en chaut* puisque nous ne nous reverrons jamais!» dit-elle en se retournant pour me dévisager. Le tourment que je lus dans son regard fier traduisait fort bien le sens de ses paroles que j'interprétai en ma faveur: la fille du mormaer regrettait mon départ. Il ne m'en fallait pas plus pour oser l'inconcevable. Sans réfléchir à mon geste, je m'emparai de sa taille et tendis les lèvres vers les siennes, mais Moïrane se déroba à mon baiser et ma moustache embrassa le vent balayé par sa tresse. Elle s'éloigna d'un pas raide et gagna l'entourage de sa mère, non loin, me laissant tout à fait incertain de mes présumés gains dans la conquête de son cœur. Ce furent nos derniers rapports avant l'appareillage qui se fit dans l'heure suivante. Malgré le fait que je ne la quittai pas des yeux jusqu'à ce moment, je n'interceptai aucun signe de salutation ou d'amitié de sa part. J'avoue que cette attitude froide de Moïrane atténua ma joie d'entreprendre mon premier voyage d'homme libre.

Le navire de Frode était un knörr viking bien ventru et bas, avec son gros mât taillé dans un pin rectiligne, sa voile rectangulaire en laine graissée et ses sabords de nage pour les rames. Cependant il n'en possédait que deux de chaque côté, laissant ainsi toute la place au chargement, ce à quoi il servait principalement. «Ce n'est pas avec Frode que je vais prendre le large», pensai-je en m'accroupissant à la place qu'il m'avait indiquée à la proue devant les trois béliers de la ferme de Moddan, ligotés aux traverses. En effet, Frode naviguia presque exclusivement à la voile, longeant la côte au près et ne sortant les rames que pour manœuvrer autour des récifs dans les baies. À la poupe, côté bâbord, il larguait un filet de pêche qu'il faisait remonter à intervalles réguliers et dans lequel grouillait presque toujours quelque chose dont nous fîmes nos repas.

À la faveur d'un bon vent constant et d'un temps clair, nous couvrîmes une distance appréciable plein sud durant ce premier jour de route, mais le lendemain nous vit aux prises avec une mer moins calme. Dès le matin, un gros grain souffla de l'est en creusant de profonds abîmes dans lesquels le knörr plongeait en craquant. À chaque tangage, des paquets d'eau s'embarquaient et nous devions écoper sans interruption. Dans une hurlante cacophonie, le bêlement apeuré des animaux se mêlait aux jurements de Frode ou aux prières de quelques-uns de ses marins. Pour ma part, j'invoquai Thor tout bas pour ne pas offusquer l'équipage manifestement chrétien: «Par ton marteau qui commande à la foudre, puissé-je sortir vif de cette traversée comme de la précédente!» Évidemment, chanceux comme je l'étais depuis mon départ de Leirvik, je fus encore une fois exaucé: la bourrasque s'apaisa, Frode hissa de nouveau la voile et le knörr reprit sa course tranquille sur le dos gris de l'océan pour pénétrer sereinement dans un large estuaire à la fin de la journée.

Nous abordâmes à Inverness, la première agglomération que je voyais qui pouvait porter le qualificatif de village. Son port, disposé en arc de cercle, avait trois fois la longueur de celui de Leirvik et une intense activité y régnait : une dizaine de knörrs et une multitude de petits esquifs flottaient indolents au bout de leurs cordes et plusieurs hommes et femmes circulaient affairés autour des cageots de marchandises. Tout le long des bâtisses serrées autour d'une église, il y avait une appréciable quantité de chariots dont plusieurs étaient tractés par des chevaux plutôt que par des bœufs. Puis, derrière cet écran bruyant et fourmillant se dressait une belle pente verdoyante au soleil couchant qui montait à l'assaut d'un édifice massif en bois qui ne pouvait être autre chose qu'un château.

Voyant mon intérêt pour le décor, un des marins me signala que la région était majoritairement développée par des colons scandinaves et que la place forte que je contemplais était neuve : « Ces fortifications appartiennent à Thorfinn, un lieutenant du jarl des Nordreys. Les Vikings sont dans la place comme chez eux et ça ne plaît pas beaucoup au roi des Écossais, Malcolm.

– On m'a dit que c'est un Danois qui règne sur l'Écosse, répliquai-je.

– Ha! Tu parles de Knut, intervint Frode. Tous les Anglais se sont ralliés à lui après la mort d'Edmund au Flanc-de-fer[1] et les Irlandais aussi, mais ça n'inclut pas nécessairement les Écossais du Nord. Il est vrai qu'avec sa récente victoire[2] contre les Anglais, Malcolm MacKenneth

---

1. Edmund est le fils d'Aethelred qui fut roi d'Angleterre de 978 à 1016.
2. Bataille de Carham en 1018 octroyant à Malcolm II le contrôle définitif du territoire frontalier avec l'Angleterre.

étend son royaume du Fortriu vers le Northumbria. Grâce à son petit-fils Duncan qui vient d'hériter du royaume de Strathclyde, il étale sa mainmise vers la mer d'Irlande. Je serais prêt à parier mon knörr que l'attention de Malcolm MacKenneth se portera bientôt au-delà des montagnes, sur le Moray et le Ross.

— Si tel est le cas, répliqua le marin, il va se heurter à une résistance coriace : Finlay MacRory, un mormaer de la côte est du Moray. Celui-là harcèle déjà Thorfinn partout où les titres sur une languette de terre sont discutables, alors un nouveau venu dans la région aura fort à faire pour se tailler une place, tout roi qu'il est. »

Cet impétueux échange me donna matière à réflexion, car j'étais à la fois fasciné et intrigué par la découverte de l'emprise viking dans la partie nord du pays. À juste titre, je me demandai jusqu'à quel point je me trouvais vraiment en dehors du territoire norvégien. Il m'apparut soudain urgent de me renseigner sur la fréquentation des côtes écossaises par les navires scandinaves comme celui de Rolfus le Fier, sinon, je pourrais vite être déçu de ma quiétude de fuyard. Absorbé dans mes pensées, je demeurai longtemps silencieux et je dus me secouer quand Frode me demanda de détacher le bétail sanglé à mes pieds. Son navire fut déchargé, puis rechargé sans que j'y prenne part, tout occupé par mon examen de l'étonnant village.

Avant de me quitter, Frode m'invita à prendre une chope dans un débit surmonté d'un écriteau où figuraient un loup et un mouton apparemment amis. Dans un coin de la pièce enfumée, il avisa le capitaine du lieutenant Thorfinn qui possédait quatre des navires mouillant dans le port et il me le présenta : « Voici Gunni le Gauche. C'est un Norvégien qui est prêt à louer ses bras pour n'importe quelle destination vers le continent. Si tu manques de rameurs, prends-le, je te le recommande. » Le capitaine n'était pas jeune, ses cheveux gris sortaient de son calot par longues mèches effilochées et sa face burinée ne démontrait aucune affabilité. Il me toisa un court instant, émit un grognement en guise d'acquiescement ou de salutation, puis replongea le nez dans son verre avec l'air de réclamer la paix. Frode me sourit, haussa les épaules et m'entraîna à une autre table en me fournissant une interprétation de l'attitude peu amène du capitaine. « Ne te morfonds pas, me dit-il. Le capitaine a retenu ton nom et il saura te trouver quand il formera son prochain équipage. Il n'a jamais été bavard, mais c'est un navigateur hors pair et il lève l'ancre deux à trois fois par mois. Quand il n'est pas en mer, il est ici ou au château de Thorfinn. Viens le saluer tous les jours et je te garantis que tu t'embarqueras avec lui avant longtemps. »

Après la visite de Frode chez Moddan, la deuxième cohorte de voyageurs à se présenter au fort de Dornoch arriva par la lande en mai. L'équipée comprenait sept cavaliers menés par Donald, un mormaer de Ross. Sa propriété jouxtait la portion sud des terres du mormaer de Dornoch et elle était sans cesse en proie aux convoitises des colons vikings qui l'entouraient. Avec la perspective d'obtenir l'assistance de son voisin du Nord dans la consolidation de son territoire, Donald planifiait de contracter un mariage avec le clan de Moddan et c'était là le but principal de sa visite.

«Tu m'étonnes, Donald! Prendre femme du Caithness alors que Ross regorge de belles garces», dit ironiquement Moddan en recevant la demande en mariage pour Moïrane.

«J'adopte la même tactique que les Normands qui marient leurs fils avec nos filles pour mieux s'installer où bon leur semble, sauf que moi, je ne veux pas de tes terres. C'est ton soutien que je sollicite. Penses-y, Moddan: quand ces pilleurs m'auront complètement envahi, c'est chez toi qu'ils vont déborder…

— Tu exagères beaucoup leur pouvoir de propension. Les colons vikings ne sont pas les envahisseurs sanguinaires qu'ont connus nos pères. Ce sont des paysans qui s'y entendent avec les semailles tout autant qu'avec le bétail et ils prennent la terre qui leur apparaît libre de propriétaires. À toi de défendre ton domaine si tu ne veux pas qu'ils s'y établissent. C'est ce que je fais continuellement et aucun Viking n'a grugé ne serait-ce qu'un champ sur mon bien. Pourtant, ce n'est pas faute de s'y être essayé. Encore dernièrement, une demi-douzaine de Norvégiens ont échoué dans l'estuaire et ils ont été coincés ici tout l'hiver. Je leur ai bien fait comprendre qu'ils ne pouvaient pas rester et ils se sont rembarqués. Ont-ils abouti chez toi en quête d'une femme à marier, par hasard?

— Je te trouve bien allègre de parler de la sorte à propos de ces païens et de sous-estimer leur esprit de persuasion qui, comme chacun le sait, se concentre dans leurs haches et leurs épées.

— Si les Normands te font peur, Donald, et que tu penses ne pas pouvoir leur résister, tu serais mieux avisé d'épouser une de leurs femmes. Tu limiteras ainsi les dégâts faits à ton domaine.

« – Prends garde, Moddan ! Tu pourrais te retrouver dans cette situation et c'est peut-être à un Viking que tu devras donner ta fille pour prévenir le saccage chez toi », fit Donald sur un ton agressif. Le mormaer de Dornoch eut pitié de son voisin et de l'angoisse qui l'amenait à faire une aussi fastidieuse démarche que celle d'une demande d'épousailles. Connaissant par ailleurs les réticences de sa fille Moïrane pour le mariage, il ne pouvait octroyer à Donald ce qu'il était venu quérir. Ne restait plus à Moddan qu'à apaiser son invité et à l'assurer qu'il ne refuserait pas de lui prêter main-forte pour défendre ses terres si le besoin se faisait trop pressant.

Au repas qui suivit l'entretien, Moddan s'appliqua à réconforter Donald et il pensa y être parvenu en voyant ce dernier se détendre devant les jambons bien juteux et un gros pichet de bière. En effet, le mormaer de Ross ne dit plus rien dès l'instant où il eut saisi que sa requête était rejetée. Il prit poliment place à côté de son hôte et prêta une oreille complaisante à ses paroles oiseuses. Mais si Moddan avait été plus fin observateur, il aurait compris que son discours n'avait nullement détourné l'homme de son objectif. Au contraire, son refus de donner la main de sa fille, même dissimulé sous une vague offre de protection, avait engendré un intérêt accru de Donald pour Moïrane. De tout le repas, ce dernier ne quitta pas la jeune femme des yeux et ce qu'il apprécia exacerba son désir frustré.

Sans connaître le sujet de discussion qui avait retenu son père dans sa salle d'armes avec la délégation de Ross durant tout l'après-midi, Moïrane s'acquitta avec naturel des devoirs d'hôtesse qui incombaient à la fille de la maison. Le sourire aux lèvres et le geste gracieux, la jeune femme servit à boire et à manger au seigneur Donald et à son contingent en déployant une aisance toute féminine dont elle ignorait l'effet provocateur. Au contraire, loin de se sentir séduisante, Moïrane traînait un vague à l'âme depuis le départ de Gunni le Gauche qu'elle n'arrivait pas à expulser de son esprit. Chacune des inscriptions en runes éparpillées dans la maison selon les commandes de son père lui rappelait le Viking et lui faisait regretter amèrement la froideur qui avait présidé à leurs adieux. Au prix d'efforts constants, Moïrane réussissait à se composer une mine réjouie devant les membres de sa famille afin de garder pour elle-même le navrement de son cœur et elle y parvenait assez bien, sauf avec son frère Ottar. Celui-ci, peut-être parce qu'il partageait les mêmes goûts qu'elle, avait toujours deviné ses émotions avec facilité. Comme il avait développé un sentiment de camaraderie avec Gunni le Gauche qu'il avait apprécié connaître, son absence lui pesait et il en déduisit qu'il devait en être de même pour sa sœur.

Ottar n'avait pas assisté à la rencontre entre son père et son homologue de Ross et, par conséquent, il ne connaissait pas les desseins de ce dernier. Cependant, l'attention dont Donald enveloppait sa sœur ne lui échappa pas et, confusément, il s'en alarma. Il vint sur le point d'en toucher un mot à son père au moment où l'assemblée se dissolvait pour le coucher et que les visiteurs s'installaient pour passer la nuit autour des feux, mais la puérilité de son geste le retint. Le fils de Moddan sortit de la salle le dernier et en referma la porte avec un curieux pressentiment.

Au milieu de la nuit, des cris en provenance de la chambre des femmes tirèrent Ottar du sommeil. En un instant il fut sur pied, vêtu et armé. Il se précipita dans les couloirs obscurs, épée au poing, et arriva le premier sur les lieux : sur le seuil de sa loge, les cheveux en bataille et la chemise ouverte, dame Brunehilde poussait des hurlements affligés. En pénétrant dans la pièce éclairée par une torche fichée dans le mur, Ottar découvrit le cadavre encore chaud d'une servante qu'on avait étranglée et la disparition de Moïrane. « Les scélérats, vociféra la mère, ils ont occis la pauvrette et ont pris Moïrane ! Dieu de gloire, comment ont-ils pu ? À l'assassin ! À l'assassin ! Ottar, cours, barricade le fort : s'ils sont encore dans la place, ils ne pourront fuir… »

Mais déjà Ottar n'entendait plus les cris perçants de sa mère. Dans la minute, il descendit au corps de garde où il ordonna aux hommes de se lever en sonnant le rassemblement, puis il fila dans la cour pour constater qu'il était trop tard pour contrer la fuite de Donald : les portes de la palissade étaient ouvertes sur le vide imprégné d'un silence opaque. En proie à un grand désarroi, Ottar s'avança jusqu'aux battants de bois, scruta le noir d'encre de la nuit et brandit son épée dans un geste empreint de rage. « Ainsi, j'avais bien deviné le plan de Donald », se dit-il avec colère.

CHAPITRE IV

LE COUREUR

L'enlèvement avait été préparé minutieusement et s'était réalisé à une vitesse et avec un aplomb incroyables, comme le seigneur Moddan le constata en se rendant aux écuries : on avait ligoté et bâillonné le palefrenier, les chiens avaient été tués et les montures volées. Le mormaer de Dornoch n'avait aucun moyen de poursuivre Donald avant le moment où il se procurerait de nouveaux chevaux pour lui et ses drengs. À cette heure-là, sa fille serait déjà loin et déshonorée. « Je vais trucider Donald de mes propres mains et les siens pleureront le jour où il a chevauché jusqu'à Dornoch », grinça Moddan. Le restant de la nuit se déroula en invectives et en lamentations qui se répercutèrent d'un bout à l'autre du fort et qui perdurèrent tout le jour suivant sans qu'aucune solution vienne apaiser l'affliction généralisée.

Mais, le surlendemain de la tragédie, le secours arriva inopinément par la mer sous la forme d'un long drakkar norvégien. À sa barre, Svein, fils d'Yvar, le forgeron. Le jeune homme avait été banni à vie de Leirvik à la suite du rapport fait au roi Olaf sur les circonstances de l'expulsion du frère Sigfred envoyé pour convertir le village à l'automne précédent. La récente réunion tenue par Rolfus le Fier en présence de l'émissaire du roi avait jeté une lumière nouvelle sur l'opération commencée par Yvar, puis complétée par son fils Svein. Le roi tenait ses renseignements de la bouche des quatre rescapés du naufrage en Écosse. Le plaidoyer de l'un d'eux en particulier, celui du vieil Ingolf, avait eu un effet dévastateur sur la communauté de Leirvik en incriminant Svein qu'on accusa d'avoir provoqué le désastre par le sabotage du navire des chrétiens. À la demande spécifique du monarque norvégien, Rolfus le Fier dû réhabiliter officiellement Gunni le Gauche dont la loyauté avait été révélée dans l'accablant témoignage.

Tout l'hiver, Rolfus le Fier avait redouté une riposte de la Couronne norvégienne pour le geste commis par les bondis de Leirvik sur la personne du frère Sigfred et, tout l'hiver, il s'était tenu coi en espérant que rien n'arriverait. Le jarl resta sourd aux récriminations de son épouse qui réclamait la pourchasse de Gunni le Gauche, idée entretenue par l'impétueux Svein, et il se garda bien de convoquer les bondis sur cette sale histoire. Ceux-ci craignaient manifestement les conséquences fâcheuses au renvoi du papar quand la chose serait connue du roi. Aussi, quand une nouvelle délégation royale accosta avec un prêtre chrétien à bord, Rolfus le Fier sollicita d'être baptisé le premier, suivi dans son geste par tout le village. Le jarl s'empressa aussi d'approuver et d'exécuter la décision du thing de Leirvik quant au bannissement de Svein et des hommes qui avaient mené, puis abandonné le knörr du papar en mer. Cette punition, pour pénible qu'elle était, avait l'effet bénéfique d'élaguer le village d'une branche lourde à supporter.

En effet, Svein, comme quelques-uns des jeunes hommes de Leirvik sans possessions ni terres à exploiter, ne trouvait rien pour satisfaire son ambition naissante et devenait de plus en plus revendicateur et incommodant au sein du village. La solution que constituait l'exode, un choix courant ces dernières années pour les Scandinaves aux prises avec un manque de ressources sur leur territoire, s'avérait la plus pratique des condamnations qu'un jarl puisse administrer. Afin d'atténuer la peine de son frère Yvar, Rolfus le Fier s'occupa lui-même d'équiper son neveu et ses compères en leur faisant don du navire, des bêtes et des semences nécessaires à l'implantation d'une colonie. Le proscrit Svein éprouvait plus de goût pour l'aventure que pour l'exploitation d'une terre, mais il se garda bien de révéler ses plans en quittant Leirvik avec son équipage. Son objectif arborait un nom, Gunni le Gauche, et une destination, Dornoch.

En cette matinée lumineuse de mai où un vent constant d'est poussa son knörr, Svein mit le cap sur le clocher de Saint-Fergus-le-Picte, au bord de l'estuaire qui semblait lui ouvrir grand les bras. Il salua l'imposante pierre d'avis qui surplombait la crique d'accostage comme un bon présage. Quand il s'en fut approché, il discerna dans le décor alambiqué la signature en runes du graveur : « Tiens, cet imposteur de Gunni le Gauche est bien ici », se dit-il avec une joyeuse anticipation.

Au prieuré où il s'informa d'abord, on le dirigea chez Moddan dont il rencontra les hommes d'armes qui venaient à sa rencontre à pied. Ceux-ci, envoyés en reconnaissance de l'équipage dont on avait repéré la présence dans l'estuaire depuis la tour de guet du fort, avaient la mission de tenter de réquisitionner le navire. Avec ses connaissances approximatives du gaélique, Svein apprit de la milice que Gunni le Gauche avait tout juste quitté la vallée de Dornoch et que le seigneur de la place requérait son aide pour une expédition punitive par voie de mer. Bien que contrarié sur le coup, Svein accepta la mission de transporter Moddan et ses gens. Pour commencer sa quête, il lui apparut intéressant qu'un puissant mormaer lui soit redevable d'un service, à plus forte raison un homme qui détenait des renseignements frais sur l'affranchi de Leirvik. Le lendemain, malencontreusement, l'équipage appareilla par une journée sans vent et toute sa traversée dut se faire à la rame.

Sur les conseils de Frode, je pris l'habitude de fréquenter la gargote où se tenait le capitaine, mais je ne l'y croisai que deux fois. Il fut sans doute retenu au château par le lieutenant Thorfinn, car il fit peu d'apparitions dans le port au cours de la semaine de mon arrivée. Je faillis bien prendre goût aux brouillards, aux odeurs et à la populace d'Inverness. Bien abritée par ses rivages serrés, l'agglomération bénéficiait d'une température presque chaude et humide qui me donnait l'étrange impression de me mouvoir tout habillé dans un bain de vapeur quand j'arpentais les venelles brumeuses. De chaque cabane et de chaque masure s'échappaient les effluves des cuissons qu'on y faisait tout au long du jour et sur lesquels je me guidais pour mendier ma pitance quotidienne. L'accueil que les maîtresses de maison me réservaient valait bien celui de dame Brunehilde à tout étranger démuni : ni très hospitalier ni franchement méprisant. Quant à leurs hommes, engagés pour la plupart dans l'élevage des chevaux qui faisaient la renommée du pays, je les trouvai besogneux et taciturnes. Bien qu'ils ne fissent aucune difficulté à m'admettre dans leur entourage, ils m'ignoraient proprement et ne m'adressaient la parole que s'ils ne pouvaient faire autrement.

Comme je n'avais pas de quoi payer le tenancier de l'auberge où j'errais le jour, il me fallait déployer beaucoup d'amabilité pour qu'on m'offre à boire. Je sortais parfois mon poinçon et proposais de graver quelques inscriptions utiles aux buveurs ou je prêtais mon concours au transport de marchandises destinées à l'établissement. Il m'arriva même de nettoyer les planchers du bouge pour un morceau de pain. En fait, aucune tâche n'était trop rebutante qui me permit de flâner dans ce lieu où circulaient toutes les nouvelles, toutes les histoires et tous les récits de voyage dont je me repaissais jusqu'à plus soif. Je me disais qu'en demeurant à l'affût, je trouverais la meilleure façon de diriger mon destin. C'est également de cette manière que je pourrais éviter la nasse de mon ancien maître de Leirvik, tout en portant ma besace d'homme libre dans un ailleurs plein de promesses.

La nuit, je me dénichais une étable avenante avec quelques vaches bien grosses et chaudes et une bonne quantité de paille qui me rappelaient ma couche odorante dans la longue maison de Rolfus le Fier. Mon sommeil était peuplé de mers démontées et de chevauchées grisantes où les paysages défilaient à une vitesse fabuleuse, comme à bord du chariot de Thor tiré pas ses boucs célestes. À l'aube, un songe m'éveillait tout à fait, toujours le même : une pierre noire dévalait le flanc d'une montagne dans ma direction et quand elle butait contre mes pieds démesurément épais, je découvrais qu'il s'agissait de Moïrane enveloppée de terre. Cette vision m'indisposait fortement sans que je pusse mettre le doigt sur l'essence de mon malaise. Certes, la belle me manquait et le rappel de nos adieux ratés me peinait, mais je n'y pouvais rien. Il aurait été plus sage d'oublier la jolie fille de Moddan et, n'eût été de mon rêve matinal obsessif, j'y serais probablement arrivé.

Un après-midi où j'étais planté au milieu de la grève, le regard fixé sur l'embouchure de l'estuaire, n'ayant d'autre occupation que celle de chasser les mouches qui m'assaillaient, je sursautai en apercevant Svein accroché à la figure de proue d'un long knörr qui entrait au port à la rame. C'est grâce à son casque ferré que je le reconnus : il avait grimpé sur le plat-bord et tournait la tête dans toutes les directions, manifestement à la recherche d'un emplacement pour accoster.

Le cœur battant, je retraitai aussitôt vers le boisé et repris mon observation sous le couvert d'un pin afin d'échapper à son regard. Le knörr que Svein pilotait était de ceux utilisés pour les cargaisons volumineuses et la haute mer, assez semblable à celui de Rolfus le Fier. En scrutant l'embarcation et ses passagers, je crus distinguer Ottar et Roderik, ce qui me sembla incongru. Puis, à la faveur du déplacement d'un groupe d'hommes d'armes, le mormaer de Dornoch m'apparut : la stupéfaction faillit me tirer une exclamation. Était-ce possible que Moddan se soit joint au neveu du jarl de Leirvik pour me traquer ? Quel arrangement entre eux avait renversé la décision de mon hôte de Dornoch qui m'avait garanti sa protection ? J'étais à la fois abasourdi et amer devant cette triste découverte. Je jetai un œil désabusé sur les knörrs du lieutenant Thorfinn amarrés dans le port en me disant qu'il me serait désormais impossible de monter à bord de l'un d'eux tant que celui de Svein mouillerait devant Inverness. D'ailleurs, la prudence me commandait de m'éloigner du village, car, familier comme je l'étais maintenant pour la population locale, me repérer devenait un jeu d'enfant pour qui se renseignerait un tant soit peu.

Malgré la curiosité qui me poussait à épier encore l'équipage de Svein et le groupe de Moddan, je choisis de partir sur-le-champ. En rajustant ma besace sur mon épaule, je m'enfonçai résolument dans le boisé. La marche y était certes plus ardue que sur la route, mais je préférais le couvert feuillu qui me dissimulait mieux au regard des passants. «Adieu Inverness, me dis-je. Dommage, capitaine de Thorfinn, j'aurais volontiers navigué à ton bord si tu m'en avais donné l'occasion avant ce jour.» En m'orientant sur la trajectoire du soleil, je mis le cap vers l'ouest, déterminé à faire dos à la mer et à ses routes aussi attirantes que périlleuses.

Après deux longs jours de navigation sur une mer qu'aucune brise ne ridait, le long knörr lourdement chargé d'hommes et d'équipement de guerre entra dans le port d'Inverness. Sitôt débarqué, Moddan prit congé de Svein et de ses compères et, suivi de son contingent de sept soldats portant leur fourniment, il monta d'un pas saccadé au château de Thorfinn. Les badauds et les mégères accompagnèrent leur passage d'un regard inquisiteur, puis retournèrent à leurs occupations. La réputation des écuries du lieutenant Thorfinn attirait tous ceux qui recherchaient des montures de qualité sur la côte est et Moddan avait déjà eu l'occasion d'acquérir une ou deux bêtes de son élevage. Comme Inverness était à quelques miles du chef-lieu de Donald enfoncé dans les terres, c'était l'endroit tout indiqué pour s'approvisionner en chevaux avant une expédition dans cette direction.

Pour un chef partant en guerre, prévoir les réactions des seigneurs voisins de l'ennemi face à l'offensive était capital : en quels termes se tenait l'adversaire avec ses homologues, quelle amitié ou quel serment les liait ou, au contraire, quelle belligérance, quel procès les opposait, car, dans ce coin de pays, les alliances entre puissants étaient aussi volatiles que parfum de fleur. Moddan en savait quelque chose, lui qui, voilà à peine deux jours, respectait Donald de Ross que maintenant il voulait exterminer. Le lieutenant Thorfinn, à la porte de qui le mormaer de Dornoch s'apprêtait à frapper, était-il ami ou ennemi de Donald ? Voilà la question qui tenaillait le seigneur Moddan. En l'absence de certitude et l'urgence de sa mission le bousculant, il décida de ne pas investiguer ni de dévoiler ses plans pendant la rencontre. Discrètement, le mormaer de Dornoch signifia à ses gens son intention de cacher les motifs de l'équipée et convint qu'il serait seul à parler. Son fils Ottar sourcilla, mais se tint coi durant la visite qui s'avéra finalement extrêmement courte.

Les coffres du lieutenant Thorfinn, qui menait grand train, souffraient d'une disette permanente. Tout acheteur potentiel de quelque bien que ce soit recevait le plus attentionné des accueils sous son toit. Dès le moment où Moddan ouvrit son gousset en expliquant son besoin, Thorfinn l'entraîna avec jubilation vers ses écuries sans se poser de questions. L'escorte bringuebalante d'épées et d'arbalètes du mormaer de Dornoch n'était pas son affaire et elle ne l'inquiéta pas plus que si elle avait été un groupe de ménestrels. Deux heures plus tard, huit cavaliers fort bien montés sortaient au galop d'Inverness côté ouest en soulevant un nuage de fine poussière derrière eux. Remplis de détermination et de rage sourde, les hommes de Dornoch montaient à l'assaut du domaine de Donald dc Ross. Si la chevauchée se faisait sans encombre, ils pourraient couvrir en une journée la distance de vingt miles qui les séparaient du mont Achilty où se dressait le cheflieu du ravisseur.

Svein se sentait fébrile depuis qu'il savait Gunni le Gauche à Inverness : tous ceux à qui il s'était adressé avaient confirmé le fait. Cependant, au bout d'une heure de recherche, il dut constater que sa proie n'était visible nulle part et convenir que l'homme devait se terrer après avoir surpris son arrivée dans le port. « Laisse tomber, Svein, suggéra un de ses compères. Vendons une partie de la cargaison comme tu en avais l'intention et poussons notre veine vers le sud.

– Il a raison, dit un autre. Il n'y a pas de marchés intéressants à conclure ici alors qu'en France, il y a du vin et de jolies filles. Qu'avons-nous à faire de Gunni le Gauche puisque Rolfus le Fier l'a gracié ? Ton animosité nous fait perdre un temps précieux, Svein ! En tout cas, moi, je ne te suis plus si tu restes aux trousses de cet ancien thrall.

– Moi non plus », renchérit un troisième.

Même refus de la part des autres membres de l'équipage. Svein s'attendait à cette réaction de la part de ses compagnons d'infortune qui ne pouvaient endosser sa vindicte au détriment de leur propre avancement. Il avait envisagé d'en découdre avec ceux qui s'opposeraient à ses décisions, mais à cet instant même où les exilés faisaient front commun contre lui, la précarité de sa situation le fit reculer. Nourrissant l'espoir qu'il finirait par débusquer Gunni le Gauche dans le village, il fit traîner en longueur les négociations pour vendre les bêtes et les semences de sa cargaison qu'il échangea pour un cheval et des armes, transactions qui mirent une bonne semaine avant d'être complétées au château du lieutenant Thorfinn.

Par l'étroite fenêtre de la loge où elle était confinée, Moïrane contemplait en contrebas les eaux du loch sur lesquelles s'attardaient de légers voiles de brume. Elle attendait avec anxiété la visite matinale de la matrone que Donald avait assignée à son service, si les attentions que la femme lui prodiguait pouvaient être qualifiées de «services». Le dépouillement de la pièce accentuait sa ressemblance avec une prison : pour seul mobilier, un large lit aux montants épais sommairement garni de draps de chanvre et fixé solidement au plancher de bois ; comme maigre fourniture, un pichet d'eau et une écuelle. On avait retiré à la jeune femme sa tunique et ses souliers, mais on lui avait laissé sa chemise et son pendentif.

Enfin, Moïrane entendit la barre de la porte se soulever et elle serra instinctivement les cuisses. La geôlière entra et referma derrière elle. C'était une grande femme, plus très jeune, qui n'avait que la peau sur les os et qui affichait un air revêche. «Saignes-tu encore ?» demanda-t-elle sèchement. Moïrane répondit d'un petit signe affirmatif en fixant la matrone dans les yeux. «Couche-toi que je vérifie cela», fit celle-ci.

La vieille attendit que la fille de Moddan se soit étendue sur le lit pour retrousser impudemment son vêtement tout taché, puis d'une main inquisitrice, elle explora son entrejambe, ce qui fit grimacer de douleur la captive. «Donald s'impatiente», marmonna la matrone en essuyant sur le pan de son bliaud le bout de ses doigts ensanglantés. «Mon avis est que tes ourses* sont abondantes trop longtemps pour une fille de ton âge. Tu dois être tarée.

— C'est cela: dis-le-lui, mégère! Qu'il se rende compte combien il a fait une mauvaise affaire en me capturant, fit Moïrane sur un ton de défi.

— Pfft, pfft! Tu n'es pas nécessairement une mauvaise affaire parce que le seigneur d'Achilty préfère te prendre sans se souiller. Ne te crois pas à l'abri de son vit* encore longtemps, ma jolie. Que tu le veuilles ou non, ton flux finira bien par se tarir et, ce jour-là, mon frère va bien se récompenser de son attente.»

Moïrane ne se releva qu'à l'instant où la porte se referma sur sa geôlière. Alors, avec des gestes délicats, elle procéda à sa toilette en mouillant le coin de sa chemise réservé à cet usage dans une petite quantité d'eau pure prélevée sur sa ration quotidienne. Elle éponge minutieusement la plaie sur le bord de ses parties intimes, puis avec son doigt, elle l'enduisit de salive.

Depuis son arrivée au fort d'Achilty, Moïrane pratiquait une légère incision au même endroit avec la pointe de la petite croix en or qu'elle portait à son cou. Cette torture, qui lui aurait arraché des cris si elle n'avait pas mordu sa tresse en la pratiquant, elle se l'infligeait dès le réveil afin que la meurtrissure soit encore humide lors de l'inspection de la geôlière. D'avoir recours à ce subterfuge pour laisser croire à une prolongation de ses ourses n'allait pas sans un risque d'infection, mais la jeune femme était prête à le courir pour éviter d'être déflorée par son ravisseur. L'horreur que lui avait inspirée l'homme durant l'enlèvement dépassait toutes ses répulsions. Dès le moment où elle lut sur le visage lubrique de Donald sa répugnance à la prendre durant ses saignements, elle sut qu'elle détenait la clé pour protéger sa virginité jusqu'à l'arrivée de son père, car de cet imminent sauvetage elle n'avait jamais douté.

Lentement, Moïrane laissa retomber le bord de sa chemise en la secouant légèrement, puis elle retourna s'étendre. Autant pour se rassurer que pour prier, elle pinça entre ses doigts le pendentif sacré, les yeux tournés en direction de la fenêtre : « Ô Marie, Vierge pure et bonne, absolvez l'outrage que je fais à la sainte Croix de votre Fils : je n'ai rien d'autre pour me navrer* et me rendre indésirable. »

Le soir commença à descendre et je jugeai pouvoir quitter la couverture des bois sans danger. Dès que j'enfilai le sentier caillouteux qui serpentait le long d'un ruisseau, mon pas se fit plus long et rapide, et je réalisai à quel point j'étais à l'aise, presque heureux de l'exercice. Humant à pleins poumons l'air doux du printemps rempli des cris d'oiseaux qui s'appelaient pour la nuit, il me prit une envie irrésistible de courir et je m'élançai gaillardement. Bien que j'aie marché tout le jour, je ne me sentais nullement fourbu, au contraire, mon corps semblait exulter et se vivifier à chaque foulée.

La route sur laquelle j'allais aussi béatement n'était guère large et apparemment peu achalandée. Une seule cohorte de cavaliers, d'une dizaine tout au plus, l'avait empruntée au milieu du jour et ils avaient défilé à une telle allure que je les avais à peine distingués à travers les troncs d'arbres et les fougères qui me faisaient écran. À l'opposé des deux jours de marche si angoissants que j'avais faits dans la vallée de Dornoch l'automne dernier, mon nouveau périple nocturne me transportait d'une allégresse inattendue. Sous le regard des étoiles, je progressai ainsi toute la nuit en conservant un rythme soutenu à peine entrecoupé des arrêts indispensables pour m'abreuver ou pour me soulager. Quand le ciel se mit à pâlir à l'horizon, je m'octroyai une pause et m'assoupis adossé à un pin aux abords du chemin.

Ma deuxième journée de voyage fut en tous points comparable à la précédente et je dormis encore sous le couvert du firmament, mais au matin, c'est le museau frais d'un chien enfoui dans mon cou qui me tira du sommeil. Je caressai l'animal intrépide et l'entendis aussitôt hélé par son maître, un jeune berger qui menait neuf moutons aux longues cornes courbées comme les nattes enroulées sur les oreilles des femmes. En liant conversation avec lui, je me renseignai sur la route banalement déserte : « Tu ne verras personne par ici, messire, dit-il. Le village le plus proche entoure le prieuré de Beauly qui se dresse juste au nord de la rivière à un peu moins de deux miles.

— Connais-tu un dénommé Frode ? Il possède une maison à Beauly, ce me semble… demandai-je au garçon.

— Si fait ! Frode l'Écumeur ! Tout le monde travaille plus ou moins pour lui dans la région. Ses champs touchent le domaine du mormaer Donald et même l'empiètent un peu. Mais son affaire à Frode, c'est la pêche : il est toujours sur son bateau. C'est pourquoi il y a tant de personnes qui répondent de lui pour cultiver ses terres et garder ses troupeaux.

— Les moutons que tu surveilles lui appartiennent-ils ?

— Si on veut. En fait, ce sont des bêtes égarées de l'élevage du mormaer Donald, que Frode m'a confiées comme si elles étaient siennes. Peu m'en chaut : elles sont à celui qui me paie pour les conduire au pâturage. Frode l'Écumeur est mon maître, moi, je suis le maître de mon chien et lui, il est le maître des moutons. Toi, messire, qui est ton maître ? »

Tout en parlant, le berger s'était assis au pied du pin et farfouillait dans sa gibecière. Il ne semblait pas attendre avec beaucoup de curiosité la réponse à sa question : il avait probablement remarqué l'absence d'arme et ma tenue plutôt rudimentaire, indices suffisants pour me croire le domestique d'un quelconque seigneur. Si mon maître n'était ni Frode ni le mormaer Donald, je devais donc, aux yeux du berger, être attaché à la maison d'un parfait étranger : conclusion dénuée d'intérêt pour lui. Je me mis à réfléchir à ma situation et au titre qu'il convenait de me donner vis-à-vis des gens que mon périple mettait sur ma route, comme ce garçon. Si je voulais adopter le statut d'homme libre, malgré le fait que je ne possédais encore aucune arme, je devais faire valoir mon poinçon comme témoin de mon occupation d'artisan.

Mon ami sortit un pain, en rompit un morceau et me le tendit avec le sourire, puis sans se soucier de ma réponse restée en suspens, il gloutit paisiblement en gardant un œil sur son troupeau. J'acceptai le don, m'assis à ses côtés et, tout en mastiquant aussi lentement que ma grand-faim le permettait, je m'expliquai : «Je suis artisan graveur qui offre son talent aux seigneurs fortunés que je croise sur mon chemin, lequel, je le souhaite, traversera l'Écosse jusqu'à la mer Atlantique avant le début de l'été. Là, je m'embarquerai pour les îles ou pour l'Irlande.

— Si tu coupes à travers les montagnes, messire, tu ne rencontreras aucun seigneur fortuné si ce n'est le mormaer Donald. Son chef-lieu est à une dizaine de miles passé Beauly, mais tu ne l'y trouveras point en ce moment. Voilà une semaine qu'il est parti en grande escorte chercher une épouse à Dornoch.

— À Dornoch, dis-tu ?

— Si fait ! Chez le mormaer Moddan qui a une fille à marier. Qui sait, si tu attends leur retour au fort d'Achilty, Donald te commandera peut-être un ouvrage pour sa nouvelle épousée ?

— Excellente idée !» fis-je avec une désinvolture feinte, car j'étais bouleversé d'apprendre cette nouvelle. Comment se pouvait-il que le mormaer Donald soit à Dornoch alors que le seigneur Moddan n'y était plus ? J'en tenais la preuve puisque j'avais bel et bien vu à Inverness mon hôte de Dornoch avec ses hommes. Et puis, à l'évocation de la «fille à marier», mon cœur s'était serré : l'indépendante Moïrane, qui s'était presque languie à mon départ, était donnée en mariage…

Je n'appris guère plus de mon jeune informateur, car l'émotion m'empêchait de soutenir une conversation fructueuse avec lui et je bouillais de reprendre la route. Nous nous quittâmes donc peu après, le berger grimpant à l'assaut des collines avec ses bêlantes compagnes, et moi, mettant le cap sur le domaine du mormaer Donald, grand seigneur de la région et époux de celle que je me mis incongrûment à appeler « ma bien-aimée ».

Tout naturellement, je repris mon rythme de trotteur et, quand je traversai enfin la rivière à gué en contrebas du village de Beauly, les cloches de son prieuré chantaient tierce*. Le front ruisselant, le torse humide dans ma chemise et les jambes légèrement flageolantes, je m'immobilisai pour admirer la vue : bien enchâssé au milieu de larges champs déjà labourés et ensemencés, le hameau ne comptait qu'une douzaine de chaumières modestes. À sa dextre, un large estuaire s'étalait où nul navire et nulle barque de pêche ne mouillait. Des bancs de sable émergeaient çà et là, comme le dos de baleines échouées. Je souris en repensant à Frode qu'on qualifiait « d'écumeur » et je me demandai un instant ce qu'il devait écumer pour mériter le qualificatif. Je comptais beaucoup sur une rencontre avec lui, car ses conseils me seraient précieux afin de faciliter mon admission au fort d'Achilty. « Va, Gunni, me dis-je, tu vas revoir Moïrane et cela vaut la peine de faire n'importe quel crochet à ton itinéraire ! »

En entrant au village, sa population, que le beau temps avait sans doute fait sortir au complet, m'apparut plus importante que la dimension de l'agglomération ne laissait supposer. Manches retroussées, les commères discutaient avec agitation sur le pas de leur porte, bousculées par des enfants piailleurs, et les paysans, outils en mains, s'attardaient par groupes autour de leurs clos et de leurs bêtes. Plusieurs me dévisagèrent avec curiosité quand je vins à eux et leur façon d'interrompre leurs palabres me fit comprendre qu'un événement grave les monopolisait.

D'emblée, je me présentai sous mon statut d'artisan et d'ami de Frode l'Écumeur. On me confirma aussitôt son absence de Beauly, ce qui me surprit à peine, mais me déçut un peu. Puis, sans manifester la moindre réserve, les hommes m'introduisirent au sujet de conversation qui les animait : un conflit venait d'éclater entre le mormaer de Ross et celui de Dornoch. Au cœur du litige : Moïrane, qui n'avait pas été épousée comme me l'avait annoncé le berger, mais qui avait été ravie et séquestrée par le seigneur Donald. J'étais sidéré. Comme les hommes me l'apprirent, l'équipée qui m'avait doublé sur le chemin d'Inverness n'était autre que celle de Moddan fonçant au chef-lieu d'Achilty.

« À cette heure, dit un homme, l'affrontement doit être engagé, sinon déjà terminé.

— Il faut être bien téméraire pour donner l'assaut à Donald de Ross avec un aussi maigre contingent, fit un autre. Certainement que Moddan aura une chaude lutte à livrer pour sortir sa fille de là et châtier son agresseur.

— … mais la rage d'un père peut faire des miracles pour punir un tel outrage, renchérit un troisième.

— Je suis content d'être avec Frode et de ne pas avoir à prendre les armes. Ces batailles-là engendrent des morts inutilement, à mon avis.

— Inutilement peut-être, mais, inévitablement, à coup sûr : comptons-nous fortunés que notre maître n'ait pas de fille, car s'il en avait une dont l'honneur soit à défendre, nous serions tout un chacun à la guerre plutôt qu'au champ », fit remarquer l'un d'eux.

Mû par une colère sourde, je n'entendis rien d'autre. D'un pas précipité, je regagnai la route en direction nord, laissant derrière moi le village de Frode l'Écumeur qu'en d'autres temps j'aurais eu plaisir à découvrir. Je ne sais si mon départ hâtif étonna les habitants de Beauly. En tout cas, ils se turent pour me regarder passer avant de retourner à leur bavardage effréné.

Comment réussis-je à couvrir en peu de temps les huit miles qui me séparaient du fort de Donald de Ross dans l'état d'épuisement où étaient mes jambes ? Je ne le sais. Je dus en courir une bonne portion. Une image me fouetta le sang durant ces moments douloureux, celle de mon rêve dans lequel Moïrane roulait vers moi toute couverte de terre.

Ottar regarda descendre la deuxième nuit sur le campement que son père avait établi à la base du mont Achilty. De son poste de garde, il avait une vue plongeante sur la vallée au creux de laquelle coulait la rivière, et en levant les yeux, il pouvait surveiller la porte des fortifications qui, depuis que Donald avait été prévenu de l'arrivée du mormaer de Dornoch dans les environs, demeurait barricadée. Durant le jour, avec son père et Roderik, Ottar avait minutieusement inspecté les murs de pierres sèches surmontés de pieux acérés qui entouraient le fort, mais il n'avait trouvé aucune brèche permettant de s'introduire dans la place. Quand le seigneur Moddan fit l'analyse de la situation à ses troupes ce soir-là, tout l'emportement qui avait jusqu'alors poussé Ottar à agir se transforma en appréhension : en effet, si la porte d'enceinte ne finissait pas par s'ouvrir, le contingent de Dornoch serait contraint d'assaillir l'ennemi en s'attaquant à la palissade, et ce, vraisemblablement sous le tir nourri des archers d'Achilty.

Reportant son attention sur le campement au centre duquel le rougeoiement du feu projetait un faible éclairage sur ses occupants, Ottar aperçut soudain une ombre se faufiler à travers les arbres en direction de celui-ci. « Un homme d'armes de Donald », pensa-t-il en quittant son poste à pas de loup. « N'est-il pas surprenant qu'aucun soldat de sa garde ne se soit encore présenté aux environs de sa place forte ? Voilà un événement qui va singulièrement nous compliquer la vie si mon père doit combattre sur deux fronts à la fois. »

Se déplaçant sans faire de bruit, Ottar coupa la trajectoire de l'arrivant qu'il intercepta avant que celui-ci n'atteigne le campement. Sans crier gare, le jeune homme sauta sur l'intrus, dague au point et, au moment où il allait porter le coup, il entendit son nom prononcé avec une voix gutturale qu'il reconnut aussitôt. Lâchant prise, il découvrit avec stupéfaction le Viking. « Gunni le Gauche ! Qu'est cela ? Toi ici ! » s'écria-t-il. Hors d'haleine, les deux hommes se dévisagèrent un long moment, puis, dans un mouvement spontané, ils s'étreignirent avec soulagement.

« Je vous ai aperçus avant-hier à Inverness », expliqua Gunni le Gauche quelques minutes plus tard au mormaer Moddan. « Vous étiez avec Svein de Leirvik et j'ai cru d'abord que vous vous étiez lié à lui pour me pourchasser. Veuillez me pardonner cette erreur, mon seigneur : je n'aurais jamais dû douter de votre parole. J'ai compris ce matin à Beauly ce que vous êtes venu faire à Achilty. Je suis révolté par la conduite infamante du mormaer Donald envers votre fille. Seigneur Moddan, armez-moi et permettez que je sois des vôtres ! Je brûle de vous démontrer ce que Roderik et votre fils m'ont enseigné chez vous…

— Comment, Viking, tu t'es procuré une monture avant une arme ? s'enquit Moddan, incrédule.

— Je n'ai pas de monture, mon seigneur, répondit le jeune homme sur un ton hésitant.

— Ne me dis pas que tu as fait tout le trajet à pied en deux jours…

— Si fait, je suis à pied depuis Inverness… Heu… j'ai un peu couru de nuit ; j'aime beaucoup courir… Ne vous l'ai-je jamais dit ? » Moddan leva un sourcil, baissa les yeux sur les souliers du Viking et émit un grognement admiratif : « Je crois qu'il y a en vérité plusieurs choses intéressantes que tu nous dissimules, Gunni le Gauche, dont celle de voyager en courant. » Puis, se levant, le mormaer de Dornoch somma son fils de fournir un équipement de combat au volontaire.

L'acceptation du Viking dans le contingent insuffla un nouvel espoir dans le cœur inquiet d'Ottar. Tandis qu'il s'activait à choisir un bouclier, une épée et un baudrier* parmi l'attirail militaire, ses pensées tournaient autour de Gunni le Gauche : « Je sais pourtant que ce n'est pas un huitième soldat qui fera la différence demain, songea-t-il. Mais ce Viking n'est pas un homme ordinaire : je le tiens pour être un peu sorcier… Et puis, il a plus d'une raison de se distinguer aux yeux de père. »

Quant à Gunni le Gauche, bien qu'épuisé, il rayonnait : on allait enfin l'armer. Il reçut avec déférence le matériel qu'Ottar lui confia et, comme pour donner du poids à l'opinion de ce dernier, il demanda la permission de graver l'umbo* du bouclier en affirmant que cela portait chance au guerrier. Ce soir-là, le fils de Moddan observa durant de longues heures Gunni le Gauche penché sur son travail de ciselage, et ce simple examen eut le pouvoir de diluer la peur qui s'était infiltrée en lui durant le jour.

Au début de la nuit, précédée de deux gardes, la matrone entra dans la loge où Moïrane était séquestrée et surprit encore celle-ci postée à la fenêtre. Elle leva la torche pour éclairer le visage maussade de sa prisonnière. « Tu ne peux pas voir leur feu d'ici, ils ont installé leur campement du côté de la rivière, dit-elle.

— Qui ça "ils"? s'enquit la jeune femme sur la défensive.

— Ton père et son escorte, pardi!

— Dieu soit loué», soupira Moïrane.

La geôlière émit un petit rire moqueur et fit un signe bref aux deux gardes qui s'emparèrent de la captive. Malgré les efforts de celle-ci pour se débattre, ils lui lièrent les poignets ensemble et la traînèrent jusqu'au lit sur lequel ils la poussèrent sans ménagement. L'une des brutes sortit de sa ceinture une chaîne munie à chaque extrémité d'un collet de fer qui se verrouillait. Il boucla l'un d'eux autour de la cheville de Moïrane et l'autre, à l'une des traverses du lit. Dès qu'ils se furent retirés, la matrone, qui avait observé l'opération en silence, s'approcha de la couche et en fit lentement le tour, les yeux rivés sur ceux, furieux, de sa captive.

« Toute sanguinolente que tu es, je te crois capable de t'évader… ou du moins d'essayer, dit-elle. Quand les tiens vont donner l'assaut, je ne viendrai pas te voir, car c'est moi qui approvisionne les hommes en flèches et en carreaux*. Tu devras t'arranger toute seule pour boire. Essaie de ne pas abîmer ta jambe en tirant sur ta chaîne: ce serait dommage d'entailler tes fines chevilles. Et puis, ne te fais pas trop d'illusions, il paraît que le contingent de ton père n'est pas de taille pour réussir son attaque contre mon frère. » Sur ce, la vieille femme saisit le pichet qui contenait l'eau et le déposa au pied du lit, puis, abandonnant la séquestrée, elle quitta la loge sans se soucier d'en barrer la porte.

Les lèvres crispées sur les injures qu'elle se retenait de crier, Moïrane écouta attentivement les bruits ambiants et nota que la barre n'avait pas glissé dans les loquets. Elle attendit que le pas de sa geôlière ait décrû dans le couloir pour donner libre cours à son ressentiment : là, tout en vociférant des insultes à l'endroit de son ravisseur et de ses sbires, Moïrane secoua ses liens jusqu'à ce que ses poignets et sa cheville lui fassent mal. La douleur éteignit aussitôt son courroux et la porta à réfléchir. Bien qu'elle se réjouît de l'arrivée de son père, les paroles de la matrone sur sa garnison la laissaient perplexe : enfermée et isolée comme elle l'était, son désir d'évaluer froidement la situation se butait à un manque d'information. Moïrane ignorait tout des effectifs de Donald, que ce soit ceux du corps de garde ou ceux de la domesticité. Cependant, le fait que la vieille femme, qui se disait être sa sœur, doive prêter la main en cas d'attaque donnait à penser que les soldats d'Achilty étaient moins nombreux qu'on ne le lui laissait entendre. Moïrane résolut de faire l'impossible pour se libérer de ses entraves afin d'être en mesure de profiter de l'opportune absence de surveillance dont elle jouissait.

Dans l'obscurité de sa cellule, elle s'attaqua d'abord à la corde de lin qui enserrait ses poignets sur son giron. Avec ses lèvres et sa langue, elle en explora le nœud et le bout, puis repéra la section sur laquelle elle devait tirer pour que la boucle cède, et enfin, elle entreprit patiemment de mordre et de mouiller l'endroit qui devait ramollir pour mieux glisser. Moïrane consacra une bonne partie de la nuit à son fastidieux labeur, mais elle parvint finalement à dépêtrer ses mains de leur attache. Alors, elle se précipita sur l'eau qu'elle but à grands traits, puis elle enroula de nouveau la corde autour de ses poignets, de manière à paraître encore entravée et, épuisée, elle se laissa retomber sur la couche. Son sommeil ne fut pas tellement réparateur, car aux premières lueurs du jour, Moïrane se réveilla aux appels et aux bruits de course qui résonnaient au-dessus d'elle, provenant manifestement du toit.

« Est-ce que l'attaque du fort par mon père a commencé ? » se demanda-t-elle aussitôt. Elle enleva la corde lâche sur ses avant-bras en ramenant ses jambes sous elle dans un geste coutumier : la chaîne reliée au lit se tendit aussitôt et le collet de fer lui meurtrit la cheville. Exaspérée, la jeune femme déplaça son pied de manière que la serrure de l'entrave soit bien exposée à la lumière pour en examiner le mécanisme. Comme elle le faisait chaque matin, Moïrane détacha son pendentif, mais, cette fois, ce n'était pas dans le but de se blesser. Elle inséra la pointe de la croix dans le trou de la serrure, mais l'objet était trop court pour faire office de clé. « Courage, Moïrane », se dit-elle en rattachant le pendentif à son cou. « Tu as les mains libres, c'est déjà beaucoup. Trouve autre chose qui puisse convenir à ce maudit cadenas… »

En se penchant sur le rebord du lit, elle en inspecta le dessous et découvrit qu'un des pieds était fendu à l'endroit où les rivets le fixaient dans le plancher. Une mince éclisse s'en détachait et, sous l'éclairage matinal, l'aiguille projetait une ombre pointue au sol. Moïrane roula de ce côté du lit, étendit le bras et réussit à toucher le morceau de bois avec le bout de ses doigts. En s'étirant un peu plus, malgré la tension qui s'exerçait sur sa cheville, la jeune femme parvint à arracher l'éclat d'un coup sec. Au même moment, filtra à travers les volets un épouvantable cri qui la fit frémir des pieds à la tête. L'instant d'après, un concert de claquements de volets s'éleva du fort.

Chapitre V

L'arbalétrier

Nous étions réveillés depuis belle lurette quand la pluie commença à tomber. Les mains tendues au-dessus de notre brasier fumant, nous écoutions alors le seigneur Moddan nous dévoiler la tactique qu'il avait retenue pour donner l'assaut au fort de l'infâme Donald : « La palissade nord compte plus de bois pourri que les autres et si on fait vite avec les haches, on parviendra à ouvrir un passage avant qu'ils ne nous criblent de flèches. Tandis que la moitié du groupe sous la conduite d'Ottar s'y acharnera, nous allons faire diversion avec les arbalètes sur l'autre front. S'ils sont moins de douze guerriers là-dedans, on peut les avoir. Je crois tout à fait possible que Donald n'ait pas eu le temps de rassembler davantage d'hommes d'armes depuis sa fuite de Dornoch, du moins, il faut l'espérer. »

Il se tut, ferma les yeux un moment, puis les rouvrit. Je remarquai pour la première fois des filaments gris striant sa chevelure abondante qui s'emmêlait à sa barbe. Il ne reprit pas la parole, le regard perdu en écoutant l'eau qui dégoulinait d'un pan de l'auvent. Je compris que l'intempérie suspendait provisoirement l'opération. Nous demeurâmes ainsi regroupés sous l'abri, à fourbir nos armes dans la morosité et le silence. Je consacrai ce moment à contempler, avec une indicible joie, l'épée et le bouclier en ma possession : ne témoignaient-ils pas mieux que toute autre chose que je n'étais plus un thrall ? Ne devrait-on pas me considérer comme un homme libre désormais ? Par son geste de m'armer, le seigneur Moddan m'admettait parmi ses drengs et devait certainement me considérer sur le même pied qu'eux. Convaincu, je levai les yeux sur ces derniers. Dans le groupe des hommes assignés au maniement des arbalètes, le plus jeune entreprit de vérifier le fonctionnement de son engin. Comme je n'avais jamais vu de près cette sorte d'arme, je m'en approchai avec curiosité.

Le dreng inspecta la pièce de bois qui maintenait la tension de la corde, puis satisfait de son état il logea son pied dans l'étrier et banda l'arc de corne. Ses bras tremblèrent légèrement et j'en conclus que la manœuvre requérait probablement une certaine force. « Puis-je essayer ? demandai-je.

– Certes, fit-il en me tendant l'appareil. Non, pas de cette façon, le pied gauche dans l'étrier…

– Ce n'est pas ma dextre qui est la meilleure. Ma force est dans la sénestre : ne devrais-je pas l'utiliser pour étirer et bloquer avec mon pied droit ? » Joignant le geste à la parole, je bandai l'arc avec ma sénestre, le pied opposé bien enfoncé dans l'étrier plaqué au sol. Je fus étonné par le peu d'efforts que je mis pour obtenir une extension complète, l'arc se déployant avec l'aisance d'une aile de canard. « Et ensuite, dis-je, ne faut-il pas mettre une flèche ?

– Un carreau », corrigea le jeune dreng d'un air hébété. Il jeta un coup d'œil autour, alla saisir un projectile parmi les munitions, puis vint l'engager dans l'appareil. « Là. Tu retiens le carreau comme cela, tu lèves en conservant le maximum de tension : c'est comme le tir à l'arc, mais en dix fois plus puissant ; tu vises bien, en ligne droite, sans prévoir de courbure à la trajectoire, puis tu relâches quand ta mire est alignée », m'expliqua-t-il.

Ainsi équipé et sommairement formé à la technique, je sortis à la recherche d'une cible. Instinctivement je me tournai vers le fort à une centaine de yards et visai l'un des poteaux du mur d'angle de l'enceinte que découvrait une éclaircie entre les arbres. Le carreau partit en sifflant et atteignit l'objectif en plein centre, faisant voler le bois pourri en mottes. Éberlué, je regardai l'arbalète comme si cela eut été un outil prodigieux alors que mon jeune maître arbalétrier fixait la cible avec un air abasourdi : « Il a fendu l'épieu… Seigneur Moddan, venez voir : Gunni le Gauche a ouvert une brèche dans le mur nord ! »

Dès ce moment, tout se déroula très vite. Le mormaer me signifia de garder l'arme, de prendre position avec les arbalétriers face à la palissade et de viser sur tout ce qui allait bouger, que ce soit aux fenêtres, sur le toit ou derrière l'enceinte. Munis de leur épée et de leur bouclier, Ottar, Roderik et un autre dreng se précipitèrent au pied de l'ouverture qu'ils élargirent en arrachant les restes de l'épieu et en entamant le suivant à la hache, puis ils grimpèrent dans le trou l'un derrière l'autre. M'activant avec mes compagnons d'armes, j'enfilai l'arbalète sur mon épaule, je glissai mon épée dans le baudrier, me munis de mon bouclier, pigeai généreusement dans l'arsenal de carreaux, puis, chargé comme un livreur de tourbe, je courus jusqu'à mon poste de tir. «Reste à couvert, Gunni le Gauche! cria le jeune dreng. Eux aussi ont des arbalètes et ta tête rouge leur fait une jolie cible. Et puis, ménage tes carreaux: tire seulement quand tu es sûr de toucher.»

Le conseil me sembla judicieux. Je me dissimulai précipitamment derrière un enchevêtrement de branchages détrempés. «Tout ce qui bouge, a dit le seigneur Moddan», songeai-je en déposant mon équipement à mes pieds. Je rabattis le capuchon de ma tunique sur ma tête, armai mon arbalète et balayai la portion des murs et du corps de logis que ma position couvrait. Je vis bientôt du mouvement à une fenêtre de l'étage que je plaçai soigneusement dans ma mire. Mon carreau fut le premier décoché dans notre camp. Un hurlement de douleur nous avisa qu'il avait touché son objectif. Les volets de la fenêtre par laquelle il avait pénétré se rabattirent, suivis par plusieurs autres sur toute la façade nord de l'édifice avec des claquements secs. Fébrile, je préparai de nouveau mon engin, insérai le carreau, bandai l'arc et pointai. Cette fois, c'est sur le toit qu'apparurent des silhouettes: trois soldats émergèrent, dont le premier fut fauché par le compagnon à ma dextre et le second par moi. Le troisième eut le temps de se mettre à l'abri de la rambarde, laquelle je gardai à l'œil tout en apprêtant de nouveau mon arme.

Soudain, l'air chargé de brume et de pluie fut traversé par une formidable invective qui semblait venir de l'étage supérieur. Bien que je n'en comprenne point le sens, j'imaginai sans hésitation qu'il s'agissait du cri de guerre lancé par l'un des hommes de Donald. D'ailleurs, une flèche atterrit dans un fourré rempli de boue, à un jet de pierre de moi et j'en frémis. Or, à cet instant, l'étrange impression qui m'assaillit en me donnant des sueurs froides n'était pas la peur. Au contraire, elle ressemblait davantage à de l'exaltation. Sans y penser, je répondis au cri de l'ennemi avec toute la force de mes poumons et clamai en norrois : « Que Thor te foudroie ! Qu'Odin émousse la pointe de ton arme !

— Silence, crétin ! On va te repérer, lança le compagnon à ma dextre.

— En effet, admis-je, penaud.

— Contente-toi de viser juste. Avec tes yeux gris de rapace, ça ne semble pas très difficile pour toi. On ne sait pas combien ils sont là-dedans, mais on pourrait fort bien manquer de munitions dans quelques heures », poursuivit-il.

Ce que je fis. Je refrénai mes ardeurs et attendis les meilleurs moments pour décocher. Tandis que des carreaux volaient au-dessus de ma tête en allant se ficher dans les bois de part et d'autre, j'abattis encore un autre soldat surgi au-dessus des épieux et mes compagnons d'armes en transpercèrent deux autres, puis une sorte d'accalmie suivit. J'étais alors passablement détrempé et je remarquai que les ennemis avaient cessé de tirer, tout comme nos arbalétriers. Je décidai d'en faire autant et je m'accroupis derrière mon écran pour attendre la suite. Ce faisant, je songeai au seigneur Moddan que je n'avais plus revu et je me demandai s'il était passé de l'autre côté du mur. D'où je me tenais, je ne pouvais apercevoir la brèche que mon tir d'essai avait pratiquée et je m'efforçai d'imaginer ce qu'il était advenu des trois hommes qui s'y étaient glissés au début de l'offensive. À ce moment précis, je voulus ardemment me retrouver aux côtés d'Ottar parti délivrer sa sœur.

Mon cœur s'étreignit quand j'évoquai ma bien-aimée Moïrane si ignominieusement outragée et je maudis mon impuissance. « Que fait-on, maintenant ? » sifflai-je avec agacement à mon plus proche compagnon qui devait être planqué à une vingtaine de yards. Je n'ouïs que le bruit de la pluie comme réponse. Dans sa direction, pas le moindre petit mouvement de feuillage qui me permette de déterminer sa position exacte. Je répétai ma question en élevant un peu le ton, mais n'obtins encore rien : « Par Thor, réponds si tu es là ! » m'impatientai-je en fixant à travers les branches l'emplacement probable de sa cachette. Cette fois, le silence fut révélateur : mon acolyte était certainement là, car il ne pouvait s'être déplacé sans que je l'aie remarqué. S'il ne me répondait pas, c'est qu'il était sérieusement navré ou peut-être même trépassé. Il me fallait savoir ce qui lui était arrivé et, déterminé, je rampai vers lui en abandonnant mes armes derrière. Mes tempes palpitaient alors que je progressais prudemment sous le niveau de la crête des bosquets. Avant que je n'atteigne le dreng, je vis un carreau ensanglanté fiché dans la glaise. L'instant d'après, je découvris que le projectile avait traversé mon compagnon au niveau du cou et lui avait pratiquement arraché la tête. J'eus un mouvement de recul et tremblai d'indignation en faisant cette macabre découverte. Néanmoins, je m'avançai jusqu'au corps, j'étirai la main et fermai les yeux grands ouverts sur la pluie céleste : « Vole jusqu'au festin des dieux, mon ami, et prends place à leur table pour l'éternité », murmurai-je. Puis, conscient que l'occis devait être un chrétien, je me signai en prenant soin de faire le geste avec ma dextre.

Courant ventre à terre pour se mettre à l'abri avant que l'alerte ne soit donnée, Ottar et Roderik eurent le temps de traverser la cour d'enceinte, mais leur compagnon fut surpris au beau milieu de celle-ci par une servante sortie puiser de l'eau. Les hurlements de la femme firent accourir un soldat d'Achilty qui l'attaqua aussitôt. Profitant de l'engagement qui occupait temporairement l'ennemi avec le dreng, Ottar et Roderik longèrent la façade du corps de logis jusqu'à l'angle de l'édifice où une étroite porte était percée. Celle-ci débouchait dans les voûtes qui occupaient tout le soubassement. Ils s'y faufilèrent et, en se fiant aux bruits ambiants pour orienter leur exploration des lieux, ils progressèrent silencieusement dans l'édifice jusqu'à sa pièce centrale sans être vus.

Là régnait tout un branle-bas. Le mormaer Donald, le bras appuyé à la cheminée, tisonnait les braises tout en distribuant d'une voix autoritaire les rôles et les positions à une douzaine de sbires regroupés derrière lui. L'air impassible, ceux-ci l'écoutaient, une main posée sur le pommeau de leur épée. Dans le fond de la pièce s'activait la matrone, penchée sur des coffres contenant des armes et des munitions qu'elle retirait et triait en les disposant sur le sol. Blotti dans l'encoignure de l'entrée, Ottar examina la scène un moment tout en prêtant l'oreille aux sons qui provenaient des paliers supérieurs. «On dirait qu'il n'y a personne sur les étages, murmura Roderik dans son dos. Je n'entends rien qui vienne de là-haut. Les occupants doivent être tous ici en ce moment.»

Le fort d'Achilty, entièrement fait de bois, était bâti sur le modèle d'une tour carrée fortifiée: en son milieu, la grande salle était entourée de deux rangées de galeries superposées sur lesquelles les chambres se répartissaient. Pour avoir accès au premier plancher, il fallait grimper par un escalier léger installé comme une échelle dans un angle du hall. Celui-ci, de dimension modeste, était presque entièrement occupé par la porte principale qui ouvrait sur le côté sud de l'édifice. De leur point d'observation, Ottar et Roderik se trouvaient directement à l'opposé de cette entrée et, pour l'atteindre, ils devaient traverser la grande salle dans toute sa longueur. Ils n'eurent pas à réfléchir bien longtemps à la façon dont ils pourraient monter aux étages, car des cris stridents précédèrent l'entrée d'une soubrette en état de panique : « Seigneur Donald, le garde se bat dehors avec un ennemi ! Il y a un trou dans le mur… Vite, d'autres vont pénétrer dans l'enceinte !

— De quel côté, le trou ? dit sèchement le mormaer de Ross.

— Derrière, messire : dans le mur nord.

— Toi, toi et toi : allez-y ! », vociféra Donald en pointant trois de ses soldats. « Les autres, à vos positions aux étages et sur le toit, côté nord ! Femmes, montez les munitions ! Faites vite, je vais retirer l'escalier derrière vous. »

La grande salle se vida en un éclair. Quand le chef eut grimpé et hissé l'escalier, Ottar et Roderik sortirent de leur cachette et s'élancèrent à la porte en traversant la salle d'une traite. En poussant ses battants, ils bousculèrent le cadavre du garde qui avait affronté leur compagnon et coururent vers le fond de la cour où ils découvrirent que ce dernier avait fort à faire avec deux des trois nouveaux venus. « Je m'en charge, dit Ottar à Roderik. Toi, vois ce qui arrive avec le troisième. Reste le long de l'édifice, ça ne va pas tarder à nous darder. » Au même moment, ils perçurent le sifflement distinctif d'un carreau suivi d'un hurlement provenant d'une des fenêtres au-dessus de leur tête et comprirent que les arbalétriers du camp de Moddan avaient commencé à viser les cibles apparues aux étages du fort de Donald.

Le cri provoqua malheureusement la seconde d'inattention fatale au dreng de Dornoch qu'un de ses rivaux transperça de son épée. Roderik se rua sur ce dernier tandis qu'Ottar prit l'autre attaquant. Tout en se demandant où était passé le troisième guerrier d'Achilty, le fils de Moddan et son compagnon se battirent dos à dos en tentant d'attirer leurs adversaires le plus près possible des murs. L'engagement ramena les quatre hommes vers le devant de l'édifice et le puits autour duquel ils ferraillèrent un bon moment avant qu'Ottar et Roderik mettent leurs opposants hors d'état de combattre.

Moïrane venait à peine de réussir à actionner le mécanisme du cadenas à l'aide de l'éclisse quand le mormaer de Ross fit irruption dans la chambre. Effarée, elle suspendit son geste et la chaîne glissa sur le drap en entraînant le collet qui fit un bruit métallique en touchant le sol. « Alors, ma petite garce, fit Donald, te voilà libre ? Tant mieux, je vais jouir de plus d'aisance… La guerre, ça me fouette toujours les sens, ça me stimule, ça m'excite… » Dégrafant son surcot, l'homme s'avança vers le lit au pied duquel il se planta pour admirer sa proie toute tremblante et recroquevillée sur elle-même. « Viens ici que je me soulage et que je prenne enfin mon dû. Il n'est pas dit que Moddan va récupérer son bien intact, s'il parvient jamais à le faire. Il ne voulait pas de moi comme gendre, eh bien, il n'en trouvera pas d'autre après ce que je vais te faire… » Tout en parlant d'une voix saccadée, l'homme s'activait à détacher sa ceinture et son haut-de-chausse avec des doigts nerveux. Puis, sans quitter la jeune femme des yeux, il sortit son vit déjà tout roide et, tournant la tête en direction de la fenêtre grande ouverte, Donald vociféra, à l'intention de son ennemi, une obscénité qui se perdit dans le ruissellement de l'eau qui maintenant descendait du toit à torrents.

Moïrane jeta anxieusement un œil en direction de la porte pour évaluer la distance qui l'en séparait et elle se déplaça de ce côté du lit, ce qui fit sourire son agresseur. À l'injure de Donald envers son père, la jeune femme avait tressailli. S'obligeant à ne pas baisser les yeux sur la taille de l'homme, elle darda son visage d'un regard de mépris. À ce moment précis, la captive et son ravisseur ouïrent une exhortation provenant de l'extérieur, en réponse à la précédente avanie du mormaer de Ross. Ce cri rauque en langue norroise, poussé par une voix qu'elle n'avait pas oubliée, Moïrane en reconnut l'émetteur avec stupéfaction et espoir. «Qu'entends-je? cracha Donald. Ton père a des mercenaires vikings dans ses rangs? L'hypocrite! Il m'a dit qu'il avait expulsé ces païens, mais c'était pour mieux les lancer contre moi… Je vais lui faire payer cette fourberie!» Sur ce, il réajusta ses vêtements avec brusquerie, rattacha sa ceinture, s'avança jusqu'à la jeune femme qu'il gifla violemment, puis il quitta la chambre.

La barre de la porte glissa dans les loquets et Moïrane se retrouva de nouveau enfermée. Un léger filet de sang coulait de sa lèvre fendue qu'elle ne prit pas le temps d'essuyer en se précipitant à la fenêtre. Incapable d'apercevoir quoi que ce soit, elle s'agrippa au montant du volet pour sortir la tête à l'extérieur: ses yeux furent aussitôt aveuglés par la pluie abondante que le vent poussait dans sa direction. «À l'aide, Gunni!» cria-t-elle d'une voix étranglée par la peur. Son appel se perdit dans le sifflement des carreaux et leur résonance quand ils se fichaient dans les murs de la façade adjacente à celle où la jeune femme avait sa cellule.

Après un long moment, les tirs cessèrent et ce fut l'accalmie au dehors. Le cœur battant, Moïrane alla jusqu'à la porte contre laquelle elle colla l'oreille, attentive aux bruits à l'intérieur du fort. Elle crut percevoir du mouvement sur le palier ; puis une course sur le toit au-dessus de sa tête ; des jurons provenant de l'étage inférieur ; finalement, la voix de Donald de Ross qui rugit : « Moddan, scélérat, traître qui s'acoquine avec des Normands ! Montre-toi afin que je te trucide ! »

De retour à mon poste de tir après mes adieux au jeune dreng, je lançai quelques appels discrets afin de localiser mes autres compagnons d'armes, mais il s'avéra que j'étais maintenant isolé à l'extrémité de notre alignement. La pluie redoubla d'intensité et, ne me résignant pas à tenir ma position sans nouvelles instructions, je décidai de me déplacer en direction sud. Incapable d'abandonner une arme, je transportai mon équipement complet avec le reste de mes munitions et cela nuisit passablement à ma mobilité. Néanmoins, je réussis à atteindre le mur sud des remparts sans être repéré par l'ennemi toujours en trêve. Là, bien à l'abri de la pluie sous un pin, je déposai mon arsenal et j'inspectai durant un long moment les environs en me demandant où étaient passés le seigneur Moddan et ses hommes. Imaginant qu'ils s'étaient peut-être rabattus du côté de la brèche pour pénétrer dans l'enceinte, je décidai de gagner la porte principale qu'ils pourraient éventuellement venir ouvrir de l'intérieur. Je remis l'arbalète à mon épaule, insérai quelques carreaux et mon épée entre les lanières de mon baudrier, puis, me protégeant derrière mon bouclier, je longeai les murs vers le portail d'entrée.

En rasant la palissade, je regardai par les interstices la cour où régnait un silence lugubre qui n'était pas sans me rappeler celui qui avait suivi la mort de mon jeune compagnon arbalétrier. Comme j'aboutissais à l'angle de l'enceinte, j'entrevis par une fente un puits autour duquel gisaient trois hommes qu'il me fut impossible d'identifier par leur vêture et je souhaitai ardemment que ce ne soit pas ceux de Moddan. Puis, un peu plus loin, j'examinai l'entrée surmontée d'un fronton où figuraient trois ours disposés en triangle et gravés d'assez belle manière. L'épaisseur du bois et la solidité des gonds de la porte m'impressionnèrent et je choisis de continuer l'inspection du pourtour de l'enceinte. Son versant ouest baignait dans un marécage que la pluie grossissait de minute en minute. Pour contourner cette eau tout en demeurant à couvert, je dus m'éloigner des murs et gagner la lisière d'arbres. C'est à ce moment que j'entendis les bruits d'une cavalerie qui grimpait au sommet du mont. Je comptai cinq hommes armés : aucune arbalète, seulement des épées et des boucliers sur lesquels apparaissaient les trois ours emblématiques du fort d'Achilty. À n'en pas douter, il s'agissait de renforts à la garnison du mormaer de Ross et je décidai aussitôt d'en faire mon affaire.

Avec les six carreaux dont je m'étais muni, je n'avais pas droit à l'erreur, aussi trouvai-je avec soin mon poste de tir. Une futaie qui offrait un bon angle de visée avec le portail tout en me dissimulant parfaitement sans m'obstruer la vue me convint. Ma première cible fut le cavalier qui fermait la colonne et je l'abattis presque à l'insu des quatre autres. Au moment où l'avant-dernier se retournait, je fauchai celui qui le précédait. Les deux guerriers de tête avaient atteint la porte quand ils entendirent l'appel de leur acolyte pris entre les deux montures affolées par la perte de leurs cavaliers agonisants restés accrochés aux étriers. Ils s'immobilisèrent en pointant le doigt dans ma direction pour indiquer la provenance des tirs, mais j'avais déjà réarmé mon engin et je les tenais dans ma mire. Je décochai et le carreau se ficha dans la poitrine de l'un d'eux qui tomba sur l'encolure de son cheval. Ne me restait plus que trois coups possibles pour occire deux hommes et à peine quelques instants pour le faire, car mes cibles prenaient la fuite. Je n'eus le temps que de tirer une autre fois, mais le projectile se perdit dans le champ. Les cavaliers détalèrent vers la rivière et le site de notre campement, ce que je déplorai, car s'ils le découvraient, ils le détruiraient et s'empareraient du reste de nos armes, faisant ainsi grand tort à notre cause.

Durant un bon moment, j'hésitai à les poursuivre. Ignorant le sort que les nôtres subissaient dans l'enceinte, je ne pouvais déterminer d'où venait la plus grande urgence : ferrailler à l'extérieur ou à l'intérieur des murs. Mon ardent désir de porter secours à Moïrane l'emporta finalement. Voyant qu'un des trois chevaux abandonnés s'égarait dans ma direction en trottinant, je l'attendis. Le pied de son maître finit par se détacher de l'étrier quand la bête fut à ma portée, libre et porteuse d'un grand bouclier attaché sur la selle. À cause des trois ours en effigie, je trouvai judicieux de le garder et de l'ajouter au harnachement de mon propre équipement avant de sauter en selle.

Le cheval s'avéra étonnamment pacifique et docile, et j'éprouvai une joie fugace à le diriger, me rappelant mon bonheur de jeunesse à monter les étalons de Rolfus le Fier. Je contournai le marais en galopant à la lisière de la forêt, puis je fonçai sur l'extrémité ouest de l'enceinte qui, pour l'heure, semblait déserte. En contrebas m'apparut un loch derrière le rideau de pluie et les troncs de feuillus aux branches encore dégarnies. Levant les yeux sur le corps de logis, dont le dernier étage émergeait au-dessus du mur, j'aperçus deux petites fenêtres, dont l'une était grande ouverte. Une rambarde formée par la corniche du toit y donnait accès, non sans quelque effort d'escalade cependant.

Comme cette section du fort ne présentait aucun signe d'agitation, mais qu'au contraire, elle affichait un calme de désertion, je résolus d'investir la place de ce côté. Je fixai le bouclier aux trois ours sur mon dos en faisant coulisser sa poignée sur mon capuchon que je bloquai d'un nœud, puis en m'aidant de la monture que je fis frôler le mur, je réussis à grimper par-dessus les épieux à l'endroit où ceux-ci présentaient des pointes ébréchées. L'épée à ma ceinture entrava quelque peu mes mouvements et faillit me blesser au moment où je me laissai glisser au sol. J'atterris en arrière de l'écurie qui occupait ce coin de la cour. Dissimulé derrière un des battants, j'inspectai la paroi de l'édifice en rondins afin de repérer les prises susceptibles de guider mon ascension jusqu'à la fenêtre ouverte au deuxième étage. Elles étaient étonnamment nombreuses, et, cette fois, je m'organisai pour libérer mes hanches avant l'escalade. Je dénouai la longue ceinture du baudrier avec laquelle je me sanglai les épaules en la croisant dans mon dos de façon à pouvoir y coincer le bouclier et le manche de l'épée passé dans sa poignée.

L'opération terminée, je me sentis attelé à mon armement comme bœuf à son joug. La lanière de cuir mordait mes aisselles, mais mes bras et mes jambes jouissaient d'une liberté de mouvement suffisante pour affronter l'exercice de grimpe. La pluie avait détrempé tout ce qui pouvait l'être et mes pieds glissèrent maintes fois des saillies, propulsant mon corps dans le vide à quelques reprises. J'atteignis finalement le parapet du toit auquel je me suspendis pour gagner la fenêtre ouverte. Du bout des pieds, j'accrochai le rebord et je me laissai glisser à l'intérieur. La dimension de celle-ci ne permettait pas que j'entre en même temps que mon équipement qui resta coincé aux montants et je me retrouvai fâcheusement épinglé dans l'ouverture, les pieds ballants dans le vide.

«Gunni, est-ce bien toi?» fit une voix éraillée qui venait du fond de la pièce. Comme le large bouclier dans mon dos bloquait tout l'apport de lumière, la personne qui me questionnait ne pouvait pas plus me distinguer que je ne le pouvais avec elle. Je fulminais contre ma posture aussi ridicule que vulnérable tout en essayant de deviner qui, de notre groupe, se trouvait déjà là. «Si fait, je suis Gunni. Viens m'aider à me décrocher», maugréai-je en gigotant et en essayant de détacher la sangle qui me retenait au bouclier. Celui à qui je m'adressais traversa aussitôt la pièce et se rua sur moi. Je le reçus en pleine poitrine et faillis en avoir le souffle coupé, déjà oppressé par mon attelage. Tout aussi impétueusement, l'importun empoigna ma tunique et se plaqua contre mes jambes. «Dieu soit loué!» fit-il, le nez enfoncé dans mon ventre. Je le saisis par les épaules et l'arrachai à son étreinte pour découvrir, incrédule, que j'agrippais la fille du seigneur Moddan. «Ah!» fis-je, estomaqué.

Moïrane offrait un spectacle fort désolant : son visage d'une pâleur spectrale était tuméfié, ses yeux cernés, sa bouche saignante, ses cheveux mouillés plaqués dans son cou et sur ses épaules, sa chemise déchirée et souillée. Était-ce là le fantôme de ma bien-aimée ou encore l'image de mon cauchemar soudainement ressurgie ?

« Où est mon père ? » balbutia-t-elle en reculant de quelques pas.

« Je ne sais, fis-je, bouleversé… Écoute, il faut me dépendre céans, Moïrane. Mets un support sous mes pieds…

— Lequel ? Ici, il n'y a que le lit comme mobilier et on ne peut le déplacer, répondit-elle d'une voix ténue.

— Alors on va se servir de toi. Il faut me soutenir, juste un moment… ce ne sera pas long. Place-toi de façon à… » Je n'eus pas le temps de compléter mes instructions, car ma bien-aimée s'était déjà agenouillée sous moi et avait placé mes chaussures boueuses sur ses frêles épaules. Une fois l'attache déliée, je chus à côté d'elle et mon harnachement suivit. D'un air éperdu elle me dévisagea avant de s'abattre contre moi en sanglotant. Ma gorge se contracta sous l'effet de l'anxiété jusqu'alors refoulée depuis le début de l'assaut.

« Ne pleure pas, Moïrane, lui dis-je en la serrant dans mes bras. Plus personne ne te touchera, maintenant. Vois, je suis armé ! Ton père m'a accepté dans le contingent venu te délivrer… Ottar est là aussi, quelque part dans le fort avec Roderik. Ils sont entrés au début… Nous avons investi l'enceinte… » Les sanglots de Moïrane s'atténuèrent et elle se dégagea de mon étreinte en essuyant son beau visage avec le revers de sa manche.

« Comment se fait-il que tu ne sois pas en mer, Gunni ? Je te croyais parti très loin… balbutia-t-elle.

– C'était mon intention, il est vrai : mais j'ai ajourné mon voyage pour des raisons que je t'expliquerai plus tard. Pour l'heure, il faut sortir d'ici. Dis-moi de combien de soldats Donald dispose.

– Oh ! Si seulement je le savais, souffla-t-elle. Cependant, je crois que le fort manque d'hommes d'armes, car ma geôlière participe au combat. »

Donald rabattit brusquement le volet du premier étage côté sud et une moue de dédain retroussa sa moustache. « Trois sur cinq, se dit-il. Et encore, par un seul tireur… Faut-il être imbécile pour se faire avoir de la sorte ! Combien reste-t-il de guerriers de Moddan dehors ? Là est la question. » Tout en retournant à son poste de commande, il se mit à faire le bilan de ses propres ressources : « À l'extérieur de l'enceinte, je compte sur les deux soldats restants du contingent de Dinkeual, peut-être encore un à l'intérieur ; dans le fort, j'ai avec moi trois arbalétriers sur la première galerie, un autre sur la deuxième avec ma sœur, et la servante près de l'échelle. Dans le camp de Dornoch, au moins cinq hommes sont entrés avec Moddan, plus celui qui a abattu les trois guerriers de ma délégation dehors. » Ce constat peu reluisant contraria beaucoup Donald et lui tira un soupir d'exaspération.

Impassible, assis dans un coin reculé de la grande salle hors de la portée des tirs en provenance des étages, son vis-à-vis, le seigneur Moddan, réfléchissait aux mêmes choses. Il avait noté que le chef assiégé était revenu discrètement à sa place sur la première galerie, juste en face de lui, dans cet endroit tout aussi inaccessible par un tir que celui où il se tenait lui-même. Le mormaer de Dornoch savait bien dans quel dilemme se trouvait son ennemi : en cette heure silencieuse, après tant d'invectives et d'injures, Donald de Ross devait évaluer ses pertes qui, à première vue, semblaient lourdes. À la faveur de furtifs déplacements sous la première galerie, Moddan avait réussi à apercevoir les soldats dont disposait encore le fort d'Achilty et leur position exacte.

Tournant la tête en direction d'Ottar posté non loin, Moddan fit le décompte de ses hommes. Depuis qu'il avait investi la place à la suite de son fils, il savait que le contingent de Donald s'était entièrement massé sur les étages, ce qui le laissait maître du rez-de-chaussée. Parmi ses hommes, seulement trois n'étaient pas dans le corps de logis. L'un d'eux, étendu dans la cour, était mort, mais Moddan espérait que les deux autres ne l'étaient point, car le jeune arbalétrier et Gunni le Gauche n'avaient pas reparu. Le mormaer de Dornoch pouvait raisonnablement penser qu'ils assuraient le guet à l'extérieur. Il pencha la tête sur ses mains jointes autour du pommeau de son épée en se disant que les forces en présence étaient probablement égales. Cette perspective aurait dû le pousser à l'attaque, mais ce ne fut pas le cas. Il soupira si fort qu'Ottar sursauta et le regarda avec inquiétude. Pour apaiser son fils, le père se força à sourire, mais en son for intérieur, il constatait que son désir exacerbé de tuer Donald de Ross lui avait passé durant l'offensive. Maintenant, Moddan voulait en finir au plus tôt, rentrer chez lui et une seule chose lui importait : délivrer sa fille.

Moïrane était-elle toujours vive et dans quel état ? Ces oppressantes questions poussèrent Moddan à l'action et, se levant tout à coup, il héla son ennemi : « Donald, nous avons assez gaspillé de temps, toi et moi. Finissons-en! Rends-moi ma fille et je quitte ton chef-lieu sans autres représailles. Tu as déjà perdu sept hommes et, si j'ai bien compté, tu n'en as que quatre là-haut, alors qu'en bas, j'en ai cinq, comme tu l'as certainement remarqué. À l'extérieur, je dispose d'autres guerriers…

– Moi aussi! répliqua Donald. Des hommes à moi viennent d'arriver de Dinkeual…

– Alors ils feront la guerre aux miens dehors. Nous assiégeons la place et la porte ne s'ouvrira que pour me laisser sortir avec ma fille, si elle n'est pas morte. Ois cela, Donald: montre-moi Moïrane, car s'il s'avérait que tu l'aies occise ou qu'elle se soit enfuie, je bouterai le feu au fort et tu rôtiras comme il convient à un malfrat de ton espèce de trépasser. Je jure que tu vas goûter aux flammes de ma torche avant celles de l'enfer!

– J'ai encore ta fille, mais tu vas devoir venir la chercher, répliqua Donald sur un ton de défi.

– Les doutes m'assaillent, Donald, gronda Moddan avec impatience. Tu pourrais fort bien l'avoir tuée et tout ce divertissement ne t'aura servi qu'à gagner du temps sur ma vengeance. J'exige que tu montres Moïrane, entends-tu?» Puis, dans le même souffle, il réclama un flambeau à Ottar.

Le déplacement qui s'ensuivit au rez-de-chaussée tout autant que le ton de l'ordre convainquirent Donald que la menace serait exécutée prestement s'il n'obtempérait pas. Hargneux, le mormaer de Ross éleva la voix pour dicter à sa sœur et au soldat posté sur la galerie supérieure d'aller chercher la prisonnière: «Modérons notre bon ami de Dornoch et exhibons-lui sa progéniture. Prenez garde, car celle-ci n'est plus entravée et vêtez-la: il n'est pas sûr

qu'elle soit présentable dans son modeste accoutrement. »
On entendit alors le soldat interpellé déposer son arbalète au sol et se retirer vers le fond du palier. D'autres pas
firent écho aux siens ; puis le son grinçant d'une barre qui
glisse dans ses charnières emplit le silence tendu, suivi de
la voix sèche de la geôlière s'adressant à la captive ; des
bruits atténués furent encore audibles en provenance de
la cellule, puis on ne perçut plus rien durant un moment
assez long pour paraître interminable aux deux ennemis
sur le qui-vive.

En effet, après avoir ramassé le bliaud de Moïrane
resté au pied de la porte de la cellule, la sœur de Donald
fit glisser la barre, laissa passer l'homme d'armes en premier et entra dans la pièce sombre en interpellant sa prisonnière. Au premier coup d'œil, la vieille femme vit que
les draps avaient été tendus pour obstruer la fenêtre et elle
scruta la pièce pour habituer ses yeux à l'obscurité. Elle
n'eut pas le temps de réagir à l'assaut de Moïrane qui se
rua sur elle par-derrière. Au même moment, le soldat reçut une lame en travers de la gorge. En moins de temps
qu'il n'en faut pour souffler une chandelle, la matrone se
retrouva muselée et entravée des mains et des pieds aux
montants du lit par le Viking.

La vitesse avec laquelle ma bien-aimée assaillit sa geôlière pour la bâillonner dès qu'elle eut franchi le seuil de
la porte suscita mon admiration tellement je la sentais
troublée dans la minute précédente. De mon côté, trucider le garde fut l'affaire d'un bref instant dont je pris à
peine conscience, car je me ruai aussitôt sur la matrone

pour la maîtriser. Comme je la ligotais prestement au lit, Moïrane recueillit son bliaud, l'enfila avec des gestes nerveux, et, les yeux fixés sur la mare de sang qui s'élargissait sous la tête du soldat, elle se mit à trembler.

«N'aie crainte, dis-je en allant la rejoindre. Tout fonctionne parfaitement. Nous allons sortir ensemble: je te supporterai tout en demeurant caché derrière le bouclier. Donald reconnaîtra son effigie et il croira que c'est son arbalétrier qui te mène. Je suis persuadé qu'il concentrera davantage son attention aux mouvements suscités dans le camp de ton père par ton apparition. Tu t'avanceras jusqu'à la rampe afin qu'on te voie bien. Là, essaie de distinguer le nombre de nos adversaires répartis sur les étages et leur position, car, moi, j'aurai la vue partiellement bouchée. Transmets-moi à voix basse toute information utile. Durant l'opération, assure-toi de demeurer immobile afin de ne pas soulever de soupçons. Te sens-tu capable de faire cela?

— Je ne sais pas, Gunni, me répondit-elle, les larmes aux yeux. Depuis ton arrivée dans la chambre, je suis prise d'une sorte de vertige: j'étais si désespérée et effrayée, j'avais le cœur tellement plein de mépris et de colère, et la minute où tu es apparu, j'ai ressenti un soulagement immense et une reconnaissance entière envers toi. Je ne pensais pas pouvoir agresser cette femme dans mon état et j'ai pourtant accompli cet acte. Maintenant, je ne sais pas si j'aurai la force d'avancer dans le champ de tir sans défaillir… »

Désemparé, je pris la belle tête de Moïrane entre mes mains tremblantes et je la caressai lentement en plongeant mon regard dans le sien. «Tu le peux, ma bien-aimée, fis-je. Si j'avais pu te délivrer sans t'exposer, je l'aurais fait,

125

mais tu dois paraître céans : ton père est déterminé à incendier le fort et sa patience semble épuisée. Fais-moi confiance… » Tout en lui parlant ainsi, je guettai sa réaction à l'appellation audacieuse de « bien-aimée » que j'utilisais pour la première fois devant elle. Bien que le moment de surveiller mon discours amoureux fût bien mal choisi, j'appréhendais un nouveau rejet de sa part. Heureusement, mes paroles ne choquèrent pas Moïrane, bien au contraire : elle s'empara d'une de mes mains et la porta subrepticement à ses lèvres. « Si tu penses que ce plan peut fonctionner, Gunni, je vais m'y plier ! » fit-elle avec ferveur.

Je crois que si l'heure avait été propice à quelques épanchements, je lui aurais donné le baiser qu'elle m'avait refusé dans la cour de Dornoch. Au lieu de cela, je me contentai de lui sourire en m'écartant d'elle pour me réarmer. J'enlevai le casque au garde et m'en coiffai, puis, je repris mon épée que j'essuyai avant de rengainer. J'allai ramasser le bouclier et revins tout équipé devant ma bien-aimée que je dominais d'une bonne tête. L'air déterminé, elle se glissa contre moi en m'offrant le bras que je saisis alors que j'aurais voulu enserrer sa taille. Nous franchîmes ainsi la porte de la cellule, presque enlacés comme des nouveaux mariés.

CHAPITRE VI

LE DRENG

Avec une attitude aussi dégagée que possible, j'entraînai Moïrane jusqu'à la balustrade. «La voilà!» s'exclama celui que je déduisis être Donald. «Alors, Moddan, reconnais-tu ta fille?» ajouta railleusement la voix. Le silence qui répondit à cette présentation me parut fort long. Je sentis le corps de Moïrane se contracter contre mon bras et je perçus son cœur battre avec affolement, au même diapason que le mien.

«Nous sommes seuls sur ce palier, murmura-t-elle. Ils sont probablement tous à l'étage au-dessous…

— Combien peux-tu en distinguer? soufflai-je.

— Je vois seulement Donald de Ross, une femme et deux arbalétriers. S'il y en a d'autres, ils doivent être postés de notre côté de la galerie.

— Et en bas, ton père, avec qui est-il?

— Je ne l'aperçois nulle part. Je ne sais même pas s'il peut me voir…»

Comme s'il avait perçu l'interrogation de Moïrane, le seigneur Moddan l'interpella d'une voix forte et posée: «Comment vas-tu, ma fille? Ton hôte de Ross t'a-t-il traitée avec respect? As-tu quelque récrimination à formuler par rapport à sa conduite autrement que pour lui reprocher son empressement à t'épouser?

– Je vais bien, mon père. Messire Donald ne m'a pas déflorée, si tel est le but de votre question », répondit Moïrane d'une voix singulièrement tranquille.

Sa réplique m'étonna d'autant plus que j'avais remarqué plusieurs souillures de sang sur sa chemise. Je la dévisageai et surpris l'esquisse d'un sourire sur son profil. Je compris alors que sa réponse s'inscrivait dans la tactique de son père qui offrait à son adversaire une issue à leur conflit. En évitant de faire une allusion directe à la profanation de la fille, ce qui aurait commandé une vengeance immédiate, le seigneur Moddan suggérait astucieusement que l'enlèvement de Moïrane relevait d'un comportement intrépide et partiellement excusable.

« Fameux! s'esclaffa Donald. Ta pucelle affirme que je ne l'ai pas culbutée et, le plus incroyable, c'est qu'elle a fichtrement raison! Elle m'a supplié de t'attendre pour officialiser nos épousailles et j'ai eu la galanterie de l'écouter. N'était-ce pas là votre vœu, ma chère Moïrane?

– Silence! hurla Moddan. Si ma fille avait voulu de ce mariage, nous ne serions pas en guerre en ce moment! Cesse cette farce grotesque, Donald: libère-la céans avant que je ne perde définitivement patience… »

Je jugeai le ton très impérieux et l'affrontement hautement imminent. Pour moi, le moment d'agir était arrivé et, reculant prestement, j'entraînai Moïrane à l'abri. « Je vais attaquer et nous allons probablement recevoir une pluie de flèches en riposte, alors, reste dissimulée ici! » lui soufflai-je. Puis, bouclier devant, j'avançai jusqu'à l'endroit où j'avais repéré une arbalète et un sac de carreaux derrière un des piliers soutenant le plafond. Je me trouvai alors à quelques pas d'où nous nous étions exposés précédemment, Moïrane et moi. Sachant que nombre d'yeux étaient rivés dans ma direction et surveillaient mes déplacements, je pris soin de me découvrir le moins possible en ramassant l'équipement, mais aussitôt après, j'abandonnai le bouclier pour armer l'arbalète.

Si Moïrane ne s'était pas trompée, je devais pouvoir atteindre trois hommes en m'approchant de la rambarde. Par contre, du même emplacement, je serais visible par au moins un de mon camp : le seigneur Moddan. Je pariai qu'il était le seul à m'avoir dans son champ de vision et qu'il n'était pas armé d'une arbalète. Une goutte de sueur se fraya un chemin sur l'arête de mon nez et tomba sur la corde de l'arc. Risquant le tout pour le tout, je fis un pas en avant, repérai dans un angle de la galerie inférieure la pointe d'un carreau dirigée vers la salle et je décochai. Le cri de douleur qui suivit dut frapper de panique ceux qui entouraient l'arbalétrier que j'avais atteint, car ils se déplacèrent sans même chercher d'où provenait le tir, persuadés que Moddan était passé à l'offensive depuis le rez-de-chaussée. Soudain, une nouvelle visée apparut à ma dextre. Je reculai dans l'ombre, réarmai mon engin, puis revins à la rampe juste à temps pour tirer, touchant l'objectif encore une fois. « Puissant es-tu, Odin ! », ne pus-je réprimer de crier en norrois.

J'imagine que mon attaque força une autre cible à se découvrir dans la visée des hommes de Moddan, car un carreau parti d'en bas se ficha sur une poutre du premier étage. Des jurons montèrent de la galerie inférieure et précédèrent l'apparition d'un homme trapu et chauve qui déboucha de l'échelle en écumant de colère. « Le voilà, le sale païen de Viking!», vociféra-t-il en m'apercevant. Au même moment, d'une voix étranglée, Moïrane m'avisa qu'il s'agissait de Donald de Ross. Alors, pour la toute première fois de ma vie, la fureur de tuer et le désir de voir couler le sang s'emparèrent de moi.

Ce qui n'avait été jusqu'ici que des expériences de visée et de tir se mua en une volonté farouche de détruire. Lâchant l'arbalète, je dégainai et, les oreilles bourdonnantes du flux de vie propulsé dans mes veines, je me ruai sur le scélérat. Il eut le temps de parer l'assaut et nous échangeâmes plusieurs coups de taille qui me donnèrent beaucoup de fil à retordre. En fait, je m'aperçus vite qu'un combat à l'épée différait considérablement d'un exercice d'entraînement. Je dus rompre plus d'une fois devant les attaques de mon rival avant de saisir, à sa façon de se défendre, qu'il devait s'ajuster à ma technique de gaucher. Je me concentrai sur cette découverte et réussis quelques passes qui le déstabilisèrent efficacement. Cependant, mon adversaire me piqua l'épaule, puis la jambe du même côté sans que je parvienne à le pourfendre une seule fois.

Durant ce temps, on ferraillait ferme à l'étage inférieur d'où les chocs de lames nous parvinrent durant un long moment. Donald s'interrompit soudain et recula d'un pas alors que le seigneur Moddan apparut dans mon champ de vision.

«Laisse-le-moi, Gunni le Gauche», fit-il d'une voix étonnamment chaleureuse, puis, s'adressant à mon opposant : «Décousons-en ensemble, Donald. Mes hommes ont eu raison des tiens et j'aimerais conclure moi-même notre pitoyable démêlée.»

À la fin de l'avant-midi, au moment où la troupe de Dornoch quittait le fort de Ross en proie aux flammes, les nuages s'estompèrent pour dévoiler un pâle soleil. Son reflet dans les flaques d'eau qui entouraient la base du mont Achilty fut brouillé par le lent passage des cavaliers et des montures. En ce vingtième jour de mai 1019, la guerre entre les deux mormaers voisins était terminée. Donald de Ross avait été transpercé par la lame de son ennemi ; les cadavres de ses hommes avaient été empilés dans une fosse ; sa sœur et sa servante, refoulées sur le chemin de Dinkeual, et les deux hommes réchappés de l'embuscade à l'arbalète tendue par le Viking avaient décampé sans laisser de traces.

Pour Moddan, la périlleuse entreprise se soldait par la perte de deux drengs, par le gain d'un fameux arbalétrier en la personne du Viking et, surtout, par la récupération de sa fille, apparemment indemne. S'ajoutait à son équipée un butin de guerre appréciable : plusieurs bonnes armes et une douzaine de montures dont les huit que son ennemi avait précédemment volées dans ses écuries.

Dans le nord de l'Écosse, la vacance que laissait la mort d'un mormaer posait toujours un énorme problème : comme l'équilibre social entre les propriétaires terriens et leurs dépendants reposait sur l'exercice de l'autorité locale des chefs de clans, l'élimination de l'un d'eux et son inévitable remplacement imposaient un nouveau dirigeant dont les desseins et les manières offraient souvent de très minces garanties de paix. En effet, les paysans sous la tutelle de ce dernier craignaient avec raison que les termes de leur ancien maître ne soient pas reconduits et que leur charge de travail ou la précarité de leur condition en soit affectée ; les hommes d'armes du nouveau mormaer profitaient de leur pouvoir tout neuf pour exercer quelques velléités sur la population et le climat d'incertitude qui s'ensuivait altérait grandement la prospérité du domaine en tutelle. Invariablement, les visées expansionnistes du nouveau venu étaient à prévoir chez les seigneurs voisins qui devenaient les premiers visités par les inévitables raids.

Conscient de la menace qui pèserait bientôt sur les autres chefs comme sur lui-même, Moddan résolut d'agir auprès d'eux en les rencontrant. Plus vite ses homologues seraient prévenus de l'événement, plus vite ils pourraient se préparer à en affronter les conséquences. De plus, le fait que les mormaers soient précisément avertis par celui qui avait provoqué l'incident jouait certainement en sa faveur puisque sa démarche préventive serait perçue comme un geste de solidarité.

L'escorte fit halte à un mile du fort d'Achilty dont le panache de fumée était encore visible dans le ciel. Depuis le début de la chevauchée, Moïrane se cramponnait au pommeau de sa selle en serrant les jambes pour atténuer l'élancement de sa blessure que le ballottement réveillait. Le mutisme dans lequel s'était enfermé son père l'inquiétait. Son frère Ottar n'offrait pas un meilleur abord. En fait, les sept hommes de la troupe, accablés de fatigue et d'amertume, ruminaient en silence la perte des deux drengs de Dornoch et la jeune femme n'avait pour ainsi dire d'attention que de la part du Viking qui lui jetait constamment des regards éloquents. Moïrane lui aurait volontiers parlé s'il n'avait pas chevauché à l'arrière de la cohorte avec les chevaux sans cavalier qu'on lui avait confiés.

À la fin des hostilités, Moïrane n'avait pas réussi à s'entretenir seule avec le jeune homme : elle ignorait toujours le retournement de situation qui l'avait remis sur sa route et elle brûlait de sonder son cœur apparemment épris d'elle. Se laissant glisser précautionneusement de sa monture, Moïrane regarda son sauveur à la dérobée. Gunni le Gauche surprit l'examen dont il faisait l'objet et il salua audacieusement la fille du mormaer avec la tête et la main. S'installa rapidement entre les jeunes gens une complicité faite d'œillades et de sourires coquins, mais leur félicité fut de courte durée.

Aussitôt qu'il eut mis pied à terre, le seigneur Moddan prit son fils en aparté pour lui dévoiler un plan qui séparait le groupe en deux.

« Ottar, dit-il, je veux que tu rentres à Dornoch avec notre contingent. De mon côté, je retourne à Inverness : j'ai l'intention de rencontrer tous les hommes influents de la région. Je souhaite les prévenir moi-même du décès de Donald de Ross, car on peut s'attendre à tout de la part de son successeur au domaine d'Achilty et je ne suis pas le seul concerné par les répercussions néfastes que ce changement de pouvoir va impliquer. Sur le chemin de retour, je ferai la même démarche auprès de mes gens du Caithness. Aussi, n'attends pas ma rentrée au domaine avant un bon mois. C'est toi qui prends les commandes de Dornoch en mon absence. Puis-je compter sur toi ?

— Bien sûr, père, répondit Ottar. Qui prenez-vous dans votre escorte ?

— Roderik et le Viking.

— Pourquoi emmener Gunni le Gauche ? Vous savez pertinemment que sa vie est menacée à Inverness si le Norvégien Svein s'y trouve encore… Père, ne jugez-vous pas qu'il s'est battu avec courage et dextérité à nos côtés et qu'il mérite d'être considéré maintenant comme faisant partie de notre maison?

— Je ne vais pas aussi vite dans cette sorte d'affaire, mon fils. Le Viking est certes un homme d'une habileté exceptionnelle, d'un cran admirable et d'une grande audace. Cependant, il est et demeure un païen auquel je ne suis pas certain de pouvoir m'accommoder. En outre, j'ai des yeux pour voir et les désirs qu'il entretient pour ta sœur ne sont pas équivoques. Tel qu'on connaît Moïrane, elle pourrait fort bien y répondre sans discernement.

— Justement! C'est à Gunni le Gauche que vous devez sa libération. Peu vous en chaut si les motifs de l'homme étaient d'ordre amoureux: son intervention nous a bel et bien conduits à la victoire. Père, je vous en prie, vous devez ça à Gunni…

— Qu'insinues-tu, Ottar? Que je suis contraint de donner ta sœur au Viking parce qu'il la convoite et qu'il l'a méritée par ses exploits guerriers?»

Ottar se mordit les lèvres et réprima les arguments qui risquaient de contrarier davantage son père. S'il avait poursuivi, il aurait lâché son opinion sur les faibles possibilités de sa sœur notoirement profanée à Achilty de trouver un mari autre que le Viking. Comme son père hélait ce dernier et Roderik, Ottar jeta un regard rempli de tristesse à Moïrane. «Ne t'en fais pas, je suis sûr que Gunni le Gauche va revenir», se dit-il, les yeux fixés sur ceux interrogateurs de sa sœur.

Quand Moïrane comprit le changement de programme établi par son père, elle refusa de rater une deuxième fois ses adieux au Viking. Au risque d'attirer la réprobation paternelle par son geste impulsif, la jeune femme marcha résolument vers Gunni le Gauche et se jeta dans ses bras. « Je ne connais toujours pas les raisons de ton retour parmi nous, dit-elle, mais sache que je n'ai jamais admis ton départ. Jure de revenir à Dornoch ! Moi, je te promets de t'attendre… »

Ce que fit Moïrane immédiatement après les assignations du seigneur Moddan me combla d'une grande allégresse. Je pressai son corps adorable contre moi en écoutant avec ravissement le témoignage de son affection qui se terminait sur ses mots engageants : « … je te promets de t'attendre. » En effleurant sa jolie petite oreille avec mon nez, je lui murmurai : « À Leirvik, les femmes scellent leurs promesses par un baiser. » Moïrane redressa la tête et plongea son regard ardent dans le mien en me répondant : « À Dornoch aussi ! » Puis, elle se haussa doucement pour m'embrasser. Jamais, de ma vie, n'avais-je reçu une caresse plus suave. Les lèvres de ma bien-aimée comprimèrent les miennes avec ferveur tandis que ses doigts fourrageaient dans mes cheveux. Enhardi, j'ouvris sa bouche avide avec ma langue et notre baiser se prolongea fiévreusement durant un moment trop long au goût du seigneur Moddan. « Un peu de retenue, ma fille ! » dit-il en arrachant Moïrane à mon étreinte.

Je me retrouvai les mains vides et les bras ballants comme habit au lavage, mais l'âme exaltée à un degré inimaginable. Ma condition de thrall en Norvège, grandement responsable de mon inexpérience avec les femmes, ne m'avait pas préparé à la bouleversante découverte de la force qui résidait dans le désir d'un homme pour sa belle. À cet instant, j'aurais bien volontiers affronté une armée complète à l'épée pour conquérir Moïrane. Au lieu de cela, je dus me contenter d'enfourcher un cheval et cavalcader derrière son père, le torse dévissé pour la voir le plus longtemps possible. «Freyja, déesse de l'amour, garde Moïrane pour moi. À mon retour, je la couvrirai de bijoux comme tu les apprécies tant et elle deviendra ma reine…» rêvassai-je en mettant ma monture au galop pour rattraper le mormaer et son dreng.

Sur la route d'Inverness, les réprimandes que j'étais en droit de recevoir du seigneur Moddan pour mon comportement hardi envers sa fille ne vinrent pas. À chaque ralentissement, à chaque halte, je me préparais à la discussion en voyant que Roderik l'anticipait aussi, mais en vain. Le mormaer de Dornoch semblait avoir des préoccupations plus urgentes que celle de me tancer. Son silence me porta à réfléchir à mon propre bilan de l'opération : malgré les réticences évidentes du père de Moïrane à mon endroit, il ne m'avait ni désarmé ni désavoué ; au contraire, il m'intégrait dans son escorte personnelle. Certes, il eût été préférable que j'évite Svein et que je regagne Dornoch aux côtés de ma bien-aimée, mais je vis dans ma mission d'accompagner le mormaer chez ses pairs, un signe de confiance et l'occasion de m'initier aux devoirs et responsabilités d'un dreng, titre que je convoitais plus que jamais.

Les habitants de Beauly furent ébahis de me revoir, cette fois monté et armé en compagnie du seigneur Moddan. La victoire de ce dernier sur Donald de Ross les laissa étrangement indifférents. Comme leur chef, Frode l'Écumeur, que cela concernait davantage, était absent, nous ne nous attardâmes pas, Moddan convenant de le rencontrer à notre retour. Cependant, j'aurais apprécié dormir au village et avoir la possibilité de me sécher aux feux de cuisson d'une des chaumières, mais mon seigneur, que sa quête pressait, força l'allure de notre chevauchée vers Inverness.

La route était tellement défoncée par la pluie que nous dûmes interrompre notre course pour permettre à nos bêtes qui s'enlisaient dans la boue de récupérer. Ainsi, nous passâmes la nuit à l'abri d'un rocher, sur un tertre d'aiguilles de sapinage bien sec. Le fond des sacochcs contenait encore quelques fromages que nous partageâmes avec un restant de bière. Moddan profita de l'arrêt pour aborder la question de mes espérances à propos de Moïrane.

«À combien d'hommes occis par la main d'un valeureux estimes-tu le prix de ma fille, Gunni le Gauche?» me demanda-t-il à l'improviste. Un regard coulé en direction de Roderik m'avertit que la question comportait un piège et que je devais mesurer mes paroles en y répondant.

«Je ne sais pas, mon seigneur, dis-je prudemment.

— Au fort d'Achilty, tu as décimé six hommes avec une arme dont tu ne connaissais pas le maniement une heure avant l'engagement et un septième à l'épée. En fait, près de la moitié de la garnison de Donald a été éliminée par toi et, de plus, tu as libéré ma fille. Pour être honnête, je devrais t'accorder les honneurs de la victoire, ce que je t'alloue volontiers. Il conviendrait également que je t'octroie une faveur et il n'est pas très difficile de deviner laquelle tu choisirais... mais je pourrais me tromper: alors, Viking, je te le demande, espères-tu que je te donne Moïrane pour femme?»

Je déglutis, les yeux fixés sur le visage fermé et peu amène du seigneur Moddan. Je connaissais l'amour qu'il portait à sa fille; je savais aussi l'esprit d'indépendance qu'il tolérait chez elle; j'avais déjà en mains la promesse même de la belle d'attendre mon retour à Dornoch et je sentais que les dieux vikings continuaient à favoriser mon destin.

« Mon seigneur, j'ai déjà été largement payé pour ma peine, avançai-je. Vous m'avez armé et accepté comme l'un des vôtres. Demander davantage serait inconvenant de ma part. Le prix de votre fille ne se mesure certainement pas en trophées de guerre et celui à qui vous jugerez bon de la donner sera un homme que vous tiendrez en très haute estime autant par ses faits d'armes que par ses richesses et ses qualités personnelles. Je ne crois pas représenter cet homme en ce moment.

— Très juste ! Parmi les qualités personnelles que tu mentionnes, il se trouve celle d'être chrétien, ce que tu n'es pas, Gunni le Gauche. Nous voilà donc quittes avec ta nomination à titre de dreng dans ma maison. À ce jour, je te considère comme un de mes hommes et, comme à tous ceux qui bénéficient de cette appellation, je t'interdis formellement ma fille », acheva-t-il en me dardant d'un regard sévère.

J'inclinai respectueusement la tête et portai la main à ma poitrine en guise d'assentiment et de déférence pour la grâce qu'il m'accordait et pour lui témoigner mon allégeance. Par ce geste, je comptais aussi masquer le sentiment de triomphe que sa réplique m'avait procuré et qui devait probablement transparaître sur mon visage : l'important n'était-il pas d'avoir obtenu explicitement un poste à Dornoch ? Quant à l'interdiction d'approcher Moïrane, elle ne valait que pour moi et les hommes d'armes. Ma bien-aimée n'était pas soumise à la contrepartie : si elle décidait de me voir et de me causer, j'aurais l'obligation de la regarder et de lui parler en dépit de l'interdiction paternelle. Et si, un jour, Moïrane voulait de moi dans son lit, tout païen que j'étais, elle me prendrait et n'aurait nul besoin de se marier pour le faire. Le baiser que nous avions échangé me révélait un aperçu de son désir de moi et je m'imaginais pouvoir l'attiser assez aisément par ma propre ferveur. L'esprit englué par ces plaisantes convictions, je me roulai dans ma cape et je dormis du sommeil tout neuf du dreng brave, vaillant et amoureux, jusqu'à la pointe du jour.

Vers midi, le lendemain, nous entrâmes à Inverness sous un soleil radieux. Je pris un malin plaisir à saluer complaisamment ceux et celles qui me reconnurent et qui, comme les paysans de Beauly l'avaient précédemment fait, s'étonnèrent de ma nouvelle tenue. Nous traversâmes la grande place au pas et longeâmes le port avant de monter au château de Thorfinn, notre destination. Au passage, je glissai un regard inquiet sur les embarcations amarrées afin de repérer le knörr de Leirvik. Je l'y vis, mais sans personne à son bord, et pour cause : mes compatriotes logeaient chez le lieutenant depuis leur arrivée dans le village.

Comme je l'appris bientôt, Svein menait des affaires avec le lieutenant Thorfinn à qui il voulait vendre la plus grosse partie de sa cargaison contre un cheval de combat. Les discussions traînaient en longueur au moment où nous nous présentâmes au château. Dans la pièce où nous fûmes introduits, se trouvaient déjà rassemblés les hommes de Leirvik autour de Thorfinn que je voyais pour la première fois. Ce dernier fit un accueil chaleureux à Moddan ; Svein le salua aussi, mais, à mon grand contentement, afficha un air perplexe en me détaillant. Les présentations qui suivirent furent tout à fait intéressantes à entendre pour moi. Svein tenta de se composer un visage plein de civilité, mais la crispation de ses doigts sur le pommeau de son arme trahissait son profond déplaisir à être en ma présence. Ses cinq compagnons, que je reconnaissais tous, ne semblaient pas éprouver le même désagrément que lui et ils me saluèrent sans animosité apparente. Pour ma part, j'écoutais avec ravissement prononcer ma nouvelle dénomination et je savourais l'aura de protection qu'elle m'assurait contre les humeurs du neveu de mon ancien maître norvégien.

« Seigneur Thorfinn, fit Moddan, voici mon nouveau dreng, Gunni le Gauche, qui vient de Leirvik, comme messire Svein et ses amis.

— Ah, il ne manque plus que mon agent Rolfus le Fier pour compléter cette cohorte norvégienne! dit avec bonhomie Thorfinn en désignant un siège à Moddan. Messire, vraiment, je ne m'attendais pas à vous revoir de sitôt à Inverness. Comment se sont comportés mes chevaux? J'espère qu'ils vous ont bien servi dans l'expédition que vous avez menée chez… où alliez-vous déjà?

— Chez Donald de Ross, messire. Je m'y suis rendu pour défendre l'honneur de ma fille Moïrane, fit Moddan.

— Ah! Je vois. Puisque vous êtes assis en face de moi, je dois conclure que le mormaer de Ross a été châtié… A-t-il trouvé la mort?

— Si fait, je l'ai occis et j'ai ardé* sa place forte.

— Et ses hommes? Quel sort leur avez-vous réservé?

— Morts également. Deux d'entre eux se sont échappés, mais je ne les ai pas poursuivis. »

Cet échange piqua la curiosité de Svein qui s'était redressé pour bien entendre. À ma dextre, je sentis Roderik remuer et je lui glissai un regard de biais. Sans quitter des yeux le dos de Moddan derrière lequel nous nous tenions, il murmura son impression sur le dialogue : « Thorfinn et Donald étaient alliés. Ça se perçoit à l'intonation du lieutenant et à sa façon de ne pas regarder notre seigneur directement. » La perspicacité de l'observation m'impressionna et je reportai aussitôt mon attention sur le lieutenant Thorfinn dans le jeu duquel Roderik lisait si clairement.

L'homme puissant d'Inverness n'était plus très jeune, mais sa carrure dénotait des qualités de guerrier encore vertes. Son habillement, richement orné de fourrure, d'orfrois et de breloques d'or montrait son aisance de grand propriétaire, et sa demeure, plus spacieuse que toutes celles que j'avais vues jusqu'alors, donnait tous les signes d'une place forte exceptionnellement bien équipée et gardée. À l'évidence, il valait infiniment mieux compter Thorfinn parmi ses amis que parmi ses ennemis. Je crois que Svein arriva à la même conclusion que la mienne, car il m'adressa un sourire de défi quand nos regards se croisèrent, s'imaginant d'emblée dans le camp du lieutenant. Je lui rendis son sourire, assorti d'un petit hochement de tête hardi qui frisait la provocation.

L'arrivée de Moïrane et d'Ottar à Dornoch fut accueillie dans la liesse. Bien que dame Brunehilde accusât difficilement l'annonce que son mari reportait son retour de quelques semaines, elle mit tout en œuvre pour que ses gens célèbrent par un festin la victoire de Dornoch sur la maison du mormaer de Ross. Un veau fut embroché, un tonnelet de vin ouvert et les agapes se prolongèrent fort tard pour les héros. Les détails de l'affrontement, qu'ils racontèrent avec emphase et qui glorifiaient particulièrement le Viking, suscitèrent de la consternation chez la maîtresse de maison.

En effet, l'épouse de Moddan était mal à l'aise de devoir le sauvetage de sa fille au païen et elle redoutait les sentiments d'attachement que l'exploit engendrerait entre les jeunes gens, si cela n'était pas déjà fait. En cette veillée de retrouvailles et d'épanchements, la mère surveilla sa fille à la dérobée, posant souvent la main sur le bras de celle-ci et veillant à ce qu'elle mange beaucoup. Mais, derrière cette façade de sérénité, dame Brunehilde était fort troublée et se morfondait plus pour les entrailles de la rescapée que pour son cœur. L'examen rapide auquel Moïrane s'était soumise dans sa chambre avait révélé des stigmates d'agression. Persuadée que les conséquences du rapt étaient aussi désastreuses que supposées pour la virginité de sa fille, la mère se désolait et souffrait de ne pouvoir envisager quelque forme de soulagement ou de réparation.

Moïrane reprit un morceau de viande et sourit à sa mère avec gentillesse. Bien que la jeune femme lût sur le visage maternel une profonde détresse et en connût précisément l'objet, elle se refusa à l'apaiser. Il lui aurait pourtant suffi d'avouer le subterfuge employé pour retenir l'infâme Donald de la toucher et accepter d'exposer sa plaie en preuve. Or, sur le chemin de retour d'Achilty, Moïrane avait compris, en écoutant les hommes parler à mots couverts, qu'aucun d'eux ne croyait et ne croirait à la préservation de sa virginité durant sa captivité. La jeune femme détenait une autre certitude : ses parents n'autoriseraient jamais une union avec Gunni le Gauche s'ils appreniaient que l'outrage n'avait pas eu lieu. Aussi Moïrane résolut-elle que sa flétrissure était son seul atout pour obtenir finalement comme époux celui qu'elle convoitait.

Le vin aidant, les drengs commencèrent bientôt à bafouiller en réclamant pour la énième fois la narration d'épisodes sur lesquels tous voulaient revenir. À Ottar, qui interpella sa sœur afin qu'elle conte encore la façon dont le Viking l'avait libérée au deuxième étage du fort, Moïrane répondit en ayant soin de ne pas trop laisser transparaître d'exaltation dans son récit. Cependant, tout en parlant, elle saisit la main de sa mère sous la table et la pressa dans la sienne avec chaleur.

La semaine qui suivit son retour, Ottar demeura tendu : l'enlèvement de sa sœur et l'attaque d'Achilty avaient affermi son appartenance en le liant irrémédiablement à Dornoch et à son père. Il appréhendait maintenant les échos défavorables au meurtre de Donald de Ross et la menace qui pèserait conséquemment sur la famille. Aussi s'appliqua-t-il à parcourir le domaine et à rencontrer tous ceux qui en dépendaient afin de justifier l'expédition punitive du mormaer de Dornoch et de renforcer leur sentiment de solidarité envers lui.

Un jour, alors qu'il visitait la portion la plus au nord des terres appartenant à son père, il s'arrêta à la ferme d'un ancien bouvier qu'il n'avait jamais eu l'occasion de rencontrer auparavant. La masure de tourbe du vieil homme surplombait le loch Brora et une vaste plaine qui descendait en pente douce jusqu'à la mer. L'endroit était battu par les vents et tout à fait isolé. Il pleuvait déjà depuis un moment quand Ottar et le dreng qui l'accompagnait frappèrent à la porte. Du fond de son étroit logis émergea un individu au visage buriné de rides qui tenait plus de l'ermite que du paysan.

« Je suis Ottar, fils de Moddan, mormaer de Dornoch », annonça Ottar. Le vieil homme leva un sourcil et fit entrer les arrivants sans dire un mot. D'un pas hésitant, à cause de la froideur de l'accueil, Ottar et le dreng s'approchèrent du feu, détachèrent leur cape et tendirent celle-ci au-dessus du brasier pour les faire sécher. Puis, le silence commença à s'appesantir désagréablement dans la cahute enfumée. « Depuis combien de temps n'as-tu plus de bétail à garder ? » s'enquit Ottar, plus pour alimenter la conversation que par réelle curiosité. Comme si parler lui coûtait un effort, l'homme soupira avant de donner une réponse, mais celle-ci fut plus élaborée que ce à quoi les visiteurs s'attendaient.

« Heu… Quel âge avez-vous, messire Ottar : vingt ans ? Ça correspond au moment où j'ai tout perdu… les champs rasés, l'étable incendiée, le troupeau volé ou éventré, mon jeune fils enlevé. Ma femme ne s'en est jamais remise et j'aurais dû la suivre dans la tombe au lieu de m'étioler sur ce lopin misérable. Je ne comprends toujours pas pourquoi votre père me tolère ici alors que je ne lui rapporte plus rien.

— Qu'est-il arrivé, dit Ottar ?

— La même chose qu'à bon nombre de paysans qui se sont installés trop à la vue des côtes : ma famille a reçu la visite des Normands durant mon absence. Manque de chance, leur attaque a été la dernière dans la région. Il fallait qu'ils s'en prennent à mon maigre bien alors qu'il y a une église plus au sud et, Dieu me pardonne,

144

elle recelait des attraits plus grands pour ces païens que mes affaires.

— Où étais-tu parti quand cela s'est produit?

— Chez vous, messire, à Dornoch. J'étais venu payer mon dû à votre père… deux jeunes taureaux : je me souviens de leur pelage aux poils aussi longs que cheveux de femme et d'un roux aussi cuivré que la tignasse de mon petiot…

— Quel âge avait ton fils quand les Vikings l'ont pris?

— Oh! C'est tellement loin maintenant… Il portait le nom de Gawin, mais ma femme l'appelait Gawinni. Je crois qu'il n'avait pas cinq ans ou qu'il allait tout juste les avoir. Vous savez, par ici, on ne compte pas très bien le temps : il faut faire une vingtaine de miles pour trouver un prêtre, alors les baptêmes et les fêtes religieuses qui donnent les repères… il n'y en a guère.

— De quoi vis-tu depuis le jour de ton infortune? De pêche?

— De cela et d'un peu de chasse au collet. J'ai une chèvre aussi et je fais du fromage.

— Pourrais-tu encore élever des bœufs si l'on t'en confiait? L'herbe de la lande tout autour est haute et grasse, ce me semble : ton troupeau devait bien prospérer, jadis.

— C'était l'un des meilleurs élevages du mormaer de Dornoch! Pour le broutage, je guiderais encore facilement les bêtes, mais pour les défendre contre les voleurs, je ne suis pas votre homme. Non seulement je n'ai pas d'arme, mais je suis trop vieux pour me battre seul.

— Prendrais-tu un garçon en apprentissage s'il s'en présentait un?

– Je prendrais les bêtes et le garçon que le seigneur Moddan me prêterait : vous pouvez le lui répéter, messire Ottar. »

À Inverness, le mormaer de Dornoch n'aima pas sa rencontre avec le lieutenant Thorfinn. Non seulement ce dernier ne le renseigna pas sur l'éventuel successeur de Donald, information qu'il détenait peut-être, mais il laissa entendre que le roi Malcolm MacKenneth regretterait le mormaer de Ross avec lequel il s'était allié récemment. Thorfinn insinua que, sur le simple plan politique, la perte de Donald ne valait pas la vie, encore moins la virginité de Moïrane. Moddan ne releva pas l'insulte et prit congé de son hôte plus rapidement que la bienséance ne le permettait.

L'après-midi était peu entamée quand lui et ses deux drengs redescendirent au port, à la recherche d'un logis. Gunni le Gauche, qui avait déjà ses habitudes à Inverness, les entraîna à la gargote « Le loup et le mouton » où ils trouvèrent une place pour dormir avant de se restaurer dans la salle peu achalandée. À peine leur avait-on servi de la bière et du pain qu'ils furent abordés par Frode l'Écumeur qui arrivait sur les entrefaites. Les retrouvailles, amicales et civiles, chassèrent le nuage de morosité que la visite à Thorfinn avait fait planer sur le groupe de Dornoch.

« Alors vous voilà de nouveau réunis », fit gaiement Frode en s'adressant aux trois hommes. « Je croyais que tu cherchais à t'embarquer pour le continent, dit-il au Viking. Il est vrai que rien ne t'oblige à disparaître maintenant que tu as été gracié à Leirvik.

– Qu'est-ce à dire ? fit Gunni le Gauche, interloqué.

« – Pardi, est-ce moi qui te l'apprends ? Svein ne vous a parlé de rien, au château ? Pourtant, c'est de lui que je tiens la nouvelle de ton émancipation… de lui ou d'un de ses amis. Bref, le jarl de Leirvik, Rolfus le Fier, s'est converti au Christ voilà pas longtemps et, dans le même geste, il t'a libéré de ta condition de thrall devant les représentants du roi Olaf. N'est-ce pas là une excellente nouvelle, Gunni le Gauche ? Buvons à ta santé, à celle de Rolfus, ton ancien maître, et à celle d'Olaf de Norvège !

– Oui da ! Je lève mon verre à mon dreng Gunni le Gauche ! » lança Moddan en choquant son gobelet contre celui des autres.

« À mon nouveau maître, Moddan de Dornoch ! » renchérit le Viking, radieux.

Après plusieurs chopes destinées à arroser la nouvelle situation de Gunni le Gauche, Moddan put, avec son homologue de Beauly, entrer dans le vif du sujet qui l'amenait dans la région. Il le fit avec circonspection et y consacra le reste de la journée. L'annonce du décès de Donald ne provoqua pas de réaction négative chez Frode l'Écumeur : au contraire, celui-ci se montra vivement intéressé et très compréhensif face aux motivations du mormaer de Dornoch dans cette question d'honneur. Tel que le pressentait Gunni le Gauche, à cause de la conversation qu'il avait eue avec le berger, Frode l'Écumeur classa le défunt mormaer de Ross parmi ses opposants et avoua ouvertement convoiter son territoire.

« Thorfinn joue double jeu dans le Moray, expliqua Frode l'Écumeur. Il montre patte blanche avec la couronne écossaise en se déclarant l'allié de Malcolm MacKenneth et de son petit-fils Duncan tout en demeurant un lieutenant de la puissante famille Möre dans les Nordreys.

Jamais Thorfinn ne renoncera à son pouvoir sur les communautés vikings dans son giron, même s'il fait mine de frayer avec les Pictes* du nord et les Scots* de l'ouest. Messire Moddan, dans votre affaire, misez sur vos associés naturels du Caithness… et ailleurs, sur des chefs comme moi, libres de toute allégeance.

— L'êtes-vous vraiment? demanda Moddan, incrédule.

— Je le suis, dit Frode l'Écumeur. Sans le savoir, vous m'avez rendu un fier service en éliminant Donald et je m'en souviendrai. Sachez que le prochain coup de main entre nous ne sera fait par ignorance ni de l'un ni de l'autre. »

L'offre de coalition de Frode l'Écumeur avec le seigneur Moddan m'étonna et je jetai un œil en direction de Roderik pour deviner son appréciation : comment accueillait-il ce pacte? Lui accordait-il quelque poids? Le tenait-il pour valable? Le dreng répondit à mes interrogations en souriant, mais son regard noir demeura tout à fait indéchiffrable. Je devrais donc patienter jusqu'au moment de nous retrouver seuls pour valider mes impressions avec lui. Mais, pour l'heure, notre seigneur s'apprêtait à prendre congé, désireux d'aller se coucher. Quand je me levai avec Roderik pour le suivre après les salutations, Frode l'Écumeur me retint discrètement par la manche : « Suis-moi, Gunni le Gauche, j'ai quelque chose à te montrer… »

Après une demi-journée passée dans l'air saturé de fumée et de vapeurs de la gargote, le vent frais du soir me ragaillardit. Je filai avec Frode l'Écumeur jusqu'à l'endroit sur la grève où il avait tiré son embarcation. Ses marins l'y attendaient paisiblement, accroupis autour d'un petit brasier de bois flotté. Me reconnaissant, ils me saluèrent d'un signe de tête que je leur rendis avec le sourire: on n'oublie pas les hommes avec lesquels on a pris la mer, même pour un court voyage. Frode se munit d'un morceau de bois enflammé et m'entraîna au knörr. Sur son plancher, entre les traverses du centre, était disposée une bâche qu'il retira d'un geste lent. Un pavé rectangulaire, comme ceux entourant les stèles, apparut.

«Qu'est-ce? demandai-je après un moment de silence.

— C'est une pierre taillée, dit Frode l'Écumeur. Une pierre runique, et ce qu'elle raconte m'intéresse.

— Et que raconte-t-elle? fis-je.

— Ça, c'est au maître graveur de me le dire.»

Hochant la tête, je m'emparai de la torche et la passai au-dessus de l'objet. La gravure était altérée par de la terre incrustée dans les interstices. Je redonnai la lumière à Frode et, à l'aide de mon poinçon, j'entrepris de gratter l'inscription: «À LA MÉMOIRE DE LA FEMME DE GORM», lus-je à haute voix. Je fixai Frode avec sévérité: «Par Odin! Es-tu pilleur de sépultures?

— De trésors, pas de tombes. Voilà deux ans que je suis sur la trace d'un butin en or qu'un dénommé Gorm a enfoui quelque part sur la côte. Pour marquer l'emplacement du hoard* et en camoufler l'objet en même temps, il a utilisé une pierre tombale. C'est celle-ci!

— Comment as-tu appris cela?

— Désolé, mon ami, je garde mes secrets. Ce n'est pas le premier trésor que je trouve, et tant que j'aurai des oreilles pour entendre et des yeux pour voir, ce ne sera pas le dernier.

– Voilà donc d'où te vient le qualificatif d'écumeur », conclus-je, mi-amusé mi-admiratif. Le sourire qui accueillit ma remarque était tellement franc que j'y succombai en riant à mon tour.

CHAPITRE VII

L'ÉCUMEUR

Au lieu de retourner à la gargote, je passai la nuit autour du feu de Frode. Bien enroulé dans ma cape, j'écoutai avec délectation durant des heures la narration de ses expéditions en mer et je compris le trafic auquel il s'adonnait sur la foi de commentaires recueillis de voyageurs à leur insu. L'étrange habitude de certains Vikings d'enfouir leur butin en un lieu désert afin de l'écouler parcimonieusement en plusieurs visites m'étonna fort et je me demandai si Rolfus le Fier avait autrefois creusé des hoards pour cacher le fruit de ses raids. Quand l'aube pointa à l'horizon en enveloppant le ciel d'une brume laiteuse, j'avais presque oublié faire partie de l'escorte du seigneur Moddan tellement les échos de ma nuit m'avaient captivé.

L'écurie qui abritait les montures des clients de l'auberge « Le loup et le mouton » était située derrière l'établissement et c'est là que je me rendis aussitôt après avoir pris congé du groupe de Frode l'Écumeur. J'y retrouvai un Roderik à l'œil goguenard qui me questionna sur mon absence et qui ne crut pas un traître mot de ma réponse :

« Tu peux me le dire si une jolie garce de tes connaissances t'a invitée à partager sa couche. Il n'y a pas d'offense, ni pour moi ni pour le seigneur Moddan. Un dreng n'est pas un moine, Gunni le Gauche, et tu n'es pas obligé de dormir au même endroit que notre seigneur si tu peux faire mieux.

— Puisque je te dis qu'il n'en est rien, insistai-je. J'étais vraiment avec l'équipage de Frode l'Écumeur qui peut te le confirmer…

— À la bonne heure ! fit le seigneur Moddan en pénétrant tout à coup dans l'étable. J'avais justement l'intention de laisser l'un de vous deux à Inverness pour glaner l'information sur le successeur de Donald et profiter de l'offre d'alliance de Frode l'Écumeur pour assurer mes arrières. Je crois, Gunni le Gauche, que tu es l'homme tout indiqué pour ce travail. Je vais donc remonter dans le Caithness avec Roderik et tu demeureras un certain temps dans les parages. Quand il y aura des développements significatifs, tu rentreras à Dornoch pour m'en informer.

— À votre service, mon seigneur, dis-je, un peu déconfit.

— N'étant plus l'esclave du jarl de Leirvik, poursuivit-il, tu n'as rien à craindre de Svein, n'est-ce pas ? Et puis, je sais que tu te débrouilles à merveille avec une lame. Quant à l'usage que tu fais de tes nuits, je te conseille d'avoir du flair : choisis les filles les plus causantes et les mieux averties si tu veux débusquer la nouvelle. » Ensuite, Moddan fouilla dans son escarcelle et y puisa trois shillings qu'il me donna pour mes frais de subsistance en me suggérant de combler au besoin avec l'hospitalité de Frode l'Écumeur. Je restai là, pantois, la main et la bouche ouvertes, ne sachant que penser de cette mission inattendue : était-ce une façon pour mon seigneur de se débarrasser de moi et de me tenir éloigné de sa fille ? Au moment de se mettre en selle, Roderik me souhaita bonne chance avec des insinuations désagréables à propos de mon attirance pour Moïrane, laquelle il s'engageait à renseigner sur le rôle d'agent à Inverness qui venait de m'être dévolu et la manière de l'exercer. Le seigneur Moddan prit son cheval que Roderik avait sellé et l'enfourcha avec précipitation, comme s'il ne souhaitait pas s'attarder en ma compagnie. « Que tes dieux te protègent, comme ils semblent si bien le faire depuis ton arrivée en Écosse, Gunni le Gauche ! » me lança-t-il avant de sortir en trombe de l'écurie avec Roderik dans son sillage. Puis, les deux cavaliers disparurent en m'abandonnant à mon incertitude.

Pensif, j'errai un moment dans l'écurie en éprouvant un curieux sentiment. Mon embarras ne venait pas tant de l'attitude de Moddan ou d'être encore une fois laissé à moi-même, mais de l'appréhension que je nourrissais face au prochain rapport de Roderik à ma bien-aimée. Pour chasser mon désarroi, je décidai d'agir en rejoignant Frode l'Écumeur avant qu'il n'appareille. Puisque mon ami était considéré par mon seigneur comme un allié sûr, il devenait opportun de le mettre au courant de ma nouvelle assignation et de lui demander conseil et assistance. Je trouvai Frode l'Écumeur là où je l'avais laissé un moment auparavant, prêt à s'embarquer avec ses hommes. Dès que je lui eus exposé la situation, il émit un petit sifflement en hochant la tête : « Cela va peut-être te paraître curieux, mais ce n'est pas à Inverness que tu vas apprendre rapidement le nom de celui qui est désigné comme nouveau mormaer de Ross, me dit-il.

— Pourquoi donc ? m'enquis-je.

— Parce que Donald n'a ni frère ni fils pour lui succéder ; dans ces cas-là, le choix de son remplaçant est un privilège royal. La décision va donc vraisemblablement émerger de Dunfermline, la place forte de Malcolm MacKenneth. Et elle peut prendre un bon moment avant d'être prise et atteindre Inverness.

— Alors, j'espérerai le temps qu'il faudra.

— Certes, tu peux faire cela, mais tu pourrais mieux employer tes journées. Par exemple, t'embarquer avec moi pour quelques jours d'expédition : un rameur de plus, ce n'est jamais de refus. Je descends le long de la côte pour aller remettre en place la pierre runique… et pour déterrer ce qu'il y a dessous ! » proposa-t-il.

L'offre de Frode l'Écumeur était alléchante. Indécis, je promenai un œil pétillant sur son beau knörr et son fourniment. Ses hommes d'équipage étaient affairés à disposer sur le plancher du bateau de façon à l'équilibrer les coffres, le chaudron, des haches, épées et boucliers. Ils me sourirent avec leur bienveillance habituelle. Puis, me voyant encore hésiter, Frode l'Écumeur serra mon épaule en me dévisageant avec amitié : « Va chercher ton bagage, homme libre ! Ne voulais-tu pas naviguer ?

— Si fait, dis-je.

— C'est l'occasion ! De plus, je suis aussi préoccupé que Moddan par la nomination du nouveau mormaer de Ross et je compte bien revenir à Inverness avant que ne se répande la nouvelle depuis Dunfermline. Qu'as-tu à perdre ?

— Rien, en effet », répondis-je.

Les arrangements que je pris avec l'aubergiste pour la pension de mon cheval me coûtèrent une bonne part de mon précieux pécule. L'homme était revêche et n'avait pas oublié mon ancienne condition de mendiant. Tout en discutant avec lui au comptoir de son débit, je me sentis épié par deux gaillards qui ne payaient pas de mine. Au moment où je sortais, ils se consultèrent un court instant et l'un d'eux se leva. C'est alors que je distinguai l'effigie des trois ours sur son tabard. Avais-je devant moi les deux réchappés de mon embuscade à l'arbalète au mont Achilty ? Je n'attendis assurément pas d'avoir la confirmation à cette supposition et je me précipitai dehors en espérant qu'ils ne me poursuivent pas. La distance qui séparait l'auberge de la grève ne me parut jamais aussi courte et, quand j'atteignis le knörr de Frode l'Écumeur, j'étais en nage. Je me retournai vivement pour constater avec soulagement que les deux hommes ne m'avaient pas filé. Cependant, je ne pus chasser de mon esprit qu'ils constitueraient une menace à mon retour, et c'est avec un enthousiasme tiédi que j'enjambai le plat-bord avec ma besace sur l'épaule.

Nous quittâmes Inverness par un vent de face et notre vitesse en souffrit, nous faisant avancer au prix d'une dérive importante. Frode l'Écumeur nous mit tous à la rame afin de franchir rapidement le passage entre les deux pointes, qui ouvrait sur les eaux vives de l'estuaire et son grand air. Là, en effet, la voile profita d'un vent portant qui soufflait de travers et le knörr fut propulsé, rames levées, durant plusieurs heures en direction est.

Les yeux fixés sur le littoral que nous longions au près, je me tins à côté de Frode l'Écumeur qui maniait le gouvernail. Le moment était propice aux confidences et il n'en fut pas avare, me livrant des brides de sa vie de navigateur et de propriétaire terrien à Beauly où il était né. Il n'avait pratiquement rien conservé de la culture viking de ses parents, sauf la langue norroise qu'il parlait assez aisément et dans laquelle nous nous entretînmes. Sa vision du pays, sa façon de conduire son équipage et de mener ses affaires, et sa sérénité me charmèrent. J'avoue que cette conversation personnelle me fit apprécier encore plus l'homme qui avait déjà beaucoup d'estime à mes yeux. L'affection qu'il me témoignait ouvertement me réchauffait le cœur et l'idée de rester avec lui m'effleura. Si Moïrane avait été sa fille plutôt que celle de Moddan, mes chances d'obtenir sa main auraient certainement été meilleures. Est-ce que mon ami devina mes pensées ? Probablement, puisqu'il m'interrogea sur mes amours. Son air détaché suscita chez moi le désir de révéler l'attirance que Moïrane exerçait sur moi et l'opposition de son père à laquelle je me butais.

« S'il fallait que tous les seigneurs cachent aux greniers ou aux cuisines leurs filles boiteuses, bossues ou abusées parce qu'elles ne peuvent pas contracter d'union avantageuse, il n'en resterait guère à marier, dit-il. Le mormaer de Dornoch est présomptueux en réservant ta bien-aimée pour l'usage de quelqu'un d'autre. Si j'avais un guerrier de ta trempe dans ma maison, je le considérerais comme un fils et lui donnerais selon son mérite parmi les plus précieux de mes biens.

– Que lui donnerais-tu, alors ? Quels sont tes biens les plus précieux ? fis-je.

– Ah, petit rusé ! La curiosité est ton meilleur atout, Gunni le Gauche, et tu ferais un excellent écumeur… Je vais te le dire à toi parce que je t'aime bien : mon bien le plus précieux est sous nos pieds.

– Le knörr?

– Le navire, les hommes dedans et la mer en dessous », répondit-il, la moustache redressée par un sourire, le nez au vent et le regard fixé sur la ligne d'horizon.

Nous ne mîmes pas plus de deux jours de navigation pour atteindre notre destination. Après une nuit passée dans une anse protégée, nous reprîmes la mer pour contourner une large pointe dénudée et battue par les bourrasques au bout de laquelle le knörr se retrouva vent arrière. Dès lors, la progression fut vertigineuse et nous atteignîmes bientôt le but de notre course : une baie sablonneuse encastrée à l'intérieur d'un large plateau herbeux haut d'une dizaine de yards. Heureux de pouvoir me dégourdir les jambes, je sautai à l'eau avec les autres pour tirer l'embarcation sur le sable blanc de la plage.

Nullement empressé, Frode l'Écumeur organisa tranquillement le campement avant d'entreprendre l'escalade des monticules avec la pierre runique et l'équipement d'excavation. D'un pas assuré, il nous conduisit jusqu'à un tertre couvert d'ajoncs qui ondulaient élégamment au vent. Des pierres vaguement disposées en forme de bateau délimitaient un espace restreint au bout duquel se trouvait un creuset rectangulaire qui correspondait à la forme de la pierre runique. « Mes amis, dit-il, c'est ici. Il reste deux bonnes heures de clarté avant la tombée du jour : débutons sans plus tarder. » Nous taillâmes à la hache de larges tranches de tourbe dans la délimitation marquée par les pierres, puis nous creusâmes peu profondément, portion par portion, en commençant par la pointe occupée par la pierre runique. Frode l'Écumeur examinait attentivement les mottes de terre que nous enlevions et inspectait le sol que nous dégagions, l'air de plus en plus sombre.

La nuit nous surprit ainsi en plein travail sans que nous ayons encore rien trouvé, et mon ami, assez contrarié, décida de suspendre le chantier. Nous redescendîmes à notre camp, fourbus et maussades. Personne n'osait prononcer une parole malheureuse qui aurait gâché la bonne entente qui nous animait depuis Inverness. Pour ma part, j'étais trop fatigué pour converser. Le vent était tombé, l'air salin fleurait l'acre odeur des algues et je m'étendis dans le sable frais pour le humer tout en reposant mes reins endoloris. De biais, j'observais avec reconnaissance les hommes encore capables de s'activer à faire un feu et à installer un support pour le chaudron. Au-dessus de moi, le firmament était piqueté d'étoiles, chacune d'elles portant le flambeau d'un guerrier décimé accueilli au festin des dieux.

Je fus bientôt rejoint dans ma contemplation par Frode l'Écumeur qui s'assit à côté de moi et retira ses bottes terreuses. Il s'en dégagea une affreuse odeur qui me fit plisser le nez et détourner la tête. «Gunni le Gauche, je sais ce que tu penses en ce moment : tu crois que je me suis trompé et tu songes à ne pas creuser demain, fit-il.

– C'est faux, répliquai-je.

– Tu ne serais pas le seul : Karl et Sigurd jonglent avec la même idée.

– Ils te l'ont dit ?

– Ce n'est pas nécessaire, je les devine comme si j'étais leur mère… Ils sont avec moi depuis longtemps.

– Ont-ils des raisons de douter du succès de l'expédition ?

– Peut-être bien.

– Qu'est-ce à dire ? Es-tu déjà revenu bredouille d'une de tes chasses au trésor ?

— Non pas. À ce jour, nous avons trouvé cinq hoards. Si ce sixième est aussi important que présumé, il y a de fortes chances que nous cessions d'écumer la côte.

— Pourquoi supposes-tu que deux de tes compagnons soient prêts à interrompre les recherches, alors ?

— Parce que j'ai habitué les gars à des trouvailles immédiates. Nous n'avons jamais cavé aussi longtemps et aussi vaste. Vois-tu, Gunni, mes hommes sont avant tout des marins, pas des fouisseurs. Avant de procéder à une excavation, j'ai soin d'obtenir les indications les plus précises, car si mon équipe est repérée pendant qu'elle est à l'œuvre, je risque des poursuites très dangereuses, soit par le pirate à qui appartient le hoard, soit par des connaissances à lui ou, encore, par d'autres pirates. Ce métier doit s'exercer avec une discrétion absolue et avec la plus grande célérité. Ici, je m'attendais à déterrer quelque chose sous la pierre runique ou très près.

— Es-tu absolument certain de tes informations ? Qui est ce Gorm ?

— C'est un Danois, moitié forban moitié mercenaire. Il ferraille en Irlande à cette heure : j'attendais depuis longtemps son départ d'Écosse pour passer à l'action.

— N'est-il pas étrange qu'il ait enterré sa femme ici ?

— Si fait, d'autant plus que personne ne lui a jamais connu de femme. Je t'ai dit que je ne pille pas les tombes : ce qui est enterré là-haut est forcément autre chose qu'un macchabée. »

Svein, que rien ne retenait plus à Inverness maintenant qu'il savait Gunni le Gauche dans l'escorte du mormaer de Dornoch, bâcla son départ. Ses compagnons s'accommodèrent des marchés qu'il conclut avec le lieutenant Thorfinn, lequel, toujours intéressé par les Vikings nouvellement arrivés sur ce qu'il considérait comme son territoire, avait assorti ses transactions d'une promesse d'entraide aussi floue qu'intrigante. Le chef d'équipage de Leirvik, impatient de croiser le fer et de gagner quelques honneurs, ne resta pas indifférent aux avances de Thorfinn, mais préféra s'éloigner d'Inverness. Ayant compris que le sort du domaine vacant de Ross se jouait ailleurs, Svein choisit d'aller au-devant des nouvelles afin d'en tirer possiblement quelque avantage sur le lieutenant. C'est donc avec la secrète perspective de se rendre à Dunfermline qu'il appareilla avec ses cinq hommes qui croyaient prendre la mer pour enfin gagner le continent.

Leur long knörr quitta le port d'Inverness le lendemain du départ de Frode l'Écumeur. Avec un cheval à bord, des armes et plusieurs provisions de bouche, le navire fit route pleine voile sur la mer du Nord. Compte tenu du peu de rameurs dont il disposait, l'équipage demeurait à la merci du vent pour naviguer avec vélocité, ce dont il ne manqua pas. Dans sa première journée de route, le navire, remarquablement bien conçu pour la vitesse, couvrit près d'une soixantaine de miles. Au gouvernail, Svein gardait un œil sur la côte aride et un autre sur la voile bien gonflée. À la fin du jour, comme il cherchait à accoster, il repéra un knörr sur la plage d'une anse abritée et, sur le talus plus haut, un groupe d'hommes affairés, vraisemblablement son équipage. Intrigué, il concentra son attention sur ceux-ci et reconnut avec stupeur Gunni le Gauche, facilement repérable par sa tignasse rousse. Sans hésiter, il donna un coup de barre et le knörr fonça sur la baie.

La rencontre entre les deux groupes fut très tendue. L'hostilité manifeste de Frode l'Écumeur et l'attitude méfiante de ses hommes couverts de terre comme des fossoyeurs mirent la puce à l'oreille de Svein. « Qu'y a-t-il sur ce tertre là-haut ? fit-il en norrois.

— Ça ne te regarde pas, répondit Frode dans la même langue.

— Peut-on voir ?

— Je te le déconseille.

— Et si j'y allais quand même, qu'est-ce que je risque de trouver ?

— Tu risques de trouver un ennemi de taille en ma personne. Rembarque-toi, c'est la meilleure chose à faire en ce moment », intima Frode l'Écumeur, sur un ton durci.

Svein promena un nouveau regard sur les hommes de son opposant afin d'évaluer la menace qu'ils constituaient pour les siens, puis il apprécia les armes dont ils étaient munis. Apparemment, son examen le rassura, car il reprit la parole en s'adressant cette fois à Gunni le Gauche : « Qu'est-ce que tu fabriques avec l'Écumeur, le thrall-dreng ; as-tu changé de maître ?

— Cela ne te concerne pas plus que notre entreprise ici, répondit stoïquement Gunni le Gauche.

— Bien sûr… Ainsi, tu as appris à manier l'épée et l'arbalète, m'a-t-on dit : il paraît même que tu es champion. Pour un ancien esclave, c'est impressionnant. J'aimerais bien t'éprouver, si messire Frode le permet… J'ai une dette à régler avec toi et il me conviendrait assez d'en découdre maintenant.

« — Quelle dette ? Parles-tu de ma sédition sur le knörr du frère Sigfred ? » rétorqua Gunni le Gauche en avançant de quelques pas dans la direction de Svein.

« Non pas. Je te dois d'avoir été chassé à vie de Leirvik : juste cela, répondit celui-ci.

— Holà ! intervint Frode l'Écumeur avec impétuosité. Si je comprends bien, le Norvégien proscrit n'est plus Gunni le Gauche désormais, mais toi, Svein. Quelle tristesse d'être expulsé de son village natal ! Mais à ce que je constate, tu ne sembles pas beaucoup en souffrir. On a bigrement été dépensier pour ton départ avec ce magnifique navire que tu diriges alors que ton compatriote de Leirvik s'échine à se tailler une place depuis son arrivée en Écosse. Laisse-le tranquille et repars céans. Gunni le Gauche est avec moi et il ne me convient pas que tu en découses avec lui ici.

— Il a raison, fit remarquer un des Norvégiens sur un ton nerveux. Cesse de chercher noise à Gunni le Gauche et partons d'ici, Svein : nous avons infiniment mieux à faire que de nous quereller avec eux. Allons camper ailleurs, ce n'est pas la place qui manque ! »

Cette riposte fut aussitôt accueillie par un grognement d'approbation de la part de l'équipage de Leirvik qui, depuis le début de l'altercation, estimait être en position défavorable pour s'engager dans un affrontement avec les Écossais. Ulcéré, Svein toisa ses compagnons d'un œil furibond : « Nous ne partirons pas : ainsi en ai-je décidé. » Celui qui avait suggéré le départ fit un signe de tête à ses compagnons en direction du knörr en répliquant : « Toi, tu peux rester ici si tu veux, Svein, mais nous, on en décide autrement. Ton différend avec Gunni le Gauche, c'est une affaire classée à Inverness : ça ne nous intéresse pas ! »

Sur ce, les hommes de Leirvik approuvèrent leur compagnon et s'ébranlèrent vers leur navire d'un pas pesant.

Furieux, Svein revint à Frode l'Écumeur pour constater un large sourire sur son visage, puis un air de défi dans les yeux de Gunni le Gauche tout près de lui. Il n'en fallait pas plus pour provoquer le Norvégien qui dégaina soudainement et planta sa lame dans le ventre de l'ancien thrall de Leirvik qui n'avait pas vu venir l'assaut. Chancelant, celui-ci fit quelques pas avant de s'effondrer dans le sable, alors que Frode l'Écumeur se ruait déjà sur Svein, arme au poing. Dans un silence hostile, le combat s'engagea entre les deux hommes sous les yeux de leurs contingents respectifs qui se toisaient nerveusement, prêts à passer à l'attaque.

Les premiers échanges de coups touchèrent superficiellement leurs cibles. Moins grand, Frode l'Écumeur devait souvent rompre pour éviter l'allonge dont profitait son adversaire. Aussi multiplia-t-il les déplacements qui portèrent rapidement le duel tout au fond de l'anse : là, l'Écossais se retrouva malencontreusement acculé au mur terreux de la butte. Comme Svein s'apprêtait à l'enferrer, il se déroba à la lame et celle-ci s'enfonça dans le tertre mou. Momentanément désarmé, le Norvégien ne put parer le coup de pique sous les côtes qui le mit hors de combat. Il lâcha son arme, porta les mains à son ventre, tomba sur les genoux, puis il bascula en gargouillant de douleur. L'épée pointée sur son cou découvert, Frode l'Écumeur le maintint en position de soumission tout en s'adressant aux siens sur un ton essoufflé : « Amis, dites-moi si Gunni le Gauche est mort ou vif !

— Il est vif, il a repris ses esprits ! Le fer ne l'a pas transpercé de part en part », répondit aussitôt celui qui s'était porté au secours du blessé.

« Svein, poursuivit Frode, tu as de la chance que je t'aie navré de même façon et non pas occis, comme tu le méritais. Je vais être magnanime et laisser ta vie dans la main de Dieu qui te châtiera selon son bon vouloir. » Avec des gestes lents, Frode l'Écumeur essuya sa lame sur ses bottes, la rengaina, puis il se retourna vers les Norvégiens pétrifiés. Il leur ordonna d'emmener leur chef et de déguerpir s'ils ne voulaient pas se battre. Déjà peu disposé à engager le combat, l'équipage de Leirvik ne se fit pas prier pour partir et s'il n'en avait tenu qu'à certains de ses membres, il aurait même abandonné son chef sur place.

Un lourd silence s'abattit bientôt sur la plage en laissant le groupe de Frode l'Écumeur autour de son feu et de son estropié. Les ombres du soir masquèrent rapidement le long knörr de Leirvik qui s'éloigna au large en glissant sur une mer presque sans rides, comme si l'escale dans la baie n'avait été qu'un songe ou le fruit de l'imagination des écumeurs. « J'aurais voulu le pourfendre moi-même », murmura péniblement Gunni le Gauche alors que son ami s'appliquait à bander sa plaie. « Il est encore à ta disposition, dit celui-ci. Voilà la raison pour laquelle je ne l'ai pas achevé tantôt. Tu vas revoir Svein s'il survit, car semblable au loup, cet homme poursuit infatigablement la même proie. Cependant, sache que les Norvégiens qui l'accompagnent ne sont pas pour autant tes ennemis. J'ai remarqué que leur discorde est plus importante qu'elle n'y paraît et rien ne m'étonnerait moins que d'apprendre la prochaine dissolution de leur groupe.

— Par Odin, puissé-je survivre moi aussi, afin d'en finir avec cet épouvantable entêté de Leirvik », répondit Gunni le Gauche avant de sombrer dans l'inconscience.

À tour de rôle, Frode l'Écumeur et ses hommes veillèrent le dreng de Moddan durant toute la nuit, lui donnant à boire et le couvrant ou découvrant selon les bouffées de fièvre qui l'assaillaient. Chacun s'étonna de voir la blessure pourtant profonde si peu saigner et cela leur donna espoir en la guérison du jeune homme. Au matin, Gunni le Gauche avait gagné son combat contre la mort. Livide et épuisé, il se redressa lentement et regarda tout autour : du groupe, un seul homme était resté avec lui, tisonnant le feu au-dessus duquel le chaudron noir exhalait une odeur de poisson à l'orge. Les autres étaient remontés au site de la fouille pour procéder à un dernier creusage, mais en vain. Ils revinrent peu après et rangèrent leurs outils avec résignation. Heureux de le voir réveillé, Frode l'Écumeur s'accroupit auprès du blessé pour s'enquérir de son état.

« Je suis vif, n'est-ce pas l'essentiel ? répondit celui-ci. Et là-haut, toujours rien à ce que je constate.

— Rien. Mais nous avons déniché ceci à l'autre extrémité de l'enclave délimitée par les roches », fit Frode en sortant de sa veste un caillou gris large comme une main dont la face plate était couverte de runes. Il le maintint sous les yeux de Gunni le Gauche afin qu'il puisse déchiffrer aisément l'inscription. « REPOSE SOUS LE REGARD D'ODIN », lut ce dernier, perplexe. Frode l'Écumeur se releva et lança avec force la roche à la mer en maugréant, puis, se passant la main sur le visage, il annonça à son équipage, qui épiait leur dialogue, que l'expédition était terminée : « Nous serons venus pour rien et je le regrette plus que vous, car je porte seul le poids de notre infortune. Avant de repartir, je demande que nous donnions quelques jours à notre ami afin que sa plaie se referme suffisamment pour affronter la traversée vers Inverness. »

Durant ce temps, sur tout le territoire de Ross, la nouvelle de la mort du mormaer Donald se répandit comme une tache d'huile. En atteignant les villages, les communautés monastiques et les petits hameaux, la rumeur s'était enflée et avait jeté la consternation chez les gens. L'attente de la nomination d'un nouveau justicier n'empêcha pas la seule héritière de Donald de Ross, sa sœur aînée Brenda, de passer à l'action.

Comme son nom le suggérait, tiré du prénom Brand qui signifie « épée », la femme mûre qui avait servi de geôlière à Moïrane était d'une détermination inflexible et d'une volonté coupante comme une lame. Bien décidée à faire valoir ses droits de succession et à obtenir réparation pour le massacre de son frère et de ses hommes par le mormaer de Dornoch, elle porta sa cause directement à l'évêché de Ross. À la tête de celui-ci se trouvait l'évêque Simon, un homme d'Église énergique qui étendait son influence jusque sur le diocèse du Caithness dont le siège était régulièrement inoccupé. Comme plusieurs ecclésiastiques de son temps, la conception que son Éminence Simon se faisait de son ministère le plaçait au-dessus de la mêlée des mormaers, des shérifs et autres lieutenants du pouvoir local. C'est avec d'autant plus de compassion que Simon accueillit la requête de Brenda qu'il avait entretenu des relations de subordination avec le défunt Donald alors que le mormaer Moddan s'était toujours tenu à l'écart de son giron.

« Je ne parle pas en mon nom seul, plaida Brenda, les soldats de mon frère laissent dans le deuil quatre femmes et neuf enfants. Qui va maintenant nous faire vivre, votre Éminence ? Nous ne pensons pas que le prochain mormaer se souciera de notre sort : il va prendre les terres sous son autorité, les charges et les droits qui me reviendraient normalement, mais pas les gens qui dépendaient des disparus. Devrons-nous mendier notre pain alors que le mormaer de Dornoch s'en tire habilement, impuni et impudent. Nous savons qu'il parcourt en ce moment la région pour susciter l'approbation face à son méfait. À l'issue de sa campagne, combien de seigneurs de Ross auront renié la mémoire de mon frère pour se ranger dans le camp de ce scélérat ?

— Tant que je serai évêque de Ross, le mormaer de Dornoch ne gagnera pas d'appuis ici. Les hommes qui le recevront à leur table devront m'en rendre compte et quelles que soient leurs allégeances, je les obligerai à me les soumettre.

— Pour notre pension et notre entretien, votre Éminence, qui va payer ?

— Moddan. Je vais l'y contraindre en usant de mes privilèges sur le monastère de Saint-Fergus-le-Picte pour lequel un projet d'hospice tenu par des nonnes s'élabore en ce moment. Serais-tu prête à t'embarquer avec les femmes et les enfants orphelins pour là-bas ? Je veux que tu conduises leur délégation avec une lettre de recommandation de ma main pour le chapelain. Mon diocèse peut contraindre le mormaer de Dornoch à financer la construction de l'hospice et à recueillir les femmes et les enfants qui y sont destinés en attendant la fin des travaux.

— Votre Éminence, suggérez-vous que nous allions tous vivre à Dornoch au milieu de ceux qui ont occis nos hommes ? Pourquoi ne pas plutôt ordonner à Moddan de nous verser les subsides pour nous permettre de demeurer dans nos maisons ?

— Parce que l'évêché de Ross n'a pas de prise légale sur les seigneurs relevant de l'évêché de Caithness. En termes clairs, je n'ai pas le pouvoir d'imposer une amende à Moddan de Dornoch. Nous devons l'atteindre uniquement par le biais d'édits épiscopaux ou par une promesse de participation à une œuvre ecclésiastique, solution que je convoite précisément.

— Bien. Et pour moi-même, votre Éminence : comment puis-je faire valoir mes droits sur les propriétés de mon défunt frère ?

— Nous réglerons cette question en temps utile, ma fille. D'abord, attendons d'avoir un interlocuteur officiellement nommé pour le domaine de Ross. »

Je ne pense pas avoir autant dormi de ma vie. Les heures du jour se confondant avec celles de la nuit, mon sommeil n'avait aucune balise et mélangeait en une bouillie informe les conversations décousues de mes compagnons avec mes rêves tout aussi confus. Frode l'Écumeur avait fait démâter le knörr pour le renverser sur le côté afin de m'y installer plus commodément. L'abri était des plus confortables et je ne le quittais que pour me soulager, soutenu par mes amis qui m'allongeaient aussitôt après. L'un d'eux, auprès duquel je me plaignis de la ténacité de ma torpeur, avança l'idée que je me guérissais grâce à celle-ci et qu'il fallait laisser le sommeil faire sa besogne. J'avoue que la coupure entre mes côtes, malgré sa largeur et sa profondeur, cicatrisait fort bien et semblait n'avoir rien brisé d'irréparable à l'intérieur de mon corps. « Tu es chéri des dieux, toi », m'avait dit une fois Frode l'Écumeur en remplaçant mon pansement.

Je partageais assez cette opinion et, dans la brume de mes moments de veille, je passais en revue toutes les divinités vikings à la recherche de celle responsable de mon état miraculeux. Il m'arrivait aussi de méditer sur la pierre runique que Frode l'Écumeur m'avait présentée le lendemain de l'assaut de Svein et qu'il avait, de dépit, jetée à la mer. Puisque le site ne recelait apparemment aucune sépulture, l'inscription devait forcément renfermer un message autre que le souhait mortuaire apparent et je me triturais l'esprit pour le décoder. Fâcheusement, cet effort réussissait seulement à me précipiter dans une nouvelle sieste sans que mes réflexions aient abouti à la réponse à l'énigme. Pourtant, le quatrième matin de ma convalescence, je m'éveillai avec des pensées plus claires qu'à l'habitude, fruits d'un sommeil nocturne bien plein, et je me sentis étrangement excité. L'air était bon et je respirais à grands traits avec un souffle neuf qui n'éveillait pas de douleurs dans ma poitrine ; le soleil n'était voilé d'aucun nuage et le vent léger, comme fumée de paille, glissait sur ma tunique en la réchauffant. Mu par une idée subite, je sollicitai d'être amené au site de fouissage.

Frode l'Écumeur me conduisit lui-même et nous mîmes un long moment avant d'arriver devant l'espace de terre retournée, tache noire en forme de bateau au milieu des ajoncs jaunes. Toutes les pierres qui délimitaient le pourtour de l'excavation étaient restées en place, sauf une, celle sur laquelle avaient été gravés les mots toujours insondables pour moi : « REPOSE SOUS LE REGARD D'ODIN. » Je m'approchai du trou qu'elle avait occupé, exactement à la pointe nord de la figure, et je demandai à mon ami s'il se rappelait la position exacte du caillou. « Quelle importance ? fit-il, intrigué.

— Parce que je crois qu'elle donnait une direction, répondis-je en réfléchissant.

— À cause du mot « regard » de l'inscription ?

— Peut-être… pourquoi pas ? »

Frode l'Écumeur s'agenouilla au-dessus de la petite cavité, ferma les yeux et avança les deux mains comme si elles tenaient toujours la roche. Il rouvrit les yeux, me fixa, puis reporta son regard sur l'emplacement où avait reposé la pierre runique : « Sa partie la plus étroite pointait au centre vers le haut », dit-il. Lorsqu'on se tenait face au trou, on apercevait directement derrière lui une large plaque rocheuse à fleur du sol, tout à fait impossible à creuser pour enfouir quoi que ce soit. Frode l'Écumeur observa la même chose que moi et secoua la tête : « Fausse indication », annonça-t-il.

— Je ne crois pas : Odin était borgne.

— Et alors ?

— Alors, ce que l'on fixe avec un seul œil est à la dextre ou à la sénestre du même objet observé par ceux qui regardent avec deux yeux, fis-je remarquer.

— Le dieu Odin était borgne ? Je l'ignorais. Quel œil a-t-il perdu ?

— Le droit… mais je n'en suis pas certain. »

Frode l'Écumeur se releva, boucha son œil droit d'une main et tendit l'autre en face de lui en pointant : « Creusons là, à la sénestre de la pointe du navire de pierre, près du petit buisson », fit-il après avoir découvert son œil droit, le bras montrant toujours la direction.

Je fus assigné au guet tandis que l'équipe s'activa à la nouvelle excavation. Étendu dans l'herbe haute, bien adossé à un ballot de voile qu'on avait grimpé pour mon confort, je scrutai les flots dansants à la recherche de navires en maraude et je faillis m'endormir. Cependant, la fébrilité des hommes, que je percevais à l'intonation de leurs voix, me gagna moi aussi et stimula ma surveillance. Celle-ci ne dura guère, car mes compagnons tombèrent rapidement sur un lopin de terre meuble dans lequel la pioche s'enfonçait aisément : à n'en pas douter, c'était là une cavité récemment remplie. Les coups de pic eurent tôt fait de mettre à nu un objet dur que Frode l'Écumeur eut le privilège de dégager : c'était une cassette de métal bosselé, longue de cinq mains sur deux de large, et munie de petites charnières et d'un fermoir. Ce dernier donna bien quelques difficultés à se laisser ouvrir, mais la récompense était fabuleuse. Dans une toile de lin épaisse reposaient une trentaine de chaînes en or, six colliers en argent et une douzaine de bracelets de femme finement ciselés dans de l'or massif.

Frode l'Écumeur manipula chaque pièce en la commentant : « Des bijoux de fabrication orientale. Probablement pris sur un très grand marché comme celui de Constantinople… S'ils ont fait l'objet d'un larcin, ils ne seront pas faciles à écouler sans soulever les soupçons des personnes qui s'y entendent avec ces merveilles. En tout cas, Gorm doit les écouler parcimonieusement à en juger par la quantité que son hoard contient encore. Mes amis, nous devrons procéder aussi prudemment dans nos transactions de ce trésor.

— Partageons-nous-le céans, proposa un des hommes d'une voix excitée.

— Comme à l'accoutumée, sers-toi d'abord, mon ami, dit plus posément un autre.

— Pas moi, mais Gunni le Gauche, rétorqua Frode l'Écumeur. C'est grâce à sa perspicacité et à sa connaissance des runes que nous avons finalement découvert ce pour quoi on est venu ici. » Ce disant, il ouvrit le cercle formé par les hommes en portant la cassette et il s'avança vers moi qui me soutenais à l'épaule de l'un d'eux.

Surpris par cette proposition inespérée, je fixai le regard de Frode l'Écumeur avec incrédulité. Il me gratifia d'un autre de ses sourires engageants et, alors, je n'hésitai plus à plonger le nez dans le coffret pour faire mon choix. Tout en manipulant d'une main nerveuse les différents ornements qui glissaient les uns sur les autres avec un joli froissement de métal précieux, je pensai à la déesse de l'amour Freyja qui s'était commise avec quatre nains pour acquérir un collier inestimable. Mes doigts saisirent alors l'une des longues parures de cou finement maillées. En son milieu pendait une sorte de fibule épaisse en forme de tambour concave entièrement recouvert d'entrelacs et large d'environ une demi-main. « Ce bijou me convient, fis-je.

– Il est tien, Gunni le Gauche. Bienvenu parmi les écumeurs ! » répondit Frode l'Écumeur en m'empoignant le cou.

Depuis que la température s'était réchauffée, Moïrane sortait tous les jours en compagnie de deux servantes particulièrement vaillantes et joviales, et d'un garde qui assurait le guet à distance. Leur promenade préférée les conduisait au prieuré et, immanquablement, les jeunes femmes en profitaient pour faire le détour par le sentier qui menait à la pierre d'avis sculptée par Gunni le Gauche. Là, elles se reposaient en s'assoyant sur des monticules de mousse, dos à la mer, et elles admiraient à voix haute l'impressionnante paroi gravée.

Moïrane s'ingéniait à passer chaque fois de nouveaux commentaires sur le dragon et le soldat qu'il avalait, associant tantôt ce dernier à un guerrier d'Achilty, tantôt à un autre homme qu'elle méprisait. Ses compagnes s'amusaient de son imagination débordante et surenchérissaient avec leurs propres élucubrations. La station à la pierre d'avis se terminait invariablement de la même façon : les jeunes femmes abordaient le sujet de son graveur et glosaient sur l'amour que Moïrane lui portait.

En cette chaude après-midi du 25 mai, alors que la marée était haute entre les récifs de la baie, le guetteur annonça l'arrivée par mer d'un équipage au milieu duquel trônait une religieuse toute de noire vêtue. Les arrivants, visiblement des visiteurs pour le prieuré de Saint-Fergus-le-Picte, n'étaient ni armés ni chargés de marchandises. Moïrane les rejoignit au moment de l'accostage et fit les frais d'un accueil des plus affables. Sitôt débarquée, les pieds bien enfoncés dans le sable mouillé, la religieuse, courtaude et vive, démontra une sympathie immédiate envers la fille du mormaer Moddan et elle s'enquit de la signification de l'inscription gravée dans la pierre d'avis.

« On y annonce le prieuré et le domaine de Dornoch, répondit Moïrane.

— Je vois, fit la religieuse. N'est-il pas étonnant de voir un diable dans le dessin ?

— Ce n'est pas un diable, ma dame, il s'agit plutôt d'un monstre amical et protecteur.

— C'est néanmoins étrange. L'image convient peut-être au territoire d'un justicier, mais très peu pour une institution religieuse. Quoi qu'il en soit, il sera préférable de faire graver en latin une autre pierre pour le prieuré qui, très prochainement, va se doubler d'un couvent et d'une hostellerie tenue par mon ordre monastique.

— Votre ordre monastique? bredouilla Moïrane.

— Si fait: j'appartiens aux cisterciennes de Rosemarkie, ma fille. Ma congrégation ne bénéficiera que de quatre membres pour me seconder dans cette nouvelle fondation à Dornoch et nous comptons évidemment recruter des jeunes filles sur place. J'espère donc avoir le plaisir de vous accueillir lorsque nous aurons complété l'aménagement.

— Pour vous servir, ma dame? Pour s'embaucher comme servante?» s'enquit une des jeunes femmes qui accompagnaient la fille du mormaer.

— «Non pas, ma fille. Je pense à vous en tant que novices, en tant que futures religieuses. Bien sûr, ce n'est pas pour maintenant: je vous demande seulement d'y réfléchir et d'en parler à vos parents. Je vous souhaite la bonne journée, damoiselles, et que Dieu vous protège!» Puis, se tournant vers sa délégation, la religieuse ajouta sur un ton impératif: «Allons, messires, en route!»

Ébahies, les trois jeunes femmes firent une petite révérence et regardèrent s'éloigner l'abbesse qui poussait d'une main énergique dans le dos de son escorte en gravissant le sentier caillouteux. Au moment où son groupe disparut dans le tournant de la montée au prieuré, Moïrane et ses servantes se dévisagèrent l'une l'autre et pouffèrent d'un rire embarrassé sous l'œil imperturbable de leur garde.

Au fort, dame Brunehilde accueillit la surprenante nouvelle avec un intérêt respectueux. À sa fille et aux servantes qui continuaient leurs railleries à propos de l'offre faite par l'entreprenante abbesse, elle leur demanda de se taire : « C'est un grand honneur que l'évêché nous fait de choisir Dornoch pour l'établissement d'un couvent monastique. Cela démontre que le territoire est sûr pour les ecclésiastiques du pays et que notre bannière est digne de les protéger. En outre, Moïrane, si ta situation vient à l'exiger, tu auras l'énorme avantage de te cloîtrer à proximité de ta famille. »

Chapitre VIII

Le puceau

En ce premier jour de juin, le mormaer de Dornoch chevauchait au botte à botte avec son dreng dans la touffeur de la forêt du Caithness. Après une tournée décevante et précipitée des différents seigneurs de Ross, il rentrait chez lui. Son aveu spontané de l'homicide de Donald n'avait pas soulevé la sympathie souhaitée chez ses pairs et il en conçut un certain agacement. En outre, Moddan apprit, au fil des rencontres avec ses homologues de Ross, que Frode l'Écumeur n'avait l'estime de personne dans le coin et que tous s'en méfiaient. Il n'aurait pu jurer que le défunt Donald jouissait d'un meilleur renom que son ami, mais il reconnut que plusieurs personnes regretteraient sa mort, notamment les hommes les plus liés avec l'évêque Simon.

D'ailleurs, ce dernier sembla exercer un contrôle efficace de la crise par maints avis et directives qui précédèrent souvent Moddan de quelques heures chez les visités. La plupart des missives de l'évêque concernaient la démarche que le mormaer de Dornoch avait entreprise auprès de ses pairs de Ross. Non seulement instruisaient-elles leurs destinataires de l'événement survenu au fort

Achilty et le commentaient-elles défavorablement, mais elles mettaient en garde ceux qui auraient été désireux de contracter une alliance avec Moddan. Ce dernier, après avoir senti que ses interlocuteurs étaient prévenus contre lui, renonça à jouer la carte de celui qui cherche à les faire bénéficier d'informations graves par mesure de prévention et il décida de quitter le territoire de Donald de Ross.

Le sentiment d'échec que Moddan en éprouva s'atténua quand il gagna ses terres et que commencèrent à s'ouvrir les portes de seigneurs non assujettis à l'évêque de Ross, des hommes qu'il pouvait compter parmi ses alliés naturels. « Donald a toujours été couard face aux Vikings, déclara le premier de ceux chez qui il s'arrêta. Même le pacifique Frode l'Écumeur l'alarmait. Donald s'est imaginé que ses fiefs seraient envahis à plus ou moins long terme par une multitude de colons vikings et que tes secours seraient indispensables pour les refouler. De là à enlever ta fille pour s'en assurer, c'était bien mal te connaître. Ce mormaer de Ross était un sot et il l'a payé de sa vie, voilà tout. Mais que vas-tu faire de Moïrane maintenant qu'elle est publiquement déshonorée ?

– Que veux-tu que j'en fasse ? Elle restera auprès de nous, comme elle l'a toujours souhaité. D'ailleurs, cette question regarde sa mère plus que moi et ce que ma femme décidera à ce sujet est bien le cadet de mes soucis en ce moment. L'évêque Simon a commencé un travail de sape de ma renommée et si des répercussions à l'assassinat de Donald sont à prévoir pour ma maison, je les attends de ce côté.

– Tes indispensables services au prieuré de Saint-Fergus-le-Picte devraient te garantir contre les foudres ecclésiastiques, non ?

– Je n'en suis pas si sûr. De nos jours, on excommunie pour bien moins que cela.

– Donald était-il si grand chrétien pour que sa disparition soulève l'ire de l'évêché de Ross?

– Ça, je l'ignore, mais je sens que je vais l'apprendre dès mon retour. Aussi, je rentre à Dornoch sans autre visite de courtoisie, décida Moddan.

– C'est la meilleure action à mener: tu ne rencontreras aucun homme du Caithness qui ne soit pas compréhensif et compatissant à ta cause. »

Deux jours plus tard, Moddan et Roderik traversèrent la vallée de Dornoch au galop et pénétrèrent dans l'enceinte du fort pour le plus grand apaisement de sa famille qui attendait son retour avec anxiété. Clairvoyant, le mormaer demanda audience au chapelain du prieuré dès le lendemain. Il lui importait de savoir rapidement si des instructions de l'évêché de Ross étaient déjà parvenues à Dornoch et il tenait à se confesser de son crime à l'homme d'Église le plus influent du domaine.

En début de mandat, le directeur du monastère de Saint-Fergus-le-Picte n'avait pas encore eu l'occasion de traiter un grand nombre d'affaires avec l'évêque de Ross et aucune avec celui du Caithness qui ne résidait pas sur son territoire. Le chapelain était impatient de prouver son efficacité aux supérieurs de l'Église écossaise, et la tragédie de Ross lui apparut être un événement capable de jouer en sa faveur. Assez jeune, plutôt grand et sec, il portait la couronne de cheveux blonds presque blancs que sa tonsure libérait comme une auréole au-dessus de son front haut et intelligent. Il reçut le seigneur Moddan avec assurance et hauteur.

« J'attendais justement votre venue, mon fils, dit-il. En ce moment, l'évêché de Ross traite avec nous d'un problème qui vous concerne…

— Je sais, répondit Moddan. Je viens vous voir pour la même raison, mon père.

— Cela m'étonnerait qu'il s'agisse exactement de la même chose, à moins que vous ne soyez passé par la prébende de son Éminence Simon durant votre passage dans le Ross et que vous ayez pris connaissance des projets édifiés pour Saint-Fergus-le-Picte.

— Vous avez raison, mon père, je ne connais pas les desseins de l'évêché pour votre abbaye. Je vais donc vous dire céans ce qui m'amène : vous n'ignorez pas les motifs qui ont présidé à mon équipée chez le mormaer de Ross et, à cette heure, vous devez certainement en connaître les résultats.

— En effet.

— Je me suis fait justice moi-même et maintenant, je veux en rendre compte à Dieu. Mon intention en venant ici était de vous demander incessamment d'entendre ma confession.

— Mon fils, nous nous entretenons bien du même sujet.

— …

— Vous n'êtes pas sans savoir que toute action répréhensible aux yeux du Divin exige réparation chez les hommes. Pour être absous de votre faute, Moddan, vous devrez démontrer un repentir sincère et faire des gestes concrets de rachat. Or, voilà que les vues de son Éminence Simon vous donnent précisément l'opportunité d'accomplir une œuvre de pénitence digne d'effacer votre forfait.

— Qu'est-ce à dire, mon père ?

— Voici donc : depuis quelques années, la communauté cistercienne de Rosemarkie cherche à fonder un couvent de religieuses sur la côte est et, pour des raisons de proximité avec notre abbaye, elle a arrêté son choix sur Dornoch.

— Ah, je vois. On requiert de moi l'octroi de terres pour le nouvel établissement et des subsides pour son érection et son entretien. Est-ce cela, mon père ?

— C'est cela, mais pas seulement cela. L'exigence de l'évêché de Ross vise, en plus du terrain et des pécules, l'hébergement à votre fort d'une délégation de femmes réfugiées et de leurs enfants en attente de l'hostellerie qui les accueillera.

— Déjà ? Qui sont donc ces rescapées et d'où viennent-elles ?

— Ce sont les veuves des hommes que vous avez occis au fort Achilty et elles s'apprêtent à quitter la région de Ross où elles dépériront avec leurs enfants si personne ne leur vient en aide.

— Je ne serais pas digne du pardon si je rejetais ceux et celles qui doivent leur infortune au sang que ma lame a fait couler. Je les abriterai sous mon toit le temps nécessaire. Sera-ce tout ?

— Non pas. Une autre demande qui vient de l'abbesse du futur couvent et qui concerne Moïrane : elle la réclame comme première novice dans sa nouvelle communauté. »

Ma plaie m'élançait et je poussai un soupir de soulagement en voyant enfin poindre les fumées d'Inverness à l'horizon. Frode l'Écumeur avait proposé de me ramener directement à Dornoch en m'assurant qu'il se chargerait de faire prévenir Moddan dès que le nouveau mormaer de Ross serait nommé, mais j'avais refusé. Navré comme je l'étais, il me répugnait de paraître devant mon seigneur en lui taisant les déplacements qui m'avaient temporairement éloigné du poste qu'il m'avait assigné et qui m'avait exposé à la vindicte de Svein. Et pourtant, je brûlais de revoir Moïrane et de présenter la superbe parure de cou que je lui destinais.

Dissimulée sous ma tunique, ma part de butin pesait lourd sur ma poitrine et parfois même, me gênait, tellement ma hâte de l'offrir me tourmentait. Souvent, je caressais du bout des doigts les entrelacs gravés sur le large médaillon en m'imaginant palper les cheveux tressés de ma bien-aimée. Je dus m'armer de patience et de prudence et, finalement, choisir de me rendre jusqu'à Beauly sous l'invitation de Frode l'Écumeur. Il était impérieux de me retrouver en un lieu sûr où je pourrais refaire mes forces et me rétablir complètement tout en évitant les probables rencontres à Inverness avec les anciens agents de Donald que je devais désormais compter parmi mes ennemis immédiats, au même titre que l'ineffable Svein. Lorsque, au départ du site de Gorm, je m'étais laborieusement installé au creux du knörr, j'avais évalué n'être pas en état de me battre avant un bon mois et cela m'avait poussé à accepter Beauly comme lieu de rétablissement.

L'arrêt à Inverness fut extrêmement court et je ne débarquai pas, me contentant de m'allonger plus commodément durant les opérations de transbordement. L'interruption dans le fort tangage de l'embarcation me procura un répit momentané et bienvenu. De notre équipage, trois compagnons qui habitaient le village nous quittèrent sur une promesse de se revoir bientôt. Frode l'Écumeur alla récupérer ma monture qu'il entrava au milieu du navire, puis nous appareillâmes de nouveau pour accoster quelques heures plus tard sur les galets ronds de Beauly.

Mon ami possédait la plus longue demeure du petit village. Abritée des vents dans un enclos de conifères, elle était située sur un plateau herbeux éloigné du prieuré par plusieurs maisons de paysans. Sur deux de ses faces, un long potager florissait sous les ardeurs du soleil et sur la troisième s'adossait une solide étable. L'habitation était bien aménagée avec un toit très aéré pour l'évacuation des fumées et de multiples cloisons, assurant confort et intimité à la douzaine de personnes qui y vivaient. Celles-ci formaient principalement la parentèle de mon ami et elles me réservèrent un accueil des plus cordiaux. Outre la femme de Frode l'Écumeur, de petite stature, mais de fort tempérament, se trouvaient ses deux frères, l'un sellier, l'autre, menuisier, et leur famille ; mon ami lui-même n'avait ni fils ni fille, tout comme la jeune sœur de son épouse, la veuve Inga. C'est cette dernière qui fut derechef assignée à mes soins : on l'appelait Inga la Douce et j'eus tôt fait de découvrir qu'elle portait son surnom avec grande justesse.

En effet, ma soignante était non seulement très dévouée, mais d'une beauté remarquable et d'une habileté exceptionnelle à laver, à panser et à repriser. Je n'étais pas confié à ses attentions depuis deux jours que déjà elle m'avait prodigieusement transformé. D'abord, dès le premier soir, sans aucune pudeur, Inga la Douce me donna un bain comme j'en avais peu pris, me frottant et m'astiquant de la tête aux pieds avec une minutie particulière au centre. Elle me para ensuite d'une chemise pratiquement neuve qui avait appartenu à son défunt mari, faite dans de la laine très soyeuse telle que ma peau n'en avait jamais goûté. Enfin, elle m'installa dans une alcôve éloignée de la circulation et du bruit, où un lit garni de draps immaculés accueillit somptueusement l'ancien thrall que j'étais et qui n'avait en aucun cas joui d'un tel mobilier de toute sa vie. De plus, Inga la Douce donna à ma vêture un traitement pareil à celui qu'elle avait réservé à mon corps meurtri : avec la même dextérité et patience désintéressée, elle lava chaque pièce deux fois, les sécha et reprisa avec application ; ma tunique reçut en prime une élégante bordure d'étoffe émeraude brodée d'entrelacs et mes bottes furent curées et généreusement huilées.

Cependant, tout efficace qu'Inga la Douce était, elle ne parlait pas. En fait, la belle était si peu loquace que j'avais même cru, lors de mes premiers essais de dialogue, à un mutisme maladif chez elle. Ma soignante exprimait davantage ses pensées par ses yeux et par ses mains quand ses effleurements me faisaient frissonner de délices durant son service. Plus d'une fois appréciai-je d'être ainsi bichonné dans un lieu à l'abri des regards, car il m'arrivait souvent de rougir de gêne ou d'embarras.

Frode l'Écumeur, qui nous surprit un matin où il s'enquérait de mon état, sourit de connivence en m'examinant. Inga la Douce m'avait dévêtu pour bander ma plaie et me laver, et mon vit s'était tout naturellement dressé d'aise. « Je vois que la vigueur te revient, fit-il. Rien de tel qu'une mignote compétente pour remettre un guerrier sur pied, et la sœur de ma femme est une experte en la matière, n'est-ce pas Inga ? Combien de compagnons blessés ne t'ai-je prêtés que tu m'as rendus comme neufs ?

– …

– Vois-tu, Gunni, Inga la Douce nourrit l'espérance de se remarier et de se voir livrer un homme aussi souvent dans son lit commence à l'exaspérer.

– Taisez-vous donc, Frode, l'interrompit-elle. Vous me faites honte et vous troublez messire Gunni.

– Ma chère belle-sœur, répondit mon ami, de tous ceux que je t'ai présentés, Gunni le Gauche est sans contredit le meilleur et je serais le premier à me réjouir de l'avoir comme parent. Malheureusement, il réserve son cœur pour une autre. Mais tous les espoirs ne sont pas vains puisqu'en ses qualités de Viking, de païen et de valeureux, cet homme sera certainement en mesure d'entretenir épouse et concubine sous un même toit… Ce que je ne puis réaliser et qu'il m'arrive de regretter, tout chrétien que je suis. » La gente Inga la Douce se retira sans un mot ; elle avait déjà parlé. Mais le coup d'œil qu'elle glissa sur mon membre viril avant de sortir disait toute l'appréciation qu'elle en avait et peut-être aussi son intention de l'éprouver. Je dus me rhabiller moi-même ce jour-là, émoustillé et dans l'expectative.

Ce 9 juin était fête religieuse pour toute la chrétienté et pour l'Écosse en particulier. Je le sus dès mon apparition dans l'aire centrale, à la fin de l'avant-midi. Les épouses et les enfants se tenaient prêts en se trémoussant tandis que les hommes complétaient calmement leur tenue en vue d'assister à la célébration de l'anniversaire du bienheureux Colomba. J'appris que ce saint avait gagné le pinacle des saints écossais par des miracles quotidiens survenus à l'emplacement de ses reliques dès après son décès en 597 sur l'île d'Iona. Ne saisissant pas très bien quel échelon occupaient les hommes saints dans la hiérarchie chrétienne, j'écoutai avec attention ce que chacun en disait pour comprendre finalement qu'il s'agissait de hauts conseillers religieux dont les mérites reposaient sur leur vie exemplaire et sur quelques prodiges qu'on leur attribuait. Somme toute, un saint en Écosse se comparait à un bon sorcier en Norvège. Qu'on poursuivît durant plus de quatre siècles après la mort de Colomba la vénération de son nom m'impressionna fortement. Piqué de curiosité, je me mêlai donc aux gens de la maisonnée de Frode l'Écumeur dans leur sortie, la première pour moi depuis mon arrivée.

La température était chagrine et une petite bruine nous enveloppait sournoisement en imprégnant nos vêtements. Encadré de mon ami et d'un de ses frères, je marchai sans soutien, d'un pas mesuré tout en cherchant discrètement à reconnaître les quelques villageois avec lesquels je m'étais entretenu, le mois précédent. Ce fut en vain, car ils se protégeaient tous de l'humidité sous les vastes capuchons de leurs manteaux. En quelques minutes, l'assemblée se massa dans la petite chapelle paroissiale attenante au prieuré, subitement envahie d'une odeur rance de laine mouillée et de choux bouillis.

« *Dies martis ix Junius MXIX*[3]… », entonna le prêtre d'une voix forte au début de la cérémonie. La langue latine me rappela aussitôt mon brave Gervadius et me ramena par la pensée à Dornoch où la famille du seigneur Moddan entendait vraisemblablement le même office que celui auquel j'assistais. Je me recueillis comme je pus, l'âme remplie des souvenirs de ma bien-aimée que j'imaginais dans une posture dévote, la tête penchée sur ses

---

3. En latin : En ce mardi neuf juin mil dix-neuf…

adorables mains blanches, et ce faisant, je souhaitai ne pas encourir la colère de Colomba pour mon évident désintérêt face à son trépas. La seule divinité qui effleura mon esprit durant cet office fut l'ardente Freyja et je l'invoquai secrètement pour qu'elle inspire à Moïrane de tendres sentiments pour moi.

Le samedi suivant cette pieuse escapade, parvinrent deux nouvelles au village de Beauly. L'une, rapportée par un agent de mon ami à Inverness et après laquelle nous attendions tous, concernait la succession au poste de mormaer pour l'ancien domaine de Donald de Ross ; l'autre, plus inattendue, apprise de la bouche d'un pêcheur dans l'estuaire, annonçait le départ d'un groupe de femmes et d'enfants qui s'étaient embarqués à Rosemarkie pour Dornoch où il était prévu qu'ils se réfugient, privés qu'ils étaient de leurs pourvoyeurs décimés dans la bataille d'Achilty.

D'abord sur les galets de la plage brillant au soleil, ensuite autour du puits communal incongrûment achalandé, toute la journée passa à commenter ces dépêches pleines d'intérêt pour moi et pour Frode l'Écumeur. Nous ne rentrâmes à la maison que le soir venu, aussi animés l'un que l'autre. Pendant le repas, j'eus même de la peine à gloutir ma viande tellement j'avais les boyaux noués par la nervosité. L'inaction commençait à me peser, ma blessure était suffisamment refermée pour que je jouisse de plus de mouvement, et j'étais enchanté que le couperet tranche enfin la question qui me retenait indûment dans la région de Ross.

Le roi des Scots et des Pictes, Malcolm MacKenneth, à qui revenait le dernier mot pour la nomination de mormaers en Écosse, avait tranché en faveur de son petit-fils

Duncan. Comme ce dernier avait fort à faire avec son propre royaume du Strathclyde, il déléguait un de ses lieutenants pour assumer la fonction dans la région de Ross, secondé dans les tâches inhérentes au poste par dame Brenda, sœur de Donald, qui héritait d'une partie des terres de son défunt frère. L'idée que l'ancienne geôlière de Moïrane ait conservé du pouvoir après l'aventure survenue à Achilty m'amusa.

Au moment de me retirer pour la nuit, je me sentis revigoré comme jamais je ne l'avais été depuis le jour où le seigneur Moddan m'avait admis dans sa milice. Tout en songeant à mon prochain départ, je me dévêtis avec fébrilité et me glissai entre les draps douillets qui m'accueillaient vraisemblablement pour une dernière fois, car on avait convenu que Frode l'Écumeur me prêtait un de ses hommes pour rentrer à Dornoch dès le lendemain.

La discrète Inga la Douce, qui avait suivi les discussions de loin et qui entretenait peut-être quelque chagrin à perdre incessamment son malade, me fit une visite inespérée derrière la cloison. Avec l'économie de paroles qui la caractérisait, elle se mit nue, s'introduisit dans le lit et se blottit doucement contre moi. Sa singulière initiative me prit au dépourvu. Ne sachant quelle attitude adopter ni comment interpréter son geste, je n'osai faire un mouvement et demeurai tout raide, emprisonné entre ses bras frais. Puis, au bout d'un moment, indécis, je me raclai la gorge et tentai une timide mise au point: «Ce que ton beau-frère a révélé à propos de mes espérances est vrai, Inga. Ma bien-aimée est chrétienne et si jamais je parvenais à l'épouser, le concubinage ne sera pas envisageable. Je ne peux donc pas abuser de ta bienveillance et te promettre de…

« — Ne dis rien, car je ne demande rien. Je donne et tu prends, simplement », m'interrompit-elle d'une voix si suave que je fondis d'émoi comme motte de beurre au feu.

Me gardant bien d'avouer que j'étais encore vierge, je me laissai donc guider en silence par les caresses de mon initiatrice. Tandis qu'une de ses jambes frôlait lentement les miennes, la bouche d'Inga la Douce parcourut mon torse et mon cou qu'elle embrassa longuement et sa main libre vint palper avec délicatesse mon vit durci et frémissant. Mon cœur s'affola instantanément et chaque muscle de mon corps se tendit comme corde d'arbalète. Les procédés d'Inga pour nous amener à l'extase étaient d'une telle lenteur et mon impétuosité si grande que je fus commandé par mon désir. Me retenant à grand-peine de répondre à ses attouchements par les miens qui auraient trahi ma maladresse, je me mis à pousser des soupirs rauques remplis de mon ardeur contenue. Pour me faire taire, les lèvres de la belle fermèrent les miennes de manière que nos langues s'effleurent et, là, je ne pus me retenir davantage.

« Assez de préambule », me dis-je. Brusquement je basculai Inga la Douce sur le dos et la couvris en l'écrasant de tout mon poids. Mes hanches s'activèrent aussitôt à trouver le but de leur acharnement alors que mon amante m'y aidait adroitement en les coinçant entre ses genoux relevés. Dès l'instant où je pénétrai son intimité si bellement offerte, ma semence jaillit en me laissant tout ahuri de la brièveté de l'union. Le souffle court, le corps moite et la tête vide, je retombai comme une masse aux côtés d'Inga la Douce. Toujours taciturne, celle-ci n'émit aucun commentaire et je me demandai vaguement si ma prestation lui avait procuré quelque agrément.

Tapie derrière la porte, Moïrane écarquilla les yeux d'affolement en entendant son père rapporter à sa mère son entretien avec le chapelain de Saint-Fergus-le-Picte et les conditions imposées pour son pardon. Ne l'ayant jamais fait jusqu'alors, la jeune femme mesura toute l'ampleur du geste fait en représailles de son enlèvement et le faix qui pesait conséquemment sur l'âme de son père. En ayant été précisément l'objet de cette néfaste belligérance, Moïrane comprenait la légitimité de faire partie de la pénitence du coupable.

Infiniment accablée et aspirant à la solitude, la fille du mormaer sortit discrètement du fort et erra dans les jardins, les écuries et sur la lande une grande partie de la journée. Le visage ruisselant de larmes, elle s'appliqua à se distraire de sa peine et finit par cueillir les baies des arbrisseaux venues à maturité toutes en même temps. Elle remplit rapidement le rebord de son bliaud, puis, lasse, elle s'accroupit dans l'ombrage d'une futaie pour manger les fruits. Malgré l'affliction dans laquelle la plongeait le renoncement à Gunni le Gauche qu'une vie au cloître impliquait, Moïrane parvint à orienter ses réflexions vers le point de vue de son père et celui du chapelain. Pour le premier, l'obtention du pardon commandait le don de sa fille au futur couvent ; pour le second, l'absolution du mormaer reposait sur la satisfaction à l'exigence de l'abbesse. «Ainsi, pensa Moïrane, en acceptant de me plier à mon devoir, je délivre mon père de son engagement et je réponds à la demande de la fondatrice du couvent. Mais ne puis-je être novice et refuser de prononcer mes vœux plus tard, alors que Moddan de Dornoch aura été absous pour le meurtre de Donald de Ross ? Si fait ! Je quitterai les cisterciennes avec ou sans le consentement de mes parents, et s'ils me renient, je m'enfuirai avec celui que je veux pour compagnon. »

Si cet astucieux plan rasséréna sur le coup la jeune femme, il souleva néanmoins une ribambelle de questions inquiétantes dans sa tête enfiévrée : « Gunni le Gauche se prêtera-t-il à mes desseins ? A-t-il fait quelque promesse à d'autres femmes depuis notre séparation et attendra-t-il ma libération du couvent pour s'obliger envers moi ? Son serment de dreng à mon père l'empêchera-t-il d'abandonner Dornoch s'il devait le faire pour me suivre ? Et surtout, se convertira-t-il afin que notre union soit bénie ? » Car Moïrane n'envisageait pas de vivre autrement avec le Viking qu'en tant qu'épouse légitime. « Plaise au Ciel que Gunni le Gauche revienne vite à Dornoch afin que je sonde son cœur », lança-t-elle au vent en se redressant. Puis, d'un pas décidé, elle regagna le fort.

Dans les corridors qui la menèrent à la grande salle, elle croisa quelques membres du personnel qui avaient noté son absence : son frère Ottar en compagnie de Roderik, qui se contentèrent d'une brève salutation, et l'aumônier attaché au service religieux de la maison, qui lui adressa un sourire entendu. La jeune femme lui rendit son amabilité et entra dans la vaste pièce qu'il venait de quitter, à la suite d'un probable conciliabule avec ses parents. Moïrane avait arrêté sa décision face à l'annonce que ces derniers ne manqueraient pas de lui faire au sujet de sa prochaine réclusion au couvent : elle n'y ferait pas obstacle, mais, au contraire, elle se montrerait soumise afin de ne soulever aucun soupçon sur ses intentions futures.

« Quel visage barbouillé, ma fille ! fit dame Brunehilde d'entrée de jeu en examinant Moïrane d'un œil critique.

— Ce sont de petites baies que j'ai mangées tout à l'heure. La lande en est parsemée en ce moment…

— On ne gloutit pas avec ses yeux, tout de même ! Tu as la mine d'une pleureuse de catafalque… Que se passe-t-il ?

— Ah ! Les yeux m'ont beaucoup démangé : j'ai dû toucher à une herbe irritante…

— J'espère que la collecte aura valu le tourment qu'elle t'a infligé… Quoi qu'il en soit, assieds-toi avec nous : ton père et moi avons à t'entretenir d'une décision au sujet de ton avenir et qui concerne aussi le nouveau couvent des Cisterciennes. »

Dans une attitude respectueuse, Moïrane écouta sa mère exposer le projet dont elle avait deviné les tenants et aboutissants. Elle se composa un air concentré, conforme au sérieux que l'annonce réclamait, et s'enquit prudemment de l'échéancier prévu pour l'érection du couvent-hospice. « Cela dépend beaucoup des ressources personnelles que je consacrerai au projet dans les prochains mois, répondit le seigneur Moddan. Cependant, l'évêché insiste pour que l'édifice soit prêt avant que les conditions hivernales n'interrompent le chantier. Plus précisément, on souhaite inaugurer le couvent à la fête de Jean l'Évangéliste, le 27 décembre, car l'abbesse compte placer la nouvelle communauté sous la protection de ce saint.

« — Ainsi, l'arrivée des religieuses aura lieu après le remplacement du mormaer de Ross ! laissa échapper Moïrane avec soulagement.

— Certes, ma fille, dit Moddan. Si tu parles de cet événement, ne serait-ce pas à cause de l'intérêt que tu as dans le retour du Viking à Dornoch ?

— Il est vrai que mon espérance est tournée vers lui, mon père, et là-dessus je ne saurais mentir. Si vous ne m'aviez pas destinée au couvent, je vous l'aurais certes demandé pour époux…

— Et je te l'aurais refusé, car son paganisme l'en rend indigne.

— Par amour de moi, il se serait certainement converti, père.

— En es-tu si sûre ?

— …

— Écoute, Moïrane, tu connais la profonde amitié dans laquelle je te tiens et tu sais que ton bonheur m'a longtemps importé. Mais les temps exigent davantage de chacun désormais. Ton devoir s'éloigne de ta félicité, comme cela arrive très souvent. Donald t'a irrémédiablement abîmée. J'avoue que Gunni le Gauche est probablement un des rares hommes que la pureté d'une femme indiffère et son appétence de toi s'est visiblement accrue durant le sauvetage à Achilty. Si le couvent ne t'avait pas réclamée, j'aurais sans doute été obligé de considérer votre union comme une solution à ton célibat, mais je remercie Dieu d'en avoir décidé autrement.

— En effet, intervint dame Brunehilde. Rien de mieux ne pouvait nous échoir que cet appel à te cloîtrer et je suis transportée de joie à l'idée que ta souillure sera définitivement effacée par une vie de prière. »

Moïrane inclina la tête dans un geste qui pouvait passer pour de la soumission, mais cela en était un de dissimulation. La tresse de la jeune femme glissa de son épaule à son dos, comme une caresse d'apaisement. Tout en écoutant distraitement la conversation qui se poursuivait entre ses parents, Moïrane inspira profondément pour s'imposer silence, car, elle le voyait bien, ses sentiments pour le Viking incitaient sa bouche à prononcer des paroles par trop révélatrices.

Dix jours plus tard accosta, au fond de l'estuaire de Dornoch, un navire de la flotte de l'évêché de Ross. Outre les hommes d'équipage, cinq femmes et neuf enfants se trouvaient à bord avec des visages renfrognés tout en tenant leurs maigres bagages coincés entre leurs pieds. Sur la grève mouillée, un char à bœufs, deux chevaux de bât et deux gardes sous le commandement de dame Brunehilde et de sa fille attendaient les émigrés afin de les ramener au fort.

La rencontre entre les gens de Dornoch et ceux de Ross se déroula dans la discipline et une certaine froideur teinta les échanges. Brenda d'Achilty, qui dirigeait la délégation pour l'évêché, et Moïrane se toisèrent longuement avant de se saluer. Dame Brunehilde ne put réprimer une moue de mépris durant les présentations, mais elle agit dans les limites de la politesse envers celle qui avait tenu sa fille prisonnière.

Cependant, quand les arrivants prirent possession des installations que le mormaer de Dornoch mettait à leur disposition dans le fort, l'atmosphère se détendit. Tout le bâtiment dédié habituellement au corps de garde avait été réquisitionné pour recevoir les familles et on en avait amélioré l'aménagement. Le large emplacement pour le feu de cuisson était garni d'une bonne provision de bois et de tourbe de chauffage, de quelques marmites avec leurs crochets et leurs louches et de bacs à eau. Les nombreuses paillasses avaient reçu moult couvertures et draps, et on avait dressé une longue table sur tréteaux. Quant à la milice du seigneur Moddan, dont la vue même choquait les veuves éprouvées, elle avait déménagé ses pénates dans la grande salle, se contentant de quelques épaisseurs de fourrures jetées à même le sol pour le coucher. Sur le qui-vive depuis leur débarquement, les quatre veuves de Ross jetèrent sur les lieux un regard froid et déposèrent lentement leurs hardes. Leurs enfants envahirent l'endroit de leurs bousculades et de leurs cris excités tandis que l'aîné d'entre eux, un grand jeunot au visage ingrat, inspecta les recoins de la salle avec méfiance.

Quittant son air rébarbatif, Brenda d'Achilty se déclara contente de la réception faite à ses gens et demanda à être amenée au prieuré où elle devait rendre compte du succès de l'opération au chapelain. Ce fut consolation pour dame Brunehilde et Moïrane de voir l'importune s'en aller si tôt après son arrivée et elles échangèrent un bref coup d'œil entendu. Abandonnant sa fille au milieu des nouveaux venus, l'épouse de Moddan raccompagna la visiteuse revêche jusqu'aux palissades du fort en retenant des soupirs de soulagement. Au moment où l'hôtesse s'apprêtait à formuler des vœux de bonne route auxquels l'invitée répondrait par les remerciements d'usage, survint un dialogue aussi inattendu qu'inconvenant entre les deux femmes :

« Dites-moi, ma dame, fit Brenda d'Achilty, Moïrane a-t-elle continué longtemps de saigner après son retour chez vous ?

– Comment osez-vous parler si futilement du saccage de ma fille par votre frère ? s'indigna dame Brunehilde.

– Je sais que votre mari n'a rien cru de ce que son ennemi lui a dit avant de l'occire, mais moi, je puis en témoigner : Moïrane n'a jamais été possédée par Donald de Ross. Les ourses des femmes dégoûtaient mon frère : chacun ses aversions. Aussi votre fille est-elle arrivée à Achilty sanguinolente et est repartie dans le même état, sans avoir servi. Je vous ai posé la question parce que je trouve dommage qu'une aussi jolie pucelle soit maladive.

– Calomnies ! Ma fille a bel et bien été abîmée chez votre frère et si ce n'est pas par lui, c'est l'œuvre d'un autre ! J'ai pu constater moi-même les stigmates de l'agression et cela ne laisse aucun doute », protesta outrageusement dame Brunehilde.

La véhémence de la mère pour défendre sa fille n'affecta nullement l'ancienne geôlière. Au contraire, un sourire se dessina sur les lèvres sèches de Brenda d'Achilty quand elle découvrit, par cet échange, la supercherie à laquelle Moïrane s'était vraisemblablement livrée dans sa cellule pour surseoir aux concupiscences de son ravisseur. « Dans ce cas, fit-elle, puisque votre fille est réellement meurtrie, je dois m'incliner devant sa grande intelligence et saluer sa détermination et son courage, car il fallait manquer ni de l'une ni de l'autre pour se mutiler afin d'échapper à son sort. C'est moi qui en ai constamment eu la garde et je témoigne qu'elle n'a pas été touchée. Moïrane est exceptionnelle et, en vérité, je crois que les cisterciennes auront fort à faire pour casser son tempérament rebelle. Je vous quitte céans, ma dame. Que Dieu vous garde dans sa sainte paix ! »

Pantoise et légèrement frémissante, dame Brunehilde regarda la sœur du mormaer de Ross monter à bord du char à bœufs avec l'aisance d'une jouvencelle. L'insinuation avec laquelle cette dernière avait clos l'entretien la surprenait tout autant qu'elle l'alarmait. En s'en retournant auprès des familles réfugiées sous son toit pour superviser leur installation, dame Brunehilde conçut des doutes quant aux intentions réelles de Moïrane d'entrer au couvent et reconnut l'ardeur de son caractère exaspérant.

Chapitre ix

L'énamouré

Amoché par la lame de Frode l'Écumeur et ballotté par l'embarcation aux prises avec des vents violents, Svein demanda à son équipage de trouver un endroit protégé où jeter l'ancre peu après leur départ de la plage où l'altercation avait eu lieu. Dans le soir baissant, il découvrit une baie grande ouverte sur la mer du Nord où débouchait une large rivière enchâssée dans une pinède. C'est là que le knörr s'ancra. Après quelques jours d'immobilité, voyant que l'état de leur malade empirait, les hommes de Leirvik décidèrent de remonter la rivière à la recherche d'un village où leur chef pourrait recevoir des soins. Le 3 juin, le knörr des Norvégiens accosta sur les rives vaseuses du petit hameau de Rothes dominé par un fortin.

Celui-ci était possession de Finlay MacRory, l'un des mormaers du Moray. Appartenant à une lignée royale dissidente à celle de Malcolm II, Finlay MacRory avait compris l'importance stratégique du royaume du Fortriu pour l'exercice du pouvoir en Écosse et résidait presque toute l'année à sa place forte sise à quelques miles de la citadelle royale de Dunfermline. L'annonce du décès sans héritier du mormaer Donald l'avait fait rappliquer à sa base dans le Moray, car le territoire de Ross l'intéressait, tout particulièrement les terres de Thorfinn, son principal rival. En ce début de juin 1019, le mormaer de Moray surveillait l'évolution de la situation dans le Ross en attente d'un nouveau mormaer. Comme il avait laissé une partie de son contingent à sa place forte dans le Fortriu, il disposait d'une milice quelque peu réduite pour mener une action de guerre importante si une opportunité de le faire s'ouvrait. Habituellement ombrageux envers les Normands, Finlay accueillit pourtant les Norvégiens échoués au pied de sa citadelle avec libéralité. Le mormaer se prit immédiatement d'amitié pour leur chef blessé avec un emportement aussi incompréhensible qu'inattendu pour les hommes de Rothes.

Svein, qui avait grand intérêt à faire bonne figure, déploya tout le charme dont il était capable. Il ne tarda pas à déceler les appétits de Finlay pour la belligérance et il découvrit de quelle façon s'en servir pour son propre avancement. Aussi apprit-il avec intérêt l'animosité entre Finlay et le lieutenant Thorfinn : non seulement celle-ci stimulait son penchant naturel pour la discorde, mais elle lui faisait entrevoir la perspective de prendre les armes dans une région où évoluait Gunni le Gauche. Après quelques jours de cohabitation, Svein développa beaucoup d'affinités avec le belliqueux Finlay auquel il démontra une estime que ses compagnons ne partageaient pas unanimement. En effet, les plus perspicaces d'entre eux devinèrent que Svein souhaitait intégrer la compagnie de leur hôte et courir pourfendre quelques seigneurs de Ross au lieu de voguer vers le continent, tel qu'il l'avait promis.

Quand, le 14 juin, l'annonce de l'attribution du poste vacant à Duncan atteignit le fort de Rothes, Svein était parfaitement rétabli et entiché du mormaer de Moray. Certains de ses hommes commençaient à montrer des signes d'impatience à reprendre la mer alors que d'autres, qui appréciaient les installations accueillantes et bien pourvues du fort de Rothes, voyaient leur ardeur à se lancer à l'assaut du monde chrétien ramollie. Le jour où Finlay MacRory aborda la possibilité de lever une expédition contre des places fortes dans le Ross, les dissensions déjà présentes chez les Norvégiens creusèrent davantage le fossé qui les séparait en scindant le groupe en deux : trois des cinq hommes de Svein se prononcèrent en faveur d'ajourner le voyage vers la France et de tenter leur fortune avec Finlay, alors que les deux autres, Biarni l'Ours et Grim le Casqué, s'y opposèrent.

De l'équipage de Leirvik, ces derniers étaient ceux qui avaient démontré le plus grand intérêt pour l'établissement d'une colonie et, depuis leur arrivée en Écosse, ils avaient fait pression afin que Svein abandonne sa vindicte contre Gunni le Gauche. L'aîné du groupe, Biarni l'Ours, avait fait montre d'autorité en incitant ses compagnons à se retirer du site visité par Frode l'Écumeur quelques semaines auparavant et, mieux que tout autre, il pénétrait les intentions inavouées de Svein. Il promena un regard fermé sur les Norvégiens réunis pour la discussion et fit une moue obstinée à Svein qui avait la parole : « Nous sommes majoritaires, Biarni l'Ours. Si tu ne veux pas suivre Finlay, tu n'y es pas obligé, non plus que Grim le Casqué. Nous allons partager les biens en six et vous recevrez deux parts, comme il se doit », dit celui-ci. Tous les yeux convergèrent vers les deux dissidents qui s'étaient assis coude à coude et affichaient un air buté. De stature moyenne, mais dotés d'une membrure solide, les deux hommes avaient le teint, les cheveux et la barbe très pâles. Leurs yeux bleu clair avaient le même regard froid et ils auraient pu facilement passer pour frères.

« Le navire et le cheval n'étant pas séparables, que nous restera-t-il pour continuer notre route à part nos armes ? demanda Biarni l'Ours.

— Peu de chose, il est vrai », dit Svein en le fixant avec intensité. « Vous n'emporterez pas plus de provisions de bouche que vous ne pouvez vous charger. Les chaudrons, les caissons de matériel de pêche et de navigation, les lampes, les fourrures : tout cela ne vous sera d'aucune utilité.

— Si tu n'avais pas vendu les semences et les houes et si tu avais acheté une paire de bœufs au lieu d'acquérir un cheval de combat et des armes, nous ne serions pas à la remorque de Finlay ou de quiconque pour notre établissement. Mais depuis le départ de Leirvik, tu n'as eu qu'une seule quête, celle de pourchasser Gunni le Gauche. Marcher avec Finlay signifie surtout remonter vers le nord afin que tu puisses continuer ta traque, fit Biarni l'Ours.

— C'est un point de vue, répondit Svein. Le mien diffère du tien. Je crois qu'il est plus rapide et demande moins d'efforts de travailler à son propre avancement en se mêlant aux puissants dans une société, de la même manière qu'un navire peut se laisser entraîner dans le sillage d'un autre plus gros pour progresser avec aisance. Nous sommes tous de bons guerriers, mais notre groupe n'est pas assez important pour envisager de réaliser seul le projet de conquérir des richesses sur le continent.

— Les temps ont changé, Svein, et le style de faire commerce aussi. On est désormais dans un monde chrétien et l'acquisition de biens doit tenir compte de ses coutumes marchandes. Qu'est-ce qui nous empêche de nous adjoindre d'autres bras si nous jugeons notre contingent insuffisant pour aller transiger avec les Français ou les Italiens ?

— Un plus gros équipage signifie le partage des profits entre plus de mains. Toi et Grim le Casqué avez été les premiers à suggérer la limitation à six hommes sur le knörr au départ de Leirvik.

— C'est vrai, mais c'était pour fonder une colonie, non pas pour courir les mers, arme au poing sous prétexte de négoces.

— Je m'étonne que la perspective de gagner gloire et renommée avec ton épée ne te sourie pas davantage. N'étais-tu pas le meilleur et le plus fort combattant dans le concours d'escrime à Leirvik l'an dernier ?

— …

— Ce n'est pas parce qu'on est habile à se défendre qu'on doive vivre comme des pirates, intervint Grim le Casqué. Je préfère m'attacher une femme et une terre et fonder ma lignée que de faire couler du sang chrétien… comme le nôtre.

— Vous faites une belle paire de frais convertis tous les deux, s'esclaffa Svein en se levant. Vous aspirez à pousser la houe et l'araire sans lopin à exploiter, ou encore vous songez à manier la balance pliante des marchands sans connaître leur langue ou savoir compter, mais vous dédaignez louer votre épée ou votre hache qui sont réputées excellentes à un seigneur hardi à la recherche d'honneur et de gloire comme Finlay MacRory. » Ce disant, Svein mimait les gestes du laboureur peinant sur son équipement, ceux du marchand inhabile avec le sien, et, enfin, ceux énergiques et efficaces de la bataille. Ses longs bras aux mouvements souples, sa tignasse jaune et hirsute et son nez aquilin lui donnaient une allure de pantomime qui éveilla bientôt l'hilarité du groupe de Leirvik.

Sur les entrefaites arriva Finlay qui avait saisi les dernières phrases de la harangue de Svein. « Qui sont donc les deux valeureux qui ne se joignent pas à ma prochaine expédition ? demanda-t-il sur un ton dégagé.

— Grim et Biarni, mon seigneur, répondit Svein. Il ne leur plaît guère de donner un coup de main dans vos chevauchées. Ils ont l'ambition trop triviale pour en être.

— Écoutez, messires, je ne connais pas vos projets exacts, mais cela m'étonnerait qu'ils vous rapportent plus que ce vous obtiendrez avec moi », expliqua Finlay à Grim le Casqué et à Biarni l'Ours. « Si vous êtes de bonnes lames, vous amasserez un pécule facile et rapide en me suivant. Il sera toujours temps de vous établir sur une terre plus tard si cela vous fait toujours envie. Allons, amis, vous avez plus à perdre qu'à gagner en faisant bande à part ! »

Biarni l'Ours interrogea son compagnon Grim le Casqué du regard, puis il reporta son attention à Svein sur le visage duquel il surprit un air de triomphe. Cela lui déplut tellement qu'il faillit refuser la proposition de Finlay, mais, avec Grim le Casqué, avait-il la possibilité réelle de quitter ses compatriotes norvégiens ? « Je suis des vôtres, mon seigneur », finit par lâcher Biarni l'Ours sur un ton plus résigné qu'enthousiaste en se frappant mollement le torse du poing. Aussitôt, Grim le Casqué fit de même. « À la bonne heure ! » s'exclama alors Svein en assénant de grandes claques dans le dos des deux hommes qu'il pensait avoir convaincus de rester avec lui.

Mon cœur cognait fort dans ma poitrine quand nos montures entreprirent la descente dans la vallée de Dornoch plongée dans le silence matinal du 16 juin. De longs filaments de brume s'étiraient mollement au-dessus des joncs gorgés de rosée qui poussaient entre les marais et donnaient au décor un aspect de calme apaisant. Depuis mon départ de Beauly, toutes mes pensées tournaient autour de Moïrane et j'échafaudais des discours dignes d'accompagner la présentation du collier. Je les remaniais sans cesse, tantôt incertain du ton, tantôt insatisfait des mots.

« Messire Gunni, fit soudain Brus, mon compagnon, nous voilà arrivés à Dornoch. Je vais vous laisser rentrer seul et retourner à Beauly si vous n'y voyez pas d'inconvénient.

— Ne veux-tu pas te restaurer et passer au moins la nuit chez le mormaer avant de repartir ? dis-je, interrompu dans ma rêverie.

— Non, messire. Notre chevauchée a été plutôt lente à cause de votre état et je crois pouvoir pousser mon cheval au retour afin qu'il effectue le trajet en deux fois moins de temps. Je n'aime pas m'éloigner de Beauly et Frode l'Écumeur le savait quand il m'a désigné pour vous accompagner. Lui non plus ne souhaite pas que je m'attarde… »

À ce moment précis, le tonnerre se mit à gronder au-dessus de la vallée, le ciel s'obscurcit subitement et un éclair le zébra. Nous levâmes en même temps les yeux et humâmes l'orage imminent. La monture de mon compagnon fit un écart en hennissant de nervosité et celui-ci me glissa un regard entendu : « Brus, fis-je en lui souriant, je crois que Thor a décidé que tu allais faire une visite au mormaer de Dornoch. » Aussitôt, nous éperonnâmes nos chevaux en les lançant au galop vers le bord de la vallée et le fort du seigneur Moddan.

Après le gardien des portes et le palefrenier, le premier visage ami qui nous accueillit dans l'enceinte fut celui d'Ottar. La forte brassée qu'il m'administra me toucha plus que n'importe quel mot de bienvenue. Le fils de Moddan brûlait de connaître la nouvelle qui justifiait mon retour à Dornoch, mais il eut la patience que je la communique d'abord à son père. Comme je me dirigeais vers le corps de garde pour y déposer ma besace et y installer Brus, Ottar me tira dans l'autre couloir en m'expliquant que l'hébergement d'une délégation de veuves et d'enfants chassait la milice dans la grande salle : « Nos hommes y sont un peu à l'étroit, mais ça ne fait rien puisque nos affaires nous tiennent à l'extérieur du fort durant tout le jour. Et puis, c'est une mesure temporaire… En fait, tous trouvent agréable d'avoir ces femmes libres sous notre toit malgré le fait qu'elles démontrent plus d'hostilité que de gentillesse à notre endroit.

— Pourquoi "temporaire", où vont ces femmes après? demandai-je en lui emboîtant le pas, Brus sur nos talons.

— À l'hospice du couvent des cisterciennes dont on va commencer la construction sur le plateau du prieuré dans quelques jours, répondit-il, les pierres sont déjà rassemblées. À propos de ce cloître, Gunni, je me dois de t'apprendre que Moïrane va y entrer : c'est une décision qui vient de mon père en guise de réparation à l'assassinat de Donald de Ross. » Il s'immobilisa pour me faire face et je lus une grande désolation dans ses yeux. Aussitôt, je sentis qu'il venait de me révéler un malheur et je m'en alarmai : « Qu'est-ce à dire, rentrer au cloître ? Je ne comprends pas… Comment Moïrane peut-elle réparer la mort de son ravisseur ?

— La claustration de Moïrane est la pénitence de Moddan exigée par son confesseur pour l'absoudre des meurtres commis à Achilty sous son autorité.

— Holà ! Ottar, tu me perds. Je n'ois rien à ce que tu dis. Claustration, pénitence, confesseur, absoudre : sont-ce là des sortes d'armes ou des objets religieux ?

— En vérité, je ne sais comment te conter cela…

— Eh bien, laisse faire Moïrane ! Elle trouvera la façon de me traduire cette affaire qui me semble des plus déplaisantes, l'interrompis-je.

— Justement, la situation de ma sœur fait en sorte qu'elle n'aura guère l'occasion de converser avec toi désormais. Ma mère veillera à ce qu'elle t'évite avec plus de vigilance qu'elle n'en a jamais démontré. Si tu veux rencontrer Moïrane, il n'y a qu'un seul moyen : le faire en cachette. »

Devant mon air effaré, Ottar dut éprouver quelques remords car il ajouta qu'il m'aiderait à voir sa sœur en tête-à-tête. Il avança cette dernière répartie sur un ton très bas pour ne pas être entendu de Brus qui, au demeurant, était trop éloigné de nous pour avoir saisi la teneur de l'entretien. Au sortir de l'écurie, ce dernier s'était chargé de tout son fourniment de guerre au lieu de l'y laisser et il était si encombré qu'il avait peine à progresser dans le couloir étroit qui menait à la grande salle. J'y pénétrai la minute suivante avec un sentiment tout particulier d'appartenance au domaine de Dornoch et c'est avec fierté que je marchai jusqu'à mon seigneur. L'obligeance avec laquelle il m'accueillit fut telle que je chassai immédiatement le malaise qui avait subsisté dans mon esprit depuis notre séparation à Inverness le mois précédent. Après avoir brièvement présenté Brus, je transmis l'annonce attendue. Fournissant à Moddan le plus de détails possible sur l'événement lui-même, j'évitai de m'étendre sur les raisons qui m'avaient fait quitter Inverness. Il me questionna à propos de mon séjour à Beauly où j'avais appris la nouvelle et je lui répondis succinctement en espérant que Brus n'intervienne pas pour révéler mon altercation avec Svein. Fort heureusement, mon compagnon était trop absorbé dans l'examen de la grande salle pour avoir prêté l'oreille à nos échanges. Le mormaer me fit asseoir dans un fauteuil entre lui et son fils à qui il demanda de me verser à boire. Durant une longue heure, je prisai ainsi l'infime plaisir d'être traité avec notoriété comme un dreng parvenu au pinacle des élus de Dornoch.

Sur un ton enchanté, le seigneur Moddan commenta la nomination du remplaçant de Donald de Ross : « L'émissaire du seigneur Duncan de Strathclyde ne représente pas de menace pour nous dans l'immédiat s'il doit composer avec la sœur de Donald pour diriger le domaine de Ross. Je dirais même que le brave homme va avoir les mains liées pour commencer son exercice. En outre, le clergé de Ross s'est assuré de mon repentir en me faisant payer cher mon attaque, et son influence devrait tenir à distance ceux qui voudraient attenter à mes biens durant la période des travaux au couvent. Dis-moi, Gunni le Gauche, toi qui as talent et habileté avec les pierres, sauras-tu en superviser la taille et l'assemblage ?

– Avec de bons ouvriers du métier adéquatement équipés en ciseaux et en tenailles, mon seigneur, je puis certainement œuvrer à l'édifice, fis-je avec empressement.

– Les hommes et les outils, tu les auras. Vois-tu, j'aimerais faire l'économie d'un maître tailleur de pierres, déjà que l'extraction des matériaux m'a coûté cher. Les plans de l'édifice sont fournis par l'évêché ainsi que le contremaître qui est un moine de Rosemarkie : les uns comme l'autre semblent simples et sans complication, à ce qu'on m'a affirmé.

– Je m'en accommoderai avec joie, mon seigneur. Vous pouvez compter sur moi pour cet ouvrage comme pour tous ceux qu'il vous agréera de me confier », lui dis-je avec le furieux désir de lui donner entière satisfaction. Si mes chances d'accéder à ma bien-aimée étaient telles que ce qu'Ottar m'avait laissé entendre, je devais faire preuve de la plus grande circonspection à l'endroit du seigneur Moddan afin qu'il ne se méfie pas de moi et qu'il ignore mes espérances à l'égard de sa fille.

Je ne vis Moïrane qu'à l'heure du souper, quand elle se joignit à la famille avec dame Brunehilde, mais il nous fut impossible d'échanger ne serait-ce qu'une seule phrase. Les servantes et sa mère l'entouraient si étroitement qu'elle n'avait pas le loisir d'adresser la parole à d'autres qu'à ces dernières. Ottar et Roderik se firent d'ailleurs un devoir de m'encadrer et nous enfourchâmes un banc éloigné du coin de table occupé par les femmes de la maison. Mon premier examen me révéla une Moïrane pâlotte et peut-être souffrante. Ses cheveux étaient enveloppés d'une guimpe comme une femme mariée, ce qui accentuait les traits tirés de son beau visage, et elle avait revêtu un bliaud très sombre qui lui donnait une silhouette maigrichonne.

Pour dompter mon ardeur à la dévorer des yeux, je me fis violence en évitant de regarder dans sa direction. Cependant, chaque fois que je glissais un œil furtif à l'endroit où elle se trouvait, je croisais ses yeux noirs attentifs et mobiles qui semblaient vouloir révéler ce que sa bouche scellée ne pouvait faire. Un peu plus tard dans la soirée, je crus surprendre sur les lèvres de ma bien-aimée un doux sourire à mon intention et je m'en délectai avec ravissement durant de longues minutes. Cette agréable distraction faillit me faire perdre le fil de la conversation qui se tenait autour de moi dans laquelle Brus prenait la parole. Je réalisai avec désagrément qu'il relatait les soins dont j'avais bénéficié chez Frode l'Écumeur sans omettre le traitement expert que m'avait prodigué Inga la Douce : « Peu il s'en fallut que nous ramenions la belle avec nous à Dornoch. En tout cas, leur nuit d'adieu a été embrasée et a bien surpris la famille, car la belle-sœur de mon maître n'a pas une nature très expansive.

— Ah ! voilà qui ne m'étonne guère de la part de notre Viking ! fit Roderik avec un air coquin en me dévisageant. Je n'ai jamais douté de ses pouvoirs de séduction. Raconte donc, Brus, les privilèges que Gunni le Gauche a récoltés chez vous…

— Bah, il a reçu les attentions que tout blessé réclame, répondit celui-ci. Quand il est arrivé à Beauly, on l'avait enferré sérieusement et sa plaie n'était pas belle à voir. Alors, comme Inga la Douce sait s'y prendre avec les blessures par lame, elle l'a rafistolé. Un homme remercie sa guérisseuse comme il peut, avec ce qu'il a. N'en auriez-vous pas fait autant, messire ?

— Assurément ! » gloussa Roderik.

Je captai le regard qu'il jeta sur le groupe des femmes afin de s'assurer qu'elles avaient entendu l'anecdote de Brus et j'en conçus aussitôt dépit et ressentiment. Cependant, mon guide de Beauly ne releva pas l'incident qui avait donné lieu à l'escarmouche qui m'avait navré et je fus ainsi dispensé de relater l'expédition à laquelle j'avais participé avec Frode l'Écumeur. Confusément, j'espérais que Moïrane n'avait rien saisi à propos de mon séjour chez mon ami, mais le dernier regard qu'elle me coula au moment de quitter la salle me confirma le contraire. Aussitôt s'envolèrent toutes les résolutions que j'avais prises de me contenir en public et je me serais précipité vers elle si Ottar ne m'en avait pas empêché.

« Viens, Gunni, me dit-il en me tirant à l'écart. N'aborde pas Moïrane maintenant, tu vas gâcher toutes tes chances. Mon père te surveille et n'attend que cela pour permettre à sa méfiance envers toi de regagner le terrain perdu durant ta mission à Inverness. Laisse-moi faire, je vais t'arranger un entretien avec elle dès demain.

– Où Roderik veut-il en venir avec ses bravades, lui soufflai-je. Je n'apprécie pas les sous-entendus qu'il distribue comme germes de fèves en sillons.

– Je le soupçonne d'être un peu jaloux. Roderik est le dreng préféré de mon père et je crois qu'il a déjà été épris de ma sœur. Le serait-il encore ? On peut le penser. Quant à tes exploits au combat, ils portent ombrage aux siens et tu ne peux malheureusement rien y changer. Ignore Roderik pour le moment », déclara Ottar.

Un voile d'amertume m'enveloppa. Je ne voulais absolument pas me reconnaître un adversaire ou un ennemi parmi les hommes de Dornoch : cela m'indisposait trop. Machinalement, je portai la main à mon torse, à l'endroit où le pendentif collait à ma peau, puis, je la retirai avec un sentiment inédit de supériorité. Sur le point précis des gages d'amour, j'avais énormément plus à offrir à Moïrane que Roderik et mon cœur se gonfla d'assurance à cette constatation. Plus tard, quand vint l'heure de s'étendre pour la nuit, je choisis délibérément le coin de la grande salle le plus distant de celui où Roderik s'installait et j'y entraînai Brus. Je dormis d'un sommeil agité et peu réparateur. Au matin, après un lever laborieux, j'allai me sustenter aux cuisines avec mon compagnon de Beauly, puis je l'accompagnai aux écuries où nous sellâmes nos montures. Nous nous quittâmes aux portes de la palissade, lui s'en retournant chez Frode l'Écumeur avec la transmission de mes amitiés pour lui, et moi, galopant jusqu'au monastère de Saint-Fergus-le-Picte pour inspecter le site du futur couvent.

J'eus la plaisante surprise d'y rencontrer frère Gervadius qui avait été désigné pour assurer le lien entre son chapelain et les travailleurs sur le chantier. Ces derniers, au nombre de cinq, avaient entrepris l'opération de creusage des murs de fondation et ils besognaient déjà depuis le lever du jour quand j'arrivai sur les lieux. Gervadius vint à moi, les mains tendues et le sourire aux lèvres : « Dieu te garde, Gunni ! Quel plaisir de te revoir !

– Que ton Dieu te garde aussi, mon ami ! » lui dis-je en l'étreignant.

« NOTRE Dieu, corrigea-t-il avec sérieux. Dieu est unique, Gunni, particulièrement en cet endroit qui va voir s'ériger une autre maison sainte avant l'hiver…

– Je sais quelle bâtisse sera construite ici, Gervadius, l'interrompis-je, puisque c'est moi qui veillerai au travail des pierres destinées à son édification. » Mon ineffable ami, que l'annonce hébéta, joignit les mains d'excitation : « Oh, quelle merveille ! Nous allons de nouveau nous côtoyer quotidiennement, pour le plus grand des plaisirs », échappa-t-il, les yeux remplis d'allégresse.

Encouragé par l'accueil de Gervadius fait à ma nouvelle assignation, j'en profitai pour lui soumettre mes interrogations concernant la relation entre Moïrane et le cloître des cisterciennes. La promptitude et l'assurance contenues dans sa réponse me donnèrent à penser qu'il avait eu vent de l'affaire. Cependant, ce que mon ami moine ignorait manifestement, c'est le sentiment que je vouais à la fille du mormaer de Dornoch. Je vins à deux cheveux de révéler mon penchant pour elle quand il aborda les principes de vie des couventines et la réclusion totale dont ces dernières s'entouraient une fois faites religieuses. L'explication de mon brave Gervadius sur la pénitence que Moddan accomplissait au détriment de sa fille fut particulièrement laborieuse et elle me fut tout aussi difficile à admettre. Je dus faire appel à ma capacité de résignation d'ancien thrall pour taire la révolte que la forme prise par le pardon des chrétiens suscitait en moi.

Enfin, après avoir passé une heure avec Gervadius, je revins au fort, l'esprit contrarié et le cœur troublé. Mais là m'attendait la plus enivrante des surprises. Avant même d'entrer dans l'enceinte, Ottar m'intercepta pour m'aviser qu'une rencontre aurait lieu avec Moïrane juste après l'office du soir que l'aumônier de la famille chantait dans l'appentis aménagé à cette fin : « Moïrane va solliciter de rester seule en prière pendant un moment, dit Ottar. Avec les veuves de Ross et leurs enfants, ça fait beaucoup de monde aux offices et même ma mère a de la difficulté à se concentrer. L'appentis va donc se vider et je vais m'attarder à la sortie pour distraire les servantes qui escortent habituellement Moïrane et qui l'attendront dehors. Tu pourras alors te glisser dans la pièce et je monterai la garde afin que personne ne surprenne votre entretien. » Exultant, je remerciai chaudement Ottar pour sa précieuse intercession auprès de sa sœur, puis je m'armai de patience pour endurer chaque heure de ce jour qui m'apparut interminable.

La petite pièce en bois attenante à l'entrée principale du fort, que dame Brunehilde nommait cérémonieusement «la chapelle», n'avait qu'une fenêtre et aucune porte. On y accédait par une ouverture en chicane qui donnait directement sur la cour intérieure. Déjà très sombre le jour, l'endroit devenait tout à fait obscur le soir venu et n'eût été de la lampe qui brûlait en permanence au-dessus du modeste autel, l'endroit aurait été parfaitement sinistre.

Moïrane leva les yeux sur le piédestal et contempla le crucifix dont les montants étamés miroitaient dans les lueurs dansantes de la lampe. Tout en murmurant une prière, la jeune femme se concentra sur les bruits de pas de ceux et celles qui sortaient à la fin de l'office du soir. Quand la jeune femme fut certaine d'être tout à fait seule, elle se redressa en frottant à travers son bliaud ses genoux endoloris, rajusta les mèches de cheveux qui sortaient de sa guimpe, puis, le cœur battant, elle fit quelques pas le long du mur. Moïrane avait gagné un angle de la pièce quand elle vit Gunni le Gauche y pénétrer et se diriger prudemment dans le coin opposé sans l'avoir aperçue.

L'homme s'immobilisa et parcourut la pièce des yeux jusqu'à l'encoignure plongée dans le noir où se tenait la jeune femme qu'il distingua immédiatement. En trois enjambées il fut à ses côtés. Puis, durant de longues minutes, les jeunes gens se tinrent cois, l'un face à l'autre, paralysés d'émotion. Gunni le Gauche voulut parler le premier, mais Moïrane l'en empêcha en touchant sa bouche avec deux doigts qu'elle retira aussitôt, gênée. Elle prit la parole d'une voix ténue, presque chuchotante :

« J'ai peu de temps, Gunni. Il faut faire vite pour se dire l'essentiel. Je sais que tu as des questions et j'en ai aussi. La plus importante des miennes concerne tes intentions envers moi…

— Ce sont les meilleures : mes intentions sont sincères et ma ferveur est aussi ardente qu'un amour puisse l'être ! Vois le présent que je t'apporte qui fait foi des sentiments que je te porte… » fit le Viking en plongeant la main dans la poche intérieure de sa veste de peau.

Il en ressortit le collier qu'il déroula en l'exhibant au niveau des yeux de Moïrane, mais l'obscurité était telle que la jeune femme mit beaucoup de temps avant de saisir la nature du cadeau et sa valeur. Elle regarda la parure se balancer lentement au bout des doigts tremblants de son donateur avant d'allonger la main pour la toucher délicatement. « Gunni, je ne peux pas accepter cela. Où te l'es-tu procuré ? L'as-tu dérobé à quelqu'un ? murmura-t-elle.

— Comment ? Doutes-tu de mon honnêteté ? s'indigna-t-il. J'ai gagné ce collier, Moïrane, je l'ai mérité en participant à une expédition avec Frode l'Écumeur et il n'y a pas eu de vol. » Contrarié, il reprit l'objet pour le remettre dans son vêtement avant de poursuivre. « La fière fille de Moddan ne voit en moi qu'un païen chapardeur alors que j'ai mérité à grand risque le statut d'affranchi et le droit d'espérer en une vie d'homme libre. J'ai renoncé à mes très chers projets de voyage par le monde pour devenir dreng dans l'unique but de vivre à Dornoch et de fouler le même sol que celui où mon adorée pose le pied. J'ai déployé efforts et adresse pour obtenir un joyau à lui offrir, mais la coquette le refuse parce qu'elle le soupçonne d'être le fruit d'un larcin…

— Tais-toi donc, idiot! Je ne puis accepter ce fabuleux présent parce que je suis promise au couvent, et c'est tellement incongru qu'un bien de cette valeur soit en ta possession qu'il m'est apparu impossible que tu l'aies acquis loyalement…

— Pourtant, c'est la vérité.

— Gunni le Gauche, même si tu n'es pas un forban, tu demeures un païen. Aussi, j'en arrive à ma seconde question, car le temps presse et c'est peut-être la dernière fois que nous nous voyons seul à seul : comptes-tu te convertir à Christ?

— N'ai-je pas droit à une question avant de répondre aux tiennes? Quel est ton sentiment pour moi? Est-ce que j'occupe une place dans ton cœur autre que celle d'un étranger amène et dégourdi? Souhaites-tu ma conversion afin que je puisse plus aisément te visiter dans ton cloître? Si tel est le cas, ce n'est pas mon dessein. Je te veux pour femme, Moïrane, et je sais qu'une religieuse ne me contentera pas. Est-ce si difficile à concevoir pour toi?

— Cela fait cinq questions, Gunni. Je vais répondre à la dernière par « non ».

— Non à quoi?

– Non : ce que tu veux de moi n'est pas difficile à comprendre, car je te désire pour les mêmes raisons et avec la même volonté. Mais nous nous donnerons l'un à l'autre comme des époux.

– Alors, tu ne te feras pas religieuse ?

– J'ai un plan pour l'éviter : j'entrerai au couvent sans y rester et nous devrons tous les deux renoncer à Dornoch par la suite.

– J'ai compris : je devrai t'enlever, n'est-il pas ? »

L'entretien fut subitement interrompu par l'entrée intempestive d'Ottar qui héla le Viking : « Cache-toi, Gunni, on vient ! » Celui-ci jeta un coup d'œil rapide aux alentours, vit l'autel derrière lequel il pouvait se dissimuler et revint à Moïrane dont il saisit la main avec fougue. Il y pressa ses lèvres, la relâcha et bondit vers le fond de la pièce. L'instant d'après arrivèrent les deux servantes assignées au service de la fille du mormaer. Le halo ocre de la lampe que portait l'une d'elles éclairait son visage rond et timide. La jeune fille eut un sourire contrit pour demander à sa maîtresse si elle était prête à regagner la chambre de dame Brunehilde. Toujours plongée dans l'ombre, Moïrane répondit par l'affirmative d'une voix tremblante. Il fut heureux que les servantes n'aient pas pu distinguer son visage dont le teint enflammé l'aurait trahie.

Nerveux, Ottar emboîta le pas aux trois femmes et sortit sans un regard derrière lui. Il suivit le groupe jusqu'à l'entrée principale du fort mais l'abandonna sur le seuil. Là, il pivota pour surveiller la sortie de Gunni le Gauche et il distingua au milieu de la cour Roderik debout, les mains tendues au-dessus du feu des garçons d'écurie et la tête tournée dans sa direction. Depuis quand était-il posté à cet endroit et dans quel but l'était-il? Avait-il remarqué le manège qui avait présidé à la rencontre entre Moïrane et le Viking? Ces questions alarmèrent tellement le fils de Moddan qu'il décida céans d'en avoir le cœur net et il retraversa la cour d'un pas décidé.

En passant devant l'appentis de l'aumônier, Ottar souhaita ardemment que Gunni le Gauche retarde son apparition et lui donne ainsi le temps de retenir l'attention de Roderik. Quand il aborda ce dernier, il eut la conviction que rien ne lui avait échappé. Ce qu'Ottar ignorait, c'est que le Viking, depuis l'entretoit où il avait grimpé pour observer la cour, avait déjà noté la présence de Roderik et comptait bien demeurer caché aussi longtemps que nécessaire. La lune était haute dans le ciel étoilé quand l'amoureux de Moïrane quitta son abri et sortit dans la cour endormie où les feux n'étaient plus que braises. Le soupçonneux dreng l'avait depuis longtemps quittée.

À l'étage du logis, Moïrane n'arrivait pas à s'endormir. Coincée entre le mur de crépi froid et la jeune servante au corps rondelet et chaud avec laquelle elle partageait le lit, la fille du mormaer méditait sur sa rencontre avec Gunni le Gauche. Le moindre mouvement de ses bras ou de ses jambes déplaçait le drap de lin et provoquait des grognements chez la dormeuse à ses côtés qui cherchait alors à se pelotonner contre elle. Habituellement, Moïrane ne s'en trouvait nullement dérangée, mais cette nuit-là, elle se sentait incapable de le supporter, toute dédiée à l'objet de ses soupirs. Le souvenir de ses doigts sur les lèvres de l'homme et celui du contact de la bouche convoitée sur sa propre main exaltaient Moïrane à un degré inconcevable. Puis, d'évocation en évocation, l'imagination alerte de la jeune femme finit par lui présenter plus ou moins confusément le tableau dans lequel le Viking s'ébattait avec sa guérisseuse de Beauly. Là s'arrêta la rêverie de Moïrane, car ses pensées se butaient à sa méconnaissance des transports amoureux. Frustrée, la jeune femme se tourna vers des considérations plus prosaïques et elle entreprit de récapituler les informations que la courte rencontre avec son amoureux lui avait permis de récolter. «Il faut absolument que je reparle à Gunni, se dit-elle. Je dois le persuader de se convertir sans attendre, et puis, il doit prendre garde à ne pas se faire ravir le fabuleux collier qui pourra tellement nous être utile si nous sommes contraints de fuir...»

La servante roula sur le dos en tirant avec elle la couverture et le buste de sa jeune maîtresse se retrouva dénudé par ce déplacement. Alors, interdite, Moïrane effleura sa propre poitrine d'un geste furtif et hésitant en fermant les yeux. Un frisson parcourut les seins ronds dont les pointes durcirent inopinément. La jeune femme poussa un soupir et laissa retomber sa main le long de ses hanches en s'imaginant avoir reçu la caresse de son ardent bien-aimé. C'est finalement dans cet état bienheureux que le sommeil s'empara de chacun de ses sens.

Chapitre X

Le constructeur

La livraison par bateau des matériaux destinés au chantier, la semaine suivant mon retour à Dornoch, m'éloigna du fort avec, comme bienfait immédiat, de me soustraire à la désagréable présence de Roderik. Depuis ma rencontre avec Moïrane dans l'appentis de la chapelle, mes échanges avec le dreng étaient extrêmement tendus. Sur les conseils d'Ottar, je m'étais abstenu de faire une mise au point, laquelle m'aurait pourtant fixé sur ce que Roderik savait à propos de mon échappée avec la fille de Moddan. Chaque matin je quittais le fort sous le regard énigmatique de Roderik pour le retrouver au soir, entouré du même halo de suspicion.

Cependant, dès que ma monture gravissait le sentier menant au plateau de Saint-Fergus-le-Picte, je chassais mes préoccupations avec enthousiasme. Le travail sur le site de construction et la vitesse d'exécution de l'équipe me remplissaient d'aise. J'arrivais souvent avant les travailleurs et j'en profitais pour inspecter l'ouvrage. Souvent, le superviseur du chantier envoyé par l'abbaye de Rosemarkie, le frère Molios d'Arran, venait m'y rejoindre et nous causions. Un matin, j'arrivai après lui sur les lieux. Un jeune gringalet, l'aîné des orphelins de Ross, âgé d'une quinzaine d'années tout au plus, se tenait à ses côtés et, ensemble, ils semblaient consulter les plans du couvent des cisterciennes déroulés sur l'établi des tailleurs de pierres. Au bruit des sabots de mon cheval, ils levèrent la tête dans ma direction et je surpris de la gaieté sur le visage du moine et de l'austérité sur celui du garçon. « Dieu vous garde, messire Gunni! » dit aussitôt Molios d'Arran avec son habituel air jovial. « Nous avons aujourd'hui une recrue en la personne de cet enfant. Il voudrait que vous le preniez à l'essai sur le chantier : l'érection du couvent l'intéresse beaucoup et il aimerait y participer de n'importe quelle façon. Qu'en dites-vous?

— Dieu vous garde, frère Molios d'Arran », fis-je au moine. Tout en attachant ma monture au montant de l'établi sous l'auvent qui le protégeait, je réfléchissais à ma réponse. Je connaissais le garçon pour l'avoir croisé dans le fort et, chaque fois, il m'avait toisé avec animosité. Qu'il voulût travailler sous mes ordres m'étonna. « Quel est ton nom? lui demandai-je.

— Pelot, messire, fit-il, tête baissée.

— Que sais-tu faire?

— Rien, mais je veux apprendre un métier.

— Quel était celui de ton père?

— C'était un guerrier, vous le savez bien, messire, c'est vous qui l'avez trucidé, dit-il en me jetant un œil farouche.

— Qu'en sais-tu? Tu n'étais pas à Achilty, ce jour-là, fis-je remarquer.

— C'est vrai, mais je devine qu'il a péri par votre main. On dit que vous avez éliminé à vous seul la moitié de la garnison du seigneur Donald… C'est un métier dangereux, celui des armes, et je ne veux pas l'exercer. Quand le couvent sera terminé, ma mère et ma sœur y entreront et alors, je retournerai à Dinkeual où je devrai me débrouiller tout seul. Apprenez-moi à travailler, messire, vous me devez bien ça!

— Écoute, Pelot: je ne te dois rien. Je veux bien t'embaucher, mais uniquement parce que frère Molios d'Arran me le demande. Cependant, je n'ai ni le temps ni le goût de t'enseigner le métier de tailleur de pierres ou de menuisier. Tu t'occuperas des matériaux avec le carrier. Il va bientôt arriver avec les autres et il te dira quoi faire. »

Pelot inclina la tête en signe d'assentiment et s'éloigna de l'abri d'un pas lourd. Molios d'Arran me remercia au nom du garçon dont il excusa l'ingratitude, puis il s'engagea dans l'examen des plans et l'évaluation du travail de la journée et nous discutâmes ainsi jusqu'à l'arrivée des travailleurs. Ceux-ci provenaient des petites fermes disséminées dans la vallée: la moitié du groupe se tenait dans le char à bœufs qui ramassait les travailleurs les uns après les autres sur sa route, et l'autre moitié marchait. À la fin de la journée, ils inversaient leurs positions pour rentrer chez eux. Je m'approchai des arrivants à pied et hélai le carrier en lui montrant Pelot du menton: « Il s'appelle Pelot et il va t'aider: confie-lui le déplacement des pierres, le puisage de l'eau, la confection de l'étoupe, ce que tu voudras. Qu'il gagne son pain, c'est tout ce que je désire. »

À compter de ce jour, l'ardeur et le bonheur que j'éprouvais à me retrouver sur le chantier du couvent diminuèrent sensiblement. J'avais moins de plaisir à couper les blocs et à les disposer sur les murs montants, à planifier leur agencement en conformité avec le dessin de l'édifice et à diriger les hommes. La mimique hostile que Pelot affichait quand il me croisait sur le site me rappelait celle de Roderik au fort. J'en vins à priser les courtes visites quotidiennes que je faisais à frère Molios d'Arran à l'hostellerie durant l'heure des repas. Là, dans la fraîcheur de l'édifice, entouré des soins affairés de frère Gervadius, je me détendais devant une soupe et une chope de bière. Nous abordions différents sujets de conversation qui n'étaient pas toujours en lien avec l'érection du couvent, mais souvent à forte teneur religieuse. Les deux moines s'étaient-ils entendus pour faire mon éducation chrétienne pendant ces moments de repos? C'est bien possible. Je n'en étais nullement agacé, au contraire, je voyais ces entretiens comme une préparation à me convertir. À ce chapitre, Ottar m'avait reformulé le désir impérieux de sa sœur et j'avais promis d'entreprendre la démarche.

Comme Moïrane me l'avait annoncé lors de notre unique rencontre, l'occasion de nous revoir ne se représenta pas. Me sachant doublement surveillé par le seigneur Moddan et Roderik, je n'insistai pas auprès d'Ottar pour qu'il aménage un nouveau rendez-vous entre sa sœur et moi. Je me contentai d'admirer ma bien-aimée à distance et encore, je le fis si discrètement que ses servantes crurent à mon indifférence la plus totale. Or, cette feinte de ma part fut si efficace qu'elle m'attira le pire tourment qu'un homme amoureux puisse subir : celui d'être vigoureusement courtisé par une autre que l'élue inaccessible. En effet, l'une des confidentes de Moïrane, à qui je plaisais énormément et qui était convaincue que sa maîtresse et moi-même avions perdu tout attrait l'un pour l'autre, se mit en tête de me séduire. Cette servante, plutôt jolie et intrépide ne cherchait pas de mari, car elle aurait alors perdu son emploi au fort, mais elle désirait jouir d'un homme pour le délassement. Durant tout l'été, elle me poursuivit de ses assiduités en m'entraînant le soir à l'écurie, seul endroit où une certaine intimité entre homme et femme était possible dans l'enceinte. Je l'y suivais sous des prétextes aussi variés qu'insidieux, totalement soumis à l'ardeur de mes désirs inassouvis. Les caresses ardentes de la servante me propulsaient dans un état d'excitation auquel je m'abandonnais avec d'autant plus de frénésie que je juxtaposais toujours l'image d'une Moïrane passionnée à celle de mon amante. Invariablement, je sortais de ces ébats dans un état de langueur pour le corps et pour la tête qui aurait dû normalement m'inciter aux remords. Mais, hélas, la notion de fidélité n'avait aucune résonance en moi et l'idée que je doive me réserver pour ma bien-aimée ne m'effleurait point.

En fait, je commençai seulement à réfléchir à ce comportement libertin en septembre, quand les moines Gervadius et Molios d'Arran abordèrent avec moi le sacrement du mariage qui prônait l'exclusivité conjugale et l'interdiction de concubinage. Bien des interdits de la religion de Christ sonnaient fort déplaisamment à mes oreilles de Viking, mais celui concernant la chasteté les surpassait tous. Depuis ma découverte des transports charnels dans le lit d'Inga la Douce, mon vit me tourmentait et je trouvais normal de le soulager avec une femme consentante qui éprouvait une soif similaire à la mienne. J'avais ainsi l'impression d'agir en homme libre comme les bondis de Leirvik qui copulaient avec plusieurs femmes sans honte pour eux-mêmes ou avilissement pour celles-ci. L'épineux concept du mariage chrétien, expliqué par mes instructeurs, me dévoila son indissolubilité, notion qui me rasséréna : une fois engagée dans une union bénie, une chrétienne ne pouvait plus quitter son mari, le rejeter ou le remplacer par un autre, selon ses humeurs, comme en avaient le droit les épouses vikings. Ainsi donc, si Moïrane venait à se lasser de moi après quelques années de vie commune, sa foi lui interdirait de me chasser ou de partir avec quelqu'un d'autre. La contrepartie pour le mari chrétien empêchant ce dernier d'entretenir une concubine ou même de s'ébattre avec une autre femme que la sienne ne me contraria aucunement : j'étais trop persuadé que ma félicité serait parfaite avec Moïrane dans mon lit quotidien.

Cependant, de plus en plus inquiet de ce que pensait Moïrane à propos des libertés que nous prenions sa servante et moi, je décidai de mettre fin à mes inconduites. Je savais que la fille s'en était ouverte à sa maîtresse, car, au mois dernier, elle avait dû faire appel aux services d'une prêtresse pour empêcher une grossesse inopportune qui lui aurait fait perdre sa place au sein de la domesticité du mormaer Moddan. Ainsi, à la fin de septembre, je consultai mon seigneur sur la possibilité de résider au prieuré jusqu'à la fin des travaux : « Nous avons très bien progressé cet été, lui dis-je, mais les jours raccourcissent maintenant et le travail va inévitablement ralentir. Pour compenser, je me propose d'œuvrer avec les hommes plutôt que de consacrer mon temps à superviser le chantier de concert avec frère Molios d'Arran. En logeant au prieuré, je pourrai prolonger mes heures de labeur avec lui, en revoyant les plans et en recevant ses instructions après le souper.

— ... et tu auras tout loisir de poursuivre ton éducation religieuse en assistant aux offices nocturnes des moines. Qui sait, Gunni le Gauche, tu finiras par te convertir et peut-être même deviendras-tu moine, fit-il d'un air narquois.

— Qui sait, en effet? laissai-je entendre avec prudence.

— Si cela advenait, poursuivit-il, je plaindrais le chapelain de Saint-Fergus-le-Picte, tout comme je plains l'abbesse du futur couvent, car en vérité, ni toi ni ma fille n'avez le tempérament docile et les dispositions pour une vie de claustration. Vos infortunés supérieurs devront user de beaucoup d'énergies pour vous brider…

À l'automne 1019, Finlay MacRory n'avait pas suffisamment progressé dans l'avancement de ses affaires dans le Moray pour demeurer à Rothes. Quelques sorties estivales avec les Norvégiens sur le territoire du lieutenant Thorfinn lui avaient permis de réaliser à quel point ce dernier était sur un pied d'alerte. En effet, l'homme fort d'Inverness avait ramené toute sa flotte au port, rapatrié ses unités de combat à son château et envoyé une délégation à Duncan de Strathclyde pour le féliciter de sa nomination et l'assurer de son appui. Dans un contexte politique aussi changeant, le mormaer Finlay avait jugé qu'une attaque directe sur quelque domaine de Ross avait peu de chance de succès. Il valait mieux pour lui de retourner dans le Fortriu et de garder à l'œil Malcolm Mac-Kenneth qui y maintenait son armée.

Comme Svein avait sollicité la permission de rester posté à Rothes, Finlay MacRory n'insista pas pour le ramener avec lui. Au contraire, il trouva opportun que sa place forte du Moray jouisse d'une importante garnison et celle que formaient les Norvégiens avec ses hommes en place le satisfaisait. Par son survol du territoire de Ross, Finlay avait constaté l'étendue du pouvoir des communautés vikings et son amitié avec Svein de Leirvik lui offrait la possibilité d'établir des liens avec ces dernières. Svein et ses hommes seraient indéniablement un atout pour lui dans une éventuelle lutte opposant les forces de la maison royale du Fortriu à celles des Normands établis dans le Ross et le Caithness.

Svein l'entendit de la même oreille quand il se vit confier par Finlay MacRory le fortin de Rothes. Par contre, la grogne sévissait toujours dans l'équipage de Leirvik quand Finlay partit et Svein dut encore une fois déployer tout son savoir-faire pour convaincre les dissidents de jouer leurs cartes en Écosse plutôt que sur le lointain continent. Il argua que l'abandon du jarl des Nordreys par le lieutenant Thorfinn, en se ralliant à Duncan, leur laissait le champ libre pour s'intégrer aux forces norvégiennes du nord de l'Écosse.

« Qu'est-il besoin de courir les mers du sud quand nous avons la chance de sillonner celles du nord sous la bannière du très influent et riche jarl Möre? questionna Svein.

— Le jarl des Orkneys n'a nul besoin de nos bras pour assurer son hégémonie, fit Biarni l'Ours. Jamais un Écossais n'ira l'inquiéter dans ses îles, surtout pas Malcolm MacKenneth ou son petit-fils Duncan qui ont fort à faire dans leurs domaines respectifs.

— Ai-je dit que ces rois visaient aussi haut dans l'expansion de leurs territoires? Non point. Mais le Caithness qui est massivement peuplé de colons vikings est terre de revendications pour les Pictes d'origine, et ceux-là sont loyaux au monarque écossais. Le jour où Malcolm II marchera sur le Caithness pour les défendre, et ce jour est vraisemblablement tout proche, nous récolterons, avec Finlay MacRory, les honneurs et les pécules qui viennent avec les victoires, dit Svein.

— Je maintiens que le jarl Möre, pas plus que le roi Malcolm II, ne souhaite s'engager dans un affrontement dont le prix est de si faible valeur. Dis-nous, Svein, quelles richesses trouve-on en Caithness? Je t'en prie, raconte à nous, hommes de Leirvik, en quoi ces terres sauvages sont supérieures aux comptoirs de York, de Noirmoutier, de Bordeaux, de Lisbonne ou de Rome.

— Tu veux le savoir, Biarni l'Ours? Vous voulez tous le savoir?» s'enquit Svein sur un ton de défi.

Les Norvégiens se consultèrent du regard et grognèrent. Fatigué de s'opposer continuellement à leur chef d'expédition, Biarni l'Ours se leva et bomba le torse pour présenter une dernière offensive d'une voix posée: «Mes amis, je ne sais pas ce que s'apprête à répondre Svein, mais je mettrais ma main au feu qu'il va nous servir une autre bêtise soi-disant irréfutable et que vous allez malheureusement vous empresser d'avaler comme de l'eau de miel. Pour ma part, je compte vous quitter. Puisqu'il m'est impossible d'envisager seul de poursuivre notre second projet, celui de commercer avec cet outil remarquable qu'est notre knörr, je vais revenir à notre premier but en partant de Norvège: celui de fonder une colonie…

— Biarni, répliqua Svein, crois-tu pouvoir accomplir ce touchant exploit seul, sans terres, outils ou semences, sans bras pour cultiver? Quelle femme accepterait de t'accompagner pour fonder ton foyer en trempant son pain dans le jus de tourbe pour tout souper? Quel laboureur consentirait à suer son eau jusqu'au sang pour tirer la charrue à la place des animaux qui feront défaut à ton exploitation? Une colonie n'est pas le fait d'un seul homme, mais de plusieurs. Où sont ces hommes, Biarni?»

Un silence tendu s'abattit sur l'assemblée. Biarni l'Ours fit le tour de ses compagnons d'un œil découragé, puis il s'arrêta à Grim le Casqué qu'il implora un instant du regard. Celui-ci se leva prestement: «En voici un!» affirma-t-il. Cette fois, un murmure inquiet monta du groupe des Norvégiens. L'un d'eux manifesta ouvertement des appréhensions face au départ de Biarni l'Ours et de Grim le Casqué, un autre douta du succès de leur entreprise alors qu'un troisième, plus hardiment, questionna les visées de Svein.

L'interpellé, sentant qu'il était temps de reprendre les choses en mains, se leva à son tour et prit la parole de manière impérieuse: «Ne faites pas les imbéciles et voyez l'évidence! Aucun négoce ne s'offre à vous, car vous n'en connaissez ni les usages ni la langue. Ce n'était même pas une option envisageable au départ de Leirvik…

— Pourquoi nous l'as-tu proposée, alors? fit Grim le Casqué.

— Parce que c'était une perspective plus souriante que celle de cultiver la terre et que vous n'étiez pas prêts à considérer le bénéfice de vos armes. Mais maintenant, tout concourt à nous ouvrir un avenir de guerriers prometteur. Ne refusons pas l'occasion favorable qui nous sourit: voilà ce qu'Odin aurait pensé de notre aventure!

— Odin, peut-être. Christ pas», fit Biarni l'Ours.

La remarque tomba comme roc au fond d'un lac et les cercles de son remous atteignirent les plus proches comme les plus éloignés dans la discussion. Malgré la fragilité de leur foi récente, les Norvégiens demeuraient sensibles aux préceptes de leur nouvelle religion que le commentaire de Biarni l'Ours avait rappelés. Sans prononcer une seule parole, lentement, presque prudemment, mais avec dignité, ils se mirent debout en signe de solidarité avec les deux dissidents.

« Bien, fit Biarni l'Ours avec soulagement en fixant dans les yeux chacun de ses compagnons. Mes amis, l'heure est venue de parler entre nous du partage de notre bien si Svein nous quitte… Est-ce bien cela, Svein, fils d'Yvar de Leirvik?

— Par Thor, je ne laisserai pas mon épée rouiller pour m'en aller remuer la terre, ça jamais! cracha avec véhémence ce dernier.

— Alors, poursuivit Biarni en souriant, je crois qu'il serait juste que nous gardions le bateau, son équipement et toutes les armes. À titre de chef d'équipage, Svein peut revendiquer le destrier et je suis d'avis de le lui céder. Qu'en dites-vous? »

Les giboulées de novembre s'abattirent dans l'estuaire de Dornoch et il me fallut interrompre le chantier durant cinq jours à cause de l'eau qui envahissait la base des fondations. Le sixième jour, le ciel se dégagea. Alors que j'inspectais les murs du couvent, je remarquai une fissure par laquelle filtrait l'eau boueuse accumulée à l'intérieur de l'édifice qui n'avait pas encore reçu de toit. Je vérifiai l'installation des pierres désagrégées en poussant dessus. Trois d'entre elles remuèrent légèrement sans pour autant nuire à la solidité de l'ensemble. Je reculai et examinai minutieusement la paroi qui ne comportait pas d'ouvertures, ce qui aurait ajouté à sa fragilité, et jugeai que la réparation n'était pas nécessaire. Cependant, il devenait impérieux que l'on couvre l'ouvrage contre les intempéries et je m'empressai d'en faire part à frère Molios d'Arran.

Il m'attendait dans la petite loge que le chapelain de Saint-Fergus-le-Picte avait mise à sa disposition. Les rouleaux poussiéreux des plans se partageaient la surface de sa table avec ses ouvrages religieux et son nécessaire à écrire. De ses doigts boudinés tachés d'encre, il pinça le coin de sa bure pour les assécher et m'indiqua un tabouret afin que je m'assoie devant lui : « Alors, messire Gunni, pourra-t-on reprendre les travaux aujourd'hui ?

— Certes ! Il ne faut pas tarder, répondis-je. Les fondations ont commencé à se lézarder à cause de l'eau qu'elles contiennent et si nous ne devançons pas l'étape du toit, nous n'arriverons pas à empêcher la détérioration des murs.

— Même si l'état d'avancement de la charpente le permettait, nous ne disposons pas encore du bois pour bâtir le toit.

— Faisons-en un en chaume : en cette saison, nous ne manquerons pas du matériau, non plus de la vase qui est abondante. En outre, je connais bien la technique.

— Ce n'est pas ce que l'évêché avait prévu pour le couvent.

— J'en conviens, mais ce sera un ouvrage temporaire pour protéger la structure, frère. Si nous avons le temps de refaire la toiture en bois avant l'hiver, nous le ferons. Sinon, nous nous y mettrons au printemps.

— Son Éminence Simon doit inaugurer lui-même l'édifice à la fin de décembre : il ne tolérera pas de le voir couvert de chaume. C'est moi qui devrai défendre cette décision, et non pas vous, Gunni le Gauche.

— Sera-ce également vous qui expliquerez les crevasses de sa base si nous laissons l'édifice exposé aux inondations de la morte saison?

— Non, mon fils. Ce sera au constructeur de le faire, en l'occurrence, vous.

— Fort bien! En ce cas, je vais demander au seigneur Moddan de commander céans le bois nécessaire. Si la solidité de la bâtisse est mon fait, il me revient de prendre les décisions concernant l'échéancier des travaux. Frère Molios d'Arran, je commence aujourd'hui à échafauder la toiture et, selon le matériau disponible dans les prochains jours, elle sera en bois ou en chaume.»

Le moine fit une moue ennuyée et me laissa sortir sans une salutation. En traversant l'hostellerie du prieuré, je croisai Gervadius qui m'adressa son sourire niais habituel et s'informa de ma rencontre avec frère Molios d'Arran. Je le mis brièvement au courant de notre entretien et mon attitude téméraire l'effraya: «Je te conjure de ne pas l'affronter, Gunni. Tu n'obtiendras rien en contrecarrant ses idées: c'est un homme qui a la vindicte facile, crois-moi…

— Je n'ai rien à obtenir de lui et je ne vois pas bien de quelle manière il pourrait me punir, répondis-je.

— Mais je le vois très bien, moi! Frère Molios d'Arran a demandé à notre chapelain et obtenu d'être ton baptiseur. Il pourrait refuser de parrainer ta conversion en arguant que tu n'es pas apte à embrasser la foi de Christ, que le prétexte soit vrai ou faux.

— Si cela est, je trouverai quelqu'un d'autre pour m'oindre et si aucun papar ne veut, je resterai païen. En ce moment, il m'importe plus que ma construction ne s'écroule pas que d'être chrétien!»

Extrêmement contrarié, je galopai jusqu'au fort dont les habitants s'éveillaient à peine. Malencontreusement, le seigneur Moddan ne s'y trouvait point, parti depuis deux jours avec son fils et Roderik à l'autre bout du domaine, et je ne sus à qui m'adresser pour accélérer la livraison des planches destinées à la toiture. Comme le retour du mormaer était prévu pour le surlendemain, je me tournai vers la seule autre solution d'urgence, celle du chaume. Je filai au corps de garde en quête de Pelot afin qu'il prévienne les travailleurs de se présenter sur le chantier en emportant tout ce qu'ils pourraient assembler de paille et de sarments de bruyère.

Au premier coup d'œil, le nouvel aménagement de la salle des hommes d'armes de Dornoch me surprit: quantité de vêtements étendus sur des cordes gouttaient un peu partout; des écuelles disposées dessous recueillaient l'eau en émettant un clapotis agaçant; une vapeur fétide émergeait des chaudrons de cuisson et la fumée des foyers flottait en un nuage grisâtre au-dessus de l'ensemble. Je m'arrêtai sur le seuil en plissant les yeux qui déjà me piquaient. Un silence complet accueillit mon apparition et tous les occupants de la pièce me dévisagèrent longuement, avec plus d'hostilité que d'affabilité.

«Que voulez-vous, messire le Viking? lança une femme d'un ton bourru.

— Je cherche Pelot, fis-je.

— Que lui voulez-vous?

— Le travail reprend sur le chantier et je requiers ses services.

— Il ne nous convient pas que le gars Pelot soit sous les ordres du meurtrier de son père. Vous avez suffisamment utilisé ses bras et vous allez maintenant vous en passer. Sortez d'ici, céans ! »

J'allais répliquer quand je sentis ma manche tirée par quelqu'un qui s'était approché dans mon dos. Je me retournai et découvris Moïrane, immobile, le regard pénétrant et la bouche pincée, comme si elle s'empêchait de parler. Elle me fit signe de la suivre en silence et s'engagea dans le couloir d'un pas précipité. Me coulant derrière elle, je m'efforçai de faire le moins de bruit possible avec mes semelles ou avec la pointe de mon épée qui pendait de mon baudrier en grattant le mur de torchis quand je le serrais de trop près. L'absence opportune du seigneur Moddan et de Roderik me donnait des ailes et faisait battre à grands coups mon cœur soudain rempli d'allégresse à l'idée de me retrouver seul avec ma bien-aimée.

Au bout de notre course, Moïrane se glissa dans un cagibi attenant aux cuisines et je l'y suivis en penchant la tête pour ne pas me cogner. L'endroit était exigu, sombre et empestait la fiente de poule. Moïrane me poussa dans un coin où je chus et elle referma la porte avec précaution. L'obscurité fut alors presque totale. Seuls de minces filets de lumière filtraient des planches disjointes et éclairaient la poussière que notre entrée intempestive avait soulevée. « Quel bonheur de te revoir… même si je ne t'aperçois guère ! soufflai-je.

— Tu n'as pas besoin de me voir, mais de m'entendre, siffla Moïrane.

— Si j'avais pu bénéficier des deux, j'en aurais été bien aise…

— Silence, débauché !

– …

– Crois-tu que j'ai trouvé plaisant d'apprendre de la bouche de ma servante que tu t'es vautré dans le foin avec elle, que tu l'as engrossée, que tu t'es esquivé au prieuré pour éviter mon courroux justifié?» poursuivit-elle, d'une voix opprimée qui me serra le cœur.

J'étais enfin arrivé à cette confrontation anticipée depuis des mois. Embarrassé, ne distinguant bien ni son visage ni son corps, je me déplaçai en espérant qu'une lueur que j'obstruais me dévoile ma belle, mais en vain : elle demeura dans le noir. En désespoir de cause, j'avançai la main pour la toucher, car je ne me résignais pas à lui parler sans établir de contact avec elle. Devinant mon geste, elle se recula contre la porte et reprit son blâme d'une voix indignée : «Je sais que tu es toujours païen et que tu te complais à brutaliser ton ouvrier Pelot. Tu te venges probablement de ton ancien maître en traitant cet orphelin comme ton esclave… Dis-moi, Viking, comment ai-je pu éprouver ne serait-ce qu'un grain d'amour pour toi et avoir fiance* en ta loyauté?»

Je notai l'appellation «Viking» qu'elle n'avait jamais usée auparavant pour me désigner et j'en conçus beaucoup d'affliction. Mais c'est l'amertume qui prit le dessus quand j'entrepris de me défendre : «Je ne sais pas ce que tu as ouï à mon sujet, mais je ne suis pas aussi condamnable que tu le penses. D'abord, je n'ai jamais levé la main sur Pelot, au contraire, je m'arrange pour en être éloigné le plus possible sur le chantier. Deuxièmement, ta servante m'a fait des avances et non l'inverse. Si je ne l'ai pas repoussée, c'est parce que j'ignorais que la copulation était répréhensible. À Leirvik, elle est permise entre personnes de même condition, mariées ou pas, et elle est défendue entre une femme libre et un esclave, ce que je ne suis d'ailleurs plus.

— …

— Maintenant, tu as raison sur deux points : mon état de païen et ma fuite au prieuré où je suis allé non pas pour éviter ta colère, mais pour mettre fin à mes relations avec ta servante quand j'ai compris mon erreur. Finalement, j'ai la ferme intention de me convertir, je suis presque sur le point de le faire, mais il revient aux prêtres qui y besognent de décider du moment… Moïrane, si, après ces explications, tu ne me trouves toujours pas féal envers toi, sache que ce n'est pas faute de ma part d'avoir ardemment essayé de te prouver ma loyauté. »

Après l'interminable moment de silence qui suivit ma plaidoirie, Moïrane bougea dans ma direction. Ce faisant, elle traversa un rayon de lumière et j'entraperçus son visage sur lequel brillaient des larmes. L'instant d'après, je sentis sa main effleurer mes cheveux, glisser sur mon cou et se poser sur mon épaule, comme le poids léger d'un oiseau frémissant. « Qui es-tu donc, Gunni le Gauche ? J'ai tant de difficulté à te comprendre, murmura-t-elle.

— Je suis celui que tu veux que je sois, Moïrane : amoureux, serviteur, fiancé, protecteur. Fais de moi ce qu'il te plaira. Pour ma part, je te considère toujours comme ma bien-aimée et ma seule espérance. »

Moïrane saisit alors ma tête entre ses mains tremblantes et m'embrassa sur la bouche avec une infinie tendresse. Je l'enserrai aussitôt entre mes bras et nous basculâmes sur le plancher dur et souillé du réduit. Nos souffles se mêlèrent entre nos baisers avides et nos mains se cherchèrent pour se joindre en un geste qui tenait autant de la prière que de la conquête. Puis, aussi subitement que nous nous étions enlacés, nous nous séparâmes. Moïrane se glissa jusqu'à la porte, l'ouvrit et jeta un œil furtif au dehors.

« Attends un long moment avant de sortir, fit-elle en se tournant vers moi. Je t'aime, Gunni. Toi aussi, tu es mon espérance… » Sur ce, elle partit et je me retrouvai, exultant, fin seul dans la pénombre.

En passant les palissades, un soleil radieux brillait, en conformité avec l'état de mon cœur. Je rassemblai moi-même l'équipe et me fis accompagner d'un domestique qui conduisit le char à bœufs de Moddan que l'on remplit du fourrage prélevé dans les fermes de la vallée sur notre passage. En arrivant sur le plateau du prieuré, j'eus la surprise de voir Pelot, assis sur un tas de pierres taillées. Il bondit en me voyant : « Je peux écoper, messire. Le trou est plein d'eau et j'ai apporté un seau, fit-il en me le montrant.

— Ce matin, au fort, on m'a dit que tu ne viendrais plus travailler au chantier, dis-je.

— Les femmes ne décident pas pour moi, messire. Surtout pas celle qui vous a parlé.

— C'était ta mère ?

— Non point : ma mère est muette.

— C'est grande pitié !

— Nullement, dans son état, elle fera une excellente nonne. » Sans autre commentaire, Pelot s'empara du seau et se dirigea vers les fondations. Il s'activa tout l'avant-midi à vider la fosse et je le laissai faire, me promettant de l'aborder au moment du repas.

Les menuisiers entreprirent l'érection de la charpente du toit à l'aide des madriers dont nous disposions en quantité suffisante pour soutenir un couvert de chaume ; le carrier mit de côté toute la vase que Pelot dégageait au fur et à mesure et deux hommes lièrent la paille et les sarments en gerbes plates. Un vent constant soufflait et nous rafraîchit tout en séchant la sueur de nos vêtements. Nous besognâmes si ferme qu'à midi les montants porteurs étaient tous en place, l'excavation des fondations était presque asséchée, l'amoncellement de boue utilisable était volumineux et celui des liasses de chaume s'élevait déjà à deux yards sur une longueur de cinq aux abords du site.

Fort satisfait, je sonnai l'heure de la collation et j'allai quérir une double ration de bière pour mon équipe à l'hostellerie. Je ne tenais pas à revoir frère Molios d'Arran et, plutôt que de manger au prieuré, je rejoignis mes hommes sous l'auvent de la table des tailleurs où ils se rassemblaient chaque jour pour gloutir leur pain. Quand je distribuai la bière fraîche, j'en portai une portion à Pelot qui s'installait toujours à l'écart du groupe. « Pour toi, dis-je en lui tendant le gobelet. Tu ne pourras pas dire que je te maltraite…

— …

— Je te cause, Pelot. Tu pourrais me répondre.

— Quelle est la question, messire ? » fit-il après avoir calé son verre d'un trait.

— Dame Moïrane m'a reproché tout à l'heure de te malmener sur le chantier. D'où peut-elle tenir ce mensonge ?

— Je n'en sais rien, messire. Je n'ai jamais parlé à cette dame.

— Si ce n'est pas à elle que tu as parlé, ce doit être à quelqu'un d'autre qui le lui a rapporté. Alors, à qui t'es-tu plaint de moi au fort ?

— …

— T'ai-je frappé ? À quel endroit ? Montre-moi les marques, Pelot.

— Vous ne m'avez jamais touché, messire. Celui qui prétend le contraire est un menteur.

— Si le menteur n'est pas toi, c'est donc quelqu'un d'autre, présent à la fois sur le chantier pour être témoin de ce qu'il avance et à la fois chez le seigneur Moddan pour que sa fille l'apprenne. J'ai beau me creuser la tête, Pelot, mais je ne vois personne d'autre que toi dans la peau de ce « quelqu'un ».

— Voyez ce que vous voudrez…

— Dis-moi, es-tu chrétien ?

— Si fait !

— J'ai appris récemment que le mensonge est un péché dont on doit se confesser.

— Est-ce que le meurtre est également une faute pour les mécréants comme vous, messire ? » Le ton hargneux et l'attitude arrogante me provoquèrent mieux que ne l'aurait fait une lame pointée sur ma poitrine. La gifle partit toute seule et Pelot vacilla sous l'impact. Je regrettai aussitôt mon geste, mais il était trop tard : le garçon me dévisagea avec défi et m'interpella à voix haute afin de prendre à témoin les travailleurs les plus proches de nous : « Voilà qui est fait, messire. Vous m'avez bellement frappé. Je ne suis donc pas menteur.

— Quitte le chantier céans, sifflai-je. Je ne veux plus que tu remettes les pieds ici. »

Pelot me jeta le gobelet au visage et déguerpit en ramassant son seau au passage. Les hommes firent tous mine de n'avoir rien vu ou entendu et replongèrent le nez dans leur pitance. Je regardai Pelot s'éloigner au trot en maudissant mon emportement qui n'était pas digne d'un intendant de chantier. Si l'insulte d'un gamin me reprochant d'avoir occis l'ennemi savait m'atteindre aussi efficacement, c'est que j'avais commencé à renier la gloire de mes dieux vikings pour adopter la pitié du crucifié. Cette pensée assombrit mon humeur et jeta une note discordante sur cette journée qui jusqu'alors avait été si pleine de promesses.

La somme de travail abattu durant ce jour fit honneur au talent et à la détermination de mon équipe, car en fermant le chantier à la brunante, le couvent des cisterciennes possédait un toit. J'inspectai avec fierté l'ouvrage pendant un long moment avant de me décider à redescendre de la structure. Désireux de m'octroyer une petite récompense, je quittai le site en même temps que les travailleurs pour rentrer souper au fort. Un menu plus copieux que ceux très frugaux du prieuré et une compagnie plus intéressante que celle de Gervadius me faisaient grande envie.

Mon secret espoir de revoir Moïrane à table s'évanouit dès mon arrivée dans la salle, car en l'absence du seigneur Moddan et de son fils, dame Brunehilde prenait son repas du soir avec sa fille dans sa chambre. Cependant, j'appréciai renouer avec mes compagnons soldats et je gloutis viandes et galettes avec un bel appétit. Durant la veillée, nous nous assemblâmes entre hommes autour de jeux d'échecs et de dés, et la chance me favorisa plus d'une fois, ce qui me valut des remarques acerbes de la part des perdants. À un certain moment, je vis passer mon amourette de l'été qui traversait la salle à pas furtifs. La mignote m'adressa des œillades éloquentes auxquelles je me gardai bien de répondre. Un peu plus tard, en allant me soulager aux latrines, j'entrevis Pelot et je perçus son ricanement hargneux.

Exaspéré de me sentir épié, je résolus d'aller dormir au prieuré. En pénétrant dans l'écurie pour y reprendre mon cheval, je tombai sur mon amante qui s'y impatientait à m'attendre : « Tu t'amuses à me faire languir, Viking, dit-elle sur un ton de reproche. Je commençais à penser que tu ne me rejoindrais pas.

— Je ne viens pas te rejoindre non plus, fis-je en rassemblant le harnachement de ma monture pour la seller. Je retourne à Saint-Fergus-le-Picte, céans !

— Qu'est-ce qui te presse tant de rentrer chez les moines ? Serais-tu devenu aussi pur et saint qu'eux pour ne plus prendre plaisir à une femme ?

— Va vers ta maîtresse et laisse-moi tranquille. Je ne veux plus coqueliner* avec toi, prends-en un autre.

— Ne me crois pas privée depuis ton départ : j'en ai déjà choisi un autre, malheureusement, il s'est absenté… et il est bien mieux nanti que toi, Viking. » J'avais fini de sangler mon cheval et ne souhaitais qu'une chose, qu'elle se taise, mais la bavarde voulait absolument révéler le nom de son nouvel amant et continuait de m'asticoter : « Je couche avec Roderik. Rien de moins ! Voilà qui te stupéfie, n'est-ce pas ?

— Peu m'en chaut ! Tu pourrais bien ouvrir les jambes pour le seigneur Moddan lui-même que cela ne me m'émouvrait pas davantage, maugréai-je.

— Je connais pourtant quelqu'un qui pourrait s'apitoyer que je sois l'amante de Roderik : c'est ma jeune maîtresse. Cela l'a rendue malade de te savoir dans mes jupes, l'été dernier, et cela lui déplaira tout autant que ce soit le tour de Roderik maintenant. La pauvrette, il faut la comprendre, elle va bientôt renoncer à ces délices qu'elle n'a pas encore goûtés, mis à part ceux que les assauts de Donald de Ross lui ont procurés… »

Je ne l'entendais déjà plus. J'avais sauté en selle et j'étais sorti en trombe de l'écurie en direction des portes de la palissade que le gardien eut à peine le temps d'ouvrir pour me livrer passage. La nuit était complètement tombée et le ciel était couvert de nuages qui ne laissaient filtrer ni la lueur ronde de la lune ni celle des étoiles. Ma monture emprunta le sentier à l'aveuglette et atteignit le prieuré sans que j'aie eu à la guider. Là, en la dessellant, me revinrent en mémoire le papotage de la servante et ses suppositions concernant la malveillante expérience charnelle que Moïrane avait vraisemblablement connue aux mains de son ravisseur de Ross.

Mon bon Gervadius vint m'ouvrir et, malgré son envie manifeste de causer, je l'abandonnai à l'entrée pour gagner ma couche prestement. Il fut certainement déçu de mon attitude renfrognée, mais n'en laissa rien paraître en m'adressant ses souhaits de bonne nuit. «Gervadius, lui dis-je, je veux être baptisé demain. Si Molios d'Arran refuse, ce sera toi qui le feras et si tu ne peux pas, je demanderai à l'aumônier du fort. »

CHAPITRE XI

LE SUSPECT

Frère Gervadius traversa le petit cloître à pas rapides. La fine pluie qui tombait depuis l'office de prime avait déjà formé des flaques d'eau entre les piliers qui soutenaient la galerie et il dut prendre soin de les éviter. Il entra dans le chapitre le dernier, referma la porte et se glissa à l'extrémité du banc de pierre où se trouvaient déjà six moines. En face de l'alignement, assis sur un tabouret de bois, se tenait le chapelain qui attendait son arrivée pour commencer la réunion quotidienne. L'air glacial était si pénétrant dans la salle que l'haleine de celui-ci provoqua une légère buée en passant ses lèvres quand il entonna le cantique d'introduction à la rencontre.

Frère Gervadius eut un frisson et ferma les yeux en se concentrant sur la conservation de sa chaleur : il couvrit discrètement ses poignets de ses larges manches et serra les fesses qui déjà gelaient au contact de la pierre dont le froid pénétrait sa bure de laine. Malgré son humidité et son obscurité, le chapitre demeurait la pièce préférée du jeune moine depuis son entrée au prieuré et il s'y rendait avec une hâte exagérée. La réunion constituait l'unique moment de la journée où les membres de la petite communauté de Saint-Fergus-le-Picte pouvaient prendre la parole à tour de rôle et parler sans limite de temps autre que celle nécessaire à exprimer leur opinion. Frère Gervadius, dont les pulsions de la jeunesse le rendaient moins apte au silence que ses confrères, se concentrait sur chaque sujet abordé afin de trouver quelque chose à dire et, en ce matin du 14 novembre, il tremblait d'impatience à l'idée de présenter la demande de baptême de son ami Gunni le Gauche.

« Demain, fête de notre saint patron, dit le chapelain, il conviendra de souligner l'événement de façon particulière. Mon prédécesseur l'a toujours fait et je ne romprai pas avec la tradition, mais j'aimerais faire preuve d'innovation et entendre vos suggestions pour rendre un hommage différent à saint Fergus. Si vous le permettez, frère Molios d'Arran, nous commencerons le tour par vous qui avez probablement vécu des expériences similaires dans votre illustre abbaye et qu'il vous plairait peut-être de partager.

— Merci, mon père, fit pompeusement le moine. À Rosemarkie, quand une occasion spéciale nous invite à modifier le déroulement d'une journée, il arrive fréquemment qu'elle porte sur l'aspect de notre alimentation. Nous sommes ainsi heureux d'ajouter des jeûnes à notre calendrier. Durant la belle saison, nous célébrons parfois les offices d'une journée de fête en plein air dans la cour intérieure. Il y a cinq ans, pour Pâques, notre communauté a reçu et mis en châsse des reliques des premiers cisterciens et son Éminence l'évêque de Ross a alors officié la cérémonie avec l'évêque de Moray. Cette année, nous avons appris un nouveau cantique en vue de le chanter la première fois dans son ensemble à la fête de notre propre patron et nous l'avons gardé depuis comme chant de sortie de tous nos offices dominicaux. Comme vous le voyez, différentes formes se prêtent bien à la célébration d'un anniversaire sans que la communauté ait à déroger à sa règle monastique : certaines sont simples et à la portée d'un prieuré modeste comme le vôtre. »

Les moines de Saint-Fergus-le-Picte n'apprécièrent pas le ton condescendant de leur condisciple de Rosemarkie, lequel les indisposait tous par son air de supériorité depuis le jour de son débarquement à Dornoch. Aussi gardèrent-ils le silence en guise de désapprobation quand le chapelain voulut donner la parole à un autre après l'intervention de Molios d'Arran. Frère Gervadius se déplaça sur son assise et leva un doigt pour manifester son désir de parler. Le chapelain l'autorisa d'un discret signe de la tête tout en souriant dans son for intérieur devant l'incapacité du jeune moine à se taire.

« En ma qualité d'hôtelier, mon père, j'ai des contacts avec des membres extérieurs au prieuré, notamment avec notre ami graveur, messire Gunni qui réside chez nous depuis plus de deux mois maintenant. Or, comme vous le savez, ce Norvégien a entrepris son éducation religieuse en vue de se convertir et hier, alors que je lui ouvrais pour la nuit, il m'a expressément demandé le baptême… Enfin, il a exprimé le souhait d'être baptisé par vous ou par moi ou par l'aumônier du seigneur Moddan, peu lui en chaut, pour autant que cela se fasse rapidement. Imaginez, mon père : ce païen très méritant qui sollicite enfin la grâce de se convertir, et ce, au moment où nous cherchons formellement à célébrer l'anniversaire de notre saint patron par un geste édifiant! N'y a-t-il pas plus sublime qu'une conjoncture dans laquelle l'esprit divin se manifeste aussi…

— Permettez, coupa Molios d'Arran! Messire Gunni le Gauche n'est pas prêt à recevoir le sacrement. J'ai personnellement participé à sa formation et je puis affirmer qu'il porte encore un grand attachement à ses divinités vikings. Sur le chantier de construction où il s'active, nous l'entendons régulièrement invoquer, en langue norroise, Thor ou Odin ou je ne sais quelle idole encore. Il grave des marteaux comme symboles de ses croyances sur la moindre surface à la portée de son poinçon quand il est désœuvré et, pour un homme qui aspire à se convertir à Christ, il fait très peu de cas de l'image de la croix dans ses représentations.

— Frère Molios d'Arran, répondit le chapelain, vous n'aviez pas la parole. À moins que frère Gervadius n'ait terminé son exposé et que personne n'ajoute quoi que ce soit au point portant sur la fête de saint Fergus, nous pourrons aborder un autre point de notre réunion. Il n'est pas opportun de discuter en groupe d'une demande de conversion. Cela m'appartient en propre de déterminer le bien-fondé de cette affaire puisque l'aspirant m'a désigné dans sa demande de conversion. D'ailleurs, frère Gervadius, auriez-vous l'obligeance de m'envoyer messire Gunni le Gauche dès que la réunion au chapitre sera close?

— Bien sûr, mon père, je le ferai avec célérité», s'empressa de répondre le jeune moine que frère Molios d'Arran fustigea du regard.

La pluie n'avait pas cessé de tomber depuis que j'étais assis, roide et inquiet, en face du chapelain. Tout en répondant aux questions qu'il me posait sur mes connaissances de la religion de Christ, j'écoutais l'eau dégouliner le long des volets de la loge et je me demandais comment se comportait le chaume sur le toit du couvent. « Vous me semblez fort distrait, messire Gunni, dit le moine. L'intérêt que vous accordez à mon interrogatoire n'est pas à la hauteur de ce qu'il devrait normalement être. La requête que vous formulez est incontestablement la plus importante et la plus sérieuse que vous puissiez faire de votre vie et les réponses que vous donnez ne le reflètent guère.

— Mes réponses sont-elles inexactes, mon père ? fis-je.

— Non pas. Elles sont toutes correctes, mais manifestement peu enthousiastes : il y manque quelque chose que j'appellerais de la sincérité. »

Je forçai mes yeux à ignorer la fenêtre qui les attirait et toisai le chapelain, grand, sec et distant. Je lus dans son regard perspicacité et intelligence et sus qu'il mettrait facilement à jour mon âme opportuniste si je n'y prenais pas garde. De fait, il me désarçonna dans la suite de l'entrevue en m'interrogeant sur Thor. Il voulut connaître l'origine du dieu, ses pouvoirs, ses prérogatives dans le panthéon des divinités vikings, ses exploits et ses échecs. Je dus lui expliquer les relations d'amitié ou de convoitise que Thor entretenait avec Odin, Freyja, Loptr ou Jörd et j'eus soin de ne pas dévoiler plus qu'il n'était requis. Sous le couvert d'un dialogue anodin, la volonté du chapelain de me tendre un piège était perceptible et je me dis qu'il allait m'y faire tomber tête première si je ne présentais pas de contre-offensive. « Voyez-vous, mon père, avançai-je dès que j'en eus l'opportunité, ce que j'admire dans Christ, c'est qu'il ne ressemble en rien aux hommes, alors que les dieux et les déesses vikings, eux, naissent, vivent, se combattent, se taquinent, se jalousent, s'allient, se désunissent au gré de leurs humeurs changeantes, exactement comme nous tous, simples mortels. Ils demandent sans cesse notre amitié sans nous accorder la leur de façon définitive et on ne sait jamais quand on peut compter sur leur intercession. Christ n'est pas comme eux, inconstants et imbus d'eux-mêmes. Christ est seul, incomparable et féal ; il est vaillant et constant dans son amour. Sa puissance est celle des humbles qui marchent avec détermination et bonté, rien ne le détourne de sa route. C'est pour le suivre à l'instar des milliers de chrétiens que je veux être baptisé. »

Le chapelain accusa le coup sans broncher. Cependant, par son attitude plus détendue, je devinai que je l'avais touché. Il poursuivit son enquête pour la forme encore une bonne heure, puis me congédia avec son accord : il nomma Gervadius pour être mon parrain et exigea que je m'isole pour prier avec lui jusqu'à ce que je reçoive le sacrement le lendemain, fête de Saint-Fergus-le-Picte, à l'office de none*, dans la chapelle du prieuré. Je sortis de sa loge, le sourire aux lèvres, et regagnai l'hostellerie d'un pas de conquérant. En passant devant la porte de la cour intérieure, je faillis pousser les battants pour me rendre sur le chantier du couvent, mais je me retins à temps. « Après-demain, Gunni, quand tu seras chrétien. Pour le moment, enferme-toi avec ton aimable parrain et essaie de te convertir honnêtement », me tançai-je.

Gervadius ne fut pas long à me rejoindre, rayonnant de joie d'avoir été nommé pour parrainer le futur baptisé que j'étais officiellement depuis quelques minutes. Son visage rouge et ses yeux pétillants traduisaient bien son ravissement qui me gagna presque, tellement mon ami avait une ferveur contagieuse. Gervadius portait une aube blanche sur son bras et me la tendit avec des gestes empreints de dévotion : « Voilà le vêtement des baptisés, Gunni. Mets-le céans et laisse ici toutes tes possessions. Tu les retrouveras demain après la cérémonie, mais pour le moment, nous nous retirons tous les deux dans la loge réservée à l'évêque quand il vient au prieuré. Le chapelain nous la prête pour nous recueillir et te préparer au baptême. » Je me dépouillai entièrement et enfilai la longue chemise de lin en espérant que la loge de l'évêque ait de quoi chauffer, car je frissonnais déjà en regrettant la laine chaude de ma tunique. Ainsi accoutré, je suivis Gervadius dans le prieuré jusqu'à la fameuse loge. Au passage, je revis avec émotion les cuisines, le réfectoire, la chapelle et l'oratoire, endroits que j'avais fréquentés quand je m'étais caché durant trois mois, l'année précédente. Apparemment, rien n'avait changé entre les murs fermés de ce prieuré et j'éprouvai une admiration teintée de tristesse pour la vie de reclus à laquelle consentaient les moines de Saint-Fergus-le-Picte.

Mon bon ami Gervadius prit en charge mon âme comme il rêvait probablement de le faire depuis toujours. Avec patience et piété, il me parla de sa foi et récita de nombreuses oraisons en latin qu'il me traduisait ensuite. Les prières me frappèrent par leur ressemblance avec les odes du scalde de Leirvik en ce sens que les paroles possédaient souvent un deuxième sens, plus riche et mystérieux que le premier. La journée me parut étonnamment courte dans cette loge confortable. Elle possédait un brasero dont Gervadius ne se servit pas, mais il me laissa m'installer sur le lit et m'envelopper de la couverture. Mon parrain demeura assis sur un tabouret en face de moi et ne me quitta que deux fois : l'une pour aller chercher notre souper, et l'autre pour assister aux vêpres à l'oratoire. Cette dernière sortie en début de nuit me laissa perplexe : ne sachant s'il serait mal vu de sortir de la loge en son absence, je décidai d'y demeurer coi et de me mettre au lit pour attendre son retour. Je me dévêtis et me glissai entre les draps froids qui mirent un bon moment à tiédir à la chaleur de mon corps. Pour parvenir à en produire assez, je me hâtai de bouger bras et jambes énergiquement et je m'assoupis ainsi, presque en pleine activité.

Gervadius ne revint dans la loge qu'à l'aube, après avoir entendu matines. Il portait du pain et de la bière sur un plateau faiblement éclairé par la bougie placée en son centre : « Dieu soit avec toi, Gunni ! C'est fête de Saint-Fergus-le-Picte, mon ami, et l'insigne jour de ta conversion ! Lève-toi et mange ce que je t'apporte, car il serait bon que tu sois à jeun à none pour la cérémonie de baptême. Je le serai aussi… Ah, comme cela est merveilleux d'être ton parrain ! » Je repoussai les draps et surpris le regard énigmatique que Gervadius posa sur ma nudité. « Pourquoi as-tu retiré l'aube ? fit-il.

— Je dors toujours nu. Pas toi ?

— Nous, moines, dormons tout habillés afin d'être toujours parés pour l'office. Je n'enlève que mon cordon, répondit-il.

— C'est comme pour les soldats à la guerre : nous couchons avec notre épée sur notre flanc pour être prêts au combat.

— Si on veut ! » conclut-il avec humeur. Je vis que ma remarque sur le métier des armes l'avait contrarié et je m'abstins de poursuivre sur le sujet. Nous gloutîmes en silence pour ensuite reprendre notre recueillement préparatoire qui, malheureusement, commença vite à me lasser.

Dame Brunehilde ouvrit les volets de la chambre pour jeter un œil sur la cour, puis les referma aussitôt afin que le vent froid ne pénètre pas dans la pièce. « Pleut-il, mère ? » demanda Moïrane. La jeune femme était assise sur son lit et tressait ses cheveux en une natte qu'elle fixa sur le dessus de sa tête, puis, elle ajusta l'ensemble sous une guimpe blanche. Deux servantes avaient levé le nez de leur ouvrage et attendaient la réponse de leur maîtresse avec intérêt. « Non pas, fit celle-ci. Tant mieux puisque nous irons assister à l'office de tierce à la chapelle du prieuré, comme chaque année au jour de saint Fergus. Déjà, il me déplaît fort de m'y rendre sans ton père et Ottar, s'il avait fallu en plus affronter les intempéries, cela aurait été franchement désagréable.

— Comment, mon père n'est pas de retour ? J'ai pourtant entendu un équipage rentrer cette nuit… N'avez-vous rien ouï, mère ? Et vous non plus, les filles ? » Les deux servantes se consultèrent d'un air hébété et firent un signe négatif.

« Moïrane, tu sais bien que le sommeil me rend sourde, de toute façon. Puisque tu es la seule à avoir perçu quelque chose, se pourrait-il que tu aies rêvé ? dit dame Brunehilde.

— Permettez-vous que j'aille vérifier dans la loge de père si c'était bien son escorte qui m'a réveillée ? s'enquit Moïrane.

— Vas-y donc! Si le seigneur Moddan est revenu, j'en suis fort aise, car je brûle de voir le nouveau couvent avec lui. Il paraît que les travaux ont tellement progressé que Gunni le Gauche va finalement respecter l'échéancier fixé par l'évêque Simon, dit la mère.

— Qui vous a dit cela? fit Moïrane, sur le pas de la porte.

— Le gars Pelot. Il a été congédié par manque d'ouvrage… C'est tout de même inouï, tant d'avance sur un chantier alors qu'il a plu constamment… Enfin, il semble que rien n'arrête ce Viking qui réussit tout ce qu'il touche!»

Moïrane pinça les lèvres pour retenir la réplique qui se pressait sur ses lèvres et sortit de la pièce. Les torches qui éclairaient la galerie où étaient disposées les chambres s'étaient éteintes durant la nuit et, à cette heure matinale, les domestiques n'avaient pas remplacé leur suif. Seule une lampe brûlait encore près de l'escalier et la jeune femme la prit pour marcher jusqu'au seuil de chez son père. La porte était entrouverte et Moïrane la poussa doucement en appelant à voix basse: «Père, êtes-vous là?» Des vêtements épars sur le sol entravèrent ses pas quand elle pénétra dans la pièce complètement plongée dans le noir et elle dut éclairer davantage le plancher pour ne pas trébucher en se rendant jusqu'au lit. «Père, dormez-vous?» reprit-elle en élevant la lampe au-dessus des couvertures. Elle faillit l'échapper en découvrant le seigneur Moddan, les yeux grand ouverts, une dague plantée dans la poitrine au travers des draps imbibés de sang. Affolée, Moïrane posa la lampe et se rua sur l'arme pour l'extraire du corps de son père, comme si, par ce geste, elle pouvait réparer l'horreur. Puis, paralysée et muette d'épouvante, elle s'affaissa sur les genoux et la dague glissa de ses mains tremblantes. Envoyées longtemps plus tard par dame Brunehilde qui s'inquiétait de l'absence prolongée de sa fille, les servantes trouvèrent Moïrane égarée et apathique devant la macabre découverte qui leur tira des hurlements semblables à ceux d'un cochon qu'on saigne.

Après cet atroce moment, le fort en entier ne fut plus que tumulte et chaos. Entre sa mère en proie à une crise de nerfs, sa sœur plongée dans l'hébétude, la domesticité apeurée et éplorée et la garnison survoltée, Ottar avait peine à garder la tête froide. Pourtant, il fallait incessamment mener enquête, comprendre ce qu'il était advenu depuis son retour nocturne avec son père et son escorte, chercher des indices sur le meurtrier et, enfin, trouver ce dernier qui constituait une menace probable pour le reste de la famille.

Ottar, les bras ballants, se tenait au milieu de la pièce qu'on avait abondamment éclairée à l'aide de bougies et il regardait d'un œil absent l'aumônier qui récitait l'oraison des morts, penché au-dessus de la dépouille de son père. Roderik rôdait silencieusement autour du lit, examinant sans y toucher les objets seuls témoins muets du drame qui était vraisemblablement survenu durant la nuit. Ottar avait interdit aux servantes désireuses de faire la toilette de son père de déplacer le corps qui reposait toujours dans la mare de sang nauséabond que l'aumônier finit par abandonner. Quand ce dernier se fut retiré, le jeune homme demeura seul avec le dreng qu'il interpella d'une voix scandalisée en s'approchant du lit : « Qui diable a bien pu faire cela ? C'est insensé…

— En tout cas, votre père n'a pas lutté avec son agresseur. Voyez comme les draps sont demeurés bien en place.

Le seigneur Moddan a été trucidé dans son sommeil et n'a pas même eu le temps de se retourner quand on lui a porté le coup.

— En effet, je trouve d'ailleurs étrange le trou dans le drap : regarde les rebords profondément insérés dans la blessure, comme si l'arme était restée enfoncée longtemps avant d'être retirée… »

Roderik s'avança pour constater ce qu'Ottar lui faisait remarquer et, dans son déplacement, il mit le pied sur la pointe de la dague que Moïrane avait laissée rouler sous le lit. Il s'en empara et l'exhiba à Ottar : « Voici l'arme !

— Quel genre de meurtrier laisserait derrière lui un tel indice ? » s'étonna Ottar en tendant la main vers la dague.

Après l'avoir brièvement étudiée en la retournant dans tous les sens, Roderik la remit au fils de Moddan. « Le genre de meurtrier qui vénère Thor et qui connaît l'écriture runique », émit-il d'une voix sourde. Ottar écarquilla les yeux en découvrant un marteau de Thor et des symboles runiques gravés le long du manche de la dague. Ses mains se mirent alors à trembler et sa tête à bourdonner. Immobile, fixant avec ahurissement l'objet qui incriminait son ami, il se répéta en lui-même, comme une litanie, l'énoncé qui muselait ses affreux doutes : « Ça ne peut pas être Gunni ; je ne veux pas que ce soit lui ; il ne faut pas que ce soit lui… » Il entendit en écho la voix de Roderik lui demandant s'il fallait envoyer quérir le Viking au prieuré : « … je puis m'en charger. S'il s'y trouve toujours, je vous le ramène. Sinon, j'envoie des hommes à sa poursuite : il n'ira pas bien loin.

— Non, reste ici, Roderik ! Personne ne doit sortir du fort jusqu'à ce que nous ayons trouvé le coupable. Ce dernier se trouve probablement encore en nos murs et jusqu'à ce que la vérité soit établie, je considère Gunni le Gauche innocent. J'irai le questionner au prieuré, car je ne doute pas qu'il y soit. D'ailleurs, c'est à moi que revient la tâche d'informer le chapelain du décès de mon père et du changement du titre de mormaer de Dornoch. » fit Ottar en rangeant la dague ensanglantée dans la poche intérieure de sa large veste de peau.

« À votre guise, mon seigneur : vous êtes en effet le nouveau mormaer », répondit le dreng avec une pointe de défiance dans la voix.

« Laisse-moi seul et transmets mes volontés à la garnison, Roderik : personne ne doit sortir de l'enceinte », dit sèchement Ottar qui avait retrouvé tout son aplomb en entendant pour la première fois l'appellation de « seigneur » pour le désigner.

Sitôt la porte refermée, le fils s'agenouilla au bord du lit et contempla son père avec douleur, puis il s'absorba dans une longue prière. Bientôt, des bruits de pas et des voix se firent entendre sur le palier, avertissant le jeune homme que ses ordres étaient exécutés. Alors, il se redressa lentement, s'empara de la main du défunt et la baisa avec dévotion. « Je trouverai le coupable, père, je le châtierai irrémédiablement comme vous l'avez fait avec Donald de Ross et je prendrai votre suite à Dornoch en m'efforçant d'être toujours à la hauteur de votre nom », promit Ottar.

Avant de quitter le fort, le fils de Moddan se rendit à la chambre des femmes pour voir Moïrane qu'il entraîna dans un coin isolé dans l'espoir qu'elle soit suffisamment ressaisie pour lui parler : s'il y avait une seule alliée à Gunni le Gauche dans la place, c'était sa sœur. D'ailleurs, quand Ottar prononça le nom du Viking, la jeune femme émergea de sa torpeur : « Qu'est-ce que Gunni vient faire dans ce drame ?

— Rien, peut-être », répondit prudemment Ottar en sortant la dague. « Mais nous avons retrouvé ceci dans la chambre. Tout indique que c'est l'arme qui a occis père…

— C'est elle, en effet… Je ne sais pas ce qui m'a prise, mais c'est moi qui l'ai enlevée de sa poitrine. Je n'aurais pas dû, n'est-ce pas ?

— Peu importe, Moïrane. Je voudrais savoir si tu reconnais cette dague…, si tu l'as vue auparavant, si tu peux dire à qui elle appartient. » La jeune femme examina l'objet sans y toucher, puis leva des yeux affolés sur le visage impassible de son frère.

« Je vois à qui tu penses, Ottar, chuchota-t-elle, mais ce n'est pas lui : pourquoi Gunni aurait-il commis un crime semblable ?

— Parce que père s'opposait à votre union, par exemple…

— Impossible ! J'avais échafaudé un plan pour parvenir à mes fins sans le consentement de père et Gunni était d'accord avec mes vues.

— Lesquelles ?

— Ne pas prononcer mes vœux au couvent et m'enfuir avec lui quand nous aurions été assurés que père avait officiellement obtenu le pardon de ses fautes. Crois-moi, Ottar, il faut chercher ailleurs le meurtrier de père… Je t'en conjure, n'accuse pas Gunni sans autre preuve que cette dague, implora Moïrane à voix basse.

— Ainsi, tu me confirmes que cette arme lui appartient bien, dit Ottar.

— Mais je l'ignore ! Je le présume seulement à cause des gravures…

« — Très bien, si Gunni est honnête, il me le dira lui-même. Je vais céans au prieuré en avoir le cœur net.

— Emmène-moi, Ottar ! Je veux le voir…

— Impossible : j'ai donné ordre que personne ne sorte du fort. D'ailleurs, je demande incessamment que tu soutiennes notre mère et que tu te concentres sur les obsèques. M'as-tu compris ?

— Est-ce un commandement, mon frère ?

— Prends-le ainsi si tu l'entends de cette oreille.

— Si fait. N'es-tu pas le nouveau mormaer de Dornoch ?

— Moïrane, je suis chagriné de voir que tu éprouves en ce moment plus d'inquiétude pour le Viking que d'affliction pour la mort de notre père. Je souffre également du doute que tu laisses planer sur ma probité dans la tragédie qui nous afflige tous. »

La jeune femme accueillit la réflexion de son frère comme une gifle et le regarda quitter la pièce avec stupeur. À l'autre bout de la chambre, du groupe qui entourait dame Brunehilde, une servante se détacha et s'approcha précautionneusement de Moïrane. « Avez-vous besoin de moi, maîtresse ? Vous êtes toute pâle…

— …

— Je n'ai rien ouï de votre entretien avec messire votre frère, mais j'ai vu la dague qu'il vous montrait. Est-ce celle-là qui a occis notre bon seigneur ?

— …

— Je connais bien cette arme, maîtresse : Gunni le Gauche la portait à sa ceinture quand nous étions ensemble. Je ne peux pas me tromper, car c'est parfois moi-même qui la lui retirais avant de…

— Tais-toi, Bettina, ignoble impudique ! Retourne auprès de ma mère et ne quitte pas son service : en cette abominable journée, je me passerai volontiers de tes oiseux bavardages ! » s'exclama Moïrane avec fureur. Puis, d'un pas déterminé, la fille du mormaer quitta la chambre sans un regard pour sa mère à qui elle aurait normalement demandé la permission de sortir. Ne pas faillir à sa tâche la plus urgente concernant les dispositions mortuaires, ne pas désobéir à son frère et rendre l'ultime hommage à ce père qu'elle avait chéri de tout son cœur : voilà ce qui lui importait. Quant à ses sentiments envers son bien-aimé, qui allait fatalement se retrouver couvert de suspicion et attirer l'opprobre, elle devait encore une fois les mettre en réserve et les mesurer à l'aune de la raison.

J'ignorais ce que le chapelain me voulait, mais j'appréciai d'être mandé par lui. L'harmonie qui avait baigné la séance de recueillement avec Gervadius la veille s'était dissipée et le confinement dans la cellule de l'évêque me pesait depuis l'aube. Je marchais donc d'un pas allègre vers la loge du directeur du monastère en goûtant l'ample ondulation de ma toge autour de mes jambes à chaque foulée. Dès mon entrée dans la vaste pièce, je vis Ottar qui me faisait dos et je souris en imaginant qu'il venait assister à mon baptême. Comme j'allais le saluer et lui exprimer ma joie de le voir là, il se retourna et sa mine assombrie arrêta mon élan.

« Mon enfant, dit le chapelain, messire Ottar vient de nous annoncer une nouvelle extrêmement douloureuse et je lui laisse la prérogative de vous l'apprendre. En ce qui concerne notre affaire à nous deux, j'ai bien peur que votre baptême soit contremandé pour aujourd'hui.

Je vous chasse donc à l'hostellerie pour que vous puissiez vous y entretenir en privé avec messire Ottar. »

Indécis, je toisai le fils de Moddan qui me fit signe de sortir et je le suivis jusqu'à la salle de l'hostellerie dans un silence curieux. Quand nous y fûmes, il referma la porte derrière nous et m'aborda enfin en m'interrogeant d'étrange façon :

« Où sont tes armes ?

— Ici même, avec mes vêtements », répondis-je en me dirigeant vers la couche que j'occupais depuis septembre. Je farfouillai dans mes affaires et en extirpai mon baudrier auquel pendait mon épée que je lui montrai.

« Rien d'autre ? Tu ne possèdes pas de dague ?

— Si fait ! Elle doit être là quelque part dans ce fatras, fis-je en retournant à mes affaires pour la trouver, mais je ne la vis nulle part.

— Gunni, où as-tu passé la nuit dernière ? Ici ?

— Au prieuré, mais pas dans l'hostellerie. Je suis enfermé depuis hier dans une loge avec Gervadius, lequel me prépare à mon baptême… pourquoi ces questions ?

— Tu n'es pas sorti du prieuré alors ? Frère Gervadius pourra-t-il le confirmer puisqu'il a été constamment avec toi ?

— Je n'ai pas quitté le prieuré de toute la journée et de toute la nuit, c'est vrai, mais je n'ai pas dormi avec Gervadius. La nuit dernière, je l'ai passée tout fin seul… Écoute, Ottar, si tu mènes enquête au nom de Moïrane pour t'assurer de ma chasteté, tu ne pouvais mieux tomber qu'en ce moment : je mène une vraie vie de reclus depuis vingt-quatre heures…

— Ouf, quel soulagement ! Ce n'est pas toi… » soupira Ottar en s'effondrant sur le lit. La minute d'après, il éclatait en sanglots. Désemparé devant ce désespoir subit et cet excès de larmes, je demeurai immobile et impuissant à deviner la nouvelle si «extrêmement douloureuse» qui affectait mon ami au point de ne pouvoir me la communiquer raisonnablement.

Au bout d'un long moment, Ottar cessa de pleurer, essuya son visage du revers de la manche et me demanda de m'asseoir à ses côtés. Plein d'appréhensions, je m'assis sur le bout des fesses et évitai de le regarder pour ne pas paraître indiscret.

«Mon père a trouvé la mort la nuit dernière, dit-il d'une voix oppressée. Il a été trucidé dans son sommeil. C'est Moïrane qui l'a découvert au lever. Nous ne connaissons pas l'assassin et nous ignorons encore plus les motifs d'une telle infamie. Le seul indice que nous possédions à cette heure, c'est l'arme dont le meurtrier s'est servi.

– Qu'est-ce? fis-je, abasourdi.

– Une dague… vraisemblablement celle que tu cherchais à l'instant : celle-ci», répondit-il en sortant ma dague de l'intérieur de sa veste. Je dévisageai Ottar avec incrédulité et lui pris l'arme des mains.

«Qui a pu me l'escamoter?» dis-je en l'examinant sous tous les angles. Des traînées de sang séché la maculaient encore et je ressentis un pincement au cœur en imaginant l'objet planté dans la poitrine de mon seigneur.

«C'est ce qu'il me faut trouver, dit Ottar. Je veux établir la liste des hommes qui ont accès à l'hostellerie et qui peuvent également entrer et sortir du fort librement… À première vue, tu me sembles malheureusement la seule personne qui corresponde à ces deux critères…

– Ottar! Pour quelle raison aurais-je trucidé ton père? m'indignai-je.

— Calme-toi, je ne t'accuse pas ! Au contraire, je suis même persuadé que tu n'as pas accompli cette vilenie. Simplement, je constate que les indices concourent à prouver l'inverse. Cela ressemble tellement à un coup monté, Gunni… Je pense que le meurtrier pourrait être quelqu'un qui t'en veut et qui cherche délibérément à faire passer le crime sur toi.

— Si tu me cherches des ennemis, cette fois, la liste va être longue, dis-je avec dépit. Mais me haïr assez pour occire le seigneur Moddan dans le dessein de m'en faire porter l'odieux, ça, je ne peux le croire…

— Si cet homme te méprisait tout autant qu'il maudissait mon père, cela a pu advenir. Nomme-moi les rivaux que tu te reconnais, pour voir…

— Parmi les Norvégiens, mon ennemi juré est Svein de Leirvik et, dans une moindre mesure, Holger Cotte Rouge. Chez les Écossais, on en trouve plusieurs sur le territoire de Ross en commençant par les mêmes que ceux de ton père, le lieutenant Thorfinn par exemple. Parmi les gens de Dornoch, je sais que je déplais beaucoup à certains drengs que je bats régulièrement aux dés. Il y a bien sûr Roderik lui-même, peut-être aussi le gars Pelot qui médit souvent de moi, et j'ai le regret d'ajouter le frère Molios d'Arran auquel j'ai tenu tête récemment pour une question concernant le chantier et qui, d'après Gervadius, se serait opposé hier à mon baptême. Voilà pour les hommes. Si on inclut les femmes à la liste de mes adversaires, je me vois malencontreusement obligé d'en nommer quelques-unes qui me honnissent copieusement…

— Ah oui ? Pardieu, lesquelles ?

— Heu… il y a la servante Bettina, comme tu t'en doutes : elle m'en veut incontestablement de l'avoir

263

délaissée. Ensuite, les quatre veuves de Ross qui sont toutes certaines que j'ai occis leurs hommes. Et puis, je suis désolé de le dire, il y a ta mère qui m'exècre depuis le jour où j'ai souri à ta sœur… »

Là s'arrêta mon épineuse énumération. Nous nous dévisageâmes avec accablement. Ottar se leva et fit quelques pas en rajustant sa veste. « Enlève cette aube céans : on ne te baptisera pas aujourd'hui, comme l'a annoncé le chapelain tout à l'heure », dit-il en balayant l'air de la main. Puis en redressant le torse il ajouta : « Gunni le Gauche, j'ai besoin de toi au fort. Je suis le nouveau mormaer de Dornoch maintenant et je te nomme premier dreng. Désormais, tu t'adresseras à moi comme à ton seigneur et, en conséquence, je te défendrai de mon mieux. Je le répète, Gunni : j'ai foi en ton innocence et avec ton aide, je la prouverai.

– Je vous remercie, mon seigneur. Je suis votre féal et vous pouvez compter sur mon entier dévouement », déclarai-je en frappant ma poitrine de mon poing serré si fort que mes jointures blanchirent.

CHAPITRE XII

LE HONNI

Une mince couche de glace emprisonnait les cailloux ronds qui bordaient la berge de la rivière Spey. L'eau clapotait dessous et les poussées du courant promenaient de grosses bulles d'air à la surface, semblables à des poissons dolents en quête de nourriture. Svein se secoua de sa rêverie, quitta le quai d'un pas lourd et remonta au fortin où on l'appelait.

Depuis le départ de l'équipage de Leirvik, il y avait un mois, Svein s'appliquait à être vigilant et alerte devant les hommes d'armes de Finlay, mais il ruminait ce qui lui apparaissait de plus en plus comme un échec. Sa promenade matinale à la rivière lui permettait de s'isoler de la garnison de Rothes et de réfléchir. Avec amertume, il constatait que la surveillance du territoire pour le compte du mormaer de Moray ne lui procurait aucun bénéfice et s'avérait sans défi. L'hiver s'installant, Svein entrevoyait la morne perspective de s'enfermer au fortin et de repousser à plusieurs mois des équipées qui l'auraient plongé dans l'action.

Cependant, en ce 22 novembre 1019, une nouvelle stimulante lui parvint avec l'arrivée d'une délégation d'Elgin, siège épiscopal de l'évêque de Moray. Le groupe comprenait deux moines cisterciens et leur escorte. Le but de leur visite était d'expliquer au mormaer Finlay, ou à son représentant, la décision de l'évêque de Moray de fonder une abbaye commanditée par Malcolm II à Oldeer, cœur névralgique du territoire. Par cette démarche, l'évêché voulait s'assurer la collaboration du mormaer responsable de la paix sur le territoire concerné. Comme Svein n'avait aucun intérêt à faire obstacle au projet en nom et lieu de Finlay, il reçut les religieux avec courtoisie.

L'un d'eux appartenait à la communauté cistercienne de Rosemarkie et il avait été mandé dans l'affaire en sa qualité d'expert-bâtisseur. Il se nommait Molios d'Arran et venait tout juste de quitter un chantier qui avait pris fin abruptement à Dornoch :

« Le prieuré de Saint-Fergus-le-Picte, duquel relève le nouveau couvent des religieuses, vient tout juste de perdre son protecteur qui a été tué dans des circonstances fort nébuleuses, raconta le moine autour de la table. Moddan était le mormaer de Dornoch et c'est son fils Ottar qui prend la gouverne et qui devra assumer les fonctions de justicier inhérentes au poste. Heureusement que les travaux étaient presque terminés, car l'événement tragique m'a enlevé le maître d'œuvre sur ce chantier.

— Je connais Moddan, mon père. C'est le meurtrier du mormaer de Ross, fit aussitôt Svein.

— Exact ! Personnage bien nanti que ce mormaer, car il faut avoir du bien pour subventionner des édifices en pierres de nos jours. En fait, la famille jouit d'un des plus vastes domaines dans le Caithness et l'héritier devra démontrer une poigne de fer pour maintenir l'ordre et la prospérité, car cette région est largement développée par les Normands.

— Qui a perpétré le crime : est-ce un émissaire du jarl des Nordreys ?

— Je l'ignore, j'ai quitté Saint-Fergus-le-Picte le lendemain de l'assassinat : mon mandat prenait fin et j'avais reçu une note de mon supérieur m'avisant que mes services étaient requis au diocèse d'Elgin. Le peu que j'en ai su m'a laissé entendre que l'enquête serait longue avant d'aboutir car on ne détenait aucun suspect au moment de mon départ. Évidemment, un homme aussi puissant que Moddan de Dornoch compte souvent plus d'ennemis que d'amis et trouver l'homme qui le déteste assez pour l'occire sera manifestement une tâche fastidieuse. Je plains le jeune Ottar…

— Je l'ai déjà croisé : il m'a semblé réfléchi et effacé. C'était juste avant la tuerie au mont Achilty. Savez-vous combien de guerriers de Dornoch y ont laissé leur peau, mon père ? Le contingent de soldats que dirige maintenant Ottar est-il imposant ? J'imagine que oui, mais Moddan a pu voir une désaffection de ses troupes au retour de Ross, car le vent de sympathie tourne parfois en défaveur de celui qui sort vainqueur d'une guerre. Je suis arrêté à Dornoch au printemps dernier, mais je n'ai pas bien visité le fort. À combien de yards s'élève la palissade ? Je sais qu'un Viking fait partie des drengs de Dornoch, l'avez-vous connu ? Il s'appelle Gunni le Gauche.

— Voilà un étrange interrogatoire, messire. Puis-je en connaître le but ? Non, laissez-moi deviner : vous avez une vindicte à exercer sur le clan de Moddan…

— …

« — Messire Svein, votre silence est éloquent et, dans ce cas, je vais m'abstenir de répondre. En ma qualité de religieux, il n'est pas dans mes attributs de renseigner des belligérants et votre foi chrétienne devrait vous retenir de me soutirer de telles informations. »

À la pointe nord-est de l'Écosse, là où les courants entraînaient les navigateurs dans la brume qui encerclait l'archipel des Orkneys, l'hiver arrivait plus tôt. En un mois et demi, le knörr conduit par Biarni l'Ours avait parcouru près de deux cent cinquante miles à la recherche d'un endroit où fonder une petite colonie. Mû par des vents légers, son équipage n'avait pas pu compenser à la rame sa lente progression et il aborda une grande île de l'archipel dans la dernière semaine de novembre 1019.

Biarni l'Ours était désappointé d'avoir croisé si peu de navires et de n'avoir repéré aucune agglomération où se procurer le nécessaire à la culture de la terre. Très rapidement, ses hommes s'étaient reproché la décision d'avoir fait route vers le nord plutôt que vers le sud après être sortis de l'embouchure de la rivière Spey et d'avoir ainsi perdu un temps précieux à leur installation sur une terre avant l'hiver. Cependant, leur arrêt au domaine du puissant jarl Möre leur valut un accueil chaleureux qui compensa leur déception. À titre de chef d'expédition, Biarni l'Ours fut conduit à Kirkwall, chef-lieu du seigneur des Orkneys, auquel il soumit le projet de colonisation de son équipage. Il comprit que les possibilités d'établissement sur des terres sous domination norvégienne visaient surtout le littoral nord et ouest de l'Écosse et que, pour la navigation vers ces destinations, la formation d'embâcles avait déjà commencé.

« Tu n'arrives pas au moment idéal, Biarni l'Ours, expliqua le jarl. Pour le blé d'orge et l'épeautre, il te faudra attendre à la prochaine saison, mais pour de l'élevage, il n'est pas trop tard. Comme tu veux cultiver, je t'invite à passer l'hiver à Kirkwall avec ton équipage. De toute façon, votre long knörr sera bientôt contraint par les glaces et vous ne pourrez aller bien loin sur la côte nord.

— Je vous remercie de votre offre, seigneur Möre, répondit Biarni l'Ours. Cependant, mes hommes préféreraient s'installer sur un fief le plus tôt possible et si nous avions la possibilité d'acquérir des bêtes à cornes, nous commencerions notre exploitation par l'élevage.

— Qu'avez-vous à échanger ?

— Notre navire : il est trop lourd à manœuvrer pour notre équipage et nous avons renoncé au commerce.

— Dans ce cas, j'ai un marché à vous faire : sur la côte est du Caithness, le long de la rivière Helmsdale, je possède un cheptel de vingt-quatre têtes dont je veux me départir, car il se trouve trop éloigné de mes concessions et les bouviers qui le gardent manquent de motivation et perdent quelques bêtes chaque hiver. Si cela vous intéresse, je vous confie ce troupeau dès maintenant contre votre knörr et je vous donne des outils de labour et des semences, plus un petit navire de pêche. Au printemps, l'endroit que vous déciderez de défricher sera vôtre. Il en est ainsi sur toutes les terres vierges du Caithness qui ne demandent qu'à être exploitées par des hommes persévérants et prêts à les défendre. Les Vikings qui manient l'épée aussi bien que la houe font les meilleurs colons.

— Seigneur Möre, je crois que la transaction que vous proposez agréera à mes hommes. Leur seul regret à quitter votre domaine sera de perdre la chance de s'attacher des femmes. Il est dommage que vous ne puissiez user de votre influence pour en convaincre quelques-unes de nous accompagner à la rivière Helmsdale.

– Biarni l'Ours, je t'en enverrai au printemps si tu as réussi à bâtir une bonne maison. Les femmes des îles Orkneys aiment trop passer l'hiver au chaud pour s'échiner dans une cahute noire et glaciale en attendant les beaux jours. »

Deux semaines s'écoulèrent entre les obsèques du seigneur Moddan et l'arrivée de l'abbesse cistercienne Hilda d'Anglie avec quatre consœurs. Deux semaines de cauchemar pour moi. L'hostilité était si manifeste à mon endroit parmi les gens de Dornoch qu'Ottar avait jugé plus prudent de me retourner au prieuré dès après la cérémonie d'inhumation durant laquelle j'avais échappé de justesse à la dague de Roderik. Ce dernier n'avait pas été le seul à m'attaquer durant les trois jours de veille au corps que la famille avait tenus sous l'instigation de Moïrane. Deux drengs avaient tenté de m'isoler dans l'écurie pour me battre et je réussis à leur échapper, mais je dus essuyer leur assaut pendant la nuit suivante, et, n'eût été de l'intervention d'Ottar qui était revenu dans la grande salle de façon inespérée, j'aurais péri sous leurs coups. Celui-ci m'assigna une paillasse dans sa propre chambre pour me protéger, mais le climat de violence que je soulevais chez ses hommes d'armes le troubla fort, peut-être plus que moi qui conservais, de mon passé d'esclave, l'habitude des agressions.

Malencontreusement, l'enquête menée par Ottar, requis régulièrement à la chapelle par les séances de prière, n'ouvrit sur aucune piste sérieuse en dehors de la mienne : je demeurais aux yeux de tous le seul suspect. Dame Brunehilde, bien qu'éplorée au-delà de tout entendement, braillait haut et fort ma fourberie chaque fois que les habitants de la maisonnée pouvaient l'entendre. Quoique formellement sous les ordres d'Ottar, la garnison de Dornoch se rangea néanmoins derrière l'autorité de Roderik et soutint ouvertement sa cause contre moi. De son côté, l'aumônier clama qu'un meurtre aussi crapuleux ne pouvait être l'œuvre d'un chrétien, façon indirecte d'incriminer le seul païen des alentours. Qui plus est, pour ajouter à ce commentaire malveillant, le chapelain de Saint-Fergus-le-Picte reporta mon baptême jusqu'à ce qu'on découvre le meurtrier du mormaer afin de s'assurer qu'il n'allait pas oindre un criminel. Finalement, comme si cela n'était pas assez, mes ouvriers refusèrent de revenir travailler sur le chantier du couvent et je dus terminer seul les ouvrages intérieurs de charpenterie et de menuiserie, de sorte que l'installation hâtive des religieuses me plongea dans un grand embarras.

Après le départ de frère Molios d'Arran, la tension que je subissais avec lui au prieuré fut remplacée efficacement par celle engendrée par mes liens avec mère Hilda d'Anglie. Sur plusieurs aspects, l'abbesse me faisait penser à l'épouse de Rolfus le Fier, tout en injonctions et en critiques acerbes sur ma personne. Elle ne me fut pas aussitôt présentée qu'elle m'abreuva de recommandations diverses concernant mon comportement : ne regarder aucune religieuse dans les yeux ; ne pas les approcher à plus d'un yard ; ne pas leur adresser la parole autrement que pour répondre à une hypothétique question qu'elles me poseraient, car elles maintenaient leur vœu de silence ;

ne pas ouvrir ma veste ou relever mes manches en travaillant; ne pas me soulager aux abords du chantier et, indicible niaiserie, ne pas porter d'arme à ma ceinture en leur présence. Chacune de nos rencontres, et, malheureusement, elles étaient extrêmement fréquentes, me rendait si excédé que j'invoquais, en mon for intérieur, la foudre de Thor sur le crâne de l'abbesse durant tout l'entretien avec elle. Me voyant fermé et rébarbatif à sa harangue, mère Hilda d'Anglie poussait son harcèlement jusqu'à ce que ma contenance cède et que je la quitte sans attendre d'être congédié, impardonnable grossièreté.

En comparaison, la vie morne et contraignante de l'hostellerie me parut tout à fait douce et clémente au cours de ce troisième séjour pour moi entre les murs du prieuré. D'ailleurs, j'avais la consolation de voir quotidiennement Gervadius, dont les fonctions d'hôtelier l'obligeaient à pourvoir à mes besoins. Les moments où nous étions ensemble étaient brefs, mais combien agréables. Mon jeune ami moine jouissait visiblement de me parler et regrettait la récente désaffectation de son hostellerie. Les tâches qu'il y assumait l'avaient admirablement tenu occupé avant mon départ et celui de Molios d'Arran, immédiatement après le mien, dans un empressement qui ressemblait à une fuite, et avant l'arrêt des travaux qui chassa les ouvriers fréquemment installés dans sa salle d'accueil. «Je ne sais pas pourquoi, je trouve cette pièce infiniment triste quand elle est vide», me confia-t-il un des premiers soirs de décembre alors qu'il me servait la soupe sur la petite table de bois équarri. «Je m'étais imaginé trouver parmi les travailleurs quelques jeunes hommes désireux de mieux connaître notre règle monastique. J'aurais eu un grand plaisir, avec l'aide de frère Molios d'Arran, à en recruter.

Tu sais, Gunni, l'hôtelier d'un prieuré est merveilleusement bien placé pour jouer le rôle d'intermédiaire entre sa communauté et le monde extérieur… Je déplore d'avoir manqué le passage de l'orphelin… le gars Pelot. Il s'est entretenu durant presque une heure avec le confrère qui me remplace et on dit qu'il manifeste beaucoup de piété.

— Quand cela s'est-il passé? fis-je, la curiosité soudainement piquée.

— La seule fois où je me suis absenté de mon poste d'hôtelier, tu le sais bien, quand nous avons prié ensemble dans la loge de l'évêque. »

Le lendemain, je revis Moïrane. Avec dame Brunehilde et une suite de servantes, ma bien-aimée fit une visite à l'abbesse Hilda d'Anglie qui l'avait fait mander. Cette délégation, la première au couvent des cisterciennes, déboucha sur le site après que tierce eut sonné au clocher du prieuré. J'installais le linteau de la porte du couvent quand j'entrevis Moïrane au milieu du groupe, chargée comme celui-ci de nombreux paniers et de sacoches. Je descendis de mon échelle et me précipitai à sa rencontre. Après avoir salué sa mère et avoir essuyé une glaciale réponse en retour, je m'approchai de ma bien-aimée et les servantes qui l'entouraient me firent entrer dans leur cortège tout en poursuivant leur avancée. Sans un mot, je m'emparai prestement des paquets qui accablaient Moïrane et elle me sourit tristement. Puis, nous emboîtâmes le pas au groupe avec lenteur. Nous le distançâmes ainsi de quelques longueurs en peu de temps et, aussitôt que je sentis les dernières servantes hors de portée de voix, je parlai sur un ton assourdi à ma bien-aimée :

«Ne me dis pas que tu entres au couvent aujourd'hui, Moïrane... Tous ces bagages que vous portez... Et puis, l'édifice n'est pas tout à fait prêt: c'est tout juste pour héberger les sœurs dans un endroit sec et fermé.

— Si fait. Je commence mon noviciat ce matin.

— Mon adorée, je me raccrochais à l'idée que ta claustration n'était plus nécessaire avec la mort de ton père...

— Silence, Gunni! De grâce, ne parle pas de ça, surtout ici. Si je différais le plan établi par mon père pour mon entrée au couvent, je donnerais flanc aux accusations qui portent sur toi concernant tes espoirs de mariage avec moi... Et puis, la mort n'exempte pas ceux et celles qui devaient faire pénitence conjointe avec le défunt. Tu ne voudrais pas que l'âme de mon père soit damnée à jamais parce que je n'ai pas honoré sa parole, n'est-ce pas?

— Mais enfin, Moïrane, cela ne sert plus à rien, maintenant! Si Dieu a déjà reçu le seigneur Moddan parmi ses anges, on ne le disqualifiera pas parce qu'il n'a pas pu emporter un pardon dont l'obtention relevait d'autres personnes que lui; si, au contraire, il est tombé en enfer, rien ne l'en fera jamais sortir, pas même ton sacrifice.

— Que fais-tu du feu purgatoire?

— Qu'est cela?

— Avant le Jugement dernier, les âmes des défunts dont le sort reste incertain, comme sans doute l'est mon père, séjournent dans un feu qui les purge. C'est dans le but précis d'abréger leurs souffrances purgatives que les vifs prient pour eux.

— Personne ne m'a encore rien raconté sur cette antichambre du paradis... Quelle poisse! Pour nous, Vikings, il n'y a pas de tergiversations pouvant durer une éternité: quand un homme entame son dernier voyage, les dieux savent bien à qui ils ont affaire et s'ils le recevront ou non à leur banquet…

— Tais-toi donc, impie!» fit Moïrane, l'air choqué.

Nous avions regagné le groupe qui attendait d'être invité à pénétrer dans le couvent et nous nous tûmes. Je déposai mon fardeau à l'entrée, avec ceux des servantes, et les regardai partir avec ma bien-aimée courroucée, dans le sillon de la sœur portière venue les accueillir. Durant les heures qui suivirent, je ne recroisai pas la délégation qui s'était enfermée avec l'abbesse dans son étroit cabinet, seule pièce aménagée du couvent.

J'étais contrarié par la situation et désappointé par l'attitude grondeuse de Moïrane. Aussi, je repris ma besogne le cœur maussade. Après avoir terminé mon installation du linteau, je fixai la barre intérieure de la porte, mis en place les volets garnissant les deux fenêtres du rez-de-chaussée et grimpai par l'échelle pour équiper celles de l'étage. C'est du haut de la façade ouest que je pus surprendre le départ de dame Brunehilde avec ses servantes et suivre leur descente allégée vers le fort.

L'instant d'après, le visage rouge d'émotion, Moïrane gravissait l'échelle en s'empêtrant dans ses jupes. Quand elle eut mis le pied sur le palier, elle courut se jeter à mon cou et je la reçus avec ravissement dans mes bras : «Gunni, fit-elle, hors d'haleine, je n'arrive pas à le croire : mère Hilda d'Anglie me demande de remplacer la sœur portière et de lui servir de truchement pour toi! Elle ne supporte plus de te parler et attendait précisément mon arrivée au couvent pour qu'elle-même et ses consœurs retrouvent leur isolement monastique. Tu te rends compte, personne ne l'a renseignée sur l'amitié qui nous lie et elle ne se méfie de rien en m'assignant cette tâche : nous allons donc pouvoir nous rencontrer tous les jours en toute impunité. » Je m'emparai de ses lèvres tremblantes et l'embrassai goulûment. Je ne sais de quelle essence est fait le paradis des chrétiens, mais ce que je connus alors avec Moïrane devait s'en approcher. Éperdus de bonheur, nous nous caressâmes longuement, usant de nos mains avides, de nos yeux fiévreux et de notre bouche insatiable pour nous donner un grand plaisir diffus. N'eût été de notre position précaire sur l'entresol ajouré et des convenances à respecter, je crois bien que j'aurais possédé ma bien-aimée sur-le-champ. Elle s'extirpa de mes bras à temps et redescendit l'échelle d'une jambe vacillante en m'exhortant à la prudence d'une voix haletante.

Après le départ de Moïrane, j'examinai ma tenue négligée qui aurait irrité l'abbesse : ma veste était non seulement ouverte, mais ma chemise sortait de mes braies, lesquelles étaient partiellement détachées. Moïrane avait dénudé ma poitrine qui portait de fines éraflures que son empressement à me cajoler avait laissées. J'espérai que mes transports amoureux ne l'avaient pas autant échevelée et que son apparence ne la trahirait pas devant l'intransigeante directrice. Puis, je m'écrasai dans un coin pour savourer ma félicité inattendue : échanger les humeurs de mère Hilda d'Anglie avec celles de ma bien-aimée, recevoir mes instructions d'une bouche adorable plutôt que d'un gosier acrimonieux, et remplir mes oreilles d'une voix suave au lieu de les fermer à un ton sec et coupant.

Ottar se retourna sur sa selle. La colonne formée par deux hommes d'armes à cheval, six bœufs menés par un bouvier et le jeune Pelot à pied s'était laissé distancer par lui et Gunni le Gauche. Il arrêta sa monture pour les attendre et son dreng fit de même.

« Nous y serons avant la tombée de la nuit, fit Ottar.

— C'est heureux, mon seigneur, car les bêtes à cornes ont ralenti la cadence par rapport au rythme qu'elles ont soutenu depuis trois jours. À en juger par leur façon d'avancer, elles vont bientôt s'arrêter tout à fait, répondit Gunni le Gauche.

— Comment sais-tu cela?

— À Leirvik, il m'est arrivé d'accompagner les bouviers dans les pâturages d'hiver qui étaient éloignés d'une vingtaine de miles du village. Ces animaux ont tous le même défaut, mon seigneur, ils n'ont aucune endurance aux longues distances. Leurs pieds ne sont pas faits pour la route, comme ceux des chevaux que l'on peut ferrer… Je m'étonne que vous ayez décidé d'entreprendre la tournée de vos terres en vous encombrant de la sorte. »

La réflexion de Gunni le Gauche tira un soupir à Ottar, mais il ne dit rien. Il savait bien que son équipée ressemblait plus à celle d'un seigneur allant à la foire qu'à celle d'un nouveau mormaer rencontrant les gens qui dépendent de son domaine et de l'exercice de sa justice sur le territoire, ce qu'elle était pourtant. L'excessive tension provoquée par la recherche du meurtrier de son père, qui avait pesé sur lui ces dernières semaines, avait eu raison de son acharnement. Se butant toujours à l'inextricable énigme et privé du soutien de sa sœur partie vivre au couvent, Ottar décida, le dixième jour de décembre, de fuir le fort et de s'attaquer à un problème qui le jetterait sur les chemins. Dame Brunehilde, encore fort ébranlée et inquiète, lui avait fait promettre de laisser sa garnison à

Dornoch sous le commandement de Roderik afin de parer à tout autre attentat ou invasion. En conséquence, Ottar avait fait quérir son dreng Gunni le Gauche au prieuré et pris seulement deux hommes d'armes pour son escorte personnelle.

Le jeune mormaer regarda le petit troupeau d'un œil désabusé, puis il reporta son attention sur Gunni le Gauche et se demanda s'il avait pris la bonne décision. « Je sais que mes gens sauront bien interpréter mon geste, expliqua-t-il d'une voix absente. Me voyant traverser la région avec des bœufs destinés à un nouvel élevage, ils noteront la priorité que j'accorde à l'exploitation des terres. Si j'avais parcouru le domaine avec une troupe armée, l'effet n'aurait certes pas été le même : c'est le justicier que j'aurais alors mis de l'avant, et non le propriétaire terrien.

— Mon seigneur, vous avez absolument raison, fit Gunni le Gauche. Rester confiné dans le fort sous prétexte d'enquête sur le meurtrier de votre père renvoyait de vous une image d'impuissance et de soumission à une menace, alors que prendre la route dans une démarche d'affaires est plutôt rassurant pour vos commettants qui s'interrogent plus sur la poursuite que vous donnerez à la direction du domaine que sur l'ennemi qui a décimé leur précédent maître. »

Ottar n'ajouta rien à la remarque qui le confortait et il contempla les environs d'un œil serein : la forêt était clairsemée et les vents provenant de la mer qu'on sentait toute proche étaient constants. Une herbe chétive et givrée couvrait le sol et les ruisseaux qui bordaient la route n'étaient souvent que de minces filets d'eau gelée. Le mormaer et son dreng furent tout à coup rejoints par un des

278

hommes d'armes qui demandait, au nom du bouvier, un arrêt pour les bêtes :

« Mon seigneur, il affirme que les animaux ne peuvent plus continuer aujourd'hui et qu'il serait préférable de faire une halte jusqu'à demain. Et puis, nous avons froid… le jeune Pelot aussi. C'est pas qu'il se plaint, mais je crois qu'un bon feu lui ferait grand bien… à nous tous, d'ailleurs. » Ottar jeta un regard d'entendement à Gunni le Gauche et hocha la tête en direction du soldat.

« D'accord, fit-il. Va annoncer qu'on établit le campement ici.

— Ce Pelot est un ronchon, mon seigneur. Pourquoi voulez-vous en faire un bouvier ? » demanda le dreng en regardant s'éloigner l'homme d'armes vers la caravane qui s'amenait à pas de tortue.

« C'est une bonne question, Gunni. Je sais qu'il ne t'a pas donné satisfaction sur le chantier…

— Il peut démontrer de la résistance et du cœur à l'ouvrage, mais il est inconstant et hypocrite. Il lui faudra un maître infiniment patient, si vous voulez mon avis.

— Il m'a donné la même impression que toi. On ne sait jamais à quoi il pense et je n'aime pas du tout la façon dont il me regarde avec un mélange d'effronterie et de mépris. En fait, c'est pour m'en débarrasser que je l'ai amené avec nous : j'ai l'intention de le confier au vieux bouvier Uilleam qui veut reprendre du métier avec le bétail. Mais, aussi, je réponds au souhait de la mère du gars…

— La muette ?

— Oui, la pauvre, elle ne réussit pas mieux que toi à se faire obéir du garnement et elle a demandé à l'une des veuves de me présenter sa requête : donner Pelot en apprentissage chez un fermier. En mai dernier, j'avais promis au vieil Uilleam de lui fournir un homme avec un troupeau. J'ai confiance que la vieillesse connaît les secrets pour apprivoiser la jeunesse.

— Là encore, je m'incline, mon seigneur : vous avez une autre fois raison.

— Vas-tu toujours dire comme ton seigneur, Gunni le Gauche, et passer ton temps à flatter son esprit ?

— Non, mon seigneur, seulement quand il sera à propos de le faire : je ne suis pas votre esclave, mais votre conseiller et gardien, et, ne l'oubliez pas, le premier parmi vos drengs ! »

Quand la troupe eut fini de prendre le repas du soir, elle se prépara pour la nuit. Ceux qui avaient été assignés pour faire le premier quart de guet gagnèrent leur poste et les autres se disposèrent sous la toile qui avait servi d'abri au groupe depuis son départ de Dornoch. Ottar et Gunni le Gauche demeurèrent autour du feu et devisèrent à voix basse :

« Je suis heureux d'être avec toi, Gunni, avança Ottar. Sache que je n'ignore pas pour autant ta déception à te trouver ici. Tu aurais préféré que je choisisse un autre dreng pour m'accompagner et rester au couvent, mais je ne pouvais pas te laisser à Dornoch et être la proie de Roderik… et je ne pouvais pas non plus t'exposer plus longtemps au voisinage quotidien et libre de Moïrane.

— Mon seigneur, vos craintes ne sont pas fondées, dans un cas comme dans l'autre. Roderik ne pouvait rien contre moi tant que je demeurais au prieuré et j'ai confiance en ma lame ; quant à votre sœur, j'ai trop de respect pour elle et je me serais gardé de la compromettre.

— Tu ne m'entends pas : c'est à ma sœur que je ne fais pas confiance, Gunni. Elle est tout à fait entichée de toi et, sans mon père, ma mère ou l'abbesse pour la surveiller, je doute de sa capacité à refréner ses élans… »

Plus tard, bien enroulé dans sa cape et la tête posée sur son harnachement, Ottar repensa aux yeux brillants de Gunni le Gauche quand il avait évoqué Moïrane et à l'air douloureux qu'il avait affiché en rangeant sa dague pour la nuit. De nouveau, l'héritier de Moddan se convainquit de l'innocence du Viking et il s'endormit en jonglant avec le mystère du meurtre de son père, comme il le faisait chaque soir avant de trouver le sommeil.

Au milieu de la nuit, une étrange sensation réveilla Ottar. Le froid intense pénétrait ses habits et ses pieds étaient engourdis. Il ouvrit les yeux et tendit l'oreille en se demandant si son esprit était englué dans un cauchemar. Tout semblait silencieux et il leva la tête pour discerner le campement au-delà du foyer qui n'était plus que braises incandescentes, mais il constata que rien ne bougeait dans cette direction. Alors il se retourna pour apercevoir son dreng, installé tout près, et surprit dans la pénombre, juste au-dessus de celui-ci, Pelot, figé dans une position accroupie, les yeux fixés sur les siens.

« Que fais-tu là ? » tonna-t-il aussitôt, ce qui réveilla en sursaut Gunni le Gauche. Instinctivement, ce dernier fouilla son bagage à la recherche de son arme, alors que le garçon, effaré, se redressait prestement en bredouillant une réponse inaudible. Dans son mouvement de recul, Pelot échappa la dague qu'il avait à la main, puis, sans plus attendre, il déguerpit en se fondant dans la nuit noire. Le dreng se dressa sur son séant, ramassa l'arme qu'il éleva à la lueur du brasier et reconnut sa dague. Tandis que les guetteurs se hélaient au loin, inquiets d'avoir entendu des bruits,

Ottar et Gunni le Gauche se regardèrent avec stupeur, médusés par ce qu'ils venaient de découvrir.

« Je le poursuis, mon seigneur ? » demanda le dreng en sautant sur pied.

– Non, laisse, dit Ottar. Le gredin n'ira pas bien loin par ce froid, tout seul dans ce coin inhabité : il se condamne lui-même. S'il s'aventure à rejoindre notre cohorte demain, j'aviserai. Pour l'heure, je suis étonnamment apaisé : avoir enfin mis un visage sur l'assassin de mon père me soulage d'un poids énorme et j'avoue que le châtier m'indiffère presque, en comparaison. »

À l'aube, au moment de lever le camp, Pelot n'était pas revenu. Gunni le Gauche sella son cheval et partit en exploration dans les parages afin de repérer le garçon s'il s'y trouvait, mais il revint bredouille. Quelques minutes plus tard, la caravane des bœufs et du bouvier quitta le site sous un ciel bas, lourd de neige, et s'ébranla lentement derrière Ottar et ses hommes d'armes. Elle atteignit les hauteurs du loch Brora à la fin de la matinée. Quelques flocons de neige épars poussés par un vent cinglant s'accrochaient à la crinière des chevaux et dans les replis des vêtements des hommes où ils s'accumulaient en minces couches blanches. À une trentaine de yards d'eux, Ottar désigna à Gunni le Gauche la mansarde de tourbe adossée au monticule :

« C'est là-dedans qu'habite le vieil Uilleam », dit Ottar en surveillant la réaction de son dreng à la vue du site. Celui-ci promena un regard indifférent sur l'ensemble que formait l'habitation rudimentaire ; un petit clos couvert d'un auvent délabré où grelottait une chèvre au pelage râpé, un puits étroit et un séchoir à poissons. Puis il haussa les épaules.

« Je ne vois aucune fumée sortir du toit : il n'est peut-être pas là, remarqua Gunni le Gauche sur un ton détaché. J'espère que son feu n'est pas mort, car on va pouvoir l'attiser en patientant. Ça commence à souffler dru…

— Fais donc cela, Gunni, dit Ottar. Va de l'avant : si Uilleam est chez lui, annonce-moi et s'il n'y est pas, ravive son foyer. Moi, je vais attendre les autres et donner des instructions concernant le troupeau, ensuite, je te rejoindrai à l'intérieur.

— Vous êtes certain de ne pas vouloir y aller le premier, mon seigneur ? Je peux m'occuper du bouvier et des soldats, si vous voulez.

— Non, se ravisa Ottar en descendant de selle, allons-y plutôt ensemble. Tu n'auras qu'à me précéder de quelques pas. »

Malgré l'étrangeté de son attitude, Ottar ne semblait pas préoccupé de ce qu'il allait trouver chez le vieil Uilleam. Au contraire, il agissait comme si c'était moi qui aurais dû manifester un intérêt particulier à la visite, en me fixant sans cesse du coin de l'œil avec insistance. Comme il me l'avait demandé, je le devançai dans la masure en appelant le bonhomme d'une voix forte : « Bouvier Uilleam, voici ton seigneur qui vient, le nouveau mormaer de Dornoch ! » Aucun bruit ne fit écho à ma déclaration et je pénétrai dans le logis en poussant la porte qui grinça sur ses gonds. Ottar sur les talons, je m'avançai résolument dans la place éclairée par une lampe à huile en terre posée sur un socle de bois devant l'entrée. Mon regard s'accrocha immédiatement à celle-ci dont le galbe évasé et la couleur rougeâtre me rappelèrent vaguement un objet familier. En levant les yeux, je distinguai, accrochés à la poutre centrale du plafond, trois fétus de paille tressée en forme de canards et cette découverte me procura un autre sentiment de déjà-vu.

« C'est cru ici, mon seigneur : je vais ranimer les braises », fis-je en marchant jusqu'au feu d'où une légère fumée s'échappait, signe que l'endroit était fréquenté. Comme je fouillais du regard les recoins, à la recherche d'un outil pouvant me servir de tisonnier, j'avisai une tige de fer surmontée d'une poignée que je reconnus dès que je l'eus en mains : de la masse en corne se dégageait une tête de bouc qui faisait un clin d'œil incongru. J'avais indéniablement déjà vu le bâton : « Par Thor, qu'est cela ? » échappai-je. Troublé, je dévisageai Ottar qui m'examinait ardemment comme s'il partageait ma stupeur. Au moment où j'allais lui expliquer ma réaction, nous ouïmes un soldat nous avertir de l'arrivée d'Uilleam d'une voix excitée : « Seigneur Ottar, venez voir : votre vieux bouvier arrive et il ramène le gars Pelot avec lui ! »

Ottar se rua à l'extérieur de la masure et je l'y suivis avec précipitation, bien décidé à régler son compte au jeune scélérat. Je n'eus d'yeux que pour ce dernier qui se traînait aux côtés d'un vieil homme en s'agrippant à son bras. Ils émergeaient du sentier qui contournait le monticule et c'est pourquoi ni Ottar ni moi ne les avions aperçus à notre arrivée. Le visage de Pelot avait une vilaine teinte grise, ses lèvres étaient bleuies, ses mains aussi blanches que pattes de porc duquel on a retiré le sang, et son regard, habituellement torve, avait perdu sa vivacité. Le vieil Uilleam parla le premier et je dus reporter sur lui mon attention. « Dieu vous garde, messire Ottar ! Je suis heureux de vous revoir et de constater que vous m'amenez vous-même les bœufs que vous m'aviez promis, dit-il en se dégageant de l'emprise de Pelot.

— Seigneur Ottar, rectifiai-je aussitôt. Ton ancien maître est décédé voilà trois semaines, Uilleam. Tu es l'un des premiers à recevoir la visite du nouveau mormaer de Dornoch... » Tout en m'adressant au vieil homme, je ne quittais pas des yeux mon Pelot qui s'était affaissé dès qu'il avait perdu son appui.

« Le bonjour, Uilleam, que Dieu te protège! Je suis heureux de te retrouver en bonne santé puisque voilà en effet les bêtes que je te donne à faire paître » entendis-je Ottar enchaîner d'un ton désinvolte à la suite de ma précision.

« Et voilà l'apprenti bouvier que vous me cédez, fit Uilleam en indiquant Pelot. C'est du moins ce que ce jeune homme m'a déclaré, mais il est difficile à comprendre dans son état. Comment a-t-il fait pour perdre votre groupe hier? Peu importe, entrons, mon seigneur : nous allons le dégourdir à mon feu... »

Ce disant, Uilleam se retourna pour soulever Pelot et je vins lui prêter la main. Il me sourit avec bonté et je croisai alors ses yeux gris striés de fines veinures rouges. Son regard me frappa et je retrouvai immédiatement le singulier malaise qui m'avait assailli dans sa demeure, quelques minutes plus tôt.

« Qui est donc ce vieillard qui me rappelle quelqu'un? L'aurais-je rencontré auparavant? » songeai-je en transportant Pelot à l'intérieur de la masure. Durant tout le temps où Uilleam prodigua des soins au jeune chenapan, qu'il déchaussa et recouvrit d'une couverture, je l'observai minutieusement. Ses épaules encore très droites et larges étaient enveloppées d'une pièce de fourrure dont je ne pus discerner l'origine, sa tête était couverte d'un calot de cuir d'où sortaient de longs cheveux clairsemés et parfaitement blancs, sa tunique n'avait apparemment pas été lavée et rapiécée depuis fort longtemps et il portait des heuses* fendillées qui lui montaient jusqu'aux genoux, ses mains noueuses laissaient voir des ongles particulièrement cornus et noircis.

Pendant mon examen attentif de notre hôte, Ottar s'activa avec un des soldats à ranimer le brasier tandis que l'autre était retourné desseller les chevaux avec le bouvier. Enfin, Uilleam délaissa Pelot et vint suspendre la marmite au crochet. Bientôt, il émana de celle-ci une odeur de hareng fumé qui me fit frémir, comme au souvenir d'un agréable moment. De nouveau, d'étranges impressions assiégèrent mon cœur désemparé et c'est la voix d'Ottar qui me sortit de ma léthargie :

« Uilleam, maintenant que nous sommes tous bien au chaud et au sec à attendre que le brouet soit prêt, j'aimerais que tu racontes à mon dreng Gunni le Gauche ce que les Normands ont fait subir à ta famille jadis, ici même…

— Ce n'est pas une jolie histoire, mon seigneur, et je peine à la narrer, mais si elle peut intéresser votre ami, je la redirai pour lui », répondit le vieil homme en me dévisageant. Intrigué, je jetai un œil à Ottar qui me fit signe d'écouter, puis, je me concentrai sur le récit qu'entamait le vieux bouvier d'une voix douloureuse, presque éteinte.

« … j'avais laissé le reste du troupeau sous la surveillance de ma femme. Il n'y avait qu'elle pour défendre nos biens et notre fils, alors, quand ils ont débarqué là-bas, sur la plage, elle n'a rien pu empêcher. Ils ont pillé le peu que nous possédions, ardé le reste et sont repartis avec notre petit Gawinni. J'aurais aimé qu'ils emmènent ma femme aussi afin qu'elle ne soit pas séparée de notre enfant. Je crois qu'elle est morte de ce chagrin-là : Dieu ait son âme dans sa sainte pitié !

— Ta femme s'appelait-elle Arabel ?» fis-je soudain, mu par une sorte de pressentiment que le nom «Gawinni» avait fait surgir.

«Si fait ! Comment le savez-vous, messire ? Vous ai-je déjà parlé ?

— Tu m'as souvent parlé, Uilleam le bouvier, et ici même, dis-je en tremblant. Je suis ton fils enlevé voilà plus de vingt années par le jarl norvégien Rolfus le Fier...

— Dieu de gloire ! Comment est-ce possible ? Je n'ose y croire, vous, messire, être mon petit Gawinni...» bégaya le vieil homme en lequel je découvrais, tout aussi ému, mon père. Il contourna le foyer d'un pas hésitant et vint me saisir à bras-le-corps pour mieux m'examiner à la lueur du feu. «Oh, cette tignasse rouge, ce nez droit, ce front large, murmura-t-il en me détaillant avec un regard ébahi, ce sont les mêmes que ceux de mon Arabel...»

Je vis les larmes jaillir de ses paupières comme cascades en forêt, mouiller ses joues ravinées comme crues printanières, et mon cœur bondit dans ma poitrine palpitante. Nous ne savions, ni l'un ni l'autre, comment exprimer l'éblouissement de notre découverte et demeurions pantois, face à face. Mon inespéré père se secoua le premier.

«Seigneur Ottar, dit-il, vous me ramenez l'enfant qu'on m'a ravi et je manque à tous mes devoirs en vous laissant languir à humer ma soupe sans y goûter... Je vous en donne une louche, céans !» Il partit en trottinant vers un coffre d'où il extirpa une pile de bols et une écuelle à long manche dont il se servit pour verser les portions du potage fumant. Quand vint mon tour d'être servi, Uilleam fit un geste brusque et j'avançai la main pour retenir le récipient afin qu'il ne l'échappe pas, mais il se ressaisit et m'adressa un sourire désarmant : « Gunni le Gauche, dit-il, tu es bien ce fils que j'ai eu qui utilisait mieux sa sénestre à cinq ans : je constate que c'est toujours le cas maintenant qu'il est parvenu à sa taille d'homme. Il faut reconnaître que celui qui t'a élevé a bien réussi et tu n'aurais pas renié ton sang en faisant un bon bouvier. En vérité, je suis très honoré que tu sois devenu bien mieux que cela dans la maison de notre bon seigneur Moddan. Dieu ait son âme !

– Dieu ait son âme ! » nous reprîmes en chœur, Ottar, ses deux hommes d'armes, son bouvier et moi-même. Alors, derrière mon dos, j'entendis distinctement Pelot murmurer : « … qu'il brûle en enfer… » Je lui coulai aussitôt un regard mauvais qu'il me rendit avant de camoufler son visage dans sa couverture. En me retournant vers Ottar et mon père pour voir s'ils avaient saisi l'échange, une vague d'angoisse me submergea : je ne voulais pas que le garçon sournois et assassin soit laissé sous le toit de mon vieux père. Mais il ne fallait pas non plus le ramener à Dornoch où il demeurait une menace constante pour la vie d'Ottar ou la mienne. À vrai dire, nous étions dans un beau pétrin avec le gars Pelot si on lui laissait la vie sauve. Je me mis à espérer de toutes mes forces qu'il soit châtié avant notre départ de Brora.

CHAPITRE XIII

LE FILS

Discuter avec Ottar du sort de Pelot me rebutait, pourtant, je brûlais de connaître sa décision. Au fur et à mesure que l'heure du coucher approchait, mon anxiété grandissait. N'y pouvant plus, je sortis pour me détendre, sous prétexte de vérifier l'état de nos montures.

Au dehors, les bourrasques avaient continué de charrier de la neige, mais celle-ci avait presque tout fondu en laissant le sol passablement détrempé. À lueur de la lune bien pleine, je pataugeai autour des quatre chevaux groupés dans un coin sous l'abri de la chèvre et je bouchonnai le mien avec une poignée de foin de mer qui se trouvait dans l'auge. J'aimais beaucoup cette monture qui m'avait permis d'escalader la palissade du fort d'Achilty et, à la fin de la bataille, j'avais spécifiquement demandé au seigneur Moddan de me l'octroyer comme butin de guerre. Depuis, ce cheval et moi formions la paire et nous avions pris l'habitude de nous réconforter mutuellement. Les retrouvailles avec mon père, aussi soudaines qu'inattendues, plongeaient mon esprit dans un étrange trouble que je n'arrivais pas à définir. Aussi me concentrai-je à trouver une solution satisfaisante pour Uilleam et Ottar dans le lot qu'on réserverait au gars Pelot, mais en vain. Cependant, le long moment passé avec mon cheval réussit à m'apaiser.

Au moment où j'allais retourner dans l'habitation, mon père en sortit. Il avait retiré son calot et s'était couvert la tête sous le capuchon d'une cape qu'il serrait autour de son corps, mais le vent battait sa chevelure filamenteuse qui flottait autour de son visage, comme des rubans. Il vint à ma rencontre en me faisant signe de ne pas bouger.

«Reste où tu es, mon fils, dit-il. J'ai à te parler seul à seul. » Il passa la main sur le chanfrein de mon cheval qu'il contourna, de façon que la tête de l'animal soit entre nous deux. «Je crois deviner ce qui t'inquiète, enchaîna-t-il. Il s'agit de l'apprenti bouvier… Tu te demandes comment notre jeune seigneur de Dornoch va le châtier.

— …

— Tu as raison de t'alarmer, car le meurtre est une chose grave, punissable de mort. Mais est-ce tout à fait certain que le garçon ait commis cet acte?

— On ne peut en douter, père, répondis-je. Il s'apprêtait à recommencer sur ma personne.

— Je le sais, le seigneur Ottar m'a renseigné afin que je sois sur mes gardes quand vous repartirez demain.

— Ainsi, le mormaer de Dornoch a décidé de laisser la vie sauve à Pelot? C'est insensé!

— C'est vrai, mais c'est aussi extrêmement généreux de sa part.

— … et extrêmement dangereux s'il vous laisse ici seul avec ce petit vaurien!

— Je n'ai pas peur de cet enfant. Cependant, il serait important que je comprenne les motifs qui l'ont poussé à se transformer en assassin.

— On n'a qu'à l'interroger : ce n'est pas une bouche difficile à faire parler, mais c'est une bouche félonne.

— Voilà ce que dit aussi le seigneur Ottar. Mais toi, Gunni, n'as-tu pas ton idée sur la haine qui nourrit la tête de Pelot ?

— Si fait : une vengeance à assouvir. Le père du gars était dans la garnison de Donald de Ross contre lequel le seigneur Moddan a levé une expédition de guerre. Il n'y a eu aucun survivant et Pelot s'est probablement mis en tête d'occire les responsables du massacre. Il s'est attaqué au chef de guerre, le seigneur Moddan, en empruntant ma dague afin que je sois accusé. Il aurait sans doute continué sa vindicte avec le fils, toujours avec la même arme, et ainsi de suite, jusqu'à ce que réparation satisfaisante soit faite en son nom et au nom des veuves des soldats d'Achilty… ou jusqu'à ce qu'il soit empêché. C'est heureux que Pelot n'ait qu'une seule mort sur la conscience à ce jour… »

Uilleam se déplaça en face de moi. Doucement, il empoigna le haut de ma tunique qu'il secoua lentement en me dévisageant avec une tendresse bourrue : « Mon fils, dis-moi une chose : que t'aurait commandé ton cœur si on avait trucidé ton père ? » Je déglutis et ne sus quelle réponse lui donner. D'ailleurs, il n'en attendit point. Ouvrant le poing, il tapota ma poitrine dans un geste d'affection, puis il me quitta pour s'en retourner d'un pas lourd dans la cahute. Je demeurai là, désemparé, à regarder la lune entourée des milliers de lampes des guerriers décimés de mâle mort depuis la nuit des temps et j'admis, au fond de moi, la justesse de l'animosité de Pelot.

Le lendemain, dès le réveil, alors qu'Uilleam mouchait la mèche de la lampe et que nous nous dépliions de notre nuit, chacun dans notre coin, Ottar prit son épée, marcha sur Pelot en le haranguant sur un ton impératif : «Debout, Pelot, meurtrier de Moddan, mormaer de Dornoch! Je t'ai laissé une nuit, mais c'était ta dernière. Dehors, afin que ton sang ne coule pas sous le toit de l'homme à qui j'avais le dessein de te confier et dont tu n'es plus digne d'être l'apprenti!» Pelot se recroquevilla sur lui-même en se camouflant sous sa couverture. Ottar lui piqua l'épaule du bout de sa lame en réitérant son ordre : «Sors sur tes deux jambes, pareil à un homme : quand on assassine avec une arme, on se prépare à mourir par une arme, comme un guerrier, non pas comme un chien apeuré qu'on doit traîner par la peau du cou. »

Le garçon ne bougeant pas, j'intervins : «Alors, Pelot, tu as ouï le seigneur Ottar? Lève-toi céans ou j'aurai le plaisir de t'extraire de tes langes. » Joignant le geste à la parole, j'arrachai la couverture avec force et Pelot roula sur le sol en protégeant sa tête entre ses bras repliés. Je le fixai un moment et remarquai qu'il ne tremblait pas. Levant les yeux sur Ottar, je l'interrogeai du regard. «Emmène-le », fit celui-ci en rengainant son arme, puis il sortit de la chaumière. Interrogateur, je me tournai en direction de mon père qui me fit un sourire si imperceptible que je doutai de l'avoir intercepté.

Ottar nous attendait dehors, près du séchoir à poissons où je fis avancer Pelot en le poussant dans le dos. Celui-ci, qui se traînait plus qu'il ne marchait, tomba à genoux aux pieds d'Ottar en grelottant. Les deux hommes d'armes, le bouvier et mon père firent cercle autour, en silence. «Puisque tu as voulu faire porter ton méfait sur mon dreng en utilisant sa dague, c'est lui qui va t'occire, avec cette arme », fit Ottar au-dessus de la tête du garçon. Je tressaillis en l'entendant me désigner pour administrer la sentence et, de nouveau, je jetai un regard d'incompréhension à Uilleam. Cette fois, l'expression paisible de son visage ne fut pas équivoque.

« Mon seigneur, dit alors celui-ci, je demande grâce pour la vie du gars Pelot. Donnez-le-moi en échange de mon fils qui sert si bellement dans votre maison. Je n'ai personne ici pour me prêter la main avec les bêtes et pour les protéger des voleurs. Permettez que je fasse de lui le bouvier que vous aviez convenu qu'il serait : je m'en porte garant.

– Soit, Uilleam : je ne te le refuserai point, fit Ottar. Relève-toi, Pelot, et remercie ton sauveteur, maître éleveur Uilleam de Brora. »

En voyant Pelot se redresser prudemment sous l'œil impassible de mon père et d'Ottar, j'avais l'impression d'assister à une comédie dont j'aurais été le seul spectateur à savoir que cela en était une. D'ailleurs, un murmure de stupeur courut sur les lèvres des trois autres hommes présents tandis que Pelot, tête baissée, se tournait lentement vis-à-vis de mon père devant lequel il s'inclina dans une attitude un peu rigide :

« Soyez béni, messire Uilleam, bredouilla Pelot. Je ferai honneur à l'apprentissage que vous consentez à me donner. Si vous jugez que je puis remplacer votre fils à vos côtés, je vais désormais vous considérer comme mon père et je vous défendrai de mon mieux, comme messire Gunni le Gauche le ferait lui-même.

– S'il en est ainsi, dit vivement Ottar, il conviendra que tu sois armé, Pelot. » En s'adressant à moi, il ajouta sur un ton radouci : « Donne-lui ta dague, Gunni… »

Dès le départ de la délégation religieuse pour Oldeer, Svein envoya un messager à Finlay MacRory, lui recommandant de revenir d'urgence à son fortin de Rothes. Malgré le mauvais temps qui avait commencé à endommager les routes, le mormaer de Moray rappliqua hâtivement sur son territoire. Pour son retour, Svein avait entretenu un vif brasier dans la fosse à feu et fait fumer un porc entier. Ses attentions portèrent leurs fruits, car il n'eut aucune difficulté à convaincre Finlay de l'opportunité qui s'ouvrait dans le Caithness avec le décès du mormaer Moddan.

« Le moment ne peut être mieux choisi pour vous manifester, mon seigneur, argua le Norvégien. En marchant sur le fort de Dornoch avec vos hommes, vous couperez court aux ennemis de Moddan dans le Ross qui veulent probablement profiter de son décès pour exercer quelques velléités bien méritées. Je sens que le fils Ottar est plus manœuvrable que son père ne l'était et il accueillera avec soulagement une alliance avec vous qui n'êtes pas un ennemi de son clan. Si vous agissez rapidement, il se pourrait même que le jeune seigneur soit encore occupé à enquêter sur le meurtrier de son père et alors, vous aurez peut-être l'occasion d'incriminer la maison de Thorfinn : Rothes est mieux situé que Dornoch pour savoir ce qui se trame à Inverness.

— Pourquoi le lieutenant Thorfinn aurait-il voulu la mort de Moddan ? » s'enquit Finlay avec désinvolture, heureux de se retrouver au chaud dans sa place forte et enclin à discuter pour la forme.

« Parce qu'il était allié à Donald de Ross, répondit Svein. On sait que l'opportuniste Thorfinn appuie ouvertement celui qui assume maintenant le titre de justicier sur le territoire de Ross. D'ailleurs, ne trouvez-vous pas logique que les ennemis de Moddan soient principalement des hommes provenant de Ross? Je suis persuadé que le jeune Ottar lui-même doit investiguer de ce côté… Apportez-lui votre contribution à ce chapitre et vous pourriez faire d'une pierre deux coups.

– Les deux coups étant?

– Trouver dans le Caithness un associé pour vous et un ennemi pour Thorfinn. »

De son côté, le lieutenant Thorfinn avait baissé la garde sur la surveillance de ses terres et il s'apprêtait à s'enfermer douillettement dans sa place forte pour l'hiver. Il se félicitait d'être bien vu par le petit-fils du roi Malcolm grâce à la participation active qu'il avait prise à la reconstruction du fort d'Achilty. Ses subsides lui avaient permis cette largesse qu'il était sûr de récupérer avec le temps. En effet, Thorfinn avait connu une excellente saison dans le négoce de ses chevaux d'élevage avec l'arrivée du nouveau mormaer de Ross et la vente de plusieurs bêtes au seigneur de Beauly, Frode l'Écumeur. Ce dernier l'avait payé en joyaux, ce qui l'avait comblé de bonheur sans l'inquiéter de la provenance de ceux-ci.

La découverte du hoard de Gorm avait permis à Frode l'Écumeur et à ses hommes de rentrer chez eux et de suspendre leurs activités de navigation plus tôt que prévu dans l'année. Frode avait mis son navire en cale sèche pour l'hiver et il était encabané avec les siens à Beauly quand, le 10 décembre, un voyageur lui apprit la mort de son allié de Dornoch. Cet assassinat ne l'affligea pas outre mesure, mais lui donna matière à jongler. Attentif aux remous créés par cet événement chez les seigneurs de Ross, chez le nouveau mormaer et chez dame Brenda d'Achilty, Frode l'Écumeur partit en équipée légère sur ses terres afin de prévenir les répercussions probables pour lui ou pour le successeur de Moddan. En compagnie de deux hommes, il se rendit d'abord jusqu'à Achilty où l'ancien fort de Donald avait été rebâti et abritait l'héritière du défunt Donald, la vieille Brenda.

Profitant que ses liens avec la maison de Moddan étaient peu connus dans la région, Frode l'Écumeur se fit admettre auprès de la sœur de Donald de Ross sans soulever de soupçons. Elle le reçut avec la réserve que tout propriétaire terrien voisin à son domaine lui inspirait et avec la pointe de méfiance que la réputation de l'homme suscitait dans la région.

« Vos négoces prospèrent fort bien, messire Frode, fit-elle remarquer d'un air soupçonneux à son visiteur. Vous voici vêtu et équipé comme un prince du Fortriu. Ne me dites pas que vos seuls cheptels parviennent à vous agrémenter de la sorte…

— Disons que j'ai eu la main heureuse récemment… On fait des affaires là où nous conduit notre félicité. D'ailleurs, je vois que vous n'êtes pas privée de bonne fortune non plus. Cette place forte neuve en est un signe convaincant : quelles belles galeries vous avez et quelle demeure vaste et aérée ! » répondit Frode en levant le nez sur les hauts plafonds de bois clair couvrant les étages. La vieille Brenda plissa les yeux en examinant son vis-à-vis afin de déceler le motif de sa visite.

« Si fait ! répliqua-t-elle. Je suis contente de la reconstruction et encore plus du fait que Taggart, l'envoyé du seigneur Duncan, ne veuille pas résider ici. Ce lieutenant prétend que le siège militaire du mormaer de Ross devrait se situer à Dinkeual et il a décidé de s'installer là plutôt qu'ici.

— Dinkeual est incontestablement plus près de l'évêché, et plus près des routes maritimes aussi, ce qui permettra au nouveau mormaer d'entendre tous les échos et bruits à propos de ce qui survient en Écosse, convint Frode l'Écumeur.

— En effet.

— Par exemple, messire Taggart a dû apprendre bien avant vous et moi le décès du mormaer de Dornoch…

— C'est possible, fit laconiquement la vieille Brenda.

— J'imagine que cette mort ne vous a causé nul chagrin…

— Du chagrin, non point, mais du souci, un peu. J'ai des raisons de m'inquiéter de l'avenir des veuves et des orphelins qu'on avait placés à Dornoch sous la protection de l'infâme Moddan et de l'achèvement de l'hospice des cisterciennes qui devait les accueillir. L'édifice doit être inauguré le 24 décembre, mais je doute qu'il soit parachevé désormais. Le fils honorera-t-il les engagements de son père ? Voilà qui me semble bien improbable…

— Je présume que nombre de seigneurs de Ross, en particulier les hommes près de l'évêque Simon, sont disposés à marcher sur Dornoch afin de s'assurer que la maison du défunt Moddan remplisse sa promesse.

— Ah, ça ! Je suis certaine que nombre de seigneurs marcheraient sur Dornoch sous des prétextes moins bons que celui-là. Le domaine de Moddan est très convoité et ses ennemis fort nombreux. Il n'est pas surprenant qu'il ait été assassiné : ne récolte-t-on pas ce que l'on a semé ? »

En son for intérieur, Frode l'Écumeur partageait l'opinion de la vieille Brenda : le meurtrier de Moddan pouvait bien être un homme de Ross, quelqu'un qui aurait assouvi une vengeance. Cependant, il songeait que d'autres motifs pouvaient avoir poussé une personne à commettre le geste, par exemple, le désir de se débarrasser d'un obstacle : une épouse cupide voulant obtenir la direction du domaine ou un fils ambitieux, le titre de mormaer ou encore, un prétendant à la main de l'héritière, bafoué ou éconduit. Bien que cette réflexion amenât Frode l'Écumeur à se questionner sur l'entourage immédiat du défunt Moddan, il résolut de poursuivre, dans le Ross, la tournée susceptible de le renseigner sur les visées belliqueuses qu'entretiendraient les seigneurs voisins de ses propres terres.

En quittant le fortin d'Achilty, Frode l'Écumeur évalua la hauteur du soleil et conclut que le jour n'allait pas s'éteindre avant quatre bonnes heures. Il avait donc amplement le temps de chevaucher jusqu'à Dinkeual pour présenter ses hommages à Taggart, le nouveau mormaer de Ross, qu'il n'avait jamais rencontré et qui comptait parmi les premiers seigneurs que l'évêque solliciterait pour contraindre la maison de Dornoch à honorer son serment envers les cisterciennes et les veuves de Ross.

Taggart avait fait ériger sur une éminence rocheuse une place forte assez complexe en regard du temps dont il avait disposé depuis sa nomination : un mur de pierres sèches encerclait un ensemble de bâtiments de bois d'un seul étage dont on ne pouvait distinguer, à première vue, lequel était lequel entre le corps de logis, l'écurie, l'atelier et le cellier. Sa garnison était réduite, comparativement à sa domesticité, et le lieutenant lui-même était un homme peu imposant. En effet, Taggart était de petite taille, d'ossature frêle et il portait les cheveux si longs et des accoutrements si décorés que son allure ressemblait à celle d'une femme. De plus, il adoptait une démarche alanguie, un ton geignard et une mine affairée, écoutant peu et discourant beaucoup. Frode l'Écumeur reçut de lui un accueil courtois mais distrait, et il eut la bonne fortune de se voir offrir le gîte pour la nuit, ce qui lui permit de se faire une opinion plus complète sur l'homme. Le lendemain, Frode l'Écumeur ressortit du fortin de Dinkeual avec la conviction que Taggart serait le dernier seigneur qui marcherait sur Dornoch, même sous la férule de l'énergique évêque Simon.

Alors qu'il descendait de la colline par le sentier escarpé entre les arbres dégarnis, il aperçut, en contrebas, un groupe d'une quinzaine d'hommes qui chevauchaient vers le nord. Il reconnut le destrier de l'un d'eux, un cheval de combat qui provenait de l'élevage de Thorfinn et qu'il avait revu à bord du knörr des Norvégiens de Leirvik quand ceux-ci avaient fait leur escale malvenue au site du hoard. Sur les boucliers attachés aux harnachements, il distingua l'emblème du Moray et il se demanda quel lien pouvait être établi entre les deux éléments. C'est en regagnant Beauly que le mystère s'éclaircit : les gens de sa maisonnée lui apprirent que le mormaer Finlay MacRory, en route pour Dornoch, s'était arrêté à l'hostellerie du prieuré avec sa troupe et qu'un compatriote de Gunni le Gauche se trouvait parmi eux, « … un dénommé Svein de Leirvik ».

Notre prochaine étape dans la tournée du domaine de Dornoch fut les pâturages de l'ouest chez les métayers installés de part et d'autre de la rivière Fleet. Nous y passâmes une journée, y laissâmes le bouvier et poursuivîmes vers le sud, pour visiter les fermes sur les berges de la rivière Carron qui serpentait entre les montagnes jusqu'au loch Morie que nous atteignîmes une semaine plus tard. Notre équipée avait bénéficié tout le long d'une température clémente qui avait grandement facilité nos déplacements. Partout où nous étions arrêtés, dans la moindre chaumière ou cahute, je n'avais remarqué que des mines affables et débonnaires : chacun accueillit la nouvelle du décès du seigneur Moddan avec respect et l'entrée en poste d'Ottar avec indulgence. Celui-ci prêta une oreille particulièrement bienveillante aux quelques doléances que certains se hasardèrent à lui formuler et je crois qu'il conquit rapidement le cœur de tous ceux qui relevaient de sa nouvelle autorité.

Pour ma part, le voyage favorisa ma connaissance du domaine de Dornoch et de ses gens : ainsi, je pus apprécier la qualité des fermes et des élevages, et découvrir le pays qui les nourrissait. En contrepartie, les images de ma rencontre avec Uilleam et les émotions qu'elles avaient fait naître en moi s'estompèrent peu à peu, ne laissant plus qu'un souvenir diffus dans mon esprit. C'est surtout le soir que je pensais à lui, quand je me retirais pour laisser Ottar s'entretenir en privé avec nos hôtes. Je m'employais alors à sculpter des anneaux de noces tirés d'une lisière de stéatite tout en imaginant le couple qu'avaient formé mes parents dans leur coin de terre isolé, et il m'arrivait parfois de regretter de n'être pas resté plus longtemps auprès de mon père que j'aurais pu questionner à souhait sur mon enfance à Brora. Mais qu'aurait-il eu à raconter sur la vie d'un garçonnet d'à peine cinq ans ?

Le 17 décembre, Ottar décida d'interrompre notre expédition, faute de lumière. Comme nous approchions du solstice d'hiver, nous ne pouvions bénéficier que de quelques heures de clarté par jour pour nos chevauchées et la charge de notre hébergement chez les paysans s'alourdissait d'autant. Pour ne pas puiser indûment dans leurs provisions de bouche, Ottar décida de reporter au mois suivant la tournée sur la portion sud du domaine, celle qui jouxtait les terres du successeur de Donald de Ross. En deux journées de route, moitié sous le soleil, moitié sous la lune, nous regagnâmes la vallée de Dornoch en contournant les montagnes par leur flanc est. À quelques miles de notre destination, nous fîmes escale dans une fermette. « Mon jeune seigneur, dit l'homme qui l'habitait en s'adressant à Ottar, hâtez-vous d'entrer à Dornoch : un mormaer du Moray vous y attend. Il est passé ici voilà deux jours, avec une grande escorte d'hommes d'armes. Il dit avoir des nouvelles du meurtrier de notre bon seigneur Moddan, Dieu ait son âme dans sa sainte pitié…

– Son nom ? demanda Ottar.

– Finlay, mon seigneur, du clan MacRory. »

L'information nous plongea, Ottar et moi, dans l'anxiété. Devions-nous douter de la culpabilité de Pelot ou bien des motifs d'un mormaer inconnu qui se rend à Dornoch en gros équipage armé ? « Je n'aime pas cela, me confia Ottar. Que vient faire en Caithness un seigneur du Moray au moment où tout Ross renforce ses allégeances à Malcolm II ? À mon avis, rien qui fleure l'air pur, au contraire, quelque manœuvre qui respire le feu et la cendre. » Je me demandai si Ottar avait été hanté par des rêves mauvais pour parler de la sorte et je sondai mon propre cœur à la recherche d'indices prémonitoires de batailles, mais en vain. Cependant, l'angoisse ne me quitta plus durant la chevauchée de retour vers la vallée. Nous éperonnâmes nos montures et foncèrent à Dornoch sous un ciel bas et gris.

La nuit était en sa mi-temps, le vent nous cinglait la peau en soulevant nos capes de fourrure et nos chevaux, au pelage givré, piétinaient déjà depuis une heure devant les palissades du fort sans que la sentinelle se soit montrée, malgré nos appels redoublés. «C'est insensé, fulmina Ottar. Comment peut-on nous laisser ainsi croupir sous ce froid glacial? Je ne peux pas croire qu'on ne nous ait pas encore ouïs…

— Par Thor, vous avez raison, mon seigneur, lui répondis-je. C'est parfaitement anormal et il ne peut y avoir qu'une raison pour nous retenir de la sorte aux portes de votre maison: la place est assiégée.

— Assiégée, dis-tu? Si cela est, éloignons-nous de ces murs où des archers nous guettent peut-être… Bon sang, ce sont mes propres archers qui sont là, derrière…

— Ou ceux de Finlay MacRory, mon seigneur…

— Filons jusqu'au prieuré céans. Là, on devra nous ouvrir et nous fournir des explications!» cracha Ottar, hors de lui en remontant en selle. Je perçus dans sa voix plus de frayeur que de colère et quand je croisai son regard, je compris qu'il était bel et bien assailli par de funestes pensées qu'il m'était impossible de percer.

Au prieuré, Ottar, les deux hommes d'armes et moi, dûmes encore patienter avant qu'on se décide à nous faire entrer, car les moines chantaient complies*. En attendant la fin de l'office, nous attachâmes nos montures sous l'auvent du chantier, qui n'avait pas été démonté, et revînmes à la porte de l'hostellerie que nous tambourinâmes dès que les chants filtrant derrière les volets cessèrent. Gervadius fut long à paraître et il nous introduisit dans la salle en refermant précipitamment derrière nous.

« Mon seigneur, c'est une abominable calamité, dit-il d'entrée de jeu à Ottar. Exhorté par messire Finlay de Rothes, votre dreng Roderik a pris le contrôle du fort et en a chassé votre mère, ses servantes et les veuves de Ross. Elles sont toutes réfugiées au couvent avec les enfants…

— Comment cela peut-il être ? De quel droit et au nom de qui Roderik agit-il ?

— Notre chapelain et mère Hilda d'Anglie n'ont rien compris au discours éperdu de dame Brunehilde : je vous assure, c'est tellement invraisemblable que nous croyons à un envoûtement ou à un maléfice, poursuivit Gervadius. Nous nous séquestrons depuis hier en espérant et priant pour votre retour hâtif.

— Eh bien, me voilà ! Je vais de ce pas éclaircir tout cela avec ma mère…

— Reportez votre rencontre à demain, mon seigneur : l'abbesse se barricade autant que nous le faisons au prieuré et je serais étonné qu'elle vous ouvre cette nuit.

— Frère Gervadius a raison, mon seigneur, intervins-je. Souffrons d'attendre le lever du jour. D'ailleurs, nous ne mènerons aucune action efficace d'ici là. »

Le lendemain, j'eus de la difficulté à réveiller Ottar. D'un air hagard qui m'alarma, il m'avoua avoir été la proie à un cauchemar dans lequel le fort de Dornoch était en flammes. Je lui offris de l'accompagner au couvent, mais là, je fus refoulé à la porte. Il entra seul pour s'entretenir avec sa mère et l'abbesse. Je n'eus même pas le plaisir d'échanger avec Moïrane, car je ne fis que l'entrevoir. Malgré la brièveté de notre rencontre, je saisis, par le signe qu'elle m'adressa, qu'elle tenterait de me parler plus tard et je me tins sur le qui-vive. Je battis la semelle sous le guichet dans l'espoir de la revoir quand Ottar sortirait, mais ce n'est pas elle qui fit alors office de portière.

Ottar n'était pas resté une heure au couvent et il me rejoignit presque aussi troublé qu'il m'avait précédemment quitté. Il n'arrivait pas à rendre cohérente l'explication donnée par sa mère à sa déportation au couvent et il n'avait aucun indice sur les intentions de Roderik à son endroit, ni sur la raison pour laquelle le fort était resté fermé la veille. Au dire de dame Brunehilde, les habitants dans l'enceinte étaient sous la menace d'une attaque et leur sécurité ne pouvait y être assurée mieux qu'au couvent. Sur la nature exacte de la menace et sur l'importance de la troupe du seigneur Finlay, rien.

« Qu'en dit Moïrane, demandai-je à Ottar ?

– Je n'ai pas pu lui parler. Quand l'abbesse a su que tu te tenais à la porte, elle a exigé que ma sœur regagne le soubassement du couvent où les femmes du fort sont entassées. Cette situation qui fait d'elles des rescapées ne peut durer, Gunni, cela devient intolérable en plus d'être grotesque. Allons, il est grand temps d'aller voir ce que fabrique Roderik avec Finlay MacRory ! »

En trottant en direction du fort avec Ottar et nos deux hommes d'armes, je fixai la tourelle de guet et y décelai du mouvement, puis, quand nous arrivâmes à cinquante yards de la palissade, je vis le bout effilé de trois casques de fer se mouvoir au-dessus d'elle. Ce ne pouvait être des soldats de Dornoch, car aucun d'entre eux ne possédait cette pièce d'équipement. Cette réflexion, que je conservai pour moi, m'inquiéta et, je me mis aussitôt aux aguets en scrutant les ouvertures du fort à la recherche de pointes de projectiles dirigés vers nous. Soudain, un battant de la porte de l'enceinte s'entrouvrit et laissa le passage à Roderik qui sortit seul et armé.

« Dieu vous protège, mon seigneur ! lança-t-il d'une voix forte.

— Que se passe-t-il ici, Roderik ? enchaîna aussitôt Ottar. Quelle est cette alarme dont me rebattent les oreilles les moines et dame Brunehilde et pourquoi me suis-je buté à une porte fermée hier ?

— Seigneur Ottar, vous allez bientôt l'apprendre, soyez sans crainte, mais auparavant, défaites-vous de votre escorte pour entrer avec moi. J'ai de bonnes raisons de ne pas l'admettre à l'intérieur des murs…

— Lesquelles ? fit Ottar en arrêtant sa monture à quelques yards de Roderik.

— Mon seigneur, je vous prie de me faire confiance. Avancez seul et entrez. Que messire Gunni le Gauche et vos gardes ne bougent pas, sinon, je serais obligé de les faire abattre…

— Depuis quand le mormaer de Dornoch reçoit-il des ordres d'un dreng de sa maison qui, de surcroît, en intimide un autre ? Qu'est cela ? éclata Ottar.

— N'y va pas ! » lui soufflai-je, juste assez fort pour n'être entendu que de lui. Durant l'échange, j'avais croisé le regard venimeux de Roderik et perçu la menace très réelle qui pesait sur notre groupe. Nous n'avions ni bouclier ni arc pour nous défendre contre des tirs éventuels et je devais convenir qu'ainsi exposés, nous étions des cibles fâcheusement aisées à toucher.

« N'entre pas là, Ottar, je t'en conjure, réitérai-je, à voix basse.

– Mais c'est chez moi, enfin ! s'insurgea-t-il en me dévisageant avec des yeux exorbités par la colère.

– Si fait, murmurai-je tout en gardant Roderik à l'œil. Je sais bien que ce fort t'appartient, mais si tu y entres sans nous, il se peut que tu ne trouves plus personne pour te protéger à l'intérieur… » Ce disant, je reportai mon regard sur lui et vis qu'il ne croyait pas à la possibilité d'un guet-apens. Il se rembrunit soudain et éperonna son cheval en nous intimant, à moi et aux deux hommes d'armes, de rester là. Le sourire malveillant qui se dessina alors sur les lèvres pulpeuses de Roderik faillit me faire dégainer, mais je me retins en tremblant d'indignation.

Ottar disparut derrière la porte de la palissade que Roderik avait poussée pour lui livrer passage avec son cheval et je regardai avec anxiété celle-ci se refermer et être barrée. Les deux gardes, qui s'étaient tenus derrière Ottar et moi et qui n'avaient pas entendu notre conversation, amenèrent leur monture à la hauteur de la mienne et m'interrogèrent, plus ahuris qu'inquiets : « Pourquoi le laisse-t-on entrer et pas nous, messire Gunni ? Qu'avons-nous fait pour être refoulés ?

– Ne restons pas ici », dis-je précipitamment. Je tournai bride et détalai vers le prieuré suivi des deux soldats en souhaitant qu'on ne nous transperce pas d'une flèche dans le dos.

Au fond de la grande salle du fort de Dornoch, l'aumônier et deux drengs se tenaient immobiles et attentifs, le cœur rempli d'espoir pour une issue favorable à la rencontre houleuse qui s'amorçait entre leur seigneur Ottar et le mormaer de Moray. Debout à la droite de ce dernier, Svein examina soigneusement le maître de Dornoch et s'amusa de sa frayeur qui sourdait sous son air outré. Assis face à eux, de l'autre côté de la fosse à feu où brûlait un brasier crépitant, Ottar tentait de masquer son désarroi. Il était tellement troublé qu'il arrivait à peine à suivre le mormaer Finlay qui dirigeait l'entretien comme s'il était dans sa propre place forte. Cependant, les brides de phrases qui se faisaient un chemin jusqu'à l'entendement d'Ottar sonnaient plus comme une fable que comme un fait établi.

« Je comprends qu'il vous soit difficile de mettre en doute la fiabilité d'un homme de votre maison, dit Finlay, mais je détiens les preuves que Thorfinn a utilisé Gunni le Gauche pour atteindre votre père.

— Seigneur Ottar, renchérit Svein, je connais Gunni le Gauche pour l'avoir vu agir comme esclave à Leirvik et je puis vous assurer qu'il a l'esprit tordu des renégats. Messire Roderik nous a confirmé qu'il convoitait votre sœur Moïrane et l'ordonnance de Thorfinn d'Inverness n'a servi que ses propres desseins. Ne cherchez pas plus loin : Gunni le Gauche est malheureusement l'homme responsable du meurtre de votre père et le lieutenant Thorfinn en est le commanditaire.

— Mon père a toujours transigé sur un pied d'égalité avec le lieutenant Thorfinn et, à ma connaissance, leurs transactions ont toujours été honnêtes. Par conséquent, je ne peux accréditer l'hypothèse qu'ils aient été ennemis. Quelle raison aurait poussé cet homme à faire occire le mormaer de Dornoch dans son lit ? Je ne la vois pas, messires : il faudrait me l'expliquer », avança Ottar sur un ton circonspect. Svein jeta un œil en direction de Roderik, puis de Finlay pour savoir lequel s'apprêtait à fournir la réponse à la question du jeune mormaer. Finlay MacRory prit la parole et, sur un ton des plus placides, il brossa le tableau politique des nouveaux enjeux dans la région de Ross et des forces qui s'y opposaient. Il soutint que Thorfinn avait renié son alliance avec le jarl des Nordreys pour se mettre sous la botte du petit-fils de Malcolm II et qu'ensemble, ils avaient l'intention d'agrandir leurs domaines sous le prétexte de freiner l'expansion norvégienne sur le territoire écossais.

Ottar écouta d'une oreille tendue la fastidieuse explication de Finlay tout en fixant Roderik afin d'évaluer son degré d'allégeance envers la maison de Dornoch. Au bout d'un moment, il interrompit Finlay pour s'adresser à son dreng : « Tout cela est fort édifiant, mais venons-en à Dornoch : Roderik, je t'ai confié la garde du fort et de ses habitants et tu ne trouves rien de mieux à faire que d'en chasser les femmes. Le couvent n'est pas terminé et ne peut nullement servir de place forte pour les protéger. De plus, où sont nos soldats ? Je n'ai vu ici que ceux du seigneur Finlay.

— Nous avons dû temporairement les enfermer », répondit promptement Finlay devant l'air embarrassé de Roderik. « Certains de vos drengs se sont opposés aux ordres de messire Roderik et ont incité vos soldats à lui désobéir, ce qui est fort délicat quand une citadelle envisage une attaque. J'ai mis à la disposition de votre lieutenant mes hommes d'armes en attendant votre retour et la reprise de contrôle sur vos troupes.

– Je vous remercie de votre sollicitude. Puisque me voici revenu, qu'on libère toute ma garnison céans! Vas-y, Roderik», fit Ottar. Puis, s'adressant à Finlay, il reprit son raisonnement: «Entendez-moi bien, seigneur Finlay: je reviens d'une tournée sur mes terres où nul homme ne vit dans la crainte d'un tel affrontement dans le Caithness, et moi-même, je ne prête pas foi en votre analyse. Aucune menace réelle ou anticipée ne pèse sur Dornoch et rien ne justifie qu'on expulse ma mère et ses femmes du fort. En ce qui a trait au meurtre de mon père, dont vous semblez beaucoup vous préoccuper, vous qui ne le connaissiez même pas, sachez que j'ai découvert l'assassin durant mon voyage et l'affaire est aujourd'hui définitivement réglée. Gunni le Gauche est parfaitement innocent, quoi qu'en pensent mon dreng Roderik et messire Svein.» Ce disant, Ottar se leva prudemment et fustigea Roderik qui n'avait pas bougé, mais qui affichait un visage rouge de confusion.

«Je t'ai donné un ordre, Roderik… Aurais-tu changé de maître durant mon absence?

– Je crois que c'est en effet le cas, interrompit Svein en s'avançant vers Ottar qu'il dominait d'une demi-tête. Je vais éviter qu'on l'oblige à lever la main sur vous, seigneur Ottar, et je vais me charger de vous désarmer.»

Ottar tenta de s'opposer et protesta avec véhémence en appelant à l'aumônier et aux deux drengs présents dans la salle, mais en vain: ces derniers demeurèrent pétrifiés. Le jeune mormaer de Dornoch fut aussi rapidement maîtrisé que brebis par son tondeur. Quelques minutes après, déconfit et mortifié, il était jeté au cachot parmi ses hommes d'armes qui s'étaient rebellés contre Roderik.

Contrairement aux autres repas qu'ils avaient pris ensemble, celui qui suivit l'incarcération du mormaer de Dornoch dans sa propre geôle laissa Roderik et les visiteurs du Moray renfrognés et taciturnes. Finlay MacRory aurait de loin préféré conclure une véritable alliance avec Ottar au lieu de le déposer, mais le jeune homme s'était avéré moins crédule que Svein ne l'avait laissé entendre. Roderik était bouleversé d'avoir rompu son serment envers son seigneur et de s'être laissé manipuler par la haine que Svein vouait à Gunni le Gauche. L'aumônier et les deux drengs fidèles à Roderik n'osaient pas parler, même entre eux, de peur de subir le même sort que le seigneur Ottar. Seul Svein semblait jubiler au milieu de l'assemblée morose.

Avisant l'aumônier qui ne levait pas les yeux de son bol, Finlay MacRory interrompit le silence : « Messire le curé, y a-t-il quelque chance que vous rameniez votre seigneur à mes vues ? Avez-vous quelque maîtrise sur son âme ? Son attitude m'indispose tout autant que vous, mais vous comprendrez que je dois aller de l'avant maintenant.

— Seigneur Finlay, balbutia l'aumônier, je crains de n'avoir aucune prise sur le seigneur Ottar, et je dois vous avouer que je ne désire pas en avoir non plus. Dieu ne se mêle pas des affaires qui concernent les domaines terrestres et je…

— Bien, bien, l'interrompit Finlay. Nous allons confier cette tâche à messire Roderik qui, lui, a le devoir de se mêler des affaires du domaine de son seigneur. N'est-ce pas, messire ? » fit Finlay en se tournant vers Roderik. Celui-ci soutint le regard du mormaer de Moray, mais ne dit rien.

D'un air las et ennuyé, Finlay MacRory se cala dans sa chaise et repoussa son bol. Un silence pesant tomba autour de la table où tous s'interrompirent de gloutir, suspendant couteaux et cuillères en l'air. «Il ne sert plus à rien de m'attarder ici, dit Finlay après une longue réflexion en s'adressant à Svein. Je retourne à Rothes demain, car c'est là qu'est ma place. Tu restes ici avec la moitié de mon contingent: à toi de t'allier Ottar et ses hommes d'ici le moment où il me conviendra de mener une action conjointe dans le Caithness. Je ne doute pas de tes pouvoirs de persuasion en la matière, Svein de Leirvik… Maintenant, je vous laisse finir cet agréable repas ensemble. J'ai une longue route à parcourir demain.»

L'homme se leva lourdement, repoussa son banc et quitta la table. Tous les yeux suivirent son déplacement jusqu'au fond de la salle où il alla s'étendre après s'être enroulé dans son manteau de peaux. Il fut le seul à dormir profondément cette nuit-là, dans le fort de Dornoch.

CHAPITRE XIV

L'ADVERSAIRE

Quand la nuit tomba, Ottar n'était pas encore sorti du fort et j'étais exaspéré. De notre poste d'observation à l'orée de la forêt pendant la journée, nous n'avions remarqué aucune allée et venue, la porte de la palissade demeurant désespérément close. Je demandai alors à mes deux compagnons de rester en faction et de venir au prieuré m'avertir de tout changement. Ils maugréèrent pour la forme, mais ils obéirent. Avant que j'atteigne Saint-Fergus-le-Picte, ils avaient déjà allumé un feu pour soutenir leur activité de guet et cela me rassura sur leur fiabilité.

Je me rendis directement au couvent avec l'intention d'obtenir plus d'informations de la part de dame Brunehilde sur le contingent du mormaer de Moray, tout en l'avisant que son fils était vraisemblablement détenu par ce dernier et Roderik. J'eus beau insister et divulguer l'aberrante nouvelle à la religieuse portière, celle-ci ne me laissa pas entrer. Elle ne consentit pas non plus à transmettre mon message à dame Brunehilde ou à son abbesse et me demanda de cesser de les harceler et de troubler la quiétude du couvent. Jamais je ne fus aussi frustré que ce soir-là. Avec une rage impuissante j'invoquai Thor et son marteau de foudre et j'en appelai à tous les dieux de guerre afin qu'ils me viennent en aide, mais cela ne réussit point à éteindre ma colère.

Gervadius, auprès de qui je tentai de retrouver mon calme, m'écouta avec ahurissement. Il n'arrivait pas à croire à ce revers de fortune pour la famille du défunt Moddan et il épilogua longtemps sur chacun de ses membres. Son bavardage lénifiant et le vin qu'il me servit pour m'apaiser produisirent leur effet et je sombrai dans un sommeil lourd et peuplé de rêves énigmatiques. Au matin, une solution à mon dilemme s'imposa d'elle-même. M'avait-elle été suggérée par la déesse Freyja au cours de la nuit ? Probablement, car elle concernait Moïrane et les femmes de Dornoch.

Des onze exilées dans le soubassement du couvent, seule Moïrane avait l'autorisation de mère Hilda d'Anglie de remonter régulièrement à l'étage. Elle assurait le lien entre les religieuses et les « visiteurs et visiteuses de l'hospice », comme l'abbesse se plaisait à appeler dame Brunehilde, ses cinq servantes, les quatre veuves de Ross et leurs huit enfants. Malgré la tâche ardue de transporter le chaudron destiné à nourrir les réfugiés, Moïrane s'estimait heureuse de pouvoir sortir des voûtes soir et matin. Depuis qu'elle savait Gunni le Gauche de retour à Dornoch, elle multipliait les prétextes pour rester le plus longtemps possible sur le palier supérieur, mais n'y parvenait guère. Chaque fois que l'abbesse surprenait la jeune femme à épier à une fenêtre, elle la rabrouait vertement et lui ordonnait de redescendre aux caves.

Vu l'état permanent de déroute dans lequel était tombée dame Brunehilde, les servantes et les veuves s'étaient naturellement tournées vers sa fille pour leur gouverne. Moïrane s'acquitta de son rôle avec doigté et clairvoyance et se retrouva bientôt au cœur de toutes les complaintes et confidences. Ainsi, au matin du 21 décembre, elle sentit un vent de révolte sourdre dans le groupe : on en avait assez de vivre entassé dans les caves humides et malodorantes. Comme elle s'apprêtait à gagner l'étage par l'étroit escalier pour quérir le repas des réfugiés, une fillette de huit ans la héla : « Dame Moïrane, voilà que le rat parle et qu'il vous appelle : venez vite !

— Quel rat ? Voyons, ma chérie, les animaux ne parlent pas...

— Si fait, ils parlent. J'ois le grattement qu'un gros rat fait depuis le lever du jour, juste en haut de ma couche. Il fait un trou dans la pierre et il cogne dessus sans cesse. Et tout à coup, il a répété votre nom trois fois. Mon frère aussi l'a entendu, mais il est trop gêné pour le dire, le benêt... »

Moïrane se retint de rire et emboîta le pas à la fillette en adoptant une mine sérieuse. Quelle ne fut pas sa surprise de voir bouger une large pierre à moins d'un yard du plafond. « Ce rat est très fort », constata judicieusement le petit frère de la fillette en se tassant sur lui-même. Puis, la jeune femme entendit une voix qu'elle distingua entre toutes : « Par Thor, Moïrane, réponds si tu es là ! » Médusée, Moïrane dévisagea la fillette qui, toute rayonnante, lui fit remarquer qu'elle avait raison : « Vous voyez bien, dame, que les rats parlent. Celui-là vous connaît bien et je trouve qu'il a un joli accent…

— Ôtez-vous, les enfants : ce n'est pas un rat qui est là, mais un messager », fit Moïrane en s'approchant du mur suintant d'humidité. Elle saisit la pierre qui se détachait légèrement au fur et à mesure qu'elle était poussée de l'extérieur et la tira vers elle en criant avec fermeté : « C'est moi, Gunni. Continue, tu y es presque !

— Sois loué, grand Odin ! Éloigne-toi, Moïrane, je vais défoncer et d'autres pierres risquent de tomber sous le choc ! » clama Gunni le Gauche.

Moïrane eut à peine le temps de reculer qu'en effet, sous l'impact d'une vigoureuse secousse, une portion du mur s'effondra en projetant une pluie de résidus et de terre. Les femmes qui s'étaient agglutinées autour de la jeune femme poussèrent une exclamation quand elles virent apparaître la tête du Viking couverte de poussière à travers l'ouverture qu'avaient laissée trois grosses pierres en se détachant. Celui-ci cligna des yeux, secoua ses cheveux et se mit à tempêter : « Bon sang, Moïrane, que se passe-t-il dans ce couvent ? Êtes-vous prisonnières de cette harpie d'abbesse ? Son idiote de portière m'interdit l'accès alors que j'ai une communication des plus urgentes à transmettre à ta mère…

— En effet, Gunni, nous sommes plus ou moins enfermées ici. Enfin, moi, je peux aller et venir, mais pas les autres, répondit Moïrane.

— Ta mère est-elle là ?

— Mère, s'écria aussitôt Moïrane, venez : messire Gunni doit vous parler… »

Dame Brunehilde, qui s'était jusqu'alors tenue à l'écart, vint se placer en face du trou avec un air ennuyé :

«Dites ce que vous avez à dire, messire, fit-elle d'un ton sec.

— Votre fils est entré seul dans l'enceinte hier matin et il n'en est pas ressorti. J'ai toutes les raisons de croire qu'il est détenu», répondit sobrement le Viking. Dame Brunehilde se retourna et regarda l'assemblée avec une expression accablée. Personne n'osa commenter l'atterrante nouvelle et c'est Gunni le Gauche qui dut rompre le silence : «Pour secourir le seigneur Ottar, j'ai absolument besoin d'informations, ma dame. Nous ne sommes présentement que trois hommes de votre garnison à l'extérieur du fort : si je suis obligé de donner l'assaut pour délivrer votre fils de ceux qui assiègent la place, je dois connaître les effectifs dont dispose messire Roderik ou encore trouver le moyen de pénétrer dans l'enceinte à son insu.

— Mais enfin, qu'est-ce qui vous fait dire que notre fort est assiégé ?» gémit dame Brunehilde en fixant le Viking dont la tête apparaissait toujours dans l'ouverture.

Les femmes firent un cercle autour de la veuve de Moddan et de sa fille en observant l'homme. Les enfants se blottirent dans leurs jupes en jouant du coude, si bien que Gunni le Gauche se retrouva soudain à faire face à dix-neuf paires d'yeux attentifs et anxieux. Avec application, il narra la rencontre de la veille avec Roderik à la porte de la palissade, puis il demanda aux femmes de lui rapporter le plus précisément possible ce qu'elles avaient vécu dans le fort depuis l'arrivée du mormaer Finlay. Les servantes prirent d'abord la parole et racontèrent ce qu'elles savaient. Les veuves les interrompirent souvent, les souvenirs des unes suscitant l'ajout de détails par les autres. Au bout d'un moment, Gunni le Gauche avait une meilleure idée de ce qui l'attendait à l'intérieur de l'enceinte : d'abord un visiteur aux intentions obscures et son escorte composée de treize soldats dont neuf arbalétriers ; un Roderik contesté dans son autorité par deux drengs du seigneur Ottar ; finalement, la présence inopinée de Svein de Leirvik auprès du seigneur Finlay. Cette dernière information plongea Gunni le Gauche dans une stupeur faite de rage et d'appréhension.

« Ainsi, mon fils a trouvé le meurtrier de mon mari… Je suis soulagée de voir que ce n'est pas vous, messire Gunni le Gauche. Veuillez me révéler le nom de cet homme, dit dame Brunehilde.

— Je préférerais que le seigneur Ottar le fasse luimême », répondit le Viking en parcourant discrètement du regard les veuves dont une était la mère de Pelot.

« À votre guise, fit dame Brunehilde. Ainsi, vous ne pensez pas, comme Roderik et le seigneur Finlay, que le fort va être attaqué par les adversaires de mon défunt mari…

— Certes non, ma dame.

— Alors pourquoi avoir fait sortir toutes les femmes et les enfants ? Notre logement ici est pitoyable…

— Pas toutes les femmes, mère, intervint Moïrane. Rappelez-vous que Bettina est restée au fort.

— C'est vrai, Roderik l'a choisie pour assurer le service, mais enfin…

— Chère dame Brunehilde, expliqua le Viking en exhortant son cœur au calme, les femmes sont de piètre secours pour défendre une place. Voilà pourquoi elles deviennent un encombrement dont un chef de guerre a intérêt à se débarrasser s'il s'attend à livrer bataille et Roderik devait prévoir une opposition à ses décisions dès le retour de votre fils à Dornoch. »

Tout en s'adressant à la mère, Gunni le Gauche dévorait des yeux sa fille dont il croisa le regard empreint de réserve que l'évocation de la servante Bettina avait soulevée. Lui comme elle auraient voulu être seuls pour se parler plus librement, mais l'heure n'était pas aux épanchements. Soudain, le conciliabule avec les réfugiées fut interrompu par l'arrivée d'un des hommes d'armes qui arrêta sa monture près du Viking penché au-dessus du trou.

« Messire, cria-t-il, venez : une troupe quitte le fort à l'instant, en direction sud ! » Gunni le Gauche se redressa prestement et courut jusqu'à son cheval qu'il enfourcha d'un mouvement souple. Aussitôt après, les deux cavaliers détalaient en laissant le visage tourmenté de Moïrane dans l'ouverture du mur.

« Où va-t-il ? » questionna dame Brunehilde tandis que les autres femmes s'agitaient en bousculant les enfants. « Je ne sais, murmura Moïrane.

— Ne restons pas barricadées ici, dit une des quatre veuves.

— C'est vrai, sortons, puisque l'affrontement escompté par messire Roderik n'aura pas lieu, ajouta une autre.

— L'abbesse nous laissera-t-elle monter ? avança une servante.

— Va le lui demander, ma fille, fit dame Brunehilde à Moïrane.

— Moi, je peux passer par le trou, lança une fillette à la cantonade.

— Moi aussi ! clamèrent trois autres enfants, surexcités.

— Ne sortez surtout pas du couvent ! ordonna Moïrane avec autorité. Ne déduisons pas si rapidement qu'il n'y aura pas de bataille aujourd'hui. Vous souffrez de froid et d'inconfort dans ce réduit, j'en conviens, mais vous y êtes indéniablement en sécurité. Cependant, mère, je vais porter votre requête à mère Hilda d'Anglie : nous devrions nous installer à l'étage malgré le fait que les cloisons intérieures de l'hospice ne sont pas encore édifiées, car la brèche dans le mur va rendre notre abri parfaitement malsain désormais. »

Moïrane ne fut pas longue à obtenir la permission de faire remonter les réfugiés. Mère Hilda d'Anglie s'alarma de la tournure des événements au fort et enregistra la pointe de reproche dans la voix de la jeune femme qui les lui avait relatés. Aussi, elle s'empressa de gronder la sœur portière pour son manque de jugement à l'endroit du Viking. Du même souffle, elle reconduisit Moïrane dans ses fonctions d'intermédiaire entre les religieuses et les réfugiées, puis, sur un ton impérieux, elle partagea les aires de son couvent tout neuf de manière que les nonnes ne soient pas en contact avec les servantes et les veuves. Impressionnées, les femmes obtempérèrent en silence et se rassemblèrent, qui dans la partie réfectoire pour les familles, qui dans la partie chapelle pour les religieuses. Enfin, l'abbesse s'adressa à dame Brunehilde sur un ton radouci pour l'inviter à partager sa propre loge, la pièce la plus confortable du couvent. La veuve de Moddan, visiblement surmenée, accepta l'offre avec soulagement et se retira avec son hôtesse.

Moïrane jeta un regard satisfait autour d'elle, puis elle se dirigea d'un pas précipité à la porte du cloître dont elle ouvrit le judas avec impatience. Durant un long moment, le cœur palpitant, elle scruta les abords du couvent, le petit cimetière et le prieuré au-delà. Les pins oscillaient doucement au gré du vent qui balayait le plateau en éparpillant quelques flocons légers. L'air froid eut tôt fait de geler les doigts de la jeune femme et elle referma l'ouverture grillagée avec résignation. Cependant, durant toute l'heure suivante, Moïrane répéta à intervalles réguliers l'examen des alentours du couvent.

Quand j'atteignis notre poste d'observation face au fort, le contingent du Moray était déjà loin sur le chemin et je ne distinguai que le dos des hommes. Le soldat Eckie le Court, qui était resté sur place, avait compté huit cavaliers dont trois arbalétriers et affirma qu'Ottar n'était pas parmi eux. Je lui décrivis Svein et ensuite Finlay MacRory, selon les indications que m'avaient données les femmes. « Pour le mormaer de Moray, je suis certain qu'il était du groupe, mais pour l'autre, je ne saurais dire, fit-il, indécis.

– Celui qui leur a tenu la porte de la palissade était-il des nôtres ? demandai-je.

– Je ne l'ai pas vu, messire, mais si vous regardez bien la tour de guet et le coin ouest de la palissade, vous apercevrez des arbalétriers au casque pointu : ce ne sont pas nos hommes.

– En effet, remarquai-je. Admettons que toute la garnison de Dornoch est hors de combat ou aux fers. Pour protéger la place, il y a le reste de l'escorte de Finlay, soit six arbalétriers, plus Roderik et probablement Svein, ce qui porte le compte des guerriers à huit. Évidemment, il faut supposer que les autres habitants du fort ne prendront pas les armes, comme l'aumônier, le vieux domestique et les deux garçons d'écurie, ainsi que Bettina, la seule femme présente.

— Dans le besoin, nous pouvons recruter du renfort dans la vallée, messire : le forgeron, le sellier et les trois métayers du domaine avaient un devoir de guerre envers le seigneur Moddan : ils honoreront leur parole envers son successeur, suggéra Eckie le Court.

— Mais ils ne s'engageront que s'ils sont convoqués par celui-ci, argua Nial, son compagnon.

— Tu as raison », dis-je avec déception. Le bilan des effectifs ne nous était pas favorable. Malencontreusement, je disposais des deux soldats les plus malingres de la garnison d'Ottar : Eckie le Court était de si petite taille qu'il ne pouvait enfourcher son cheval sans avoir d'abord grimpé sur un montoir et Nial avait les bras si décharnés qu'on se demandait comment il faisait pour lever une épée.

« Mes amis, conclus-je, il nous faudra trouver le moyen de percer la défense à nous trois. Mon avis est qu'il est pressant de pénétrer dans l'enceinte, car je suis convaincu que notre seigneur est en danger. » Les deux soldats hochèrent la tête en signe d'approbation en fixant la palissade avec inquiétude. En fait, je partageais leurs craintes : comment allions-nous atteindre le pied des murs de jour sous le tir des arbalétriers ? Et, la nuit tombée, sera-ce trop tard pour intervenir ?

« Que ne donnerais-je pour savoir ce qui se passe à l'intérieur ! soupirai-je à voix haute.

— Messire, pourquoi ne pas utiliser un émissaire : quelqu'un de la vallée à qui on ne pourrait pas refuser l'accès, un porteur de bois ou un livreur de farine par exemple, ou, mieux, notre maîtresse, dame Brunehilde ? Elle pourrait aller en éclaireur constater l'état de siège du fort et nous renseigner par la suite », suggéra Nial. Séduit par l'idée, je me tournai vers le soldat et lui administrai une tape amicale à l'épaule en songeant que la personne toute désignée pour cette délicate mission était indéniablement ma bien-aimée qui saurait convaincre Roderik de lui ouvrir et, par la suite, soumettre Bettina à un interrogatoire.

Moïrane semblait m'attendre, car dès que j'eus mis pied à terre, elle sortit du couvent sans cape ni coiffe et vint d'un pas vif à ma rencontre. «J'avais grand hâte que tu reviennes, fit-elle d'entrée de jeu en saisissant ma main. Nous sommes toutes montées à l'étage et j'ai retrouvé mon rôle de portière. Oh, Gunni, que se passe-t-il au fort? Mère et moi sommes si inquiètes!

— Finlay MacRory est parti avec la moitié de son contingent, répondis-je en pétrissant la main froide de ma bien-aimée dans les miennes. L'autre moitié, composée d'arbalétriers, est en position de défense et semble nous attendre de pied ferme. Ton frère ne se montre toujours pas, ni aucun homme de sa garnison et je crains qu'ils ne soient tous enfermés aux voûtes. Mais voilà, ce n'est qu'une supposition. Pour s'en assurer, il faudrait pouvoir entrer en contact avec eux, ou peut-être discuter avec Roderik qui semblait avoir le contrôle de la situation hier…

— Te refouler aux portes de notre chef-lieu : quelle fumisterie de sa part! Ah, le scélérat!» s'indigna-t-elle.

De la voir si près de moi, le visage empourpré de colère, les yeux furieux et la gorge frémissante sous le vent froid, je ne pus me retenir de l'embrasser. Elle ne se déroba pas, au contraire, elle répondit avec une telle ferveur à la quête de mes lèvres qu'en ce court instant volé, j'oubliai totalement l'urgence de l'heure. Moïrane se blottit contre moi pour se réchauffer et une de mes mains s'égara sous les plis de son bliaut à la recherche d'un sein que je m'enhardis à palper. Mon aimée sembla apprécier la caresse si j'en juge par les petits gémissements qu'elle émit en se pressant davantage sur mon torse. Entre chacun de ses soupirs, elle tentait de m'exhorter à la retenue en me disant qu'on pouvait nous voir depuis les fenêtres du couvent, que le moment était mal choisi et que je lui devais le respect. Mais j'avais une si grande faim de son corps qu'aucune de ses paroles n'arrivait à freiner mes élans. De plus, mon oreille avait noté que le ton de sa voix ne démontrait aucune conviction. Au bout d'un moment, cependant, je parvins à me maîtriser assez pour lui prendre la taille et l'entraîner du côté de l'abri des tailleurs de pierres. Derrière celui-ci, nous étions parfaitement isolés, n'ayant pour tous témoins que ma monture qui était venue instinctivement s'y abriter et les grands pins touffus du boisé. «Encore un ou deux baisers, haletai-je, et je t'explique mon plan pour entrer…» Nos bouches se rejoignirent de nouveau et nous tombâmes à genoux accrochés l'un à l'autre comme raisins à une grappe. Ainsi enlacés, nous recommençâmes à nous étreindre éperdument et, sans trop savoir comment, nous nous retrouvâmes étendus à même le sol durci et glacé, presque sous les sabots de mon cheval. C'est alors que Moïrane se dégagea et se redressa en frissonnant. «Suffit, mon amour! Je ne peux continuer plus longtemps, fit-elle.

— Excuse mon ardeur, mais c'est plus fort que ma volonté. T'aimer maintenant, voilà mon désir puisque je ne sais pas ce que l'avenir nous réserve», fis-je sur mon séant en l'attirant contre ma poitrine. Elle se laissa serrer et enfouit ses mains dans l'encolure de ma tunique pour les réchauffer. Ses doigts rencontrèrent le collier. « Tu vois, lui dis-je, je ne l'ai pas perdu. Il loge jour et nuit sur mon cœur et en garde l'accès pour toi : c'est le prix auquel je consens pour obtenir tes faveurs…

– Gunni, tu n'as pas à m'acheter, me reprocha-t-elle. C'est bien inutile d'ailleurs, car je souhaite être tienne aussi intensément que tu veux être mien. Mais pas maintenant : tu es toujours païen et nous ne sommes pas mariés. Je suis désolée…

– Ne le sois pas, la rassurai-je, en la libérant. Pour l'heure, nous avons tâche plus pressante que de nous cajoler. » Elle recula légèrement, mais je retins entre mes doigts une mèche qui s'était détachée de sa tresse. « Comme je te l'ai dit, repris-je, nous cherchons le moyen de faire entrer quelqu'un dans le fort pour négocier avec celui qui le commande et savoir ce qu'il advient d'Ottar et des hommes d'armes de Dornoch. Ni moi ni les soldats Nial ou Eckie le Court ne pouvons jouer ce rôle, car Roderik nous considère comme des ennemis. Mais toi, ma bien-aimée, on te livrerait certainement le passage si tu l'exigeais.

– Certes, mais me laissera-t-on ressortir après avoir discuté et constaté ce qu'il y avait à voir ? Si Roderik et les hommes de Finlay détiennent mon frère, qu'est-ce qui les empêcherait de me séquestrer aussi ? As-tu songé à cela ?

– J'y ai pensé, Moïrane. Aussi, je crois que nous devrions mettre au point les arguments qui pareront à cette éventualité : par exemple, tu formuleras ton intention de reprendre l'intendance du fort, de manière à rester dans l'enceinte avec toute la liberté de mouvement. Ainsi, tu pourras nous transmettre des informations en utilisant un code convenu entre nous, visible depuis une des fenêtres.

– Des signes, fit-elle, songeuse. Je vois : un chiffon gris pour l'emprisonnement de nos hommes, un noir pour chaque homme décédé ; des rubans blancs pour signifier combien sont libres ; je défais ma natte pour avertir qu'Ottar est sain et sauf ; je me couvre la tête pour dire qu'il ne l'est pas… »

Ébahi, j'écoutai Moïrane énumérer spontanément des conventions qu'elle inventait au fur et à mesure, et je ne décelai pas la moindre frayeur dans ses yeux ou dans sa voix. J'éprouvai alors une très grande admiration et considération pour elle. Au bout d'un certain temps, après avoir élaboré et mémorisé un ensemble de signes pour exprimer toutes les situations envisageables dans le fort, Moïrane retourna au couvent pour aviser l'abbesse et sa mère de notre projet d'infiltration dans l'enceinte, et moi, je remontai à cheval pour faire le tour du plateau de Saint-Fergus-le-Picte en l'attendant.

Contrairement à son habitude, Frode l'Écumeur avait laissé le gouvernail à l'un de ses hommes afin de se poster à l'avant du knörr pour surveiller le mouvement des glaces. Depuis leur entrée dans l'estuaire, celles-ci étaient plus nombreuses et plus épaisses, et elles risquaient d'endommager la coque du navire si elles la frappaient trop durement. Avec la pointe d'une hallebarde, il s'appliquait à piquer les blocs durcis afin d'amortir leur choc et cette activité capta tellement son attention qu'il n'aperçut pas la silhouette de Gunni le Gauche qui se détachait sur la grève de Dornoch. «Hé, ho, regarde là-bas, Frode!», fit un homme en désignant du doigt un point sur le littoral. Frode l'Écumeur leva la tête, plissa les yeux et poussa un soupir de satisfaction en reconnaissant le cavalier.

Le temps que le knörr accoste, Gunni le Gauche était reparti, puis revenu avec Moïrane en croupe. Avec ébahissement, les amoureux assistèrent au débarquement du navigateur de Beauly et de neuf hommes équipés de boucliers, de hallebardes et d'épées. Le Viking et Frode l'Écumeur s'étreignirent vigoureusement en exprimant leur soulagement: d'avoir du secours pour le premier, et de retrouver l'autre indemne, pour le second. Brièvement, l'homme de Beauly raconta la découverte inquiétante qu'il avait faite au sortir de la place forte du nouveau mormaer de Ross en voyant une équipée de guerre avec Svein dans ses rangs remonter vers le nord, puis Gunni le Gauche enchaîna en brossant le tableau de la situation au fort de Dornoch. Surprenant le regard énigmatique que son ami glissait derrière son dos, le Viking s'avisa de la présence de Moïrane et il se retourna vivement: «Frode, tu reconnais ma bien-aimée, la fille de Moddan, défunt mormaer de Dornoch, fit-il.

– Dieu vous garde, ma dame», dit Frode l'Écumeur en tendant la main à la jeune femme. Celle-ci lui offrit la sienne en souriant.

«Je vous salue, messire Frode, dit Moïrane. Gunni vous tient en très haute estime et soyez assuré de la mienne tout entière. Vous revoilà à Dornoch à l'heure d'un grand tumulte qui m'empêche de vous recevoir à notre place forte comme j'aurais eu plaisir à le faire, mais hélas, ma mère et moi en avons été chassées. Nous logeons dans le nouveau couvent en attendant un dénouement à la crise.

— Moïrane s'apprêtait à aller au fort quand j'ai distingué ton knörr, dit Gunni le Gauche à son ami. C'est la seule, ici, pour qui Roderik ouvrirait les portes de la palissade. »

Enthousiastes, le Viking et Moïrane s'empressèrent d'exposer leur plan à l'auditoire étonné. Frode l'Écumeur écouta d'une oreille sceptique avant de les interrompre : « Non, Gunni ! Je t'arrête céans : c'est trop dangereux pour dame Moïrane si Svein est encore là. Je m'attends à tout de la part de cet insensé qui a certainement eu le temps d'apprendre le sentiment qu'elle t'inspire… » En entendant cela, Gunni le Gauche pâlit et jeta des yeux contrits à sa bien-aimée.

« Qui est donc Svein ? fit Moïrane, sur la défensive.

— Mon ennemi juré, lâcha le Viking. Celui sans lequel rien de ce qui arrive au fort ne serait…

— Et tu voulais que je l'affronte, seule ?

— Je suis un sombre imbécile : je n'ai jamais pensé avant maintenant que Svein de Leirvik pouvait constituer une menace pour toi, Moïrane, répondit-il d'un air embarrassé.

— Allons, ma dame, ne lui reprochez pas son irréflexion, tempéra Frode l'Écumeur. Comment raisonner correctement dans de telles circonstances ? De toute manière, le plan que vous avez échafaudé ne convient plus. Notre knörr a sûrement été repéré depuis la tour de guet et, à cette heure, Roderik sait que vous avez reçu du soutien : aussi, il ne risque plus d'ouvrir à qui que ce soit.

— Dans ce cas, je retourne au couvent », dit la jeune femme avec une pointe de rancœur dans la voix, et, sans un regard pour le Viking, elle marcha jusqu'à la monture pour y reprendre son bagage. Gunni le Gauche se précipita à sa suite, lui saisit les mains qui s'empêtraient à détacher la sangle qui nouait la besace au harnachement et il les porta à ses lèvres : « Moïrane, ne m'en veux pas… Je ne le supporterai pas et, je t'en prie, reste à mes côtés… au moins jusqu'à la nuit.

— Qu'aurais-je à y faire ? répliqua-t-elle.

— M'aimer… dans la tourmente, chuchota-t-il.

— Gunni le Gauche, tu es impossible… » protesta mollement la jeune femme dont les lèvres se fermèrent sur le baiser que le Viking lui donna.

Au prieuré, frère Gervadius accueillit avec agitation le contingent de Frode l'Écumeur tout en sourcillant fort à l'entrée de Moïrane. Les hommes se déployèrent autour du foyer, se délestèrent de leurs vêtements mouillés et gloutirent tout ce que le jeune moine leur offrit à se mettre sous la dent par la suite. Pendant ce temps, Gunni le Gauche, son ami et sa bien-aimée se retranchèrent dans un coin pour élaborer un nouveau plan d'invasion. Ensemble, ils admirent qu'il fallait incessamment entrer en contact avec la personne qui dirigeait le fort, que ce soit le dreng Roderik ou quelqu'un d'autre, et exiger de voir et de parler à Ottar.

« En empêchant l'arrivée de tout approvisionnement de la vallée et sachant le fort encerclé par une host*, il est indéniable qu'ils vont consentir à discuter avec leur opposant, fit Frode l'Écumeur. Le tout, c'est d'y dépêcher un émissaire qu'ils n'abattront pas à première vue.

— J'irai parlementer, affirma Moïrane. Cela peut se faire en toute sécurité : je serai à cheval et n'en descendrai pas, pour aucune considération ; je ne m'approcherai pas à plus d'un yard de la palissade et si l'on fait mine de vouloir me capturer, je retraiterai.

— Non ! s'insurgea Gunni le Gauche.

— Moïrane a raison, Gunni, répliqua Frode l'Écumeur. Vois-tu quelqu'un d'autre pour aller négocier dans l'immédiat ?

— Moi… fit celui-ci.

— Tu représentes exactement la cible dont rêve Svein, ironisa son ami.

— Peut-être, mais j'irai tout de même, comme l'exige mon devoir de dreng. Je demanderai un combat loyal avec mon rival et il ne pourra pas me le refuser.

— À l'épée ?

— Si fait.

— Il va te pourfendre : je doute que tu sois suffisamment entraîné pour un adversaire de ce calibre. Je le sais puisque je l'ai déjà combattu.

— C'est vrai, mais rappelle-toi ce que tu m'avais alors dit : "Il est encore à ta disposition, voilà pourquoi je ne l'ai pas achevé, car semblable au loup, cet individu poursuit infatigablement la même proie." Frode, je ne veux plus être pourchassé et je crois que le moment d'en finir est ce jourd'hui », déclara Gunni le Gauche sur un ton déterminé. À Moïrane qui fit mine de répliquer, il signifia de se taire en la fixant avec intensité, puis il se leva et quitta l'hostellerie.

« Laissez-le à son destin, ma dame. Faites confiance à sa bonne fortune et aux dieux qui l'accompagnent depuis son débarquement en Écosse… et priez Christ de le prendre dans sa main », dit posément Frode l'Écumeur en retenant la jeune femme de suivre le Viking.

Le vent était tombé. L'air fleurait le sel et la neige, et je respirai à grandes lampées en me concentrant sur ma brusque décision : ne pas donner le temps à Frode l'Écumeur de comparer mes qualités d'escrimeur à celles de Svein et risquer de saper ainsi mon courage ; ne pas donner le temps à ma bien-aimée de me convaincre de la laisser y aller à ma place et de répéter l'erreur que j'avais failli faire avec notre premier plan ; ne pas me donner le temps d'une hésitation sur l'intercession des dieux que j'invoquai à ma rescousse avec la ferveur du guerrier.

Au fond du plateau, je repérai ma monture qui avait trouvé refuge sous une futaie et je marchai d'un pas décidé jusqu'à elle. Alors que j'allais l'enfourcher, je vis Frode l'Écumeur sortir du prieuré en brandissant un casque de fer et un bouclier dans ma direction. Je galopai aussitôt à sa rencontre : « Puisque tu as l'intention de ferrailler, dit-il, emporte l'équipement du combattant et sers-t'en au mieux. Si tu as l'intention de négocier, purge ton cœur de toute acrimonie. Et enfin, si tu as besoin d'aide, je serai là, non loin : j'entendrai ton cri et je viendrai t'offrir le soutien de ma lame. Maintenant, mon ami, vaillance à ton épée et force à ton bras ! »

En m'emparant du casque et du bouclier, j'aperçus le visage en larmes de Moïrane apparaître dans la porte de l'hostellerie et je tournai bride avant de flancher devant son désespoir. Arrivé au refuge des guetteurs Nial et Eckie le Court, je fis un arrêt pour les aviser de l'arrivée des hommes d'armes de Beauly et leur expliquer le changement de tactique qui en résultait. Je palabrai du haut de mon cheval, conscient qu'il fallait que je m'attarde le moins possible auprès d'eux. Ils cillèrent à mon annonce, mais ne pipèrent. Cependant, avant que je ne sois plus à la portée de leur voix, je les entendis distinctement clamer : «Que Dieu vous protège, messire Gunni!»

Je traversai la lande très lentement en direction de la palissade, ayant à dessein mis mon cheval au pas. Malgré que ma vision ait été partiellement obstruée par le nasal du casque, j'avais réussi à bien examiner la défense du fort pendant l'approche et je n'avais décelé aucune arbalète pointée sur moi. Je me sentais pourtant épié et je m'arrêtai à six yards de la porte. «Seigneur Ottar, hélai-je, ouvrez-moi si vous le pouvez!» Rien ne bougea derrière les planches ajourées de l'enceinte et aucun son n'en parvint non plus. Par prudence, je déplaçai le bouclier de manière qu'il couvre mon devant et je poursuivis ma sommation : «Si bientôt vous ne paraissez pas, mon seigneur, je vous considérerai comme séquestré et j'aviserai!

— Et que feras-tu donc?» s'éleva une voix en norrois. Mon sang ne fit qu'un tour en reconnaissant celui qui avait parlé.

«Svein de Leirvik, m'écriai-je. As-tu pris les commandes du fort à la place de Roderik de Dornoch?

— Disons que je suis devenu son second, brava-t-il. Alors, répond le thrall : quelle action vas-tu entreprendre si ton seigneur ne daigne pas venir te parler?

— Roderik, hurlai-je, montre-toi si tu as encore mainmise dans l'enceinte!

— Il ne l'a plus...» cria quelqu'un depuis l'étage du corps de logis, d'une voix étranglée qui ressemblait à celle de l'aumônier.

«Fort bien! sifflai-je. C'est donc à toi que je m'adresse, le banni de Leirvik qui se barricade comme un imposteur. Je ne sais pas où tu veux en venir en assiégeant Dornoch, mais je t'assure que tu n'obtiendras pas grand-chose en séquestrant le mormaer Ottar. J'ai une troupe de dix hommes en armes en ce moment et je suis en mesure de te couper les vivres comme de m'attaquer à la place. Cependant, ma préférence serait de n'utiliser qu'une lame : la mienne.

– …

– Entends-moi, Svein : nous ne connaîtrons de répit tous les deux qu'au prix d'un affrontement singulier et il me tarde qu'il ait lieu. Accepte mon défi et sors te battre comme un Viking ! »

Un rire nerveux accueillit ma proposition, puis le silence se fit derrière la palissade. Mon ennemi réfléchissait-il ou s'apprêtait-il à me faire transpercer par un de ses arbalétriers ? Malgré le froid pénétrant et mon immobilité, la sueur ruisselait sur mes tempes et je ne pus réprimer un frisson. Soudain, j'ouïs derrière moi, venu du fond de la lande, le bruit du déplacement d'une troupe avec son habituel cliquetis d'armes et je me retournai sur ma selle : les hommes de Frode l'Écumeur se déployaient en face du fort à la limite d'atteinte de tirs. Un soupir de soulagement sortit de ma poitrine comprimée par l'anxiété et je sentis aussitôt une vigueur neuve m'habiter.

Après une attente interminable, le battant de la porte s'entrouvrit enfin et livra passage à Svein. Il portait un bouclier, son épée et une hache de guerre attachée à sa ceinture et il était monté sur un destrier d'une hauteur impressionnante. Je n'avais jamais participé à un combat équestre et c'est la dernière chose à laquelle je me serais attendu en défiant mon adversaire. Les duels à cheval étaient monnaie courante à Leirvik et j'avais nécessairement assisté à plusieurs d'entre eux, mais hélas, cela ne m'avait pas pour autant donné la maîtrise de leur technique, laquelle était l'apanage de Svein.

Je déglutis avec peine et fixai les oreilles de mon cheval qui pivotaient en tous sens depuis l'apparition de mon ennemi et de son remarquable animal. Ma monture était indéniablement aux aguets et attendait mes commandements. « Est-ce que tu t'y connaîtrais, par hasard, dans ce type d'assaut ? » lui murmurai-je, désemparé. De façon inopinée, elle encensa plusieurs fois en renâclant bruyamment et il me vint subitement l'idée qu'elle avait peut-être reçu l'entraînement des chevaux de combat avec son précédent maître.

Comme je m'y attendais, Svein prit l'initiative du déroulement de l'engagement et il me lança ses instructions en norrois : trente yards d'écart au départ ; interdiction de toucher aux chevaux ; droit de poursuite après blessure ; et, évidemment, interruption ultime au décès de l'un de nous deux. Puis, il passa lentement son épée sous ses moustaches avec un air de défi : « Je respire déjà ton sang d'esclave… fit-il.

— Et moi, je baise la valeureuse lame qui va pourfendre le vil que tu es », répondis-je sur le même ton en portant l'âme* de mon épée à mes lèvres. Après cet échange incongru, nous gagnâmes au trot les extrémités du tracé imaginaire qui nous séparerait d'une longueur approximative de trente yards. Aussitôt que j'arrêtai mon cheval, à la manière prompte avec laquelle il tourna sur lui-même pour se positionner face à mon opposant, je perçus qu'il avait deviné la manœuvre qui s'annonçait. Je me penchai sur son encolure et glissai la main sous sa crinière en lui chuchotant : « Tu as ma confiance : fais ta besogne et je ferai la mienne. Si Odin nous a choisis comme vainqueurs, nous resterons debout. » Ma monture donna un dernier coup de tête et son cou frémit sous ma caresse. Je levai les yeux et vis alors un corbeau planer dans le ciel en direction du fort. « L'oiseau d'Odin, songeai-je. C'est un bon présage… »

Après ce court instant de grâce, je fonçai tête première et ne pensai plus à rien d'autre qu'au combat. Ayant démarré avant Svein, mon cheval et moi parcourûmes en plus de foulées la distance jusqu'au point d'impact et j'eus ainsi le temps de saisir que nous passerions à la dextre de mon ennemi, soit du côté de son arme. Je tenais la mienne à la sénestre, protégeant mon flanc droit avec mon bouclier, ce qui signifiait que Svein piquerait le premier. Instinctivement, je raffermis ma prise sur la poignée du bouclier pour parer l'attaque et m'apprêtai à porter un coup par-derrière en pivotant légèrement le torse. Svein s'aperçut au dernier moment de ma position de gaucher et son coup frappa mon bouclier sur l'umbo alors que ma lame l'atteignit au dos en lui arrachant un cri de douleur. Ensuite, dans la rotation que les chevaux firent en pivotant l'un contre l'autre, le mien, plus mobile et agile, fit un tour complet sur le flanc du destrier et nous nous retrouvâmes, Svein et moi, face dans la même direction, côté épée. Ainsi placés, nous ferraillâmes dur et les coups de mon adversaire profitèrent de la hauteur que la taille du destrier lui donnait, mais, au prix d'une ferme résistance, je réussis à amortir chaque heurt.

Quand nos montures nous mirent momentanément hors d'atteinte en s'éloignant, je remarquai une coulée de sang sur la tunique de Svein entre les omoplates. Le regain d'énergie insufflé par cette vision m'encouragea à relancer mon cheval dans un nouvel assaut, et, épée brandie au-dessus de ma tête, je fonçai sur mon rival en criant. Svein me braqua aussitôt et, ayant une plus longue portée que moi, il me toucha le premier. En un éclair, j'imaginai son arme me transpercer, comme il l'avait fait sur le site de Gorm, mais la pointe de sa lame rencontra le médaillon épais sous ma tunique, lequel s'enfonça dans ma poitrine en me coupant le souffle sans pour autant me pourfendre. Sous le choc, je basculai sur mon assise et Svein en échappa son épée. Ma monture fit instinctivement un écart afin de ne pas me désarçonner et je parvins à demeurer en selle sans lâcher ni arme ni bouclier. Mais déjà Svein s'était emparé de sa hache et il se ruait sur moi en vociférant. J'eus le temps d'apercevoir l'écume mouillant sa moustache blonde et de tendre mon épée vers lui avant l'impact : mon fer pénétra entre son cou et l'épaule et ressortit dans son dos. Il eut un regard étonné, puis s'affaissa en échappant la hache. Entraîné par l'élan de son cheval, je dus tirer de toutes mes forces pour dégager mon arme du corps de Svein avant qu'il ne tombe en bas de sa monture.

L'instant d'après, le banni de Leirvik gisait sur le sol face contre terre et les bras en croix, trucidé par ma main. Le destrier fuyait en trottant, une botte de son maître accrochée à un étrier, et un oiseau projeta son ombre sur moi. Levant le nez au ciel, je reconnus le corbeau qui filait en direction de Saint-Fergus-le-Picte. « Loué sois-tu pour ta sagesse et ta protection, Odin », soupirai-je. Alors seulement, j'aperçus Moïrane au bout de la lande, à l'abri d'une futaie, les mains pressées sur sa gorge en un geste éperdu. Un sentiment de délivrance tel m'envahit que des larmes me montèrent aux yeux.

Chapitre xv

L'amant

Délivrés par l'aumônier dès le début du combat entre les deux Vikings, Ottar et ses hommes d'armes profitèrent de l'inattention des soldats du Moray, captivés par l'engagement, pour les attaquer par-derrière. Le temps de les mettre hors combat à l'intérieur de la palissade, la victoire de Gunni le Gauche était déjà accueillie à l'extérieur par les cris du groupe de Frode l'Écumeur. Le jeune mormaer ne se joignit pas à la liesse qui suivit cet heureux dénouement, mais parcourut sa place forte, arme à la main, à la recherche de Roderik. Celui-ci avait disparu dès les premiers échanges entre Svein et Gunni le Gauche et il avait assisté au duel depuis une meurtrière au second étage du corps de logis où il s'était réfugié.

Bien que l'issue de l'affrontement le plaçât dans une position des plus précaires face à son seigneur, Roderik éprouvait du soulagement de savoir Gunni le Gauche vainqueur et de la satisfaction face à la mort de Svein. Le caractère despotique de ce dernier avait transformé en dédain l'admiration que Roderik lui avait spontanément vouée dès son arrivée à Dornoch. Depuis la veille, il

337

méprisait le Norvégien pour le sentiment de honte qui était sien devant sa propre déloyauté envers Ottar. Alors, un peu plus tôt, quand on s'était amené à la palissade pour négocier et que, par prudence, Svein l'avait désarmé devant la garnison du Moray, Roderik l'avait haï avec toute la force de son âme.

Un bruit de pas sur le palier sortit Roderik de sa réflexion et Bettina apparut dans la pièce : «Il faut se sauver, souffla-t-elle en se précipitant sur lui. Le seigneur Ottar te cherche pour te trucider... Il vient, je l'ai vu !

— Laisse-moi. Je ne me déroberai pas. Traître je suis et traître je serai jugé, fit Roderik en repoussant la servante.

— Et moi, quel sort me réservera-t-on si tu tombes ?

— Ils disposeront de toi selon tes mérites : tu n'as fait que m'obéir. D'ailleurs, qui se soucierait de la fille qui couche avec le renégat ?

— Dame Moïrane me déteste, son Viking aussi.

— Alors, tu devras amadouer le maître. Je ne doute pas que tes charmes parviennent à l'amollir : Ottar de Dornoch n'est pas différent des autres hommes. »

Le son des voix de Roderik et de Bettina guida Ottar vers eux. Il s'arrêta sur le seuil en fixant le couple avec colère. Sa main serrait son épée à s'en faire éclater les jointures et un tremblement nerveux agitait son bras. «Sors d'ici, sotte fille», cracha-t-il en direction de la servante qui se figea d'épouvante. Pour lui livrer passage, Ottar avança de quelques pas en levant sa lame vers Roderik qui n'avait pas bronché, et Bettina s'esquiva par la porte en gémissant.

«Que t'a promis Finlay MacRory pour me trahir ? demanda Ottar à Roderik.

— Rien, mon seigneur, répondit celui-ci avec accablement.

— Tu oses encore m'appeler « mon seigneur » après ton ignominie ?

— Seigneur Ottar, vous avez raison de me rejeter, car en vérité je mérite la mort. Aucune raison ne justifie mon geste. Seule l'emprise de mon ressentiment et de ma jalousie pour Gunni le Gauche peut expliquer ma forfaiture. J'ai compris trop tard que j'étais l'objet de Svein de Leirvik, tout comme le mormaer de Moray l'a été. Nous avons tous deux été manipulés par ce Norvégien qui voulait uniquement assouvir sa vengeance. J'aurais dû tempérer ma propre hostilité contre Gunni le Gauche plutôt que de la laisser s'attiser au feu de Svein. Hélas, j'ai manqué et je suis à jamais submergé d'indignité. Je vous le demande, seigneur Ottar, mettez fin à mon supplice et tuez-moi céans ! »

L'ire du jeune mormaer de Dornoch tomba soudain. Désemparé, il se détourna de son dreng et appela ses gardes d'une voix aigre. « Jetez-le au cachot avec les deux autres qui l'ont suivi dans sa sédition », lança-t-il aux trois gens d'armes qui se présentèrent promptement. Les hommes sortirent et Ottar demeura seul dans la loge, complètement perdu. Plus tard, quand Gunni le Gauche vint le retrouver pour lui demander comment disposer des soldats du Moray, il se fit congédier avec morgue. « Qu'ils partent ! Qu'ils demandent asile au prieuré, qu'ils s'en retournent chez MacRory, qu'ils aillent au diable ! Je ne veux pas les voir. Ni eux ni personne d'autre... » fulmina Ottar.

Cet ordre fut exécuté dans l'heure. Les hommes de MacRory quittèrent le fort et personne ne rejoignit le mormaer de Dornoch dans la loge où il s'était enfermé.

Pendant ce temps, on alla quérir au couvent dame Brunehilde. Même si les veuves avaient manifesté le désir de revenir au fort avec leurs enfants, Moïrane s'y opposa fermement en alléguant que les émigrés de Ross relevaient de l'hospice maintenant que celui-ci était en mesure de les accueillir. L'abbesse n'y fit pas objection, consciente que l'appui de la maison du seigneur Ottar était indispensable à la survie de son couvent. Cependant, quand elle voulut rappeler son devoir de claustration à la jeune femme, la religieuse essuya un refus catégorique. Moïrane n'entendait pas honorer l'épineux engagement de son défunt père, que les récents événements avaient chassé comme feuille arrachée par la bourrasque.

« S'il vous faut absolument une jeune fille, mère Hilda d'Anglie, je vous enverrai ma servante Bettina : elle n'a ni parents ni amis pour la protéger et elle doit se trouver incessamment une place, proposa Moïrane.

— Il ne serait pas opportun de la refuser, admit l'abbesse, puisque de toute manière c'est votre maison qui paie le pain pour nous toutes en ce moment. Si elle démontre les qualités d'une religieuse, elle entrera comme novice, sinon, elle deviendra notre servante.

— Comme il vous plaira ! Pour ma part, je sais ne posséder aucune des qualités requises pour mener une vie cloîtrée, aussi serait-il inopportun de m'y contraindre. »

Mon sentiment d'exaltation à la suite de la mort de Svein fut vite gommé par l'agitation qui s'en suivit. La garnison de Dornoch avait réussi à soumettre celle du

Moray et Ottar traquait Roderik dans le fort. Les compagnons de Frode l'Écumeur investissaient la place pour prêter main-forte et les domestiques criaient d'effroi. La reprise des commandes du fort m'obligea à replonger aussitôt dans l'action et c'est à peine si j'eus une minute avec ma bien-aimée.

Dès après ma victoire sur Svein, Moïrane s'était amenée aux palissades avec le groupe de Frode l'Écumeur et elle avait pénétré la première dans l'enceinte dont on avait ouvert les portes durant l'affrontement. La vue de son frère indemne l'avait aussitôt rassurée et c'est à ce moment seulement qu'elle était venue à moi. Mon adorée s'était blottie doucement contre mon torse qu'elle s'était mise à enserrer avec force, sans prononcer une parole. J'avais répondu par le même geste et notre long enlacement silencieux m'avait ému plus que n'importe quel témoignage d'amour.

Ensuite, il fallut remettre de l'ordre et chacun de nous fut happé par les opérations qui nous appelaient. Tandis que je prenais en charge la direction des drengs et de nos soldats, Moïrane était retournée au couvent chercher dame Brunehilde et sa suite en compagnie de Frode l'Écumeur monté sur le cheval du défunt seigneur Moddan. La voyant quitter le fort à bord du char à bœufs, je nourris l'espoir qu'elle reviendrait avec sa mère et sa suite et j'en fis secrètement la prière à la déesse Freyja. Peu après, j'assistai à l'incarcération de Roderik et des deux drengs fourbes sans déplaisir, tout en me gardant de les insulter : je voulais réserver mon opinion pour plus tard, quand la poussière serait retombée sur l'événement, et que les enjeux et les motivations qui avaient prévalu à cette crise énigmatique puissent être exposés. Curieusement, parmi le personnel qui avait été assiégé, c'est l'aumônier qui réussit le mieux à garder la tête froide dans les circonstances qui suivirent la délivrance du fort. Il disposa efficacement de la dépouille de Svein et lui donna de rapides obsèques chrétiennes. Puis il monta rencontrer Ottar avec lequel il demeura une longue heure, ce qui me rassura momentanément, car l'attitude de notre jeune seigneur me préoccupait fort et j'avais dû me faire violence plus d'une fois pour respecter son désir d'isolement.

Dès après le départ de la garnison du Moray que je supervisai étroitement, n'y tenant plus, j'enfourchai mon cheval et galopai à la rencontre de l'équipage de dame Brunehilde. Mon cœur bondit quand j'aperçus Moïrane dans le char à bœufs, mais son air grave m'empêcha de tirer des conclusions trop hâtives sur sa présence parmi les servantes de retour au fort. Je poussai ma monture jusqu'à la hauteur de Frode l'Écumeur avec lequel je chevauchai au botte à botte, mais il ne put m'éclairer sur les arrangements précis concernant Moïrane et sa place au couvent. Enfin, nous convînmes que lui et ses hommes resteraient le temps de nous assurer que le contingent de Finlay MacRory avait bel et bien quitté la vallée de Dornoch.

La veillée qui clôtura cette étrange journée ne fut pas moins insolite. Les femmes ne descendirent pas de la chambre des dames où elles prirent leur repas dans leur confort retrouvé, laissant Bettina seule aux feux pour nous servir. Les hommes d'armes de Dornoch réintégrèrent leurs quartiers au corps de garde et ils s'y confinèrent avec un certain soulagement. Il m'incomba alors de présider à la table de la grande salle qui réunissait quatorze hommes affamés, sales et fourbus : l'aumônier, Frode l'Écumeur, ses neuf compagnons et les trois drengs loyaux à Ottar, libérés en même temps que la garnison. Ces derniers racontèrent l'enchaînement des faits avant l'insurrection contre les ordres de Roderik et, curieusement, ils n'émirent aucun blâme à l'égard des deux drengs qui avaient suivi celui-ci. Dans son commentaire, l'aumônier appuya leur indulgence et la découverte de cette solidarité entre eux quatre me donna à réfléchir. À la lumière des échanges, Frode l'Écumeur y alla ensuite de sa propre analyse des faits et, encore une fois, son jugement m'inspira une grande admiration. Il me tardait de confronter cette version du conflit avec celle des prisonniers, et particulièrement avec celle de Roderik que j'étais maintenant prêt à écouter avec plus d'humanité.

Pour l'heure, la conversation s'orientait sur ma propre mission avec le seigneur Ottar qui nous avait malencontreusement éloignés de Dornoch et j'entrepris de narrer notre équipée à l'assemblée, quand celui-ci apparut dans l'encadrement de la porte. L'air exténué, Ottar salua d'un hochement de tête las l'aumônier et Frode l'Écumeur, puis il s'assit à table en nous regardant un après l'autre. Pour briser le silence gêné qui s'était abattu sur le groupe, je repris la parole d'une voix engageante :

« J'allais raconter à quel point l'expédition sur le domaine a été un succès, mon seigneur. Chacun de vos commettants vous a fait bon accueil et a exprimé du regret au décès du seigneur Moddan.

— Très juste, fit Ottar. Et je suis convaincu que les manants qui dépendent du clan me seront féaux, contrairement à ceux de mes hommes les plus proches qui m'ont trahi en ces murs. Quelles qu'aient été les pressions exercées sur eux par une autorité étrangère, la force de leur cœur a été éprouvée et elle a failli. Cependant, je serais un piètre chef si je les mettais à mort, car ils ont bien servi mon père et, tels qu'ils sont, ils ne représentent aucune menace : leur bannissement du clan sera déjà une grande punition pour eux. Mais laissons cela… Mes amis, j'ai à cette table un homme que je chéris tel un frère : Gunni le Gauche. Il s'est présenté à Dornoch comme un Viking banni, alors qu'il est en réalité un fils du clan ; en effet, j'ai découvert que le vieux bouvier Uilleam de Brora est son père. Or, vous êtes plusieurs autour de cette table à avoir volontiers tenu Gunni le Gauche pour le meurtrier de Moddan… »

À ces paroles, je me sentis embarrassé et j'observai discrètement les mines ébahies des gens de Dornoch se transformer en regards honteux et fuyants.

« Les femmes prétendent que vous avez identifié le meurtrier de votre père et que vous l'aviez châtié, mon seigneur », avança Frode l'Écumeur pour détendre l'ambiance lourde.

« En effet, enchaîna Ottar. Je ferai cette annonce à dame Brunehilde avant qu'elle ne soit ouvertement diffusée, mais apprenez que l'assassin n'est pas un des nôtres.

— Vous en parlez comme s'il vivait toujours, mon seigneur, intervint l'aumônier.

— Il vit… pour le moment… Maintenant, amis, je souhaite me restaurer. »

Ce disant, Ottar avança une main tremblante vers le plat des viandes et je compris qu'il était épuisé et n'ajouterait rien au récit de notre expédition. Aussi choisis-je d'en faire autant et je le signifiai au groupe d'un geste de la tête. Dans un silence pesant, nous regardâmes donc le mormaer de Dornoch gloutir jusqu'à ce qu'il soit rassasié et qu'il se retire pour la nuit. Alors, chacun se leva de table et s'apprêta à se coucher, qui près de la fosse à feu, qui le long des murs. Encouragé par les mots qu'il avait eus à mon endroit, je sortis de la salle pour rattraper Ottar et lui parler. Je grimpai à l'étage où je savais qu'il avait une chambre. Sur le palier, des lampes de suif grésillaient en éclairant de lueurs sautillantes le couloir qui donnait accès aux différentes loges jusqu'à la longue pièce réservée aux femmes. Pour favoriser le réchauffement des appartements, toutes les portes étaient ouvertes sauf celle de la chambre du défunt Moddan. Des rayons de lumière filtraient des interstices du mur en planches dont je m'approchai doucement jusqu'à entendre les voix qui en émanaient faiblement. Je reconnus celle d'Ottar, puis celle de Moïrane et, enfin, celle plus étouffée de leur mère. Les quelques mots que je pus saisir concernaient le gars Pelot et je m'esquivai aussitôt, par discrétion.

Les lendemain et surlendemain, la famille demeura isolée, close sur elle-même. Je ne pus approcher ni Ottar ni Moïrane et je restai ignorant des décisions qu'ils arrêtaient. Seul l'aumônier fut accepté dans leur cercle fermé pour de courts moments et il ne m'apprit rien de concret autre que le secours qu'il apportait dans le deuil et le désarroi que vivaient dame Brunehilde et, dans une moindre mesure, Ottar. Pour sa part, Moïrane semblait être restée maîtresse d'elle-même. Manifestement, elle avait pris en mains la direction de la domesticité et elle sortit de sa retraite à quelques brèves reprises pour donner des ordres, notamment, le renvoi de Bettina. Mon ancienne maîtresse partit très amère se mettre au service des cisterciennes qui l'avaient apparemment réclamée en échange de Moïrane. Ce départ me remplit d'autant d'aise qu'il signifiait peut-être la libération définitive de ma bien-aimée du couvent.

Observateur et indécis, je passai ces deux jours en la compagnie rassurante de mon ami Frode l'Écumeur. Je me sentais suffisamment en confiance avec lui pour partager mes inquiétudes sur mes amours, sur le comportement du chef de Dornoch et sur l'avenir du clan. Il assista notamment à l'entretien que j'eus avec les trois prisonniers. Nous découvrîmes en Roderik un homme défait et humilié et, dans ses acolytes, des hommes inquiets et contrits. Ils reçurent avec grand accablement l'annonce de leur prochain bannissement de Dornoch. Au moment où nous les quittâmes, Roderik me retint pour solliciter mon pardon de façon aussi inattendue qu'étrange : « Tu es meilleur guerrier et meilleur dreng que moi, et c'est cela que mon orgueil m'a empêché d'admettre. Sache que mon repentir sincère envers le seigneur Ottar, je l'éprouve aussi envers toi. Accepte-le comme l'ultime admiration d'un collègue. Aussi longtemps que Dieu me prêtera vie, je ne te nuirai ni te maudirai plus. »

Le matin du 24 décembre, Frode l'Écumeur rembarqua pour Beauly avec ses neufs compagnons afin d'être chez lui pour la fête de la Nativité. Un léger redoux avait heureusement gardé les eaux libres dans l'estuaire de Dornoch et son knörr y glissa sans encombre. Comme celui-ci contournait la pointe est et disparaissait dans les brumes denses, une autre embarcation s'engagea dans le golf par le nord en louvoyant. Petite et facile à manier, elle contournait avec aisance les glaces flottantes. Biarni l'Ours, le vieil Uilleam et Pelot se trouvaient à son bord et ils s'échauffèrent à la vue du clocher de Saint-Fergus-le-Picte. « Voyez là-bas, maître Uilleam, c'est le monastère ! » s'écria Pelot en pointant vers le fond de l'estuaire. Le vieux bouvier sortit la main de sa manche et la mit en visière au-dessus de ses yeux plissés, mais il ne distingua rien sur la côte qui se profilait dans le brouillard : « Bien, bien, émit-il vaguement. Les traversées d'hiver ne sont plus pour moi et il me tarde de sortir de ce bateau glacial.

— Vous allez voir, messire, fit Biarni l'Ours : après tant d'années sur vos plateaux misérables, les fêtes de la Nativité avec votre fils retrouvé seront les plus belles de votre vie et vous ne regretterez pas votre voyage.

— Bien possible… Je ne me souviens même plus d'avoir déjà vécu cette sainte célébration ailleurs que dans ma cahute de Brora, admit Uilleam. En tout cas, soyez béni de nous le permettre à mon apprenti et à moi… et que votre compagnon Grim le soit également pour avoir accepté de garder nos bêtes à notre place.

— Oh, messire Biarni, quelle chance pour nous d'être tombés sur des Vikings aussi accommodants que vous ! » renchérit Pelot sur un ton exalté.

Biarni l'Ours jeta un œil au garçon, puis reprit son examen des eaux tout en manœuvrant le gouvernail d'une main et la corde de la voile de l'autre. Il songeait aux véritables motifs qui l'avaient poussé à offrir cette traversée aux deux bouviers de Brora et il récapitula mentalement les maigres informations que ceux-ci avaient livrées et sur lesquelles ses espoirs reposaient : « Quatre veuves et huit enfants ; femmes matures, besogneuses, habituées aux cheptels, démunies et anciennes épouses de soldats… »

Ils accostèrent une heure plus tard à marée basse et Biarni l'Ours dut traîner l'embarcation sur une longue distance avec Pelot avant que son vieux passager puisse mettre pied sec à terre. Aussitôt, l'apprenti bouvier s'élança vers le prieuré en murmurant le nom de sa mère et les deux hommes lui emboîtèrent le pas lentement sur le sentier de gravillons gelés.

« Messire Uilleam, fit soudainement Biarni l'Ours, je dois vous dire que je connais très bien votre fils Gunni : je viens du même village que lui en Norvège. Je ne voulais pas en parler devant le garçon, car il semble mépriser les Vikings et je me demandais si vous saviez que votre fils a grandi comme un esclave à Leirvik.

– Je ne l'ignore pas. Ce que Gunni a été importe moins que ce qu'il est devenu, répondit Uilleam. Il est le premier dreng dans la maison du mormaer de Dornoch. Le saviez-vous ?

– Non pas, mais cela est une bonne chose : votre fils le mérite grandement et je suis sûr qu'il sera toujours à la hauteur de son rang. » Le vieil Uilleam reporta son regard sur la silhouette de Pelot qui disparaissait à l'angle de l'édifice et il se garda bien de révéler au Viking l'accusation de meurtre dont l'apprenti était porteur tout en se demandant si l'affaire avait finalement été dévoilée aux habitants de Dornoch. Ils atteignirent l'hostellerie du monastère au moment où Pelot la quittait pour aller visiter sa mère au couvent.

Depuis l'expulsion de Bettina, dont la présence l'avait si profondément irritée, Moïrane était redescendue dans la grande salle avec l'intention de s'y installer pour être plus près des résidents. Elle se sentait vaguement méprisable pour sa décision de ne pas honorer la promesse du défunt Moddan, ce que lui avait sèchement reproché dame Brunehilde. Moïrane voyait à quel point son refus de prendre le voile ajoutait au tourment de sa mère, mais, en son âme et conscience, elle abominait l'idée de se soumettre au destin d'une cloîtrée. Une sorte de retenue l'empêcha d'ouvrir son cœur à son bien-aimé avec lequel elle n'échangea que quelques phrases banales jusqu'au départ de l'équipage de Frode l'Écumeur, le 24 décembre. Mais quand Gunni le Gauche revint de sa chevauchée au prieuré où il avait assisté à l'embarquement de ses amis, elle courut à sa rencontre et se jeta dans ses bras. Décontenancé, le jeune homme l'étreignit en la questionnant d'une voix tendue : « Est-ce tout à fait certain que tu ne retournes pas vivre au couvent ?

— Si fait, mon amour. Je ne serai jamais religieuse. Ainsi en ai-je décidé en te voyant sortir vif de l'affrontement avec ton ennemi. J'ai prié si fort que Dieu ne pouvait faire autrement que de m'exaucer et je crois qu'Il accepte notre dessein de nous marier. Dis-moi que tu as fait de même avant de te battre contre Svein de Leirvik et que tu as appelé la protection divine sur ta tête…

— Certes, je l'ai fait, Moïrane, mais j'ai invoqué Odin. J'ai bien senti son œil couvrir chacun de mes gestes et je sais qu'il a dirigé la lame de Svein sur le médaillon du collier afin que je ne sois pas transpercé par l'arme d'un compatriote. Je ne dis pas cela pour te contrarier, mais je dois en toute honnêteté affirmer que la foi dans mes dieux est plus vaillante qu'elle ne l'a jamais été. J'adopterai Christ parmi eux volontiers, mais sans renoncer à eux. »

Moïrane se dégagea souplement des bras du Viking et ne répondit rien. La déception était si évidente sur son visage qu'elle suscita un remords momentané chez le jeune homme qui ne se rétracta cependant pas. Se contentant d'admirer Moïrane avec une ferveur silencieuse, Gunni le Gauche savoura le climat d'intimité que provoquait l'absence d'Ottar, de dame Brunehilde et des invités de Beauly. De son côté, la jeune femme s'était juré de ne pas accabler son bien-aimé avec la question de son baptême et de respecter la lenteur de sa démarche. L'aveu de celui-ci la forçait à réfléchir à ce qu'une conversion partielle à la religion de Christ avait pour effet : s'accommoderait-elle aisément de doubles croyances chez son époux ?

Des servantes entrèrent dans la grande salle avec la lessive à étendre et, tout en prêtant la main à la corvée, Moïrane leva plus d'une fois le regard en direction de son amoureux. Chaque fois, elle croisa le sien rempli de dévotion et elle en fut agréablement émue. Les servantes décelèrent avec plaisir le trouble de leur jeune maîtresse et échangèrent entre elles des œillades entendues. L'aumônier aussi surprit le manège des femmes et il ne s'en formalisa pas : même s'il soutenait la désapprobation de dame Brunehilde, il admettait que Moïrane n'était pas faite pour le couvent. Aussi s'attendait-il à bénir incessamment le mariage de l'héritière de Moddan avec le Viking.

La fin de la journée vit se briser l'atmosphère de connivence qui régnait dans la grande salle. Biarni l'Ours et le bouvier Uilleam se présentèrent au fort à pied, la vêture détrempée par la fine neige qui tombait à plein ciel depuis quelques heures. Ils furent accueillis par Moïrane, piquée de curiosité, et par Gunni le Gauche, stupéfait de les voir là. Le père embrassa chaudement le fils qui reçut la démonstration d'affection avec un certain embarras, peu habitué d'être l'objet d'une amitié virile. Puis, les deux Norvégiens se saluèrent froidement. Biarni l'Ours apprit avec stupéfaction la mort de Svein survenue l'avant-veille et il relata comment le groupe de Leirvik s'en était séparé en octobre. Ces révélations faites, un vent de sympathie gagna le cœur des deux hommes et en balaya définitivement toute méfiance.

Tandis que Moïrane courait avertir son frère et sa mère de la visite inattendue, Gunni le Gauche fit les frais de l'hospitalité aux arrivants en les délestant de leurs manteaux mouillés, puis il les installa auprès du feu et leur versa du vin chaud. Avant que le mormaer de Dornoch ne paraisse enfin dans la salle, les invités avaient amplement eu le temps d'informer son dreng du but de leur venue qui, pour Biarni l'Ours, avait peu de chose à voir avec la célébration de la Nativité.

« C'est un marché de dupe que nous avons passé avec le jarl des Orkneys, expliqua-t-il en norrois à Gunni le Gauche. Quand nous sommes débarqués à Helmsdale le mois dernier, la moitié du cheptel échangé contre notre knörr était décimée et l'autre moitié s'était éparpillée dans la lande. Le temps de rassembler les bêtes et de nous bâtir une longue maison, l'hiver était installé.

– On dit que les ressources pour subsister sont maigres là-bas, avança Gunni le Gauche.

– Moins qu'on y croit, fit Biarni l'Ours. Nous avons vraiment été frappés par la richesse en bois de la vallée abritée par la montagne et par la qualité du sol meuble. Avec les poissons qui abondent dans la rivière et le loch, nous avons largement de quoi nous nourrir jusqu'au printemps. J'estime que l'endroit est prometteur, en tout cas, suffisamment pour me convaincre de faire notre bien de cette terre et d'abandonner nos chimères de commerce.

– Pour fonder une colonie, il vous faut une société et personne ne réside là-bas. Il n'est pas étonnant que les précédents bouviers du jarl des Orkneys aient déserté leur poste.

– Ils ont dû manquer de compagnie féminine. Tu as raison sur ce point : à nous cinq, on n'arrivera à peu de chose. Des épouses manquent à notre félicité. Les femmes sont non seulement indispensables à notre entreprise, mais elles ont l'avantage de garder au chaud l'hiver...» soupira Biarni l'Ours.

L'homme se tut, tourna nerveusement le gobelet de vin entre ses doigts épais et scruta le dreng en tentant de jauger le pouvoir qu'il avait dans la maison du mormaer. Ensuite, il jeta un bref coup d'œil au vieux bouvier qui, insensible à la conversation, tendait impassiblement les mains au-dessus des flammes. Alors, Biarni l'Ours se racla la gorge et posa à Gunni le Gauche la question qui était au cœur de la mission que ses compagnons lui avaient confiée : « Crois-tu que ton seigneur pourrait persuader les veuves qui sont réfugiées au couvent de retourner avec moi à Helmsdale ?

– J'en doute, répondit le dreng. Les femmes de Ross ne sont plus sous la protection du mormaer, mais sous celle de l'abbesse.

– Pourtant, à ce que dit le frère à l'hostellerie, les veuves et leurs enfants sont nourris grâce aux subsides de messire Ottar... De plus, Pelot nous a rapporté que les femmes souhaitent toutes sans exception quitter le couvent. Peu de possibilités s'offrent à elles si ton seigneur ne veut plus les héberger au fort, tandis que moi et mes compagnons, nous avons une très bonne maison à leur disposition. Tu sais bien, toi, combien nous sommes en mesure de défendre des épouses et de les faire vivre commodément!

– Biarni, je crains qu'il faille plus que cela. Les femmes de Ross exècrent les Vikings…

– Mais nous sommes des chrétiens, tout comme elles! Nous pouvons contracter des mariages bénis dans la religion de Christ», répliqua le Norvégien. Puis en se tournant vers l'aumônier qui s'était tenu à l'écart de la conversation, il sollicita son appui en gaélique : «N'ai-je pas raison, mon père? Dites-moi que des unions consentantes entre ces veuves et nous seraient admises et même encouragées par l'Église.

– Évidemment, si les quatre femmes veulent librement vous épouser, nul prêtre n'y fera obstacle, moi le dernier», répondit l'aumônier sur un ton amène.

Les discussions à propos du mariage suscitées par les projets de Biarni l'Ours durent enflammer l'esprit de Moïrane, car elle ne me quitta pas des yeux durant toute la soirée, en dépit de l'attention soutenue dont l'entourait sa mère. Plus tard, quand les femmes remontèrent enfin à l'étage pour se coucher, ma bien-aimée me fit un signe discret que je ne sus comment interpréter sur le coup. À tout hasard, je grimpai sur le palier aussitôt que j'eus fini d'aménager une couche pour mon père qui tombait de fatigue.

Là-haut, je m'assis commodément sur le sol dans un coin dissimulé près de la chambre des dames et j'épiai par la porte béante les conversations à l'intérieur. Après une bonne demi-heure, les lampes s'éteignirent et les voix s'étouffèrent doucement. Presque engourdi par l'immobilité et le froid, je ne pus m'empêcher de fermer les yeux et je faillis sombrer dans le sommeil, bercé par le doux murmure des futures dormeuses. Soudain, je sentis mes lèvres comprimées par la bouche de ma bien-aimée que j'entrevis à travers mes cils frémissant sur mes yeux mi-clos.

Moïrane était venue subrepticement s'accroupir entre mes jambes écartées et elle s'appliquait à m'embrasser le visage sans me réveiller. Parcouru par un indicible frisson, je la laissai faire pendant une longue minute, en freinant tout mouvement susceptible de trahir ma vigilance. Puis, au frôlement de sa bouche sur la mienne, j'entrouvris les lèvres et ma langue fureta à la rencontre de la sienne. Moïrane devait attendre ce signal pour accentuer ses caresses, car elle m'emprisonna la tête entre ses mains en fourrageant dans mes cheveux et plaqua son adorable corps contre le mien. Sans interrompre mes baisers, je la soulevai délicatement en empoignant ses hanches de sorte qu'elle se retrouve à califourchon sur mes genoux resserrés, ses jambes repliées le long de mes cuisses. Cette position audacieuse fouetta l'ardeur de mon vit qui se dressa dans mes braies de laine. Malgré l'abondance d'étoffe de la chemise de Moïrane et de nos tuniques respectives chiffonnées sur nos bas-ventres, le durcissement de mon membre dut être perceptible, car ma bien-aimée s'arcbouta d'un coup de bassin. Tout en dévorant ma bouche, elle amorça un exquis mouvement de va-et-vient, lequel fut aussitôt amplifié par l'emprise de mes mains. Le merveilleux exercice auquel nous nous livrâmes ainsi aurait incontestablement soulevé l'indignation de dame Brunehilde, mais, emporté par la frénésie, cela ne me préoccupa pas plus que Moïrane. Les baisers voluptueux de mon aimée, entrecoupés de ses halètements de plus en plus rauques, finirent par m'embraser les reins et je succombai brusquement au douloureux vertige du soulagement libérateur. « Ah, je me rends », exhalai-je en laissant retomber les bras le long du corps. « Déjà ? » souffla Moïrane d'une voix alanguie en s'affaissant, le front appuyé sur mon épaule. « Je croyais que les ébats amoureux duraient plus longtemps…

— C'est parfois le cas, murmurai-je dans ses cheveux défaits. Mais pour cela, il faut que l'homme soit moins affamé. Si nous recommençons tout à l'heure, je te promets de persévérer longuement avant de rendre les armes… » Moïrane releva la tête et allait répliquer quand nous ouïmes des pas dans l'escalier. Nous nous séparâmes aussi prestement que si une bête s'était glissée entre nos vêtures. Avant qu'Ottar n'aboutisse sur le palier, ma bien-aimée était debout et remettait de l'ordre dans sa tenue alors que moi, dont les jambes flasques comme tranches de lard ne répondaient plus, je me contentais de redresser le dos contre le mur en adoptant un air affable.

« Que se passe-t-il céans ? fit Ottar en levant la lampe dans notre direction.

— Rien, dit précipitamment Moïrane. Nous devisions…

— Vous me semblez bien essoufflés pour des causeurs, remarqua Ottar en me fixant avec insistance. Quel sujet vous passionne autant ?

— Le mariage ! dit Moïrane.

— Encore ? Pardieu, va-t-on finir par s'intéresser à autre chose, ici ? fit Ottar d'une voix exaspérée. S'il s'agissait du tien, ma sœur, sache que je suis contraint de m'y opposer. Mère souffre de ton comportement et je respecterai ses intentions sur ton avenir, qui étaient celles de père, jusqu'au jour où elle trépassera. Tu n'es pas mariable et voilà pourquoi le couvent est ta destinée. En outre, Gunni est païen.

— Ce qui était arrêté pour moi ne concerne pas mon pucelage, mais visait uniquement l'obtention du pardon de père, tu le sais bien, Ottar. D'ailleurs, je n'ai pas été déflorée par Donald de Ross : demande à mère ce qu'elle a appris de ma geôlière à ce sujet. Quant au baptême de Gunni, c'est presque fait... »

La déplaisante conversation qui se poursuivit entre le frère et la sœur me contraria en ce qu'elle m'excluait. J'avais fini par me lever et je me retrouvais entre eux deux, comme une pomme de discorde. Moïrane abandonna vite l'idée de ma prochaine conversion pour défendre sa décision concernant le couvent et le projet de mariage avec moi. Elle soutenait chacun de ses arguments par une promotion énergique de mes qualités personnelles. Sans réfuter ces dernières, Ottar orienta la discussion sur le maintien de la claustration de Moïrane pour garantir la quiétude de dame Brunehilde. Aussi tendus l'un que l'autre, le frère et la sœur ne s'écoutaient guère et le ton monta bientôt, réveillant inopinément les dormeuses dans la chambre des dames.

« Qu'est cela ? » fit anxieusement une voix suivie par d'autres, plus ensommeillées, qui formulaient la même question. Voyant dame Brunehilde sortir de la chambre, Ottar m'empoigna par le bras et m'entraîna dans l'escalier en maugréant. J'eus à peine le temps de voir Moïrane se rabattre vers sa mère en l'exhortant à retourner au lit que je dégringolais presque les marches devant Ottar qui me poussait.

Quand nous nous retrouvâmes tremblants, face à face, sous le halo des torches éclairant la porte de la grande salle, je lus dans les yeux d'Ottar de la colère et quelque chose d'autre d'indéfinissable. Un rictus tira soudain sa moustache et je crus qu'il allait me cracher au visage, mais il baissa les yeux le premier et me bouscula pour me faire entrer dans la pièce. Instinctivement, je l'attrapai par la manche et le forçai à me dévisager : « Les vouloirs de ta mère et ceux d'un trépassé ont-ils plus de poids que ceux de ta sœur bien-aimée et de l'homme que tu t'es plu à appeler un frère hier ? lui demandai-je, le cœur battant.

— Tu n'as pas connu de mère pour parler ainsi, dit-il, et tu n'as pas compris mon rôle à Dornoch. Mes responsabilités de chef m'obligent à autoriser ou à défendre, à favoriser ou à contraindre, et ce, pour toute personne sous mon autorité, dont ma sœur. Moïrane et toi aviez un plan qui se passait de la sanction de mon père, n'est-ce pas ? Alors, tenez-y vous ! » Puis, sans me regarder, Ottar se dégagea de mon emprise d'un geste brusque et remonta à l'étage.

Déconcerté par la réponse équivoque, je pénétrai d'un pas hésitant dans l'obscurité de la grande salle et marchai jusqu'à l'endroit où mon père dormait, pelotonné dans une fourrure. Le ronflement qui s'élevait de sa couche était ténu et constant, comme le ronronnement d'un chat, et je m'émus de l'écouter avec autant d'attention. Je ramassai sa cape et m'allongeai délicatement à ses côtés. Les yeux grands ouverts dans le noir, je repassai dans les moindres détails mon échappée avec Moïrane et la discussion avec Ottar qui l'avait interrompue. Tout absorbé dans mes réflexions, je ne me rendis pas compte que le ronflement avait cessé à mes côtés et fus très surpris d'entendre mon père murmurer : « Tu en es passionnément épris, Gawinni ? Je te comprends : c'est une femme remarquable et bien née…

— Vous me parlez, père ? fis-je.

— Évidemment ! À qui veux-tu que je m'adresse, sinon à toi ? Je t'ai beaucoup observé ce soir et j'ai percé le secret de ton cœur. Épouse damoiselle Moïrane de Dornoch puisqu'elle a refusé de se cloîtrer ; elle te donnera une belle descendance…

— Si vous saviez combien je le voudrais ! soupirai-je en me retournant vers lui.

— Ne me raconte pas que la belle est indifférente à ton désir, car je te dirai qu'elle dissimule.

— Ah ! Pour ce qui est de la passion amoureuse, elle est partagée. Les obstacles qui nous empêchent d'y donner libre cours sont d'une autre nature.

— Quels qu'ils soient, vous pouvez les surmonter ou les contourner, car un homme et une femme qui ont une véritable inclination l'un pour l'autre parviennent toujours à leur but. Dis-moi contre qui ou quoi tu te bats en ce moment.

— Contre sa famille et moi-même à la fois. Mes origines, ma nature, mes croyances vikings : tout cela ne convient pas. Par exemple, Moïrane n'accepte pas de prendre un païen pour époux.

— Mais tu ne l'es pas, pardi ! Mon petit Gawinni a été baptisé dans ses langes : je peux jurer de cela ! » répliqua mon père avec véhémence. Cette révélation inattendue m'atteignit comme un coup de poing au ventre.

«Écoute-moi bien, Gunni le Gauche, si tu es bien Gawinni de Brora, tu es aussi chrétien que les braves parents qui t'ont engendré», ajouta mon père sur un ton radouci, presque solennel. Ce disant, il passa une main rêche sur mon front et, de deux doigts qui s'y attardaient, il dessina lentement une croix, puis, il roula de l'autre côté en me souhaitant une bonne nuit. Subjugué, je fixai sa tête blanche, seule tache claire dans l'obscurité qui nous enveloppait, et je me mis à échafauder un plan d'épousailles que l'inouïe découverte de mes origines chrétiennes facilitait admirablement.

Chapitre XVI

Le chrétien

Le matin du 25 décembre 1019 à Dornoch, un vent glacial s'engouffrait dans la vallée et gelait tout sur son passage. Dès l'aube, la foule composée des paysans de la vallée et des habitants du fort s'était entassée à l'intérieur de l'appentis qui faisait office de chapelle pour entendre la messe de la Nativité, comme à chaque année. À l'entrée se tenaient Ottar et sa mère, chaudement emmitouflés dans des capes doublées de fourrure. Soucieux d'offrir l'image de maîtres en plein contrôle de leurs affaires, ils accueillaient leurs gens avec des mots de réconfort susceptibles de faire oublier l'épisode éprouvant qui avait terni la réputation de leur place forte.

Les dernières personnes attendues entrèrent enfin dans la cour à bord du char à bœufs qu'on avait envoyé très tôt au couvent : les quatre veuves et leurs enfants en descendirent sous l'œil attentif de Biarni l'Ours et, guidés par l'aumônier, ils s'acheminèrent ensemble vers la chapelle. Le gars Pelot fermait la marche avec sa mère et sa jeune sœur. Du groupe, ils étaient les seuls à ne pas afficher un air content. Quand ils furent à la hauteur du seigneur Ottar, ils s'immobilisèrent. Par une gestuelle énigmatique et presque solennelle, la mère du garçon s'adressa au maître et à la maîtresse de Dornoch, puis elle s'agenouilla à leurs pieds en inclinant humblement la tête. Interdits, dame Brunehilde et son fils s'interrogèrent du regard.

« Que dit ta mère, Pelot ? fit Ottar.

– La muette demande pardon, mon seigneur. Elle a honte de moi et d'elle-même de m'avoir pour fils. Elle souhaite se mettre au service de dame Brunehilde en réparation de ma faute, comme je suis sous vos ordres à Brora », répondit Pelot en rougissant.

Ottar se pencha alors sur la femme et la fit se relever. Il fut immédiatement saisi par la beauté de sa figure et l'intelligence de son air. Ne l'ayant toujours aperçue que de loin, le jeune seigneur ne l'avait jamais remarquée avant ce jour et sa découverte le troubla. Il lui sourit, consulta brièvement sa mère et accepta l'offre : « Il y a bien une place vacante dans la suite de dame Brunehilde en ce moment et il nous agrée que tu la combles. Si tu veux garder ta fille avec toi, tu peux le faire : elle nous traduira ce que tu dis et tu trouveras à l'employer. »

L'office religieux fut suivi d'un dîner auquel toute l'assemblée fut conviée dans la grande salle aménagée pour cette occasion. Des tables montées sur tréteaux le long des murs étaient garnies de viandes fumantes, de pâtés, d'œufs et de brouets ; des pichets de vin, de bière ou de lait miellé trônaient parmi les plats. Chacun se servait copieusement dans une joyeuse cohue que les hôtes observaient avec plaisir. Par ce geste de faste, le mormaer de Dornoch voulait récompenser la fidélité de ses gens et amadouer les veuves de Ross afin qu'elles soient enclines à accepter la proposition du Norvégien de Helmsdale. Réchauffés autant par le grand feu central de la pièce que par la fièvre de la fête, les veuves et leurs enfants gloutirent avec un bel appétit et s'égayèrent ainsi durant toute la journée, en louant le seigneur Ottar pour cette invitation inattendue et fort prisée.

Le gars Pelot, que le pardon accordé à sa mère avait légèrement détendu, revit les lieux de son crime avec moins d'embarras que celui qu'il avait anticipé. Conscient que son déshonneur n'était pas totalement effacé dans l'esprit des habitants du fort, il se fit discret en ne quittant pas d'une semelle le vieil Uilleam et sa mère, lesquels s'étaient liés d'amitié depuis leur sortie de la chapelle. De son côté, Biarni l'Ours s'activa dans l'entourage des trois autres veuves de Ross qui retrouvaient avec ravissement l'animation et le confort de l'habitation du mormaer. Tout en papotant, elles prêtèrent une oreille distraite à la description que le Norvégien s'évertuait à leur faire de la longue maison récemment érigée à Helmsdale, jusqu'à ce que Gunni le Gauche se pointe dans leur cercle. Ce dernier se mit alors à renchérir sur le discours de Biarni l'Ours, en évoquant la côte nord-est du pays comme le coin de paradis où il avait vu le jour. La défaite de l'ignoble Svein aux mains du dreng avait nimbé celui-ci d'une estime que les femmes lui avaient jusqu'alors refusée. Grâce à sa renommée toute neuve, le Viking parvint à intéresser favorablement les trois femmes à la future colonie de Helmsdale.

Au milieu de toute cette agitation, dame Brunehilde présidait les agapes avec superbe, une main posée sur le bras de son fils et l'autre sur l'épaule de sa fille afin que celle-ci demeure dans son giron. Le trio déambula ainsi parmi les gens, plus complaisamment au fur et à mesure que la journée avançait et que les vins ingurgités produisaient leur effet.

À la fin de l'après-midi, personne ne vit l'aumônier sortir du fort à dos de mulet et gagner le monastère de Saint-Fergus-le-Picte en trottant. Le prêtre craignait que sa mission n'essuie un refus du prieur et il fouetta copieusement sa monture pour hâter son arrivée. Il fut accueilli avec affabilité par le jeune frère Gervadius qui l'introduisit sans délai dans la loge de son supérieur.

« Mon père, je serai bref, annonça l'aumônier en s'installant dans la chaise qu'on lui désignait. Damoiselle Moïrane désire épouser messire Gunni le Gauche. Elle prétend que celui-ci est chrétien en raison de sa naissance de parents chrétiens à Brora. Or, je sais que le mois dernier, alors que tous ici ignoraient ce fait, vous aviez été pressenti pour baptiser cet homme et que vous avez mesuré ses convictions religieuses. J'aimerais savoir si, d'après votre jugement, je peux accorder le sacrement du mariage à Gunni le Gauche comme à n'importe quel Viking converti.

– Si Gunni le Gauche a été baptisé à sa naissance, on ne peut pas le considérer comme un Viking converti, même s'il en garde toutes les mœurs et apparences d'un païen. En vérité, vous n'avez aucune raison de refuser la bénédiction de son union avec Moïrane de Dornoch. D'ailleurs, si j'en juge par le comportement intempestif dont la jeune femme a fait preuve en quittant le couvent, je pressens qu'au fort, vous êtes devant deux fidèles qui s'apprêtent à commettre le péché de chair…

– … si ce n'est déjà fait, mon père. Bref, comme vous ne voyez aucun problème à les marier, je vais y pourvoir incessamment. J'aurai probablement d'autres unions à consacrer, et voilà le second but de ma visite. Les veuves de Ross et leurs enfants ne réintégreront pas le couvent : elles en ont vraisemblablement décidé ainsi aujourd'hui. La muette, la mère du gars Pelot, a été embauchée comme servante au fort avec sa fillette, et les trois autres veuves ont accepté de rejoindre les compagnons de messire Biarni l'Ours à leur établissement de la rivière Helmsdale. Elles y vont de leur plein gré et si elles trouvent leur compte en ce lieu éloigné, elles prendront les Norvégiens pour époux. Le seigneur Ottar soutient leur expédition. Il m'a demandé de les accompagner là-bas et de revenir quand elles seront toutes mariées, au printemps. Il souhaite que les habitants du fort et de la vallée puissent fréquenter le monastère pour assumer leurs devoirs religieux chez vous jusqu'à mon retour.

— Cela va de soi, fit le prieur. Le moine hospitalier de Saint-Fergus-le-Picte sera dédié à votre remplacement et je prierai afin que votre mission réponde à la volonté de Dieu. Pour ce qui est du départ des veuves, je devine qu'il va contrarier mère Hilda d'Anglie quand je vais le lui apprendre. Nous attendons pour demain l'équipage de l'évêque Simon venu pour l'inauguration et la bénédiction du couvent. Et pour cet important événement, l'abbesse misait beaucoup sur l'occupation de son hostellerie par des femmes susceptibles de prendre le voile…

— Si vous le permettez, mon père, je doute d'un penchant des veuves de Ross pour la vie religieuse, tout comme cela est manifestement le cas pour la damoiselle Moïrane. Persuadons-nous que mère Hilda d'Anglie conviendra de l'inutilité de forcer des vocations chez celles qui ne sont pas véritablement appelées.

« – Allez, aumônier, nous entendons bien les choses de la même oreille : retournez céans chez le mormaer et employez-vous à régulariser la situation de toutes ces femmes qui préfèrent les hommes aux nonnes. »

Le prêtre prit congé du prieur avec le sourire aux lèvres et il s'empressa de rentrer au fort. Sur son chemin de retour, il croisa les trois prisonniers du seigneur Ottar chassés de Dornoch, qui s'en allaient demander asile à l'hostellerie du monastère. « Soyez bons chrétiens, leur dit-il, et les portes des saintes maisons s'ouvriront. N'abusez pas des largesses de Dieu et elles ne vous feront pas défaut. » Sceptique, Roderik inclina la tête en guise de salutation et poursuivit sa route avec ses compagnons d'infortune.

Quand, une heure plus tard, les trois hommes traversèrent le petit cimetière des moines, de l'autre côté de celui-ci, une paire d'yeux les observait à la dérobée : Bettina, servante et portière du couvent des cisterciennes, avait reconnu son amant déchu et elle ne referma le judas qu'au moment où il disparut avec ses amis derrière la porte du prieuré. Alors, elle regagna les cuisines d'un pas traînant, le cœur encore tout rempli de sa récente déconfiture.

À Rothes, Finlay MacRory ne fit pas bombance le jour de la Nativité, car les circonstances s'y prêtaient mal. Son épouse Donada venait de mourir, son fils Macbeth âgé de quatorze ans souffrait de fièvres persistantes dues à une plaie infectée et, enfin, l'échec cuisant subi à Dornoch par ses soldats l'humiliait. Il rumina longuement ce revers attribuable, selon lui, au Norvégien Svein qui l'avait entraîné dans une expédition dont l'enjeu lui paraissait maintenant des plus discutables. Pas un seul moment, Finlay MacRory eut une bonne pensée pour l'occis de Leirvik qui disparut de son esprit comme il y était entré, c'est-à-dire en hâbleur.

La vilaine température s'accordait bien à l'humeur morose du mormaer de Moray que seul le retour à la santé du jeune Macbeth éclaira un peu au début de janvier. Finlay MacRory décida de laisser s'écouler tout l'hiver avant d'entreprendre de nouvelles opérations sur les territoires adjacents aux siens. Cependant, il continua de jongler avec l'idée de nouer des alliances dans le Caithness, stratégie qui conservait malgré ses derniers déboires une grande valeur à ses yeux.

Je garde peu de souvenirs de mon mariage si ce n'est celui de l'émotion qui m'étreignit d'avoir mon père comme témoin. Par sa brièveté et la situation de clandestinité qui l'entourait, la cérémonie elle-même n'eut absolument rien de merveilleux. Elle se déroula dans la chapelle glaciale, à l'aube du 26 décembre, au moment où nul n'était encore levé dans le corps de logis, chacun étant désireux de profiter plus longuement du lit pour se remettre des vapeurs de la veille.

Dans le plan que j'avais mis la journée à fignoler avec mon père et l'aumônier, j'excluais pourtant le mariage en le reportant à la fin de l'opération, mais Moïrane avait tellement insisté pour que notre union soit bénie à Dornoch, que j'y consentis finalement, au risque de tout faire échouer. En effet, si notre visée de noces secrètes était parvenue aux oreilles de dame Brunehilde ou de son fils, ces derniers auraient fait le nécessaire pour l'empêcher en séquestrant Moïrane et en me destituant de mon poste de dreng, ce qui aurait définitivement compromis le projet de fuite de ma bien-aimée. Mais, heureusement, Moïrane et moi pûmes recevoir la bénédiction nuptiale sans que personne s'interpose et, tout en passant à nos doigts les modestes alliances en pierre que j'avais confectionnées, nous nous dévorâmes des yeux en respirant d'aise. Nous glissâmes ensuite nos mains dans des gants afin de camoufler les anneaux révélateurs et sortîmes de la chapelle séparément : mon père et moi en premier, suivis, beaucoup plus tard, de Moïrane avec l'aumônier.

La veille, j'avais obtenu d'Ottar de prendre en charge le transport des trois veuves, de leurs huit enfants et de l'aumônier par voie de terre jusqu'à Brora, et Biarni l'Ours y ramenait Pelot et mon père dans son embarcation légère. Quand les détails de cette expédition avaient été arrêtés la soirée précédente, et que je m'étais sournoisement proposé pour la conduire, j'avais alors éprouvé de véritables scrupules à berner Ottar. Je trouvais infiniment désolant de mettre fin à mon engagement de dreng en m'affranchissant de cette manière et tout à fait odieux de ravir sa sœur. Mais je devais convenir que l'idée de notre fuite me venait du mormaer de Dornoch lui-même qui m'avait renvoyé au plan initial concocté par Moïrane avant la mort du seigneur Moddan. De plus, il me fallait admettre que l'état d'abattement d'Ottar m'avait éloigné de son amitié et qu'ainsi s'atténuaient graduellement mes repentirs face à mes devoirs envers lui.

« Ne te retourne pas, mon fils, et ne regrette rien », m'avait conseillé Uilleam à qui j'avais soumis mon projet d'enlèvement de Moïrane. «Songe que l'heure d'être ton propre maître est sans doute arrivée. Vois ce que tu es devenu et ce que tu détiens : tu es un homme mûr, fort et vaillant, et tu as trouvé une bonne compagne pour garantir ta lignée ; tu possèdes une belle valeur en or avec le collier et tu jouis de talents aussi grands que variés ; et, ce qui te sera probablement essentiel désormais, tu exerces un pouvoir naturel sur les autres. Enfin, Dieu t'a gardé la santé en plus de t'avoir permis de retrouver la terre de tes aïeux en mettant le seigneur Ottar et son père sur ta route. Nous sommes tous des instruments dans l'œuvre suprême du Tout-Puissant et, en honnêtes chrétiens, nous devons Lui rendre grâce en accomplissant le destin qu'Il nous assigne. »

Une heure plus tard, quand je rencontrai dame Brunehilde et Ottar dans la grande salle, je ne demandai rien de mieux que de croire à mon destin : celui d'un homme libre uni à une femme libre, qui tous deux marchaient ensemble vers leur histoire, et je souhaitai ardemment qu'en m'esquivant de la maison de Dornoch avec son héritière, j'agisse en véritable bon chrétien. Comme un signe de son futur pardon, Ottar me fit l'accolade en me croisant. Il me questionna sur les préparatifs de voyage et discuta de l'itinéraire en me formulant quelques suggestions, puis il me confia son soulagement face au déguerpissement des réfugiés de Ross : «Quand tu reviendras, ne ramène ni le char, ni les bœufs, ni les chevaux de bât, ni le chaudron de cuisson, ni les couvertures, ni aucun équipement pour la route jusqu'à la rivière Helmsdale ; j'offre tout ça aux veuves, en guise de cadeau de réparation, et aux hommes de Biarni l'Ours comme récompense pour m'en débarrasser. »

Quelques minutes après cette conversation, le groupe de ceux qui quittaient Dornoch par mer se présenta pour saluer Ottar. En faisaient partie mon père, Pelot, Biarni l'Ours et, pour les accompagner jusqu'à Saint-Fergus-le-Picte, Moïrane et Eckie le Court. Ces derniers portaient au prieur et à l'abbesse les provisions indispensables afin de recevoir somptueusement la délégation de l'évêque de Ross. Comme il convenait de le faire, je serrai Uilleam dans mes bras, offris une poignée de main à Biarni l'Ours, mais me contentai d'un simple hochement de tête à l'intention de Moïrane. Elle me rendit mon salut avec une grâce contenue et s'en fut vers les paquets destinés au monastère, dont l'un devait être son propre baluchon. Biarni l'Ours la suivit avec empressement et je surpris l'air de connivence qu'il fit au passage à l'une des trois veuves, la matrone qui m'avait déjà accueilli vertement dans le corps de garde. J'en conclus que cette dernière avait arrêté son choix sur le chef de la future communauté de Helmsdale, ce qui ne m'étonna guère de la part de cette maîtresse femme. J'eus un dernier regard pour mon père qui allait au bras de son apprenti, puis, je reportai mon attention sur Ottar qui, plutôt que de s'habiller et de sortir dans le froid matin, avait préféré assister un peu plus tard au départ des veuves et des enfants avec sa mère. En les voyant plongés tous deux dans un tête-à-tête serein, je tus mes inquiétudes sur les soupçons éventuels que le frère aurait pu nourrir sur le but inavoué de sa sœur courant à Saint-Fergus-le-Picte sur les talons des partants pour Brora.

Dans la cour où je me tins ensuite afin de superviser le chargement des bêtes de mon équipage, je guettai avec appréhension le retour du garde Eckie le Court que

Moïrane devait normalement renvoyer au fort sous prétexte d'un oubli. Le temps qu'il revienne sur ses pas, se munisse du colis requis par elle et retourne la rejoindre au couvent où elle était censée l'attendre, Biarni l'Ours et mon père se seraient embarqués en la prenant à leur bord. J'essayai d'imaginer le moment où Uilleam expliquerait cette stratégie au Norvégien en plaidant la cause de son fils et de sa nouvelle bru, et je souris de ravissement à cette évocation.

La température, que la tombée de neige avait beaucoup adoucie durant la nuit, allait favoriser la traversée de Moïrane tout autant que mon propre voyage, et je sentis l'air si doux sur la peau de mon visage que je songeai à enlever mes gants pour sangler plus commodément les bagages sur les chevaux. Cependant, je ne le fis point, conscient que le moindre détail pouvait mettre la puce à l'oreille de ceux et celles qui, massés dans la porte d'arche, observaient avec curiosité le départ de la délégation de Ross. Ma patience ne fut pas mise à trop dure épreuve, car les femmes et les enfants se rassemblèrent très rapidement sous la conduite de l'énergique veuve, vraisemblablement la promise de Biarni l'Ours. Ainsi, mon groupe s'ébranla une heure à peine après l'autre, mais il partit en direction des plateaux nord plutôt que vers le littoral au sud.

Dès notre première journée de route, je sus que j'aurais à composer avec la veuve Devorguilla. Le fort avait à peine disparu de notre vue qu'elle demanda à conduire les bœufs à la place de l'aumônier, incitant celui-ci à monter à cheval comme moi. « Si nous n'avons que deux hommes pour nous escorter, il vaut mieux qu'ils chevauchent et nous laissent la place dans le chariot », décréta-t-elle. Sans élever d'objection à cet arrangement, je pris la tête du cortège et l'aumônier, la queue. Pour m'éloigner de Dornoch le plus vite possible et gagner la rivière Fleet avant la tombée de la nuit, je pressai un peu le rythme en souhaitant que les bœufs le soutiennent vaillamment tout au long des dix miles que nous avions à parcourir avant la halte. Chemin faisant, je m'appliquai à surveiller les alentours d'un œil et mes voyageurs de l'autre, en écoutant la veuve Devorguilla s'entretenir d'une voix tonitruante avec le pauvre aumônier. Quelques enfants les interrompaient parfois en criant pour réclamer à manger ou demander un arrêt afin de se soulager, mais la conductrice du chariot n'entendait pas ralentir son équipage pour des peccadilles. Les plus hardis des garçons et des fillettes sautaient alors de l'attelage en marche et s'amusaient à y regrimper en courant le long ; d'autres demandaient de monter en croupe derrière moi ou l'aumônier, ce qui ne leur était évidemment pas accordé ; et deux enfançons geignaient d'une voix stridente lorsqu'ils se réveillaient à tour de rôle dans les bras de leur mère.

Le jour commença à décroître quand nous atteignîmes enfin le large bassin sablonneux dans lequel se déversait la rivière Fleet. Satisfait du trajet parcouru, j'annonçai l'arrêt tant attendu du convoi. Tandis que je m'occupais des montures, l'aumônier entraîna les enfants dans la cueillette du bois destiné à alimenter les feux de cuisson. Les femmes s'activèrent à installer les abris de toile, les peaux pour les couches, et à suspendre le chaudron. L'agacement dans lequel m'avait plongé le côtoiement de la veuve Devorguilla durant le voyage se transforma au cours de l'aménagement du campement : une sorte d'admiration pour son efficacité me porta à la complimenter. Désireux de m'en faire une alliée, je fis une remarque obligeante sur son sens de l'organisation ; par la suite, elle usa de plus d'affabilité en s'adressant à moi. À la nuit tombée, nous étions assis ensemble autour du feu et Devorguilla poussa l'intimité jusqu'à me questionner sur le passé de Biarni l'Ours en Norvège. Sachant l'ascendant qu'elle exerçait sur ses deux compagnes, je m'appliquai à faire l'éloge de l'homme et de ses compagnons de Leirvik. Mes propos l'emplirent d'aise : ses yeux aussi noirs que ses cheveux me dévisageaient avec extase et ses doigts boudinés pétrissaient ses jupes pour se réchauffer. Soudain, j'étendis ma main dégantée vers une branche qui venait de rouler hors du feu pour l'y rejeter et Devorguilla remarqua le jonc de stéatite à mon annulaire. Jetant aussitôt un œil à l'aumônier qui acquiesça discrètement, je devançai la question de la veuve en racontant mon mariage précipité avec Moïrane.

« N'est-ce pas émouvant ! » s'exclama Devorguilla en ameutant ses compagnes qui finissaient d'emmitoufler leur marmaille. « Oyez cela, mes dames : messire Gunni le Gauche vient d'épouser damoiselle Moïrane en cachette du mormaer et ils vont consommer leur union à Brora. La belle fuyarde est montée à bord du bateau de mon Biarni tandis que nous partions de notre côté avec le nouveau marié…

— Ne craignez-vous pas de lourdes représailles, messire ? fit l'une, d'une voix alarmée.

— C'est vrai, vous devrez fuir… Pourquoi ne pas venir vous réfugier à Helmsdale avec nous ? suggéra l'autre.

— Rien n'est encore décidé, leur répondis-je, confus. Nous allons demeurer quelque temps à Brora avec mon père, même si nous ne pouvons pas envisager de nous y établir de façon permanente. Notre mariage contre la volonté des maîtres de Dornoch va soulever de la colère, certes, du rejet, probablement, mais je doute qu'il engendre des poursuites. L'important, c'est que dame Moïrane et moi soyons réunis.

— Oh! Joliment parlé… » murmura, les yeux humides, la plus jeune des trois femmes.

Biarni l'Ours grogna de contentement à la vue de la petite baie de Brora. Il se félicita d'avoir accepté à son bord les trois drengs bannis qui s'étaient avérés d'excellents rameurs, car c'est à leurs muscles qu'il devait une aussi rapide traversée. « Moïrane, voilà la terre qui a vu naître ton mari », dit le vieil Uilleam en levant le bras devant les yeux de la jeune femme assise à ses côtés. Celle-ci dressa le buste et, les lèvres pincées, elle scruta la côte grise en silence.

« Et grâce à ces trois braves de votre domaine, ma dame, nous sommes en avance sur votre rendez-vous avec messire Gunni le Gauche, ajouta joyeusement Biarni l'Ours.

— Roderik, Tòmag et Cinaed ne sont pas des "braves de notre domaine", répliqua sèchement Moïrane. Ce sont des renégats et je suis très contrariée que vous les ayez embarqués. Peu m'en chaut d'arriver la première à Brora si c'est pour avoir été si déplaisamment escortée.

— Voyons, ma fille, tempéra Uilleam, il ne t'appartient pas de contester la résolution de notre passeur.

Ce n'est pas parce que ses hommes ont été déloyaux envers ton frère qu'ils le seront envers tous. Je les crois même capables de probité sincère avec messire Biarni l'Ours et ses compagnons qui acceptent de les intégrer à leur société. »

Même si elle était encline à donner raison à son beau-père, la fière Moïrane ne voulait pas baisser la garde devant les exclus de Dornoch. Elle fit un vague signe d'acquiescement à Uilleam et détourna le regard de Roderik qui avait prêté l'oreille et la fixait durement en tirant sur sa rame. Pelot, que la décision d'embarquer les trois drengs au départ du prieuré avait fort intrigué, n'avait rien perdu de l'échange. Il se porta à l'arrière du knörr. Durant une minute il se concentra sur la main de Biarni l'Ours qui manœuvrait le gouvernail, puis il leva les yeux sur lui.

« Pourquoi avoir amené avec vous ces hommes désarmés, messire, demanda-t-il à voix basse. Ils vont être une charge pour vous, car ils ne savent rien faire d'autre que de ferrailler. Je le sais, ce sont eux qui ont détruit le fort d'Achilty et occis tous ceux qui le défendaient.

— Et parmi eux, ton père, n'est-ce pas ? fit Biarni l'Ours.

— ...

— On m'a raconté cette histoire, Pelot. Mais sache qu'à la guerre, les hommes ne sont pas nécessairement tenus pour meurtriers. Par contre, je n'en dirais pas autant de celui qui plante une lame dans le cœur d'un dormeur.

— ...

— Vois-tu, j'ai confiance en messires Tòmag, Cinaed et Roderik : si je leur prête une épée, ils seront soldats ; si je leur donne un bâton, ils seront bouviers. Il n'y a pas de sot métier sous l'œil de Dieu, et pas de faute qui ne se répare. »

Honteux d'avoir été mis à découvert, Pelot retraita vers l'avant du navire, ramassa la hallebarde dont il s'était servi depuis le début de la traversée pour libérer la coque des glaces qui la heurtaient et il reprit en silence son travail de marinier.

La fuite de Dornoch perdit aux yeux de Moïrane le charme qu'il en restait après le désagréable voyage en mer, dès qu'elle découvrit la masure où vivait le vieil Uilleam. Malgré l'hospitalité de ce dernier et l'enthousiasme qu'il mettait à présenter son logis à sa bru, elle resta de glace. Seuls les hommes et Pelot goûtèrent vraiment leur arrivée à Brora, en déposant leur baluchon avec soulagement. Moïrane s'assit dans un coin assez éloigné du feu, son bagage serré sur ses genoux, et promena longuement un regard dépité sur l'endroit. Pendant toute la soirée, indifférente aux conversations alimentées par son beau-père, elle fixa sans les voir Biarni l'Ours, son compagnon Grim le Casqué, Roderik, Tòmag, Cinaed et le gars Pelot, en se demandant ce qu'elle était venue faire parmi eux. De temps à autre, ses yeux glissaient sur la porte et elle pensait alors qu'elle aurait préféré cent fois attendre l'arrivée de Gunni le Gauche en privé, en recueillant des bribes de son enfance des lèvres de son beau-père. Mais elle se retrouvait là, isolée dans une masure enfumée au milieu de sept hommes sur lesquels elle n'exerçait aucun pouvoir. D'un air distrait, elle caressa le jonc en pierre à son annulaire et ses pensées volèrent vers son époux et amoureux qui chevauchait à sa rencontre quelque part là-bas dans l'hiver de la lande.

Au cœur de la nuit, roulés l'un à côté de l'autre dans leurs couvertures, Grim le Casqué et Biarni l'Ours devisaient à voix basse. Le premier reprochait au second son initiative concernant les trois hommes de Dornoch : «Comment veux-tu que j'approuve ton idée ? Non seulement tu laisses une femme au mormaer alors que les veuves ne faisaient déjà pas le compte pour nous accommoder tous les cinq à Helmsdale, mais tu ramènes trois hommes en plus, soupira Grim le Casqué.

— Si j'ai réussi à convaincre ces Écossaises de me suivre jusqu'à notre établissement, je peux en convaincre d'autres. Et puis, parmi leurs enfants, j'ai repéré au moins deux fillettes qui seront bientôt nubiles…

— … et combien comptes-tu de garçons comme Pelot qui seront en âge de les culbuter aussitôt ?

— Tu es de mauvaise foi, Grim. Il ne me sert à rien de te parler. Aussi, je me tais céans et je dors : fais-en de même. Nous en rediscuterons demain. Tu seras mieux disposé dès que tu auras posé les yeux sur nos veuves.

— …«nos» veuves : écoute-toi donc ! Les tiennes, peut-être, mais les miennes, je n'en suis pas si certain…

— Moi, je suis au moins sûr d'une d'entre elles : Devorguilla.

— Ha, ha ! Voilà bien ce qui me semblait, Biarni l'Ours : tu t'es assuré des faveurs d'une des trois femmes et peu t'en chaut de savoir qui aura les deux autres… C'est malhonnête de ta part. J'ai hâte de voir l'air des gars quand nous arriverons avec nos prises pour passer l'hiver : deux brebis, trois béliers et une ribambelle d'agneaux…

— Plus un pasteur… L'aumônier de Dornoch accompagne son troupeau jusqu'à la rivière Helmsdale et on devra le garder sous notre toit tout l'hiver ou jusqu'à ce qu'il ait béni les unions qu'il y aura à bénir.

— Tu ne trouves pas que tu exagères un peu ? S'il n'en tenait qu'à moi, je me serais bien passé d'un papar dans la place pendant une aussi longue période... En tout cas, Svein ne se serait pas embarrassé d'un tel poids, lui.

— Possible, Grim, mais Svein ne brillait pas par sa ferveur religieuse et je doute qu'il aurait réussi à amadouer une seule chrétienne avec ses boniments de guerre. Nous n'allions nulle part sous son commandement et tu le sais. Allons, Grim, ne le regrette pas, je t'assure, il est mieux trépassé que vif. » Grim le Casqué se retourna pour mettre fin à la conversation qui l'indisposait fort. Avant de fermer les yeux, il eut le temps de croiser le regard énigmatique de Roderik qui brillait à la lueur des braises rougeoyantes dans la fosse à feu, en face de lui. Le Norvégien de Leirvik s'assoupit en se demandant ce que le dreng avait pu capter des paroles échangées avec Biarni l'Ours et il dormit très mal.

Le lendemain vit s'assombrir toutes les humeurs à Brora. Le gars Pelot sortit de grand matin pour aller garder les bêtes au pâturage d'hiver en maugréant et en secouant la besace de provisions qui lui battait les reins. Grim le Casqué se tint au coin du feu en dévisageant les hommes de Dornoch avec un air buté et il refusa de reprendre le tête-à-tête avec Biarni l'Ours. Déçu des reproches de son ami à propos de sa mission à Dornoch et accablé d'un vague sentiment de culpabilité, Biarni l'Ours descendit à la plage et erra autour de son knörr durant une bonne partie de la journée. Préoccupé par la tension palpable entre les hommes et par le mutisme de sa bru, le vieil Uilleam vaqua à ses occupations habituelles avec lassitude. Il soigna sa chèvre, puisa l'eau et chauffa sa marmite, ombre silencieuse aux yeux de ses visiteurs.

Renseignés par Roderik qui avait entendu les objections de Grim le Casqué à leur présence, les drengs se sentirent tellement désemparés qu'ils n'ouvrirent pas la bouche de la journée, tassés au fond de la cahute pour se faire oublier. Au milieu d'eux, découragé, Roderik réfléchissait au bien-fondé d'une association avec les Norvégiens tout en supputant les autres occasions qui se seraient présentées de refaire leur vie si lui et ses compagnons étaient restés à l'hostellerie de Saint-Fergus-le-Picte. À quelques reprises, il suivit des yeux Moïrane qui tournait en rond par désœuvrement et il lui vint l'idée de tenter une alliance avec Gunni le Gauche.

À la fin du jour, le soleil parut sur le plateau de Brora. Une lumière limpide et rosée embrasa le paysage en projetant de longs contours nets autour des objets, des arbrisseaux et des pierres. À l'odeur âcre de la mer se mêlaient les effluves des marais spongieux et des herbes mouillées que le froid n'avait pas encore fixées sous un couvert de glace. Moïrane sortit prendre l'air. Enveloppée dans sa cape de laine, elle contempla longtemps le lac Brora au loin, puis, d'un pas nonchalant, descendit le sentier qui serpentait entre les rochers vers la mer. Elle y croisa Biarni l'Ours et hésita à lui adresser la parole en voyant son air soucieux. Comprenant que l'homme appréhendait son retour à la rivière Helmsdale avec les femmes de Ross, Moïrane se contenta de lui sourire avec bienveillance et alla son chemin. Le sentier se séparait en deux embranchements dont l'un débouchait sur la plage où le knörr avait été tiré ; l'autre s'étirait vers le sud entre les collines couvertes d'ajoncs séchés. Le besoin de solitude et l'envie de marcher incitèrent la jeune femme à emprunter cette dernière direction. Elle resserra son vêtement autour d'elle et accéléra le pas afin de se tenir au chaud.

Dans le jour baissant, j'aperçus au loin une silhouette se découpant entre les pierres plates qui bordaient le chemin. Selon mon évaluation, nous devions approcher de Brora et je songeai à cet instant qu'il pouvait s'agir de Grim le Casqué qui gardait le troupeau de mon père. Pressant ma monture pour aller en reconnaissance, je parcourus une très courte distance avant de reconnaître soudain ma bien-aimée Moïrane. De la voir toute seule, sans arme ni bagage, menue dans sa cape claire qui l'entourait comme une fleur enclose dans ses pétales, je fus pris d'inquiétude. Je sautai de cheval avant de l'avoir atteinte et je courus vers elle.

« Que s'est-il passé, mon amour, par quel prodige es-tu déjà parvenue jusqu'ici ? » la questionnai-je en empoignant ses frêles épaules avec angoisse. Moïrane se blottit aussitôt contre moi en enfouissant le nez dans le col de ma tunique.

« Enfin te voilà, Viking de mon cœur ! dit-elle d'une voix enjouée qui éteignit immédiatement mon alarme. Mon groupe a gagné la course contre le tien grâce aux bons offices des bannis de Dornoch.

– Qu'est cela ? demandai-je en la dévisageant avec curiosité.

— Le vil Roderik et ses comparses se sont joints à Biarni l'Ours et ils ont ramé comme des forcenés pour mériter leur passage. Ils ont si bien fait, les vents étaient si cléments et la mer si docile que nous avons accosté hier. Et vous, comment s'est déroulé votre périple ? Est-ce que tout le monde se porte bien ? » demanda-t-elle en se dégageant de moi pour regarder les voyageurs qui étaient encore à une dizaine de yards de nous. Je la retins dans mes bras et l'embrassai avidement avant de la rassurer sur mon équipée. Nos bouches se dévorèrent avec flamme, puis nous nous séparâmes à bout de souffle. Exultant, je fis grimper Moïrane sur mon cheval et montai derrière elle. Mais plutôt que de revenir au chariot, je piquai vers le large du plateau. Un impérieux besoin de m'isoler avec ma bien-aimée me tenaillait ; de plus, me rebutait la perspective de me retrouver incessamment dans la cahute de mon père envahie par les arrivants des deux expéditions combinées. Arrivé au sommet de la colline de Brora, je m'arrêtai. En contrebas, côté ouest, le lac irisé de givre s'étendait immobile sous le soleil couchant ; en face dévalait le sentier qui conduisait à l'enclos d'Uilleam bien visible avec son panache de fumée ; et côté est, la mer qui avait déjà pris une teinte noire se déployait dans toute son infinité. Alors, je distinguai au loin, amarré sur la plage, le knörr, petit amas sombre comme une grotte déserte et invitante. Considérant qu'il constituait le refuge idéal pour prendre Moïrane, je poussai ma monture dans sa direction.

« Où vas-tu, Gunni ; pourquoi quittons-nous le chemin ? » fit Moïrane coincée entre mes bras.

« Pour aller s'ébattre comme des époux loin des yeux écornifleurs et des oreilles envieuses », chuchotai-je en rapprochant ma tête de la sienne.

L'embarcation de Biarni l'Ours s'avéra plus confortable que je ne l'aurais imaginé. Il est vrai que l'épaisseur de capes et de couvertures dont nous tapissâmes son plancher y contribua grandement, mais je crois surtout que l'ardeur de notre désir nous fit oublier tout ce qui n'était pas nos corps frénétiques. Oh, combien de fois n'avais-je évoqué l'instant fabuleux où je posséderais totalement Moïrane? Des centaines et des centaines, je pense. Tout ce que je m'étais promis de garder en mémoire pour réussir avec brio cet acte sublime fut brusquement balayé par nos transports amoureux : rien sur la délicatesse dont il fallait entourer une femme qui avait déjà été forcée, rien sur la patience à user pour ne pas conclure avant l'aimée, rien sur la domination des sens pour mieux jouir soi-même, rien de toutes mes louables intentions ne subsista à la tempête qui s'abattit sur le knörr et ses occupants exaltés. Nous nous unîmes avec une telle avidité et une telle force qu'il me fut impossible de dire qui des deux prenait l'autre.

Nous demeurâmes longtemps serrés dans la chaleur de nos corps rassasiés, mais le froid du soir eut raison de nous et c'est à regret que nous nous arrachâmes à notre doux enchantement. Moïrane n'émit aucun commentaire sur la brièveté de l'étreinte et j'en déduisis qu'elle avait atteint son plaisir. Apparemment aussi satisfaits l'un que l'autre, nous regagnâmes la maison de mon père sans parler, goûtant pleinement notre exquise intimité avant d'être plongés dans la cohue des voyageurs.

CHAPITRE XVII

LE NÉGOCIANT-PIONNIER

Dans les premiers jours de l'année 1020, l'établissement de Biarni l'Ours à la rivière Helmsdale reçut la visite inopinée du jarl des Orkneys venu en personne prendre des nouvelles des bouviers norvégiens. Comme il leur avait promis l'automne précédent, le seigneur Möre profitait d'une sortie après sa retraite hivernale à Kirkwall pour leur présenter des jeunes filles à marier. De grande stature, le front large et la chevelure abondante, d'un blond presque blanc, l'homme s'imposait naturellement. Il sauta de son majestueux knörr et marcha droit sur Biarni l'Ours qu'il avait repéré depuis le pont. Les deux Norvégiens se saluèrent courtoisement, l'un avec une certaine fierté de ce à quoi il était parvenu durant l'hiver, et l'autre tout à fait surpris de découvrir, bien installée sur les bords de la rivière, une petite communauté déjà pourvue de femmes et d'enfants.

Biarni l'Ours fit le tour des nouvelles installations avec son visiteur, expliquant d'un air dégagé comment il avait transformé en bonne fortune le triste sort qui l'attendait à son arrivée à la rivière Helmsdale. Le jarl nota avec ébahissement la présence d'hommes d'armes parmi les éleveurs de Leirvik, le bel aménagement de la longue maison, des bâtiments et du grand jardin déjà ensemencé. Il put même constater la vigueur du cheptel à l'occasion d'une chevauchée avec son hôte dans les pâturages sur les plateaux.

« Je vois que vous avez bien employé la morte saison, déclara le seigneur Möre à Biarni l'Ours. Je ne m'attendais pas à trouver des femmes ici, pas plus que des enfants et des soldats écossais. Cela fait bien des bouches à nourrir, alors, je salue ta débrouillardise et ta vaillance. D'ailleurs, je ne suis pas le seul à être admiratif pour ce que vous avez réussi en cinq mois : mes hommes d'équipage envient ton site et les femmes que j'ai amenées ne se feront pas prier pour rester, si tu en formules le souhait. Remarque, elles ne sont pas de haute naissance, filles ou petites-filles d'esclaves, mais elles peuvent faire des épouses honnêtes.

— Si vous me les confiez, mon seigneur, dit Biarni l'Ours, nous les accueillerons convenablement. Mes compagnons et moi-même sommes bien décidés à faire de Helmsdale une colonie solide et, pour cela, il nous faut moins de célibataires et plus de maris.

— Soit ! Je te les laisse donc avec plaisir. Quant au développement de ton domaine, garde-toi des mésalliances qui pourraient le compromettre.

— Qu'est-ce à dire ? fit Biarni l'Ours, attentif.

— J'ai récemment appris par mon agent Thorfinn à Inverness que Malcolm MacKenneth entreprend une campagne avec les mormaers de Moray, de Ross et de Caithness gagnés à sa cause, et qu'il vise l'incorporation de toutes les populations du nord du pays sous sa couronne. Il n'osera évidemment pas croiser le fer dans les Nordreys, mais il pourrait venir jusqu'ici par voie de terre. Tu connais la politique d'assistance que j'exerce sur mon territoire : je défends mes frontières sur mer, mais contre une attaque terrestre, à chaque chef de se protéger. Aussi, sois sur tes gardes et méfie-toi des émissaires écossais. Si tu choisis finalement de donner ton allégeance à Malcolm II, sache que viendront inévitablement les impôts et les charges propres à la façon de gouverner des rois du continent et, alors, vos biens et votre autonomie risquent d'en souffrir. »

Biarni l'Ours remercia le jarl des Orkneys pour ses conseils et pour le contingent de jeunes filles qu'il lui abandonnait, mais il accorda peu d'intérêt à la menace d'une équipée de guerre du roi des Écossais. Au contraire, il considérait sa communauté parfaitement à l'abri dans sa vallée isolée et il sentait qu'il risquait peu d'être inquiété dans une région aussi rapprochée des Nordreys. En outre, son voisin et ami Gunni le Gauche constituait un poste d'avant-garde contre tout mouvement militaire venant du sud. Si une expédition royale s'amenait jusqu'à Brora, Biarni l'Ours était assuré d'être prévenu à temps pour se préparer à l'accueillir à Helmsdale.

À la fin de ce jour resplendissant du mois d'avril, le knörr du jarl Möre glissa vers le large en direction des Îles Orkneys en laissant sur la plage de Helmsdale cinq jeunes Norvégiennes remplies de rêves et d'espoir.

Un mois plus tard, le seigneur Ottar recevait lui aussi la visite d'un important personnage. L'évêque Simon, le lieutenant Taggart, mormaer de Ross par intérim, et leurs suites armées accostèrent dans la baie de Dornoch qu'ils occupèrent presque entièrement avec les deux lourds navires qui les transportaient. À en juger par les pompes et les étendards que la délégation battait, il s'agissait d'une visite officielle de représentants de la maison de Malcolm II.

Le mormaer de Dornoch sourcilla à la vue du cortège qui progressait lentement au creux de la vallée en direction de son fort. Depuis la fuite de sa sœur Moïrane et du départ de son dreng Gunni le Gauche, Ottar avait sombré dans une morosité dont il ne réussissait pas à se secouer. Il avait lutté en vain tout l'hiver contre la torpeur qui l'enveloppait du soir au matin et les premiers jours du printemps le trouvèrent aussi abattu et désemparé que les mois précédents. Dame Brunehilde était elle-même trop accablée pour seconder et soutenir son fils dans sa déroute. Elle avait eu un sursaut de révolte et de colère contre sa fille qui avait osé s'unir clandestinement au Viking, mais, depuis le retour de l'aumônier à Dornoch, elle avait compris l'inutilité de pester et de répandre son fiel. Plus affligée que résignée, la maîtresse de Dornoch s'était donc refermée sur elle-même, avec pour seul entourage quelques femmes qui la servaient, et elle ne descendait pratiquement plus de sa chambre. Pourtant, en ce 16 mai 1020, il fallut bien qu'elle revête ses plus beaux habits et préside, aux côtés de son fils, la réception des éminents visiteurs accostés dans l'estuaire.

Le soir venu, quand le repas d'accueil prit fin, le mormaer de Dornoch put enfin aborder la question des motifs et des buts poursuivis par la délégation de Ross.

«Voyons les choses de votre point de vue, maintenant, seigneur Ottar, dit l'évêque Simon, bien enfoncé dans la meilleure chaise de la grande salle. Vous avez, avec le roi Malcolm II, un ennemi commun en la personne de Finlay MacRory. Mais, contrairement au roi, vous jouissez de nombreux liens avec les populations du Caithness et les chefs qui y entretiennent un domaine. Tout ce qui vous est demandé cette année, par la présente proposition d'alliance avec la maison royale, c'est d'empêcher que Finlay MacRory se trouve des alliés sur votre territoire.

— Lequel s'arrête à la rivière Brora, votre Éminence, souligna Ottar.

— Nous savons cela, messire, ajouta le seigneur Taggart. Nous avons également appris qu'une nouvelle colonie norvégienne est établie à une quinzaine de miles de là, près de la rivière Helmsdale, et c'est précisément elle qui intéresse le mormaer de Moray et le seigneur Malcolm MacKenneth.

— Le roi Malcolm II!» rectifia aussitôt l'évêque sur un ton de reproche à l'intention du lieutenant Taggart qui se tassa sur lui-même avec timidité.

«Nous n'avons aucune prise sur ces Vikings! clama dame Brunehilde. Ils sont installés là-bas comme chez eux et ils vivent sous l'aile du jarl des Orkneys.

— En effet, dit l'évêque. Mais n'ont-ils pas épousé les veuves que nous avions placées sous la protection de votre défunt mari, ma dame? Ces braves femmes ont vécu avec leur marmaille tout l'automne dernier et une partie de l'hiver sous votre toit où ces Norvégiens de Leirvik sont venus les cueillir. N'avez-vous donc sur elles aucune prise, comme vous le dites si adroitement?

— Que voulez-vous obtenir d'elles ou de nous, votre Éminence? Venez-en à votre demande, puisque vous êtes déjà assuré de notre collaboration dans le Caithness», coupa Ottar, quelque peu agacé par l'évocation de l'épisode qui avait précédé l'évasion de Moïrane et de Gunni le Gauche.

« Nous aimerions que vous court-circuitiez les intentions de Finlay MacRory concernant cette communauté éloignée et que vous obteniez l'allégeance de son chef, fit l'évêque Simon sur un ton posé.

— La rivière Helmsdale est en territoire norvégien, répondit Ottar. Pourquoi ne pas utiliser votre spécialiste des Nordreys pour mener à bien cette mission ? Je suis certain que le lieutenant Thorfinn se fera un plaisir de vous agréer en affrétant ses navires de guerre qui constituent à eux seuls la moitié de la négociation dans ce genre d'affaire.

— Nous avons pensé à lui, messire Ottar, osa prudemment Taggart. Mais c'est une carte que le roi veut se garder pour la fin : s'il fallait vraiment prendre les armes, par exemple.

— Exactement ! reprit l'évêque. Pour l'instant, il serait inopportun de verser le sang pour consolider les allégeances des chefs et de leurs commettants. Voilà pourquoi l'utilisation des affiliations et des attaches naturelles, notamment celles tissées par la gent féminine, nous semble plus efficace. Je crois savoir, dame Brunehilde, que votre fille vit actuellement près de cette communauté norvégienne de Helmsdale et que son époux a vécu en Norvège avant d'entrer dans la maison de Dornoch. Sommes-nous donc en droit de penser que nous tenons là le couple tout désigné pour jouer un rôle d'intermédiaire dans notre campagne ?

— Votre Éminence, répliqua dame Brunehilde, puisque vous êtes si bien renseigné, vous n'êtes pas sans savoir que ma fille Moïrane a, sans mon autorisation, quitté le couvent, épousé cet impie de Viking pour ensuite s'enfuir chez son beau-père, un pauvre bouvier de Brora. Comment voulez-vous que je maintienne, dans des circonstances aussi affligeantes, des relations de bon entendement avec elle ?

— Je conviens que cela doit être pénible d'envisager lui parler…

— Le simple fait de penser à ma fille m'est tout à fait insupportable ! interrompit dame Brunehilde d'une voix exaspérée.

— … envisager lui parler, dis-je, reprit fermement l'évêque. Mais il faudra bien y venir, un jour, ma dame. Je compte donc sur vous pour ne pas rater cette occasion unique, au nom de notre monarque bien-aimé consacré roi des Écossais.

— Nous le ferons, votre Éminence, lâcha Ottar. J'irai moi-même à Brora rencontrer ma sœur et mon beau-frère, et ce, dès que les chemins seront praticables.

— À la bonne heure, mon seigneur ! Je vous propose d'y aller par mer avec notre flotte. Je demeurerai au prieuré en attendant votre retour et je délègue messire Taggart pour vous accompagner. Nos hommes d'armes et les vôtres formeront une escorte des plus belles et saisissantes qui projettera l'image d'une mission importante aux yeux des gens qui la verront depuis les côtes du Caithness. » Le jeune mormaer eut un sourire désabusé à l'endroit de l'évêque et de son émissaire qui ignoraient visiblement que les populations du nord du Caithness étaient, pour la plupart, disséminées sur les terres intérieures et qu'aucune foule ne saluerait ni même ne verrait passer la flotte.

Comment mes parents avaient-ils réussi à récolter quoi que ce soit sur leur lopin de roches? C'est la sempiternelle question que je me posais depuis le retour des beaux jours en parcourant le carré de potager d'Uilleam chaque matin, bêche à la main. J'examinai d'un œil morne une combe que j'avais commencé à vider de ses pierres en vue de la cultiver: la terre y était foncée et meuble, comme si un marais ou un ruisseau avait déjà rempli la place. Derrière un monceau de grosses roches, la ravine se poursuivait sur une trentaine de yards jusqu'à flanc de colline et j'allai y inspecter le sol afin de savoir s'il présentait les mêmes qualités: l'espace aurait pu constituer un champ idéal pour l'orge et le lin. Je fus vite déçu en m'apercevant que le travail d'épierrement était trop colossal pour obtenir une moisson dans l'année.

Je revins au potager et y trouvai Moïrane accroupie devant la rangée de pousses de choux, les bras croisés sur les genoux, les manches relevées et les cheveux défaits.

«Qu'est-ce qui ne va pas?» lui demandai-je délicatement en sachant à l'avance ce qu'elle allait me répondre. Elle leva la tête et je vis qu'elle pleurait: c'était la première fois que son découragement lui tirait des larmes et j'en fus troublé. Je m'assis près d'elle et l'entourai d'un bras compatissant en attendant qu'elle me parle.

«Crois-tu que Biarni l'Ours disait vrai quand il faisait l'éloge de la longue maison érigée à la rivière Helmsdale? finit-elle par demander après s'être abandonnée un moment contre mon épaule en séchant ses beaux yeux.

— C'est plausible, car l'aumônier aurait ramené une ou deux femmes le mois dernier si les installations ne leur avaient pas convenu… Écoute, Moïrane, je sais que tu penses ne jamais t'habituer à vivre dans la masure de terre d'Uilleam, mais l'hiver est fini et ce sera plus facile pour toi avec le retour des jours chauds. Si j'avais du bois à ma disposition, je te bâtirais céans une résidence en planches et en étoupe comme cela te fait envie, mais la forêt est trop loin d'ici. D'ailleurs, mis à part l'herbe de fourrage, il n'y a pas grand-chose qui pousse aux alentours…

— Alors, en ce qui a trait aux belles étendues cultivables abritées des vents par la montagne de Helmsdale, prêtes-tu foi aux descriptions de Biarni l'Ours ?

— Où veux-tu en venir ? » fis-je en la dévisageant. Je devinais soudain le cours de ses pensées et mon attention décupla.

« J'aimerais habiter là-bas, avec eux tous, murmura-t-elle.

— Je croyais que Roderik t'insupportait et que tu ne voulais pas vivre dans son entourage. Souviens-t'en : pour te plaire, j'ai refusé sa demande de rester à Brora sous mon autorité.

— Oui et je m'en repens maintenant. Être avec toi jour et nuit était alors la seule chose qui m'importait et que je désirais aveuglément. Mais sans société, Gunni, je n'existe pas. Je suis faite pour la compagnie des autres, celle de femmes, celle des enfants, celles de paysans et de soldats. Le fort de Dornoch me manque douloureusement, non pas tellement à cause du confort de ses murs, mais à cause de l'agitation quotidienne de ses habitants… Je dois te paraître sotte et puérile en parlant ainsi, n'est-ce pas ?

— Aucunement. Je dois t'avouer que j'anticipais ce problème à la minute où je t'ai vue dans la cahute. Je constate que tu es malheureuse à Brora malgré la chaleur de notre couche ; cela m'affecte, mais je n'y peux rien. Même si j'ai toujours pensé que la vie sous le toit de mon père était temporaire, je n'envisageais pas m'en séparer aussi tôt. À moins d'être prochainement chassé par ton frère qui dispose à sa guise de cet endroit sis sur son domaine, je compte passer deux ou trois années avec Uilleam… le temps que nous fabriquions un premier rejeton à lui mettre dans les bras.

— Emmenons-le à la rivière Helmsdale : partons avec Pelot, la chèvre, ton cheval et le troupeau. En échangeant le collier, nous acquerrons les biens qui manquent à notre subsistance et à notre installation, nous érigerons notre propre maison et…

— Holà, Moïrane ! Tu sembles oublier que le troupeau appartient au mormaer de Dornoch dont mon père et Pelot ne sont que les bouviers.

— Quel souci avons-nous de ces bêtes ou du contrat qui lie ton père à Ottar ? Si mon frère vient à réclamer les bœufs, nous les lui rendrons sans déplaisir ou, mieux, nous les lui achèterons. D'ailleurs, ces animaux devraient normalement faire partie de ma dot… »

Cette dernière remarque me détendit. Je dévorai des yeux ma bien-aimée qui avait si bien repris son aplomb en usant de son ineffable esprit de décision et elle reçut l'éloge de mon regard comme un compliment. Se retournant sur elle-même, Moïrane vint s'installer face à moi sur mes genoux et m'enlaça avec tendresse.

« Quand partons-nous ? susurra-t-elle à mon oreille en l'effleurant de sa bouche.

— Bientôt… » répondis-je en mordillant son cou.

J'avais découvert que cette caresse déclenchait instantanément son désir, et, de nouveau, mon geste fut récompensé. Moïrane se crispa en se pressant contre moi, cessa de m'étreindre et, les lèvres entrouvertes, gémit doucement. Tandis que ma sénestre s'activait à sortir mon vit des braies, ma dextre s'insinuait dans les jupes retroussées. Moïrane souleva légèrement la croupe et mes doigts touchèrent sa fleur qui jutait déjà. J'émis alors un grognement d'excitation qui se perdit dans l'étoffe de sa tunique tendue entre ses seins. L'instant d'après, nous basculions sur le terreau humide du potager et c'est à grands coups de reins que je labourai et répandis ma semence pour démarrer notre souche.

Ce soir-là, mon père m'écouta attentivement quand je lui exposai notre projet d'aller nous établir à la rivière Helmsdale. Je l'avais entraîné en dehors de la masure en y laissant à dessein Moïrane avec Pelot : je voulais qu'Uilleam se prononce sur le sujet en toute liberté. Nous entourâmes spontanément mon cheval qui avait maintenant l'habitude d'assister à nos discussions et ce dernier accueillit sans broncher la double ration de caresses prodiguées de part et d'autre de son encolure.

« Même si j'ai encouragé ta désaffection envers le seigneur Ottar en décembre, je ne serais pas aussi complaisant envers la mienne, Gunni. Je suis son engagé, ainsi que Pelot et, chacun à notre manière, nous lui devons la vie. De plus, en abritant Moïrane, je me rends déjà complice de son escapade ; j'admets cette bévue parce que tu représentes plus que le mari de l'héritière de Dornoch pour moi, tu es mon fils.

— Quel plaisir as-tu d'avoir un fils si tu ne peux vivre avec lui et accepter qu'il te protège ? » protestai-je en frappant le cou du cheval avec amertume. Avant ce jour, je n'avais jamais recherché la proximité d'Uilleam et la perspective de m'en priver incessamment me contrariait.

« Le mécontentement que mes oreilles perçoivent dans ta question adoucit mon cœur de vieil homme, mon fils. Je te remercie de te soucier de moi.

— Est-ce là ta réponse ? Ainsi, tu ne viendras pas avec Moïrane et moi à la rivière Helmsdale, insistai-je avec dépit.

— Les enfants ne vivent pas pour leurs parents, mais pour eux-mêmes et pour leurs propres enfants. Il en est ainsi des oiseaux, des poissons et de toute la création terrestre. Les hommes n'échappent pas à cette règle immuable, Gunni. Laisse-moi finir ma route à Brora, sur la terre où repose ta mère et où je voudrais être couché quand le Très-Haut me rappellera à Lui. Pars avec ta compagne et fonde ton foyer dans le lieu qui te semble le meilleur. Que je sache, ce lieu n'est pas de l'autre côté de la mer, mais seulement à une journée de bonne marche en voyageant léger. »

Voilà exactement ce que fut notre voyage, le lendemain : très léger. Ne voulant pas voir mon père puiser dans ses réserves pour m'approvisionner, je n'emportai qu'un fromage et une rave. Avec mes affaires et celles de Moïrane, le bagage que j'attachai au harnachement de ma monture ne pesait pas plus lourd qu'un agnelet. D'après les calculs de Pelot, qui comptait le temps et tenait le calendrier des fêtes avec rigueur, nous étions dans la première semaine de mai. Le temps doux et la durée du jour tendaient à lui donner raison et j'acceptai comme moment de notre départ de Brora la date du 7 mai 1020 donnée par Pelot.

Les accolades faites, nous partîmes sur un sentier terreux qui montait vers le nord. Durant la première étape du trajet, nous allâmes à pied en tenant le cheval par la bride, mais quand le soleil dépassa son zénith, la fatigue fit monter en selle Moïrane. Je marchai à ses côtés jusqu'à ce que le soleil commence à baisser. À ce moment-là, je grimpai derrière elle et le charmant bavardage qui nous avait occupés toute la journée laissa place à un silence serein que je prisai avec délectation.

Ma bien-aimée finit par s'assoupir et je la tins plus serrée afin qu'elle ne tombe pas. Avec pour seul bruit le pas sourd de ma monture, je me lançai dans une profonde réflexion sur ma destinée, celle d'Uilleam, mon père, et celle de Moïrane, mon épouse, en me demandant la part qu'y prenaient Christ ou les dieux vikings. Je songeai également aux personnes que nous allions rejoindre, à l'accueil qu'elles nous réserveraient ; je soupesai ce que nous pouvions leur apporter en regard de ce qu'elles nous donneraient. Au fur et à mesure que la lumière glissait du ciel et que les nuages rosissaient, j'évoquai le visage de chaque homme, femme et enfant que je connaissais à la rivière Helmsdale, et je me surpris à penser à eux comme à « mes gens ». Dans le cours de mes pensées, je les nommais ainsi comme j'avais appelé Moïrane sous le vocable de « ma bien-aimée » bien avant que nous nous soyons déclaré notre amour. L'impression de devenir chef d'un groupe par le simple fait de dire « mes gens » en pensant à ce groupe me parut assez farfelue sur le coup, mais je ne la chassai pas pour autant de mon cœur. Puis, des paroles d'Uilleam me revinrent en mémoire : « …tu jouis de talents aussi grands que variés, et, ce qui te sera probablement essentiel désormais, tu exerces un pouvoir naturel sur les autres… »

Une fois le moment de surprise passé dans la petite communauté de Helmsdale, notre arrivée à la tombée de la nuit suscita plus de plaisir que je ne l'avais espéré. En maître et maîtresse de la place, Biarni l'Ours et Devorguilla nous invitèrent avec une amabilité non feinte à entrer dans la longue maison. Au premier coup d'œil, Moïrane et moi constatâmes que le Norvégien n'avait pas menti sur l'habitation : non seulement était-elle solide et vaste, mais aussi étonnamment somptueuse avec ses alcôves et ses trois fosses à feu. À la manière dont fut entourée Moïrane, je compris qu'elle exerçait sur les trois veuves de Ross, maintenant remariées aux expatriés de Leirvik, un ascendant qui devait remonter à leur cohabitation au fort et au couvent des cisterciennes. Son autorité se répercutait sur les enfants qui l'assaillirent dès qu'elle se fut assise pour leur parler. Quant à l'abord des hommes envers moi, je n'eus pas à m'en plaindre. Biarni l'Ours continuait de m'être reconnaissant pour avoir incité les veuves à venir ici ; ses compagnons partageaient la même opinion ; Roderik maintenait à mon endroit un loyalisme affirmé que Tòmag et Cinead semblaient avoir endossé comme le leur.

Chacun et chacune, à sa manière, semblait satisfait de sa condition de pionnier et je saluai le succès exceptionnel par sa rapidité que représentait la colonie de Helmsdale réunie par l'opiniâtre Biarni l'Ours. Avec les cinq jeunes filles récemment débarquées des îles Orkneys, le compte entre hommes et femmes était égal et c'est avec amusement que j'observai les deux Norvégiens célibataires et les trois anciens drengs de Dornoch faire leur cour durant la veillée sans plus se soucier de notre arrivée.

Dès le lendemain, en parcourant le site avec Biarni l'Ours, je remarquai qu'une grande quantité de roches de granit stratifié d'une belle qualité parsemaient la côte avoisinante. Mentalement, je me mis à échafauder des plans pour la construction d'un édifice de pierres en rappelant à ma mémoire les principes d'érection appris du moine Molios d'Arran. Je m'abstins cependant de divulguer le projet sur-le-champ, car je ne savais pas quel accueil la communauté lui réserverait. J'aurais indéniablement à solliciter l'aide des hommes pour la construction et il me rebutait de n'avoir rien à offrir en échange de leurs bras et de leur sueur. Moïrane me suggéra d'établir les besoins urgents des familles en outils ou en provisions et de voir s'il n'était pas possible de les combler en négociant le collier sur le marché des Nordreys.

Ainsi, durant la semaine qui suivit notre arrivée, je notai tous les instruments manquants à l'exploitation du nouveau domaine comme des houes, des socs, des herminettes, des pinces, des faucilles ; une enclume pour opérer une forge et une paire de moutons pour démarrer un élevage. De son côté, Moïrane dressa la liste de l'équipement domestique nécessaire incluant des chaudrons, des crochets et des trépieds, des peignes à carder, des peaux et plusieurs aunes de vadmal*. Quand nous fûmes prêts, nous convoquâmes une petite assemblée pour présenter notre proposition, à la manière viking, c'est-à-dire en donnant à chacun la chance de la commenter. En premier lieu, Devorguilla, qui entrevoyait le surpeuplement prochain de la longue maison, se prononça en faveur du projet avec enthousiasme et tous suivirent unanimement son avis. Biarni l'Ours convint de m'amener à Kirkwall dès le lendemain et de prendre seulement deux hommes dans l'équipage afin d'avoir toute la place nécessaire à la cargaison de retour. Grim le Casqué et Roderik se portèrent volontaires pour cette expédition et je m'en réjouis.

Cette nuit-là, Moïrane et moi étions si emportés par l'idée de bâtir une maison de pierres que nous bavardâmes fort tard avant de nous endormir. Bienheureux, je la tins sous les fourrures, collée contre ma poitrine comme coquille à sa roche.

La baie de Wick située à la pointe nord-est de l'Écosse était le premier comptoir norvégien que Rolfus le Fier visitait chaque année pour commercer ses peaux, son bois et son ambre. Aucune famille n'habitait là en permanence, mais, de la fin de l'hiver au début du suivant, il y avait toujours du monde : un grand nombre de voyageurs et de marchands y faisaient une escale de quelques jours, le temps d'un négoce rapide avant d'entreprendre la longue route de contournement de l'Écosse vers l'Irlande ou l'Angleterre. L'année précédente, à cause des problèmes survenus au village avec le bannissement de son neveu Svein, le jarl de Leirvik avait reporté son habituelle visite à Wick à une date moins propice aux affaires. Cette fois, il se félicitait d'arriver hâtivement, en ce 16 mai 1020 où il effectuait sa première traversée de la mer du Nord de la saison.

Son knörr long de quinze yards possédait onze trous de nage sur chaque flanc, une large passerelle de chêne pour abriter la cargaison et un mât haut de huit yards. Pour cette expédition en partance de Leirvik, vingt-cinq hommes se tenaient à bord et, exceptionnellement, une femme : l'aînée de Rolfus le Fier qui profitait de la traversée pour aller passer un an dans les Nordreys chez quelque membre de sa parentèle susceptible de lui présenter un parti à marier.

Depuis la pointe du jour, un bon vent arrière soufflait sur le navire dont l'étrave fendait les flots mousseux avec la netteté d'un couteau plongeant dans une motte de crème. La pointe de Wick se détacha bientôt à l'horizon et Rolfus le Fier donna un coup de barre dans la direction de la baie qu'elle formait. C'est alors qu'il aperçut au large, venant du sud, un navire de haute mer qui se dirigeait au même endroit. Presque en même temps, il discerna une embarcation légère qui longeait la côte en se rapprochant de la baie où se déversait la rivière Wick. Le jarl de Leirvik exprima son contentement à sa fille qui, l'air exténué, agrippait le plat-bord à ses côtés : « Hé, hé, nous ne sommes pas les seuls à nous arrêter à Wick ce jourd'hui, Astrid. Vois les deux knörrs qui affluent vers la baie ! Je sens que nous allons nous délester de notre chargement de bois ici plutôt qu'à Kirkwall.

— Ce n'est pas trop tôt. Nous sommes à l'étroit avec cet encombrement volumineux et il me tarde de descendre à terre après ces trois pénibles jours de navigation, commenta la jeune femme.

— Tu es bien comme ta mère : faite pour marcher sur un sol de pierres sans houle ni gros vent », railla Rolfus le Fier. Astrid ne répondit rien en fixant d'un œil sombre le point de débarquement qui approchait, lui semblait-il, avec une lenteur exaspérante. Soudain, quand le knörr fut plus près du littoral, elle fronça les sourcils et reprit la parole : « Oh, père, regardez encore le petit navire, celui qui entre dans la baie en ce moment! Ne dirait-on pas Gunni le Gauche debout à la proue?

— Par Thor, Astrid, tu as raison: c'est sa toison! Voilà mon ancien esclave! Gageons que Svein et ses compagnons sont aussi dans les parages… Leur knörr est peut-être amarré derrière l'escarpement… Attends de voir la face que ta mère va faire quand je vais lui raconter cela!

— Je n'aurai pas ce plaisir, père. Vous semblez oublier que je ne reviens pas à Leirvik avant l'année prochaine», répliqua Astrid sur un ton agacé, mais son père ne l'entendit pas, enthousiasmé à la perspective de revoir Gunni le Gauche et possiblement les six exilés de son village.

Le capitaine de l'autre grand knörr faisait une découverte similaire à celle de Rolfus le Fier, mais cette fois en identifiant Roderik dans l'embarcation légère. En effet, Finlay MacRory et le jeune Macbeth, qui en était à sa première longue expédition en mer avec son père, scrutaient la côte. Au premier examen, Finlay reconnut la tunique pâle du dreng de Dornoch et il en avisa son fils: «Macbeth, ne t'avais-je pas parlé d'un dénommé Roderik du Caithness?

— Si fait, répondit le jeune homme. N'était-ce pas l'homme qui dirigeait le fort de Dornoch?

— En effet! Eh bien, le voilà à bord du même bateau que deux des hommes qui voyageaient avec le Norvégien Svein. Les reconnais-tu?

— Certes, père! Les gaillards blonds sont Grim le Casqué et Biarni l'Ours. Lequel des deux autres hommes est Roderik?

— C'est celui qui porte la tunique blanche bordée de fourrure…

« — Et le rouquin, le connaissez-vous ?

— Il ne me rappelle rien, mais si je me fie au dire de nos soldats mis en déroute à Dornoch, cela pourrait bien être le fameux Gunni le Gauche qui a vaincu Svein. Je sens que nous allons faire là une rencontre passionnante et que nous ne regretterons pas de nous être aventurés jusqu'à ce comptoir norvégien… »

Grim le Casqué, installé à la poupe pour manier le gouvernail du petit knörr, distingua le premier les arrivants à bord des deux longs navires qui suivaient le sien et il cria la découverte à ses trois compagnons à la proue. À l'annonce du nom de Rolfus le Fier, Biarni l'Ours et Gunni le Gauche se levèrent et examinèrent l'arrivée des knörrs. En entendant le nom de Finlay MacRory, Roderik tressaillit et, avec appréhension, porta son regard sur le bateau venant du sud. Reconnaissant bien celui qui l'avait perdu aux yeux du seigneur Ottar, le dreng désavoué faillit suggérer à ses amis d'appareiller au lieu d'accoster, mais, en voyant la jovialité sur leur visage, il ne dit mot. Manifestement, ses trois compagnons vikings ne souhaitaient éviter la rencontre ni avec le jarl de Leirvik ni avec le mormaer de Moray.

Anxieux, Roderik reporta son attention sur les manœuvres d'accostage et la baie de Wick dans laquelle le bateau s'engouffrait à bonne vitesse. La vue de quelques embarcations tirées sur le sable et d'un campement érigé sur le plateau herbeux le détendit : plus il y aurait d'animation durant l'escale, plus facile s'avérerait l'inopinée rencontre avec Finlay MacRory. Roderik débarqua promptement pour freiner l'embarcation et attrapa la corde que Gunni le Gauche lui lança. Puis, quand ce dernier sauta à l'eau pour l'aider à tirer le bateau sur la plage, il lui confia d'un air sombre :

« Je ne sais pas ce que vient traficoter MacRory ici, mais il est fort éloigné de son territoire, ce qui ne peut être qu'alarmant…

— En effet, répondit Gunni le Gauche. Je me méfie de cet homme comme la poule du renard. Espérons seulement qu'il a croisé au large des côtes et qu'il n'est pas arrêté à la rivière Helmsdale… »

Alors que Biarni l'Ours et Grim le Casqué commentaient l'apparition du knörr de Rolfus le Fier avec agrément et désinvolture, je fixais celui du mormaer de Moray en faisant mine de m'intéresser à ce qu'ils disaient, mais une sourde inquiétude commençait à m'habiter. Voulant vérifier si Roderik éprouvait la même chose que moi, je me retournai dans sa direction, mais il sauta à l'eau avant que je ne l'interpelle.

Dans la distraction créée par les autres navires, nous n'avions pas rabattu la voile du nôtre qui s'était soudainement gonflée en nous propulsant au creux de la baie. La coque frôlait déjà le fond marin quand je m'emparai de la corde d'amarrage pour la jeter à Roderik. Alors que Biarni l'Ours se ruait sur le mât, Grim le Casqué descendait l'ancre pour ralentir le knörr. Roderik s'arc-bouta contre l'étrave et je plongeai à mon tour pour lui prêter main-forte. Ensemble, nous parvînmes à amortir l'élan du bateau qui se laissa ensuite guider docilement vers le sable sec entre les roches couvertes d'algues. Trempés jusqu'à la taille, Roderik et moi tirâmes laborieusement le knörr tout en partageant, d'une voix essoufflée, notre désarroi face à l'arrivée du mormaer du Moray.

Je réalisai que Roderick ne songeait pas aux familles de Helmsdale dont la sécurité avait peut-être été menacée par l'équipage de MacRory. « Il n'y est pas allé, affirmat-il. Si ce navire avait été dans notre sillage, nous l'aurions aperçu avant maintenant. Je crois qu'il est passé très au large et qu'il a coupé directement depuis la pointe du Moray.

— Plaise au Ciel que tu aies raison ! échappai-je.

— Je me souviens que Finlay MacRory s'est intéressé au comptoir de Wick, car, au fort, il m'avait questionné sur l'agent qui le tenait, le croyant probablement aux mains du jarl Möre. Je lui avais répondu que Wick était un marché de plage plus qu'un comptoir et que personne n'y vivait en permanence. À bien y repenser, je réalise que la principale préoccupation du mormaer de Moray était alors de connaître les limites du territoire défendu par le seigneur des Orkneys.

— Finlay ne vient certainement pas ici pour commercer : c'est une route fastidieuse et peu sûre pour lui… remarquai-je.

— Très juste ! Il fait là un voyage de reconnaissance pour éventuellement établir un pied à terre achalandé dans le nord du Caithness, renchérit Roderik.

— Par Thor, voilà qui est intéressant… répondis-je.

— Tout à fait, messire », conclut-il, très courtoisement. Je lui souris d'un air entendu, puis l'accostage du knörr de Rolfus le Fier, à quelques yards du nôtre, capta mon attention.

Jamais je n'aurais cru être aussi troublé en revoyant mon ancien maître et je crois ne pas me tromper en disant qu'il en fut de même pour lui. En tout cas, le jarl de Leirvik me fit l'accolade, marque d'affection qu'il réservait normalement aux seuls membres de sa famille. Sa barbe dure et sèche me piqua le visage quand il m'empoigna et je clignai autant par picotement que par émotion. Quand il me salua en norrois, la voix de Rolfus le Fier s'érailla dans sa gorge et je ne compris pas bien les premières paroles :

« Ah, ah, Gunni le Gauche... Comment doit-on t'appeler maintenant : Gunni le Graveur ou Gunni le Dreng ? Ou encore Gunni de Dornoch ? » Comme je ne savais plus quel nom reflétait le mieux mon identité, je ne répondis rien, me contentant de hocher la tête avec ambivalence. Je lus de la clémence et du respect dans les yeux de Rolfus le Fier et je goûtai alors l'indicible bonheur d'être considéré comme un homme libre par celui-là qui m'avait jadis tenu en esclavage.

« Salut à toi, Rolfus le Fier, dis-je en norrois. Que Dieu te garde !

— Tu es chrétien ? » s'exclama Astrid derrière son père. Je ne l'avais pas aperçue avant cet instant et je restai interloqué devant cette apparition. La fille du chef de Leirvik n'avait rien perdu de son naturel hautain malgré son teint pâle tirant sur le gris. Ses sourcils épais, aussi fournis qu'un balai de sarments, s'étaient relevés avec suspicion au-dessus de ses yeux inquisiteurs et, à son air, on l'aurait cru prête à me fustiger, tout pareillement à sa mère qui ne m'avait jamais adressé la parole autrement.

« Oui, bredouillai-je. Je suis également un homme marié... à Moïrane de Dornoch.

— Marié... Gunni le Gauche... Voyez-vous ça ! Et avec une Écossaise de surcroît ! Quelle bonne fortune t'a souri ? J'en suis complètement estomaquée...

404

— Rien de surprenant à cela, puisque je suis un Écossais et un chrétien de naissance. J'ai retrouvé mon père récemment : c'est Uilleam le bouvier de Brora », fis-je en regardant Rolfus le Fier avec insistance.

Celui-ci parcourut des yeux le paysage avec inspiration, puis il me dévisagea : « C'est situé à environ quarante miles au sud, là où un lac se déverse dans une petite rivière qu'on traverse à gué jusqu'à la mer... » précisa-t-il avec une pointe de tendresse dans la voix. Ce fut la seule allusion qu'il fit à mon passé et au sien.

Nous fûmes rapidement rejoints par Biarni l'Ours et Grim le Casqué, tous deux fort pressés d'entendre les nouvelles de Leirvik. Rolfus le Fier en donna et nous questionna en retour sur les autres exilés de son village. Curieusement, il ne parut pas plus étonné par l'annonce de la mort de Svein que par celle de la fondation de la petite colonie de Helmsdale avec des Écossaises. Je lui fis part de nos besoins là-bas et de ce que je cherchais à me procurer au comptoir de Wick ou dans le port de Kirkwall, notre prochaine destination. Tout en discutant, je notai la nuance de considération qu'il mettait en devisant avec moi en comparaison du ton cavalier qu'il adoptait pour parler avec Biarni l'Ours ou Grim le Casqué. De fil en aiguille, Rolfus le Fier proposa de nous montrer sa cargaison et nous montâmes à bord de son knörr au moment même où celui de Finlay MacRory accostait à l'autre bout de la baie.

La rencontre anticipée avec ce dernier eut lieu en soirée et fut houleuse. Comme nous l'avions deviné, Roderik et moi, le mormaer de Moray n'avait rien apporté pour faire du négoce et il n'était intéressé par l'acquisition d'aucune des marchandises offertes sur place. Il se contentait d'interroger ceux qui déliaient leur langue facilement en nous évitant copieusement. Nous comprîmes rapidement que Finlay MacRory cherchait à créer des liens avec les chefs ou leurs agents actifs dans le Caithness et qu'il avait décidé de passer quelques jours à Wick à cette fin. Il avait planté son auvent tout près du campement de Rolfus le Fier, jugeant, par l'équipage de ce dernier, qu'il constituait une connaissance intéressante à intégrer au réseau qu'il tentait d'établir.

Les hostilités se déclenchèrent quand je fus présenté à MacRory par Rolfus le Fier, autour du feu de celui-ci. «Malheureusement, tous les villages comptent leur brebis galeuse, messire, fit le désagréable mormaer sans me regarder. J'imagine qu'à titre de chef de Leirvik, vous n'appréciez guère qu'un ancien serviteur de votre maison pourfende votre neveu là où nul ne peut le châtier…» Rolfus le Fier souleva les épaules en signe d'indifférence et ne répliqua pas, mais MacRory poursuivit sur le même ton outrecuidant :

«Gunni le Gauche a grand raison de s'acoquiner avec des hommes aussi insignifiants que messire Roderik, car ainsi, il n'est inquiété ni du meurtre d'un compatriote ni du meurtre du chef dont il jouissait de la protection… N'est-ce pas frappant de voir à quel point les mauvais sujets ont tendance à s'associer?»

Je ne pouvais pas accuser l'insulte sans riposter et je bondis en dégainant, suivi dans mon geste par Roderik. Les gardes de Moray s'attendaient manifestement à ma réaction, car ils entourèrent aussitôt leur chef en pointant leurs armes sur nous. Les échanges de coups qui s'ensuivirent dégénérèrent rapidement en une large échauffourée où tous les hommes de Leirvik, incluant Biarni l'Ours, Grim le Casqué, Roderik et moi, se mesurèrent à l'équipage entier de Finlay MacRory, y compris son jeune fils Macbeth. Je ne sais pas si les forces étaient égales, mais la mêlée me parut rude et compliquée. Tout en ferraillant, je ressentais avec acuité la présence protectrice de Roderik à mes côtés, sa lame parant à une défaillance de la mienne à maintes reprises.

Quand le mormaer de Moray décida de rompre le combat et de se retirer en rappelant les siens, le campement de Rolfus le Fier était complètement détruit, les braises de son feu éparpillées et trois de ses hommes sérieusement estropiés. Tandis que nos adversaires pliaient bagage en silence, sous le regard désapprobateur des spectateurs qui avaient assisté à la bagarre, nous nous employâmes à remettre de l'ordre dans nos rangs. C'est alors que je vis Grim le Casqué penché au-dessus de Biarni l'Ours effondré dans un coin. Je m'approchai d'eux doucement, inquiet de ce que j'allais découvrir : mon ami avait été transpercé au niveau des côtes et il saignait abondamment.

« Grim, ramène-moi à Helmsdale. Je ne veux pas trépasser sur un autre sol que celui de la rivière… » l'entendis-je prononcer en norrois avec difficulté.

Chapitre XVIII

Le chef

Sans le soutien inespéré de Rolfus le Fier, notre blessé ne serait jamais rentré aussi rapidement à Helmsdale. Pour le transporter, le jarl de Leirvik avait mis à notre disposition son knörr, beaucoup plus véloce que le nôtre. Je ramenai ce dernier avec Roderik tandis que Grim le Casqué escortait Biarni l'Ours. Durant la traversée de retour, le navire de Rolfus le Fier nous distança facilement et accosta à la rivière Helmsdale une journée avant nous.

Cet arrangement, fait le matin suivant l'affrontement, m'avait d'autant soulagé que nous avions eu connaissance du départ de Finlay MacRory en direction sud sans avoir pu déceler au préalable ses intentions. À mes yeux, la présence imminente de l'équipage de Leirvik à Helmsdale constituait une protection que je n'étais pas en mesure d'assurer si la petite communauté se trouvait menacée par la belligérance du mormaer du Moray au moment où j'étais encore en mer avec Roderik.

Ce dernier avait pris la barre, moi, la voile, et nous naviguâmes dans un silence oppressant, le cœur rempli d'inquiétude. Malencontreusement, les vents d'ouest ne nous furent pas favorables en nous obligeant à louvoyer constamment, ce qui ralentit beaucoup notre course. Au deuxième jour du voyage, un gros grain se leva en fouettant nos visages et je me déchirai la vue à force de scruter le littoral. Hanté par la perspective de trouver notre colonie en proie à une attaque, je redoutais d'apercevoir le navire de MacRory sur la plage de Helmsdale et je m'épuisais à percer le rideau de pluie qui m'aveuglait. Quand notre knörr contourna enfin la dernière pointe de récifs avant l'embouchure de la rivière, nous eûmes la surprise de voir apparaître trois navires amarrés côte à côte entre les pierres de son bassin d'accostage. L'un d'eux appartenait à Rolfus le Fier, mais aucun des deux autres n'était celui de MacRory. Dès que nous nous fûmes suffisamment rapprochés, je discernai l'effigie du mormaer de Ross sur l'étendard du premier et Roderik reconnut la bannière royale de Malcolm II au mât du second.

« Dieu soit loué, messire : Helmsdale reçoit la visite d'hôtes et non pas d'ennemis ! soupira Roderik.

– Crois-tu ? » répondis-je, incrédule.

Notre knörr n'était pas aussitôt tiré sur le sable que nous grimpions au pas de course le sentier qui menait à la longue maison. L'épée nous battait les reins et nos fronts transpiraient d'effort et d'anxiété. Là-haut, stupéfaits et essoufflés, nous découvrîmes autour de l'habitation un campement désordonné visiblement dressé pour les trois équipages. Une cinquantaine de soldats et de marins bivouaquaient au milieu d'un fouillis de tentes et d'auvents, de caissons et de dépôts d'armes. Dans le groupe se trouvaient, curieusement mélangés, les hommes de Rolfus le Fier, la garnison de Dornoch et un autre contingent que je ne reconnaissais pas. De leur cercle se détacha Tòmag qui vint à notre rencontre en nous apercevant. «Le seigneur Ottar est ici depuis deux jours avec le mormaer de Ross, dit-il en s'adressant à Roderik plutôt qu'à moi. Ils sont délégués par l'évêque Simon au service du roi Malcolm…

— Que veulent-ils? l'interrompis-je avec brusquerie.

— Faire alliance contre Finlay MacRory, lâcha Tòmag.

— … et qu'advient-il de Biarni l'Ours? m'enquis-je, plus circonspect.

— Il agonise… messire Gunni.»

Je restai pantois, incapable de faire un geste ou d'émettre un commentaire. Rolfus le Fier sortit avec sa délégation à ce moment-là, Astrid sur les talons. Il vint directement à moi, la main ouverte et il m'empoigna fermement. «Je ne m'attarde pas davantage, Gunni le Gauche: avec cette délégation armée sur place, ta communauté n'a rien à craindre de MacRory bien que je n'entende pas grand-chose à leur mission… La politique écossaise est trop compliquée pour moi, je te laisse te débrouiller avec eux… Pour ce qui est du site, tu avais raison: bel endroit, excellentes installations et jolies femmes…» Il me quitta brusquement, sans que j'aie prononcé une parole et, faisant un large signe du bras à l'intention de son équipage pour signifier la levée du camp, le jarl de Leirvik descendit vers la mer de son pas énergique et roulant.

Astrid, qui s'était attardée à mes côtés, offrit un visage amène pour me saluer: «À Wick, j'ai été très contrariée quand mon père a décrété de faire un détour pour venir à la rivière Helmsdale, mais j'avoue avoir finalement beaucoup prisé ma visite, Gunni le Gauche. Nos exilés de Leirvik ont fait merveille dans cette vallée verdoyante et, pour peu, j'aurais sollicité d'y séjourner, mais il ne me plaît pas de partager ton toit. Je plains d'ailleurs votre charmante colonie de ne trouver rien de mieux qu'un ancien thrall pour les diriger… Adieu ! » Elle déguerpit aussi vite que sa lourde tunique permettait à ses jambes de le faire et rejoignit son père sans se retourner, m'évitant ainsi de devoir lui retourner sa salutation. Je n'eus pas le temps de m'appesantir sur l'énigmatique discours d'Astrid, car j'entrai aussitôt dans la longue maison avec Roderik.

Dès le seuil, tous les regards se tournèrent vers nous et le silence se fit. Autour du premier feu se tenaient Ottar, deux hommes à lui, Moïrane, Cinead et un seigneur très court et très coloré de vêture que j'associai au mormaer de Ross, à qui Tòmag venait à l'instant de faire allusion. Au feu du centre, le plus profond et le moins exposé aux courants d'air, Grim le Casqué et Devorguilla étaient accroupis près d'une couche garnie de peaux sur laquelle reposait Biarni l'Ours ; deux compagnons de Leirvik les entouraient avec un air grave. Tout au fond, près de la porte ouvrant sur les dépendances, les femmes, les hommes et les enfants de Helmsdale s'étaient regroupés autour du dernier feu et nous examinaient avec des mines attentives.

Moïrane se leva prestement, contourna son frère près duquel elle s'était assise et marcha vers moi en me tendant la main. Son air paisible, son doux sourire et la chaleur de ses doigts autour des miens me rassérénèrent aussitôt : « Viens rencontrer Ottar et le seigneur Taggart, Gunni. Ils ont une requête à formuler au chef de la colonie de Helmsdale et Biarni l'Ours a demandé qu'on attende ton retour.

– Parce qu'Ottar est mon beau-frère ? demandai-je, indécis.

– Non pas. Hier, Biarni l'Ours t'a désigné pour le remplacer à la tête de notre communauté », répondit Moïrane d'une voix empreinte d'émotion. Je la fixai un moment, incrédule et désemparé, puis, je fondis sur le groupe entourant le blessé.

« Biarni, soufflai-je en m'agenouillant près de la couche, c'est moi, Gunni! Ouvre les yeux, regarde-moi!» Biarni l'Ours tourna légèrement la tête dans ma direction et je notai la teinte grise de son visage émacié. Il bougea la main doucement en levant un doigt et ses paupières tremblèrent sans s'entrouvrir. Il s'adressa à moi en norrois, d'une voix oppressée:

« Gunni, enterre-moi avec mon épée et mon bouclier, mais donne ma hache au fils aîné de Devorguilla… Si tu sais toujours graver, fais-moi une pierre runique… Écris seulement « BIARNI L'OURS DE HELMSDALE » et dessine une croix …

– Je sais toujours graver, fis-je en me penchant à son oreille, et j'inscrirai ce que tu dis. Tu as cru à ton rêve et les dieux t'ont soutenu. Laisse maintenant ceux et celles qui t'ont suivi à la rivière décider de ta succession: je t'en prie, ne me nomme pas sans leur consentement.

– Les chrétiens désignent toujours leur suite et chrétien je suis… Cette communauté que je chéris plus que moi-même est norvégienne et écossaise. Aussi lui faut-il pour chef un homme qui tienne autant de l'un que de l'autre… Toi, Gunni le Gauche, fils d'Uilleam de Brora, tu es Viking par ton cœur et tu es fils de cette terre du Caithness par le sang… Ne fais pas défaut à ton destin ni à ton rang et parlemente habilement avec les gens du roi. Fais en sorte que les tiens prospèrent en paix avec ceux-là… »

Le matin du 21 mai 1020, la petite communauté de Helmsdale enterrait son premier trépassé. Le ciel déversa des trombes d'eau toute de la journée durant, accordant l'humeur des habitants de la vallée à celle des éléments. Biarni l'Ours fut inhumé derrière la longue maison avec les honneurs dus à un fondateur. Droite et digne, sa veuve reçut les témoignages d'affection des membres de la communauté, puis elle se retira avec ses enfants dans son alcôve pour se recueillir. Chacun respecta son silence et vaqua à ses occupations habituelles.

Dès après la modeste cérémonie, la délégation du roi Malcolm II appareilla malgré le mauvais temps. Les seigneurs Ottar et Taggart étaient visiblement soulagés de rentrer à Dornoch avec un accord à présenter à l'évêque Simon. En effet, Gunni le Gauche avait accepté de placer les gens de Helmsdale sous la coupe de la couronne écossaise avec d'autant plus de facilité qu'il exécrait l'adversaire visé par la coalition. Les tractations avec son beau-frère avaient été courtes et s'étaient faites sans la participation du mormaer de Ross. Celui-ci avait été accaparé par dame Moïrane qui s'appliqua à lui expliquer le but de l'expédition de son mari à Wick. Jugeant sur son apparence, Moïrane avait deviné le goût prononcé du seigneur Taggart pour les bijoux et elle avait soupesé les possibilités qu'il se porte acquéreur du collier. Gunni le Gauche encouragea son épouse à conclure cette transaction en lui confiant le joyau. « Mène cette affaire à ta guise, ma bien-aimée : mon bien est tien depuis que tu es ma femme et il te revient autant qu'à moi de le négocier avantageusement, avait-il répondu à Moïrane.

– Quelle valeur attribues-tu à cette parure ? s'enquit-elle.

– Plus que personne ne pourrait jamais t'en offrir, car le médaillon m'a sauvé la vie… Mais je fais confiance à Taggart pour fixer un prix honnête : cet homme aime et connaît l'or… »

Moïrane avait misé juste, car le seigneur Taggart se montra très intéressé et promit d'envoyer un émissaire de sa maison pour procéder à l'achat avant la fin de l'été.

Leur établissement à la rivière comblait déjà l'épouse du nouveau chef et la visite de son frère ajouta à sa félicité. Grâce aux conversations en aparté qu'elle s'était ménagées avec lui, Moïrane parvint à sceller une réconciliation entière. « Ottar, dit-elle, tu ne peux nous en vouloir éternellement, à Gunni et à moi… Tu me manques et mère aussi, mais je devais quitter Dornoch pour mon propre bonheur. À toi aussi se présenteront des choix difficiles et je sais que tu écouteras ton cœur…

– Mon cœur, mon cœur… Qu'en est-il de ce pitoyable cœur ?

– Il est bon et vaillant, mon frère…

– Ah, non… Moïrane, je perds pied depuis la mort de père et notre mère ne m'est d'aucun secours… Toi, tu aurais pu m'aider, et Gunni aussi, mais vous m'avez abandonné à ma chaise de mormaer et je vous regrette amèrement.

– Ne t'apitoie pas ainsi, Ottar, je t'en prie…

– Si je pouvais vous ramener tous deux à Dornoch, je le ferais sans hésiter, mais cela est maintenant impossible. Gunni vient d'être investi de lourdes responsabilités et ton foyer est le sien désormais.

– Les responsabilités de Gunni sont semblables aux tiennes, Ottar. Pourquoi ne fais-tu pas comme lui en prenant une épouse pour te seconder ? Ton rang et ta jolie figure devraient t'attirer moult dames et damoiselles fort belles, avenantes et de bonne naissance…

— Ce n'est pas la naissance qui fait l'âme forte et droite. Je me contenterais de la simplicité d'une servante si j'y découvrais le trésor de loyauté et d'amour qui fait tant défaut à ma détresse.

— Alors qu'attends-tu pour prendre cette main de femme modeste qui vit sous ton toit et qu'on appelle « la muette » ? Si j'ai pu marier un Viking, tu peux embrasser une honnête veuve et la faire tienne. Mère sera évidemment outrée, mais elle ne lèvera pas le nez sur la descendance qui en résultera. » Ottar ne put résister au sourire engageant de sa sœur et il l'étreignit affectueusement en la remerciant pour ses paroles d'apaisement. Au moment de l'embarquement, il alla quérir dans les coffres de son équipage une panoplie d'objets ménagers dont il gratifia sa sœur : « Voilà pour toi, Moïrane. C'est peu de chose, mais tu mérites un présent pour tes épousailles. Ta nouvelle maison en aura grand besoin… »

Lorsque les voiles colorées des navires de la délégation royale se fondirent avec la ligne d'horizon, la communauté retrouva son isolement dans le creux de sa vallée. Après un moment d'hésitation, faite de doutes sur le nouveau chef et de nostalgies pour le précédent, les hommes de Helmsdale acceptèrent de bon gré l'autorité de Gunni le Gauche, tandis que les femmes reconnurent volontiers Moïrane comme la maîtresse du domaine. Cependant, plusieurs réunions, façon norvégienne, furent nécessaires pour souder le nouvel équilibre. Les nombreuses tâches inhérentes au bon fonctionnement de la colonie furent équitablement réparties et chacun de ses membres en vint à trouver sa place. En ce début d'été, la priorité devait être accordée à la culture des champs et des jardins, et la majorité des adultes s'y activèrent. Deux hommes se consacrèrent à la garde du troupeau de bêtes à cornes et on délégua aux enfants les plus âgés la pêche en rivière et la cueillette des baies. L'approvisionnement en morue, nourriture essentielle dont on tirait la farine de base pour la confection des pains, échut à Grim le Casqué, pour lequel la mer n'avait aucun secret. Il prit avec lui un garçon indiscipliné qui avait besoin de surveillance et le forma au métier de pêcheur. Devorguilla réclama et obtint la gérance de la laiterie, ce qui lui conféra un certain pouvoir, car les laitages et les fromages constituaient la denrée de base de l'alimentation des enfants et entraient dans la composition de presque tous les mets servis dans la longue maison.

À la fin juin, le défrichement et l'ensemencement des étendues consacrées aux céréales étant terminés, les colons furent libérés du travail aux champs. Presque toutes les femmes se tournèrent vers les réserves de combustible qu'il fallait constituer avant l'hiver et elles piochèrent pour découper la tourbe de chauffage à même une vaste plaine au sol spongieux. Pendant ce temps, les hommes furent réquisitionnés par Gunni le Gauche pour entreprendre le chantier de construction de la maison en pierres sèches. Tandis qu'une équipe sélectionnait, extrayait, puis taillait les pierres, une autre les mettait en place selon ses instructions. La position de vulnérabilité de la communauté face aux possibles incursions malveillantes d'ennemis incita le chef à concevoir son habitation comme une place forte. L'emplacement des fondations fut choisi en fonction de la proximité de la rivière et d'une hauteur de terrain pouvant offrir un large point de vue à la fois sur la vallée et sur la mer. Se remémorant les conseils et les dessins du maître maçon qui avait œuvré à l'érection du couvent, Gunni le Gauche grava dans une large plaque de bois un plan de la forteresse complète en mettant surtout en relief la tour servant de corps de logis qui constituait le premier bâtiment à construire. Il exposa ensuite le modèle à l'entrée de la longue maison de sorte que tous le contemplent et s'en inspirent quotidiennement. L'initiative stimula si bien les travailleurs qu'ils besognèrent au chantier avec enthousiasme tout l'été et tout l'automne. En novembre, ils purent ranger les outils : la tour large de huit yards comportait deux niveaux au-dessus du sol et était coiffée d'un épais toit de chaume. Gunni le Gauche y emménagea avec son épouse, Roderik et une des jeunes Norvégiennes que ce dernier avait choisie pour compagne.

En cette première saison de défrichage et de culture à la rivière Helmsdale, la nature fut particulièrement clémente et généreuse, et ses habitants bénéficièrent d'une excellente récolte. Les travaux des champs et ceux du chantier ne furent interrompus par aucun conflit auquel les hommes auraient dû participer. En effet, il y eut très peu de visites et aucune ne fut hostile à la communauté. Outre l'émissaire de Taggart qui se présenta au milieu de l'été avec la cargaison d'échange réclamée par dame Moïrane, nul grand navire n'aborda dans la baie d'accostage. Seul le passage de quelques petits knörrs de pêcheurs fut signalé dans ses eaux. Ainsi, la colonie demeura passablement en marge des nouvelles de l'Écosse. Apparemment, le roi Malcolm avait délaissé sa campagne dans le

Caithness pour s'intéresser au Moray et aux seigneurs récalcitrants, dont l'impétueux Finlay MacRory.

Pour les gens de Helmsdale, il ne fut plus question de l'alliance que leur chef Gunni avait conclue au début de l'été avec les mormaers de Ross et de Dornoch délégués par le roi, pas plus qu'ils ne s'inquiétèrent que leur groupe soit revendiqué par le jarl des Orkneys durant la même période. Les habitants vivant à la rivière Helmsdale n'eurent désormais d'autres soucis que ceux propres à leur développement et à leur autonomie.

Au terme de l'an 1020, la communauté accueillit dans l'allégresse son premier nouveau-né, le fils de Grim le Casqué. Deux petites filles naquirent un mois plus tard et la bonne santé des trois nourrissons fut interprétée par tous comme un signe tangible que la colonie était bénie et protégée par Dieu.

Dès que les chemins furent de nouveau praticables, à la fin de mai, l'aumônier de Dornoch vint à Helmsdale à dos de mulet. Son séjour de quelques semaines parmi les fidèles isolés relevant de sa chaire fut le bienvenu. Il baptisa les enfants, consacra les unions qui s'étaient nouées entre les célibataires et transmit les messages du seigneur Ottar pour Gunni le Gauche et Moïrane. Ces derniers eurent ainsi la confirmation que les seigneurs de Ross, de Moray et de Caithness, plus ou moins menacés par les visées de Malcolm II et par celles de Finlay MacRory, s'étaient engagés dans une lutte de pouvoir entre eux et que le territoire situé au nord de Brora n'était plus convoité par personne.

« Même l'élevage du bouvier Uilleam, dit l'aumônier, est plus ou moins abandonné par le seigneur Ottar qui subit de plus en plus de pressions de la part de l'évêque Simon. Dornoch, avec son monastère et son couvent, est pratiquement considéré comme une place forte sous contrôle royal et un soutien militaire permanent est exigé de son mormaer.

— A-t-on retiré la garde du cheptel à mon père, s'enquit Gunni le Gauche?

— Non, messire, le vieux bouvier de Brora conserve ses devoirs envers le domaine de votre beau-frère. Cependant, il n'est plus tenu de payer le tribut annuel ni de rendre compte des progrès de l'élevage. Le seigneur Ottar souhaite, en des termes qui m'ont paru des plus explicites, que votre épouse et vous héritiez du troupeau et du contrat du gars Pelot à la mort de votre père et que vous soyez responsables d'eux dès à présent. »

Malgré la disponibilité d'un troisième knörr de pêche dans la baie de Helmsdale, j'avais pris l'habitude d'aller chez Uilleam à cheval, sans escorte. J'aimais parcourir ainsi les pâturages de nos troupeaux de bœufs et de moutons qui s'étendaient de notre vallée, au nord, jusqu'au lac Brora, au sud. C'est toujours avec émotion que je refaisais le trajet emprunté avec Moïrane pour la première fois en 1020. Cinq ans s'étaient écoulés depuis ce jour heureux de notre établissement à Helmsdale et, chaque fois, je le revivais comme si cela eut été la veille. Pourtant, plusieurs événements avaient ponctué notre vie depuis, semblables aux algues qui s'accumulent au fil des marées successives, silencieusement et imperceptiblement, jusqu'à former un volumineux amas sec et noir.

À présent, la colonie comptait trente-sept personnes et un prêtre, six maisons ceinturées par l'enclos de pierres sèches qui délimitait et protégeait le site, une tour d'habitation et de guet qui était ma demeure, deux potagers, une forge, une centaine de bêtes à cornes, une vingtaine de moutons et des porcs, deux champs d'orge, un de lin et un d'épeautre ; enfin, pour la pêche, trois knörrs légers. Alors que tous les couples avaient procréé un ou deux rejetons, Moïrane et moi attendions toujours de féconder le nôtre et je puis dire que ce manque constituait la seule ombre à notre bonheur, car nous étions toujours aussi épris l'un de l'autre.

Une pluie drue et froide me surprit à environ une heure de chevauchée de Brora et j'éperonnai ma monture pour hâter mon arrivée. Sur le plateau qui surplombait le lac, je croisai le troupeau de mon père, mais je ne discernai pas Pelot aux alentours. Dans la combe où la masure d'Uilleam se tapissait, une boue abondante avait eu le temps de s'accumuler et je dus attacher mon cheval près du séchoir à morue. Pelot, qui m'avait entendu, sortit sur le pas de la porte, me salua d'un air contrit et me fit entrer. Étonnamment, l'absence de mon père ne me frappa pas sur le coup. Je marchai jusqu'au feu en enlevant mon manteau que je tins suspendu au-dessus durant quelques minutes tout en devisant avec Pelot.

« Pourquoi n'es-tu pas au pâturage, m'enquis-je ?

— Je suis rentré pour rassembler mes affaires, messire Gunni. Je m'apprêtais à conduire les bêtes chez vous.

— Qu'est-ce à dire ?

— Mon maître Uilleam est décédé. Cela fait maintenant une semaine que je l'ai enterré. J'ai attendu tout ce temps dans l'espoir que vous viendriez à Brora ou que des voyageurs iraient à Helmsdale porter la nouvelle, mais il n'est passé personne. »

Décontenancé, je dévisageai Pelot comme si je le voyais pour la première fois. C'était à présent un homme fait, large d'épaules et de mains. Ses longs bras semblaient musclés et il portait le ceinturon que je lui avais offert un an plus tôt avec une épée légère dont je lui avais enseigné le maniement.

« Comment est-il mort ? fis-je d'une voix sourde.

— Depuis la fête de saint Regulus, le 17 octobre, votre père toussait sans cesse et il ne se levait presque plus. Je voulais revenir dormir ici chaque soir, mais il me l'a interdit en alléguant qu'il n'avait pas besoin de mes soins. Il m'a simplement montré l'endroit où il voulait être enterré et je suis reparti vers les bêtes en emportant les provisions habituelles dans ma gibecière. Quand je suis revenu à la chaumière la semaine dernière, il avait trépassé. Je suis peiné, messire : j'aurais aimé ne pas le laisser mourir seul, mais je me suis plié à son souhait. Aurais-je dû lui désobéir ?

— Non, Pelot, dis-je. Rassure-toi, tu as bien agi.

— Je lui ai donné une sépulture chrétienne, messire, comme s'il était mon propre père. Que Dieu ait son âme !

— Que Dieu ait son âme, répondis-je en promenant un regard morne dans la cahute qui m'apparut tout à coup extrêmement désolée. Je te remercie, ajoutai-je. Demain, tu m'amèneras au tertre où tu as enfoui sa dépouille et je rendrai à Uilleam de Brora les hommages d'un fils aimant. Après, nous conduirons ensemble le troupeau à la rivière Helmsdale. Tu es un de mes hommes, désormais.

« — À votre guise, messire Gunni. Ce sera un honneur pour moi de servir dans votre maison », affirma Pelot sur un ton aussi sincère qu'obligeant.

La pluie cessa et j'allai desseller mon cheval tandis que Pelot cuisait la soupe. Nous parlâmes peu en soirée, mais suffisamment pour me permettre de constater que le jeune homme se trouvait content de son sort. Il aurait pu aspirer à un retour au fort de Dornoch où sa mère, la muette, était devenue l'épouse du mormaer à qui elle avait déjà donné deux enfants. Mais dame Brunehilde s'était opposée à cet arrangement quand il en avait été question, en mémoire de l'assassinat du seigneur Moddan.

« Quelle que soit la bienveillance du seigneur Ottar, me confia Pelot, jamais je n'aurais été à l'aise sous son toit. Par contre, chez vous, je vais me sentir comme ici avec votre père… De plus, il y a une fille qui a de fort jolis yeux à Helmsdale…

— Ah, ah ! Laquelle ? fis-je, étonné.

— C'est la fille de Devorguilla, messire. J'ai plus d'espoir de retenir son attention en étant votre homme qu'en ne me réclamant de personne…

— Crois-tu ?

— Vous êtes un chef très estimé de vos gens, messire. Cela est connu dans toute la contrée et plus d'une jeune fille rêve d'épouser un homme sous votre protection.

— Que sais-tu de ma réputation, Pelot ? À quoi la mesures-tu depuis le fond de ton fief isolé ?

— Isolé, peut-être, messire Gunni, mais assez fréquenté pour y entendre les ragots colportés de marin en bouvier, d'Inverness à Wick. Devinez un peu qui, parmi les étrangers de passage ici chaque année, est le plus complimenteur à votre endroit ?

— À mon avis, ceux et celles qui sont susceptibles de m'encenser ouvertement demeurent tous à la rivière Helmsdale…

— C'est là que vous vous égarez, messire. Votre supporteur le plus hardi et le mieux informé sur l'opinion que soulève un renom dans le Ross ou le Caithness est messire Frode. » Cette déclaration me fit sourire et oublier la démarche éprouvante qui m'attendait le lendemain.

Aux premières lueurs de l'aube, je sortis avec Pelot. Nous avançâmes lentement à travers les ajoncs et les bosquets de bruyère séchés jusqu'à une petite pinède protégée des vents au creux d'un vallon. Nous y descendîmes en prenant soin d'éviter les mares d'eau que la pluie de la veille avait creusées. Sous un vieux pin, Pelot s'arrêta et m'indiqua du doigt un amoncellement de terre et de feuilles mortes.

« C'est là, messire, dit-il. Il paraît que votre mère a été enterrée sous ce même arbre, mais je n'ai rien trouvé en creusant la tombe.

— C'est possible, Pelot. Cela fait tellement longtemps… Maintenant, je veux rester seul. Retourne au logis et charge sur mon cheval tout ce que tu peux emporter des biens de mon père. Je te rejoindrai plus tard et nous ferons route à pied.

— Bien, maître… heu, messire » se corrigea-t-il, l'air embarrassé, puis il s'éloigna prestement.

Je m'agenouillai près du tertre et palpai délicatement les feuilles pourrissantes comme si je caressais la chevelure du disparu et je me recueillis longuement en bon chrétien. Un vent soudain fit bruisser les branches des arbres et je levai la tête. C'est alors que je vis non loin une belle pierre plate couverte de mousse et plantée verticalement dans le sol. Elle semblait m'appeler et je m'y intéressai sans hésitation. La masse ne résista pas beaucoup à mes efforts pour la dégager. À l'aide du poinçon que je gardais toujours dans ma besace, je nettoyai parfaitement la roche et entrepris de la graver avec minutie. J'inscrivis en runes le nom de mon père suivi de celui de ma mère sous une croix dont les quatre extrémités prirent inopinément la forme d'un marteau de Thor.

À besogner à la pierre d'avis d'Uilleam, deux heures filèrent dans le silence et la solitude. Une fois le travail terminé, je transportai le fardeau sous le pin et l'enchâssai solidement à la tête du monticule où reposaient mes parents jusqu'au Jugement dernier. Je fixai longuement les quatre marteaux avant de me signer. Au moment de quitter le site, je murmurai mon adieu avec dévotion : « Par Thor, rends-toi au festin des dieux sans encombre, père, et prends place à leur table pour l'éternité. » En prononçant ces paroles, je revis le petit marteau de Thor que j'avais sculpté pour Ulrika, à l'automne 1011, et je redevins Viking.

Lexique

Âme : partie centrale d'une lame

An : durant le haut Moyen Âge, en Europe du Nord, l'année commençait le 25 mars.

Arder : brûler

Beaudrier : support d'épée porté sur la hanche, composé d'une longue ceinture de cuir dont on fait plusieurs tours pour la doubler ou la tripler à la taille.

Bliaud : tunique allant jusqu'aux pieds, portée par-dessus une longue chemise.

Bondi : homme libre (fermier, marchand, artisan, guerrier ou propriétaire terrien) formant la majeure partie de la société viking.

Carreau : projectile d'arbalète.

Céans : immédiatement, sur-le-champ, tout de suite.

Chaut : du verbe « chaloir », importer (peu m'en chaut : peu m'importe).

Complies : dernier des sept offices quotidiens rythmant la vie monastique, chanté en pleine nuit.

Coqueliner : flirter

Dextre : le côté droit, la main droite.

Drakkar : nom donné par les Européens au navire typique des Vikings.

Dreng : jeune homme respectable au service d'un noble écossais.

Fiance : confiance

Gloutir : avaler, dévorer.

Godi : sorcier, prêtre, sacrificateur, autorité spirituelle dans la communauté viking.

Heuse : botte-jambière en cuir remontant souvent jusqu'à mi-cuisse.

Hoard : cache creusée à même le sol par les Scandinaves pour enfouir un trésor de bijoux ou de monnaies.

Host : armée

Jarl : chef de clan, comte, noble dans la société viking.

Knörr : navire viking, bateau de cabotage ou de haute mer.

Loch : lac ou bras de mer.

Matines : premier des sept offices quotidiens rythmant la vie monastique.

Mormaer : grand propriétaire terrien et justicier exerçant le contrôle sur une région en Écosse.

Navrer : meurtrir, blesser, mutiler.

None : cinquième des sept offices quotidiens rythmant la vie monastique.

Norrois : langue parlée par les Scandinaves.

Normands (Norsmen) : nom donné aux Vikings par les Européens.

Ourses : règles, menstruations.

Papar : nom donné par les Vikings aux moines chrétiens, prêtres, religieux et ermites.

Pictes : peuple formant l'une des composantes de la nation écossaise.

Prime : deuxième des sept offices quotidiens rythmant la vie monastique.

Runes : écriture scandinave à 16 signes (ou lettres) à l'usage exclusif des hommes libres.

Scalde : Viking compositeur et interprète de poèmes épiques.

Scots : peuple originaire d'Irlande formant l'une des composantes de la nation écossaise.

Sénestre : le côté gauche, la main gauche.

Stéatite : minéral de silicate et de magnésium abondant en Norvège. Se présente sous forme de blocs aisés à tailler dont on tirait de menus objets usuels comme des bols, ustensiles et des alènes.

Thing : assemblée élue à l'échelle locale dans la société viking.

Thrall : esclave viking (homme, femme ou enfant) appartenant à une personne au même titre qu'un objet.

Tierce: troisième des sept offices quotidiens rythmant la vie monastique.

Truchement: interprète, traducteur, intermédiaire.

Umbo: ombilic, pièce ronde en métal au centre du bouclier sur sa face extérieure.

Vadmal: étoffe de laine grossièrement tissée servant à la confection de vêtements et de couvertures.

Vif: vivant.

Vit: organe mâle, pénis.

Yard: unité de longueur correspondant à environ un mètre.